顾明道

著

珍·藏·版

荒江女侠

民国武侠系列丛书

山西出版传媒集团
北岳文艺出版社·太原

第二十九回

穷途落魄鬻书卧虎屯
月夜飞刀蹈险天王寺

玉琴跃出迎素阁，觉得自己这般处置鲍文远，很是得当；将来鲍提督回来时，也知道他的儿子咎由自取。去掉两道眉毛，真是大大的便宜呢！遂飞身出了后园，寻到衙前马厩里，轻轻地牵出一匹桃花马，耸身跃上，泼喇喇地便跑。街市若死，一个人也没有知道，但是来到城门口却不能过去了！玉琴心生一计，便在马上高声叫道："快开城门！开门开门！"

守城的睡梦中听得喊声，连忙爬起来问道："你是谁啊？半夜三更来喊开城门，须知城门关了，非到天明不开放的。"

玉琴道："你不认识我么？我就是住在鲍提督衙门里的荒江女侠，因有紧要事务，要去请鲍提督回来，所以夜半出发。你休得误了公事，快些开吧！"

守城的也早闻女侠的大名，便咳了一声嗽道："原来是女侠嘛！开了开了！"一会儿城门果然大开，玉琴更不答话，把马一夹，那马便泼喇喇地窜出了城，往大道上风驰电掣而去。

这样跑了整整一日夜，才到荒江，那马已跑得疲乏，四蹄扑在地下，口中尽喷着白沫，再也不能走了。玉琴弃了那马，走到家中。陈四迎着，便问："姑娘回来么？昨天黄昏时候，岳爷匆匆地跑回家的，我曾问他有什么事，他只摇头不语，带了他的金眼雕，跨着龙驹便走。临去时对我说：'若姑娘回来，只说我已上螺蛳谷去。'教姑娘赶紧也到那儿。"

玉琴点点头道："我也要走了，你好好看守家门，别管闲事。倘有人来问我，你只推说不知便了。"陈四诺诺连声。他心里却在暗想：琴、剑二人前被鲍提督邀请去的，风闻盗匪业已肃清，他们到宾州去欢聚；鲍提督正要酬谢他们的功德，何以二人一先一后地突然回来？又突然离家呢？恐怕又出旁的事了！但他知道玉琴的脾气，只得闷在肚里，不敢询问。

玉琴将钥匙开了房门，进去收拾一个大包裹，把所有的数百两纹银也带在包中；在室中看了一回，复将房门锁上，用了午餐，又到父母墓上去拜别。然后跨上花驴，离却故乡，重又赶奔前程，一路晓行夜宿，途中无事，早已来到奉天省城。天色已晚，在一家逆旅内住下。

黄昏时用过晚饭，忽见一个五十多岁的老者，面上架着老花眼镜，手里托着水烟筒，走进房门，向她点头摇脑地含笑问道："姑娘你姓方呢，还是姓岳？"

玉琴被他一问，心里有些奇异，遂说道："老人家你是谁？"那老者答道："我就是这里的店主东。"

玉琴道："那么我早已告诉你店里的伙计说我姓方……怎会有两个姓呢？"老者笑道："便是为了这一层，我敢冒昧来问一声。"

玉琴有些不耐烦，正色说道："老板，你特来查问我的姓名干嘛？"

老者道："姑娘，我也并无别意。只因去年冬里，城中大大地闹着窃案，所失去的都是富家巨室的珍宝，忙煞了许多捕役，总是不能破案。后来不知怎样的那个飞行盗贼，竟在城外徐太史的别墅里，被两位过路客人捉住，所有失物都藏在墅中。经徐家人报告后，才破了这个巨案。但那两个客人却早走了，听说是一男一女，兄妹称呼，临去时自称姓岳，不肯说出名字居处，据闻女的骑一头花驴，甚是刚健。徐太史说这是风尘中的奇侠，何以如神龙见首不见尾，不肯出面呢！听说徐太史曾为此事，诗兴勃发，做了五十首诗，印送朋友，且说可惜少了一个虬髯大汉，不然倒是风尘三侠了。至于那两飞贼一鞫而服，押在监牢里，用大铁链钉着，着人小心防视。哪知前月，竟有他们同党秘密前来劫去，还杀伤了几个狱卒，至今追捕未着，岂不可惜。我因瞧见了姑娘的花驴，以及装束，很像人家说的那一个女侠，但见水牌上写着姑娘的贵姓是方，所以不免有些怀疑，特地来问讯一下。还请姑娘不要见怪，直言无隐。"

玉琴恐怕多事，哪肯承认，便答道："老板原来是为了这件事，我哪里有这种本领，能捕飞行大贼呢？我实在姓方，那男子是姓岳，况且兄妹俩同行的，老板不要误认。"

店主东见玉琴一口回绝，自己当时又未亲眼见过，不能确定，也只好罢了。便道："那么惊扰了！"退出房去。

玉琴才知那两个毛贼已经脱逃，暗骂官吏的防范无能，深恐他们再要来问，就要露出破绽，便关了房门脱衣安寝。次日一早起身，用了早饭，付去房饭钱，匆匆地骑上花驴便走。店伙们指着她的背影说道："说不定这又是一位侠女子呢！"

玉琴要紧赶路，出了奉天城，又向前疾跑，走了数天，又来到一个村庄，其时日已近午，玉琴腹中饥饿，想找一家客店暂歇。进得村来，一时找不着客店，却见那边有一家，门前几株垂杨，嫩条淡绿，迎风而舞，里面书声朗朗，读得好不热闹。

玉琴知是一个乡间的学塾，催动花驴走去，又见门上悬着一副对联，上联是'铁肩担道义'，下联是'辣手著文章'，写得龙飞凤舞，铁画银钩，个个字饱有精神。玉琴虽不懂书法，见了也知绝妙好字。旁边还有一条白纸贴着，下面已有些破碎，纸上写着七个擘窠大字道："江湖落魄生鬻书"。

玉琴一时好奇心生，忘记了腹中饥饿，便跳下花驴，把驴儿缚在一株柳树上；挽着包裹，走到门口，咳嗽一声。那门儿正虚掩着，推开了走将进去。门内一座院落，有一株大柏树，亭亭如伞盖。正中一间室里，坐着七八个童子，口里念着："子程子曰……""孟子对曰，王请无好小勇""天地玄黄，宇宙洪荒。""有朋自远方来，不亦乐乎。"

一个五十多岁的老先生正坐在一张书桌前，把一块戒尺拍得声震屋瓦；一见玉琴步入，便立起身来，走到窗旁招呼道："姑娘来此何事？"

玉琴道："我是过路的，见此处门上贴着的门联，写得很好，我想买一副对联玩玩，老先生可就是江湖落魄生么？"

老先生摇摇头道："我乃翁而非生矣！江湖落魄生在里面，姑娘请坐。"玉琴随着那老先生，穿过这间屋子，见后面小小一间房里，沿桌子上伏着一个二十多岁的书生，正在打瞌睡，桌子上却摊着一卷书。老先生走到他身旁，轻轻拍着他的肩膀说道："戴君戴君，你竟效宰予昼寝么？"

那书生醒来，摩着双目答道："我是朽木不可雕也。"一眼却瞧见了玉琴，不由得一愕。老先生笑嘻嘻说道："主顾来了，这位姑娘是要来买你墨宝的。"

那书生慌忙立起身来说道："姑娘喜欢些什么？"一边说，一边指着墙壁。玉琴走进房来，见四壁挂着不少书联，琳琅满目，美不胜收。玉琴将纤手指着东首的一联，上联写着"低昂未免闻鸡舞"，下联是"慷慨犹能击筑歌"。说道："就是这一联罢。"

书生道："这是写的放翁诗句，很有悲歌感慨之意，能蒙姑娘垂青，何幸如之。"便去取了下来，又问玉琴道："要写上款么？请教姑娘大名？"

玉琴道："珠玉之玉，琴剑之琴。"书生点点头，遂取过笔砚，在上联添了一行款道："玉琴女史指谬"。放在桌上，细瞧玉琴。

玉琴问道："先生这一联需价几何？"书生道："一串钱足

矣。"玉琴道："这样的好字，只卖一串钱么？太便宜了！"

书生叹一气说道："卖一串钱还没有人顾问呢！"玉琴遂从身边摸出二两碎银，向桌上放下道："我就出了这一些罢。"

那书生和老先生见了灿烂的白银，都现出惊异的面色，书生道："姑娘赏赐太多了。"玉琴道："一些也没有多，你就收了罢。"书生又道："多谢姑娘慷慨解囊。"便把那联卷好，交给玉琴，自己便把二两碎银塞在衣袋里。

玉琴接了书联，细瞧那书生，生得面目清秀，身上却穿得一件破棉袍子，十分寒酸，便又向他问道："不是我喜欢多管闲事，听先生口音是江南人氏，怎的在此卖字？又写着江湖落魄生，到底是怎么一回事？可能以实见告？"

书生道："落魄穷途，阮囊羞涩，揄揶有鬼，慰藉无人。可怜我这劫后余生，空作故里之痴梦，长为他乡之幽魂。难得姑娘不弃，要询问我的底细，左右无事，我就作个简略的报告吧！下走姓戴，草字仰高，江南梁溪金匮县人，生长太湖之滨，山明水秀。自幼下帷攻书，博得一领青衿，却恨文章无灵。两次乡试，都是名落孙山，使我心灰之极，不作功名之想。差幸家中薄有资产，父母早丧，拙荆也还贤淑，在家闲居，终日以诗书琴酒自娱。

"不料后来有一个朋友姓计名善的，介绍我认识一个吉林人，姓王名大吉。他们怂恿我到东三省贩卖人参皮货等物，运回江南，可以大获其利。我的妹夫纪凤池，也十分赞成，愿意偕我同行。于是我同妹夫各将私产或押或卖，凑足了二万五千两银子，随着计善、王大吉二人同行。计善也出五千两银子的股份，我以为他是好朋友，一切计划都听从他，又把家事托付给我的一个老友姓包名勉的，我们四人遂装束北上。途中也不寂寞，乘着海船，到得大连，安然登岸。直到吉林边界，在李家寨王大吉忽然遇见一个伟男子，姓阮名光。

"据王大吉说，阮光以前曾在军营中吃饭，很有武艺的。阮光自言吉、黑两省胡匪，异常猖獗，他和几个胡匪有交情，愿意保护前去。计善和王大吉都一口允诺，要他同行。我是一个怯弱书生，闻得噩耗，心中觉得有些恐怖，既有此赳赳武夫，肯任保护之责，自然格外赞成。我妹夫纪凤池当然也答应了。我们一行人到得吉省，路上也很平安。我问王大吉几时可以着手采办，以便早去早回，他说到了省城，自有人来接洽，我也只得听他的话。

"朝晚赶路，将近省城时，我们在一个青龙镇上一家小客店内寄宿，晚上计善倡议喝酒，王大吉首先赞成，遂端整了酒菜，五个人团坐畅饮。我妹夫夙有刘伶之癖，嗜酒若命，所以他喝得最多。计善一一敬酒，对于我和妹夫纪凤池尤其殷勤。但我因为在外边须自节制，喝了几杯不喝了，后来我的妹夫已喝得酩酊大醉，方才散席。我扶着妹夫归房安睡。因这客店房屋狭小，我和妹夫同居一室，他们三人在外边合居一室。我们回房后，我妹夫已醉卧床上，鼾声如雷。我也睡在他身旁，不知怎样的辗转反侧，一时休想睡得着。

"挨了良久，肚子里忽又作痛起来，要想如厕，再也熬不住了。于是披衣起身，轻轻地开了房门，仍将房门掩上，走到后面厕上去，腹痛不止；在厕中蹲了很久，才觉得舒服些，于是回转房来。却见黑暗中窜出两个人，我疑是盗贼急忙躲在僻隅，却听他们说话道：'那个胖子已杀死了，但是那姓戴的却躲在哪里呢？怎么遍寻不见，不然也要请他吃一刀。'那一个答道：'不对吧！你不见房门已开，恐他已闻风逃走！我们快快告知计兄，赶紧便走，好在银子已到手了。'说罢闪身走向外边去。

"我吓得不敢声张，又躲了一歇，才摸回室中，灯火早熄，到炕上一摸，我妹夫果然杀做几段了。我遂大声呼喊，店中人一齐惊起，方知谋财害命，忙去找他们三人时，早已走得无影无踪了。可是以后的事怎么办呢？一边报官相验，买棺收殓，一边悬赏缉拿凶手，哪里会得破案呢？我又囊空如洗，不得已行乞而归来到这卧虎村，忽又病倒。幸遇这位聂殿臣老先生，悯我穷途落魄,遂留我在这里住了。"

戴仰高说到这里,那位聂老先生插嘴说道:"孟子曰,恻隐之心,人皆有之。我虽家徒四壁,箪瓢屡空,然见戴君这样的可怜状况,安忍袖手旁观?况且读书人惺惺相惜,所以留在草庐,待他病愈了。我见他写得一手好赵字,遂怂恿他卖字,多少可以积几个钱,以便回乡。谁知知音者少,赏识乏人,此所以荆山有泣玉之士也。似姑娘这样慷慨,以前没有见过呢!"玉琴听了这一番说话,遂问戴仰高道:"先生遭逢真是可怜,在此也非久长之计,有意早些回乡么?"

戴仰高叹了一口气道:"虽有此心,却无此力,只恨自己没有眼睛,交着那些没有良心的朋友,害得我如此地步。"

玉琴道:"先生要回乡,我愿资助的。"说罢从包裹内取出一百两纹银,放在桌上道:"这一些足够你的盘川了。"

戴仰高道:"啊呀呀!萍水相逢,我怎好受姑娘这许多的银子呢?"玉琴笑道:"四海之内皆兄弟也。我的性子喜欢帮人家的忙的,先生收了不妨,我要走了。"说罢立起身来,取了那一卷书联,塞在包裹,回身便走。

戴仰高和聂老先生,又惊又喜。再要说话时,玉琴已走到外面,二人只得送将出来。却见那些小学生正在大柏树下捉迷藏,一见先生出来,吓得立刻都逃归原座,只有一个眼睛缚着布的,还在那里东摸西抓,引得玉琴笑起来了。二人走到门前,戴仰高一揖到地,玉琴早已跃上花驴,扬鞭而去;回头见戴仰高还和那聂老先生立在门口痴望呢。

玉琴离了卧虎村,方觉肚子里又饥饿起来,不由得哑然失笑,自己本来不是要找饭馆谋果腹的么?怎么遇见了一个江湖落魄生,多管了一件闲事,连自己吃饭也忘记了呢?只好挨饿跑路了。天晚时早又到得一个镇上,解得一家旅店住下,点了几样菜,饱餐一顿,且命店小二将草料好好喂花驴。睡了一宵,明天重新赶路,奔波旬余,过了清明时节,才到螺蛳谷。

玉琴在驴背上望见山影,心中不胜快慰,现在她已认识山

径了。跑进谷中，遇见法明、法空二头陀，正领着一小队喽啰出来巡山，瞧见了玉琴，一齐上前合十道："玉琴姑娘来了，我们盼望之至。"

玉琴也道："二位师父安好，可知我师兄剑秋曾否前来？"法空道："岳公子方在前天晚上赶到的，他说姑娘不日也过来此，我们非常欢迎。"

二头陀遂伴了玉琴入山，早有喽啰入内通报。只见袁彪和剑秋二人首先走来，背后又有年小鸾和欧阳兄弟一班人。玉琴忙跳下花驴，喽啰们代她牵着，她遂和众人欢然相见。小鸾走过来，握住玉琴的手腕，姊姊长长短短的问个不住。袁彪笑道："我们且到里边坐定再谈罢。"于是众人来到集贤堂上挨次坐定。

那集贤堂就是风虎堂，袁彪以为风姑娘已去，闹山虎已死，此名不合，遂改了"集贤"二字；加工葺理，改造的十分宏丽，和昔日不同了。众人遂互问别后状况。好在玉琴回乡的情景，已有剑秋讲过了，不必赘述。大家欲知道的，便是玉琴如何对付鲍文远的一回事。玉琴便将迎素阁上的一幕趣剧讲给大家听，笑得小鸾张开了口，合不拢来。

袁彪道："姑娘真是金刚的手、菩萨的心。换了我时，早已把他一剑挥为两段。"

玉琴道："那厮虽是可杀，但我看在鲍提督的脸上，姑且饶他一命。等到鲍提督回衙时知道这事，必要重重地责备他的儿子，将来鲍文远也许能改过哩！"

剑秋道："不错，鲍提督确是一位良将，能够顾念民瘼，冒雪亲征，所以我们帮着他把土匪剿除。况且他待我们的情意也很深厚，他只有这一个儿子，我们何忍使他抱丧子之痛，为若敖之鬼呢？师妹处置得很好。"

玉琴闻言，嫣然一笑道："承蒙师兄谬赞，愧不敢当，我要问师兄别后怎样来此的呢？"

剑秋道："我自在那天同两个死鬼，上马加鞭，向前赶路；

第二天来到一个小村落,在一家小客店住下。那晚他们只是把酒来灌我,我假作喝醉了,回房安寝,他们睡在我旁边的。待到三更时分,偷眼瞧他们两人掩起身来,耳语几句,各从壁上取下他们的佩刀,上前来欲动手;被我倏地跳起,三拳两脚,把他们打倒在地,便把二人结果了性命。留下一封信给鲍提督,说明自己不得已而杀人之意,这样一则使他知道他儿子的鬼蜮伎俩,二则也可不致连累那店里吃官司。我又把鲍文远交付我的公文拆视,原来是些废纸,又把那小箱儿打开,也都是些石子将棉花包着,我也丢在地上。挟着宝剑,开了后窗,轻轻跃出,到外面跨了我的马,一径奔回荒江。至师妹家中,换了龙驹,带了雕儿,赶奔这里,才到得两天呢!"

玉琴听了甚是快慰,忽见堂后有一个小婢跑出来,走到小鸾身边,低低说了几句,小鸾便开口向玉琴说道:"家母听得姊姊惠临,不胜欣喜,分离已久,请姊姊入内一见。"

玉琴道:"原来伯母大人已在此间,我自当去拜见的。"说罢立起身来。剑秋又笑嘻嘻地对玉琴说道:"还有一件事情要告诉师妹,就是小鸾姑娘和袁头领已于去年冬里在山中结婚了,我们以后要改口称呼呢!"

玉琴忙过去拍着小鸾的香肩道:"好妹妹,你们怎么背着我们两个大媒,赶紧成婚;如此心急,连喜酒也不请我们喝一杯么?"

说得小鸾面上突起红晕,低头不答。袁彪道:"姑娘不要见怪,今晚补请何如?"玉琴道:"好的。"遂挽着小鸾的手,走到里面去了。

年老太太和袁母见了玉琴,好不欢喜,相见后问长问短,絮语不休。玉琴始知小鸾母女在鹿角沟不能定居,因有通盗的风声露出,所以他们只得住到山上来,由年、袁二老太太做主,代他们的儿女早日结亲,盼望早生一位孙儿,以娱暮景呢!

便在这天晚上,袁彪大设丰盛的酒席,款请玉琴、剑秋二人,一则谢媒,二则代玉琴洗尘。席间谈笑风生,妙语解颐,各人心里十分快活。玉琴又将自己路过卧虎村，遇见江湖落魄生鬻书，自己慷慨赠银，以及戴仰高交友不慎，几丧性命的事，告知众人。大众很为感叹，觉得朋友真不可滥交了。

饮至半酣，玉琴又想起天王寺的四空上人，且言："此去将和剑秋至寺中一探，会会这个贼秃，看他有多大本领。"袁彪、小鸾听了也愿随往，玉琴满怀欣喜。

袁彪道："姑娘难得到此，明日请宽留一天，后天我们四人一齐前往可也。"玉琴点点头道："好的。"剑秋又将自己夜探天王寺的经过，告知众人。且说："寺中机关甚多，进去探险，必须步步留神，处处小心为要。"袁彪道："我们若能把这天王寺破去，也是很好的事。这些害人的贼秃，都是杀不可恕的。"说罢提着大酒壶，又代众人斟酒。

剑秋见法空、法明只是闷喝酒，不说什么，不由得想起一事，笑将起来。大家问他笑什么，剑秋道："你们不是当着和尚骂贼秃么？"大家方才明白他好笑的缘故。

玉琴恐怕二头陀更觉难堪，忙正色说道："人有智愚贤不肖之分，如四空上人等狐群狗党，都非善类。但我早说过的，即如我们的师父一明禅师，自和他们不可同日而语了。法空、法明两位师父都是正人，哪会受人唾骂呢！"说得法空、法明也笑了。

袁彪道："玉琴姑娘的话，说得最是爽快，该敬一杯。"于是斟了一杯，递给玉琴，玉琴接过一饮而尽。大家举杯痛饮，直到深夜始散。小鸾早已收拾好一间精美的卧室，为玉琴下榻。

次日袁彪、小鸾又伴着玉琴、剑秋二人，到山中各处游览，见壁垒森严，被袁彪经营得益见巩固了。到得第三天早上，袁彪把谷中事务托付与欧阳兄弟，自和小鸾束装，拜别袁、年二老母，同着玉琴、剑秋一同入关，赴张家口去。四人别了山寨中众人，个个跃上坐骑，离别螺蛳谷，金眼雕也飞随同行，途中无事。

这一天早到了张家口，投宿在一家旅店中，探听得天王寺正在大做水陆道场，尚有两夜法事。玉琴便对剑秋说道："寺内有水陆道场，当然香客众多，全寺僧人诵经，我们也不能打草惊蛇，只好等待两天了。"

小鸾道："天王寺的实情，我们没有知道详细，既然他们做水陆道场，一定准许闲人入内，姊姊和剑秋兄不好露面，我们却是陌生的，明天不如让我们二人装作香客，到寺内去窥探动静，再作道理，可好么？"玉琴道："很好。"当晚各人早睡，一夜无话。

次日上午小鸾便和袁彪端整了香烛元宝，问明天王寺的地址，到寺内进香去了。玉琴、剑秋二人在客寓中闲着无事，玉琴遂要剑秋同她出去闲游，剑秋答应，二人就出去四处走走。那地方有一座魁星楼，高六丈有余，二人登楼眺望，见四边山峰起伏，居庸关崇垣高峻，真是天险之地。北面黄沙莽莽，一望无际，刚巧有一大队蒙古人，骑着驼群而来，绵绵不绝，口中唱着莫名其妙的山歌。

二人不觉为之轩渠，席地而坐，畅谈塞外风景。剑秋又高吟着"汉家自失李将军，单于公然来牧马"的诗句，大有感慨。玉琴问起李将军的轶事，剑秋遂把李广在汉武帝时，出塞与匈奴战斗的事情，告诉玉琴知道。玉琴听到李广被胡儿捉去，乘间跃腾而上胡儿马，推翻胡儿，抢其马奔回大营，以及夜射猛虎，箭镞没石的事，拊掌称快；但又听到醉遇霸陵尉，喝止去路，"今将军尚不得夜行，何乃故也"两句，以及李广失道自刎处，却又泪滴衣襟，非常可惜不止。

天晚，二人回转客店，见袁彪夫妇已回来了。四人坐定后，小鸾说道："我们俩今天前去，看见天王寺门前陈列着香烛摊，十分热闹。那寺院果然伟大宏丽，大殿撞钟伐鼓，烟雾缭绕，有数十名僧人在那里做道场，许多妇女一起膜拜。正中法坛上站着的一个胖大和尚，披着灿烂的袈裟，合掌朗念佛号，听旁人指着说道：'就是住持四空上人，难得亲自出来念经的，此次水陆道场是张家口许多有名富家合拜的，所以他却不过情面，自己也打起精神，念一天经。'但是我看那贼僧口里虽宣着佛号，两只贼眼却滴溜溜向四下斜望，最后却瞧到我的身上来了，可知这贼秃不是好人呢！我们假作随喜，起到殿后，见庭中有一尊石佛，高达数丈，四周护着铁栏，许多烧香的人，都向石佛膜拜。这尊石佛是新塑的，很觉有些蹊跷；其余地方看不出什么破绽，内里是走不进去的，不过走过许多殿了。"

玉琴道："很好，待到后天水陆道场完毕，我们再去一探罢！"

到得后天晚上，玉琴说道："今夜他们大概睡得很熟，因为他们连做三日水陆道场，一定累得大家都疲乏了，这是一个良好的机会，我们切勿错过。"

剑秋道："我们黄昏时前去便了。"小鸾听着甚是高兴。晚餐后，大家坐在炕上，闭目养神，约莫至二更时分，四下人声寂静。玉琴第一个立起身来道："我们好去了。"

三人点点头，遂各带上宝剑，轻轻开了后窗，一一跃出。窜出低矮的围墙，已到后边田野里。月色如银，照得大地很是光明。剑秋首先向东而走，在前引导，玉琴次之，袁彪、小鸾又次之。四人施展陆地飞行术，一路跑去。不多时已到了天王寺的门前，一齐如飞鸟般跃上高墙。见里面并无动静，遂跳下地来，轻轻走地大雄宝殿之前。

剑秋把手轻轻推开长窗，又把剑尖向地下一点，便听见喇的一声，有一座很大的铜钟，自上落下。剑秋回过头来，向三人说道："这就是一个机关，以前我误走的，大家仔细。还有大殿上的佛像也会转动呢！"

四人走进殿内，袁彪对着佛像，想过去窥探，不防脚下已踏着一个小机关，左边文殊菩萨座下的神像，突然将口一张，便有一毒矢，很快地向他射来。幸亏袁彪躲得快，那箭从耳旁擦过，把袁彪吓了一跳，说道："前天我们日里也曾到此，却很安稳的，并无机关啊！"小鸾道："当然他们晚上布置好的了，我们都要小心。"一边说，一边走，四人走到殿后，乃是一个宽大的庭院。庭心里有一座高可三四丈的石佛,屹然坐着;面前香炉里香烟还没有熄灭,还在那里氤氲。那石佛双目突出,变成两盏明灯光明四彻,小鸾指着对剑、琴二人说道:"咦!好不奇怪,日里也没有瞧见如此光景的。"玉琴微微笑道:"大概这又是什么机关了。"

— 第三十回 —

铁弹三飞教师丧胆
渔歌一曲侠女动心

四人正在犹豫之际，忽听后面廊下有足声走来，一时苦没躲处，因为石佛眼上的两盏灯非常光明，幸喜两边有两株大树枝叶甚茂；四人连忙纵身跃上，借着枝叶屏蔽自己身体。即见有两个贼秃从后廊走出，手中拿着不知什么东西，左边一个，嘴里喃喃地说道："上人的身体本来很好的，怎么今天病起来呢？"

那右边的答道："师兄，人的肉体究竟不是金钢不坏之身。上人每夜要三四个妇女伴宿，旦旦而伐之，可以为常乎？自然要生病了，岂像我们难得欢乐的呢！"

二贼秃一边说一边走，到了石佛前。一贼秃将手撼动佛前一坐石香炉，转了三下。只见那石佛前的铁栅，忽然一齐陷入地下，变成平地。一贼秃方才走到石佛身边，又用手向石佛挺出大腹的肚脐眼上，轻轻点了三点，那石佛的大腹陡然的洞开，好似开了一扇小门。二贼伛偻而入，一会儿石佛的大腹仍旧恢复了原状；而地下的铁栅又升高起来，把这石佛围住了。

四人急忙从树上跳下。玉琴笑道："这种玩意倒很有趣味的，我同师兄照样进去一探，请你二位守在外边，以防不测。若有人来，尽力敌住，不要被人家断绝后路。"袁彪和小鸾齐声应诺。

琴、剑二人遂照着那贼秃的做法，石佛的大腹又洞然开辟。二人大喜，一齐伛偻着身子，钻将进去。见里面一层层的石级，可以下降，且悬有一盏琉璃灯，照得很是清楚。二人徐徐走下石级，乃是一条甬道，阴森森的阒然无人。二人向前走了二十多步，见前面又有一扇小门，门紧紧闭着，二人不知开门的方法。剑秋大着胆，将惊鲵宝剑向门上一点，那门便"呀"的开了。即有两个巨人跳跃而出，身穿全副盔甲；手中各执着一柄大砍刀，照准二人头上砍下。

琴、剑二人不慌不忙，举剑相迎，斗了一二回合，早将二巨人砍倒。定睛细视，原来都是木偶。玉琴微微笑道："这也是机关，倒被这怪东西吓了一跳。"

二人方欲走入小门内，不料木偶一倒之后，牵连在木人身上的警铃"当啷啷"大发响声，响个不住。剑秋知道这一响坏了事，内里必有防备，便对玉琴说道："不好，我们快快走罢。"玉琴想冒险进去，却被剑秋挽着她的玉臂，一齐回身奔出。

方才出得石佛的大腹，却见四个贼秃正和袁彪夫妇斗在一起，"铿铿锵锵"的兵刃相击声音，同时石佛的腹门已合拢了。剑秋说一声："险啊！"和玉琴挥剑跳上前去。见内中一个浓眉大眼的秃贼，便是智能，舞动缅刀，和袁彪杀得难解难分。玉琴大喝一声："贼秃！还认得我么？"智能一见琴、剑二人，便开口大骂！玉琴舞开宝剑，光芒四射，早刺倒了一个贼秃。

这时寺内四处警铃响应，石佛眼睛里的灯光忽然变作绿色，隐隐有隆隆之声。剑秋遂打个招呼道："我们走罢！"四人便如飞燕般跃上殿屋。智能喝一声："追！"首先跟后跳上。小鸾回转身将手一扬，一镖飞出，正中智能右肩，一个跟头跌下屋去。四人急忙飞奔出了天王寺，回转客寓。

行至半途，听得农家有鸡啼之声。剑秋对三人说道："且请少停。"一纵身早跃入农家短垣里去，不多时捕得四头鸡出来，授给各人手中携带一鸡。玉琴将头一偏道："我不要。"剑秋只得代她提了，仍向前行。

不到十数步，突闻背后天空声如裂帛，愈近愈响。四人回身向上一看，只见月光下有三柄飞刀，长如柳条，腾如游龙，直向四人飞射而来；冷气逼人，光芒耀目。剑秋便道："四空上人的飞刀来了，我们快快提防。"

玉琴柳眉倒竖，星眸圆睁，喝一声："何足道哉？"恰巧一柄飞刀向她顶上落下。她舞动宝剑抵住，刀光和剑光打成一片，往来飞舞。剑秋和袁彪、小鸾也出手一齐抵住。四人的剑术虽皆精妙，但那飞刀之光，逼人可畏。斗了一刻，剑秋恐不敌，遂先将两鸡放出，袁彪夫妇也把鸡向空上掷去。但见飞刀齐下，四只鸡的头一齐削去。飞刀见血，方才旋转方向，飞回寺去。

剑秋道："四空上人的飞刀果然厉害！还有他门下的两个徒弟，小蝎子鲁通和无常鬼史振蒙，也是不弱。所以要破天王寺，看来我等四人之力尚难应付。适才听说四空上人卧病，所以放了三把飞刀前来，自己没有出马，否则那贼秃不是说过上人有五把飞刀么？我预备的四头鸡做了我们的牺牲品，飞刀方才退去。恐怕久战下去，他们还要追来，于我们有不利呢！"

小鸾道："那农家不是无端倒霉么？"剑秋道："好在我已放下一两银子在那农家的鸡窝里，他们也不致遭受损失了。"

袁彪道："天王寺真如龙潭虎穴，羽翼既丰，又多机关。我们走了一次，探得大略情形，以后想设法再来便了。"玉琴不语，只是闷走。

四人偷偷地回到店中，已近五鼓。恐怕惊动他客，大家促膝坐在床上，养神休息。转瞬天明，大家起来洗面漱口。玉琴依然拂腮，似乎有些负气的模样。剑秋问道："师妹，是为了昨夜交战得不顺畅，所以闷闷不乐？"

玉琴道："我最恨人家挫折我的锐气，增长我的馁心。四空上人虽是厉害，也不是三头六臂的人；便是三头六臂的人，也没有什么畏怯。难道合我们四人之力，还够不上他的对手么？师兄未免胆怯了！我们走了一趟，仍没有和那贼秃见个上下；况且他既然卧病，我们都是好好的人，却反怕一个病人，岂非笑话？"

剑秋急忙分辩道："师妹不要见怪，不是这样讲的。实在四空上人未可轻侮。我们并非懦怯之辈，恐怕轻身蹈险，反受其害；不如见机而作，暂且退走。以后我们联合了云三娘、余观海等前来，再把那贼秃收拾干净，未为晚也。"玉琴道："云三娘已到云南，我们到哪里去找她呢？"

袁彪也道："量敌而后进，知难而退，这也不是剑秋兄的自馁，姑娘不要错怪。所谓知己知彼，百战百胜，我们谨慎一些也好。"小鸾道："你们俩都说得甚是，但我知道玉琴姊姊是个很有勇气有胆量、不甘示弱的人。此去未曾大战，便即退回，在我们以为谨慎，而在她却以为太自怯了。大概那贼秃的末日还未到临。好姊姊，暂且饶他一下，把他那颗光脑袋寄在他项上，日后再来取去罢。"

这几句话说得玉琴回嗔作喜，接口说道："我也并非恃勇好斗，那天王寺固然不易破去，但觉得这么一来，太示弱于人，心中觉得不爽快罢了。"小鸾又道："姊姊不要懊恼，将来自有爽快的一日呢！"

于是四人吃罢早餐，商量行止。剑秋相偕玉琴到塞外去，拜望李天豪和宇文亮兄妹。但玉琴因为莲姑和自己有隙不欲即去；想至曾家村去探望曾母和曾毓麟，然后再上昆仑。顺便可到虎牢去访窦氏父女，便将自己的意思和剑秋说了。剑秋答应，于是袁彪夫妇二人告辞回螺蛳谷去。小鸾握着玉琴的手，洒了几点眼泪，依依不舍而别。

琴、剑二人送了袁彪夫妇走后，便将旅店的饭金付讫，也携了包裹，跨上龙驹和花驴，呼了金眼雕，向南归来。路过京师，在京中游览了两天，又向南下，早到天津，二人便在一家菜馆里用午餐。剑秋又吩咐酒保取了三斤牛肉，喂给金眼雕在院子里吃。众人看了，好不奇异。

这时门外走进一个男子来，见了玉琴、剑秋，不觉失声喊道："你们却在这里啊！我正在思念你们呢！"二人回头一看，原来是李鹏到临，不由得大喜。一齐起身来，招呼入座，互谈别后状况。

李鹏听说玉琴已复父仇，向她恭贺不止。两人也问李鹏在乡可安好？李鹏说道："愚夫妇托佑平安，现在我因亲戚家中有事，故到京师一行，不想在此巧遇两位，足慰多时相思之忱了。"三人谈谈说说，用过午餐，剑秋抢着付了账，因和李鹏多时未见，所以还坐着谈话。

忽见门外有一辆大车赶到，停了车，便有四个解差，从车上拖下一个大汉来，项上戴着木枷，铁索锒铛，被解差左右押着，走进店里。那大汉生得面貌丑陋，口里嚷着："肚子饿得慌了，快些吃饭罢！"一边说，一边他的一双溜溜的三角眼，早已看见了玉琴，连忙大声嚷道："玉琴姑娘久违了！"这时玉琴也认得清楚那个大汉的面目，心中却不由得一愕。剑秋和李鹏在旁听见了，更觉得十分离奇，不知那大汉是个何许人物。

曾家村的曾毓麟，自从玉琴走后，一缕痴情，尚未泯灭。盼望女侠此去，能够早日复得父仇，重来此间聚首，又希望女侠的心肠也能改变转来，垂爱于他。因为天下事本来不可知的，好事多磨，要想一旦成功，也是不可侥幸而致。往往有些事先前经过一度挫折，而后得着圆满的结果，但愿自己和女侠的婚姻也是如此，那么终身无大缺憾了。所以他埋首书斋，研经究史，一心攻他的学业。

但是他的哥哥梦熊却又不然，和村中一辈少年，组织一个拳术团，天天练拳术，射箭牌，使刀舞枪，十分热闹；有时还要出去打猎。这种好勇斗狠的神情，在毓麟眼中看去，却不以为然。因为女侠不是有绝妙的本领么？然在她不用出来时候，看她又妩媚、又谦恭，和寻常女子无异，这才是真有本领的人呢！所以他们兄弟俩道不同不相为谋，各行其是了。

距离曾家村的东面七八十里，有个大柳集，集中有一富豪，姓余，兄弟两房同居。大房里的余清臣，在京中刑部里供职，奔走权势之门，放出他胁肩谄笑、奴颜婢膝的伎俩来，得居显要，夸傲乡里，大柳集中要算他一家最是有财势了。

余清臣有一个儿子，名唤信中，年方十六七，在家乡请了一位宿儒，教他读书。可是信中只喜欢使枪弄棒，没有下帷之心，家里的老太太也奈何他不得，只好由他去。后来信中索性请了一个拳教师，在家朝晚习拳。有时高兴走到书房中去读几点钟书，有时却整天不读，学生放先生。那位宿儒教着这样一个门人，也只好装聋作哑，不敢放出老师的尊严来，不要恼了他，孝敬两下拳头，一条老命便要送去半条了，还是见机的好。

至于那拳教师姓浦，名唤大龙，山东历城县人，自以为得少林嫡传，大有脚踢黄河拳打五岳之概。其实倚仗着一副外表，生得躯体伟岸，本领却很是浅陋。信中哪里知道，十分信任，聚了集中五六个少年，朝夕学习。浦大龙本是走江湖出身，借此图个温饱，且又俨然以老师自居，在大柳集中大模大样地走出走进，好不威风，谁敢去冲撞他一下呢？

恰巧余清臣在京中有个爱妾，那爱妾也生得一个男孩，余清臣十分宠爱的，却无疾而故，想要扶柩回葬，卜个长眠吉地，便写信回家，托账房先生代请一位堪舆家，看一块风水好的地方——因为老坟上已无隙地，须另筑新坟了。账房先生得着余清臣的信，好似得了令箭一般，便去请了一位有名的阴阳先生，姓胡名杜仲，到四处附近乡野中去察看，可是看来看去，没有一块十全十美之地。

后来在小黄山的南岗，看到了一片土地，气势雄壮，方向吉利；借着小黄山的山势，郁郁葱葱，得着山岳之灵，连不懂风水的人看了，也要赞一声好！胡杜仲便说这块土地再好也没有，葬了下去，后人富贵可至将相。账房先生听了大喜，决计买这地了。调查之下，始知这块地的主人便是曾家村里曾翁启尧所有的。

账房先生回去和老太太小主人等说了，立刻写信到北京去，报告余清臣知道。余清臣回信说，既有这样的好地方，请即向曾家接洽，设法购取此地，虽出重金不吝。账房先生要想把此事办成功，得主人的欢心，自己也可从中得利，于是便到曾家村来拜访曾翁，把来意奉告明白；要求曾翁把这地让与余家，建筑新坟，卖个情面，当出重资酬谢。

谁知曾翁一口回绝，因为这块地方是自己特地购置，预备将来做坟地的。余清臣虽肯出善价，也不能办到。账房先生又道："我家主人供职刑部，权势显赫，一心要得此地。若蒙曾翁割爱，彼此留一很深的感情。将来乡里之间，曾家若有事故发生，当能帮忙。"

曾翁一听这话，不觉冷笑数声道："贵主人食禄万钟，固然炙手可热，乡人谁不敬畏！但是老夫僻陋成性，不知趋奉，在这家乡安闲度日，于人无忧，也不须仰仗贵主人大力呵护啊！无论如何，这块土地不肯奉送与人的。"

账房先生见曾翁说得如此斩钉截铁，讨了个没趣，只好告辞退出。回去告诉老太太和小主人，又添上不少歹话，说曾翁藐视余家，霸占土地，不肯割让。信中年少气盛，握拳捋臂，恨不得立刻奔去，把曾家老儿一拳打死。

账房先生道："小主人不要发怒，待我写信去主人面前诉说详细，主人也决不肯饶恕他的，现在且慢和他理论。听说曾老头也有两个儿子，大的名叫梦熊，十分傻气，力大无比，聚集了他们村中少年，组织一个拳术的团体，倒未可轻视哩！"

信中听了，不由得恼得他大声说道："这些酒囊饭袋，没有用的东西，哪里在俺小爷的眼上？他们不要耀武扬威，我们倒要和他们较量一下呢！"说毕，气愤愤地走出去了。那账房先生便立即写信去告知余清臣，说得曾翁非常蛮横无理，好激动主人的怒气，以图报复。可是信中已等不及了，他便去见拳师浦大龙，说曾家如此无理，梦熊组织拳术团，十分自负，我们总须前去把他们打倒，出出这口闷气，也教那曾家小子不敢逞能，识得我们的厉害。

浦大龙听了信中的话，大声说道："曾老头忒煞可恶！我家老主人向他客客气气地购买土地，正是赏他的脸。他敢这样无礼，得罪我们，真是昏聩之至了！他既不肯出售，我们何不用武力夺将过来，这唤做先礼而后兵，怕他什么？凭着老主人的势力，料那区区土老儿也奈何我们不得！至于你说曾家小子组织什么拳术团体，在乡里耀武称能。哼哼，不是我浦大龙说句夸口的话，最近十年中，东奔西走，不知会过了多少五湖四海的英雄豪杰，谁不知道我浦大龙的一对铁拳。曾家小子敢谈什么拳术，只要我跑过去，管教打得他屁滚尿流，豆腐喊不出喊腐腐，也教小主人出一口气，长些威风。"

信中道："教师既肯帮忙，曾家小子不够我们打了。"当晚信中便请浦大龙喝酒，浦大龙在酒后又说了许多豪话，且说以前山东地方有个好汉黄天霸，有十分了得的本领，现在朋友中都称呼我"盖天霸"，可见自己的武艺比较黄天霸还要胜三分。到了次日，信中便去邀集一辈少年，约有七八个人，把自己的意思告诉他们，要他们同去助威。那些少年都是血气方刚，要有事怕太平的人，自然大大的赞成，要去闹一出全武行，大打出手。于是各人预备了短刀、铁尺，信中握了一根莲眉棍，浦大龙也带着一把单刀和铁镖，一行人饱餐后，往曾家村走来。

北方民气强悍，乡村间本来常有械斗之事，往往甲村和乙村为了一些小事，两边悉起村中精壮，拼命决斗，俨然如临大敌，打死了人也不用偿命。世世成仇，年年苦战，地方官也无力制止。真所谓"北方之强，衽金革，死而无厌了"。

这时梦熊正和众少年聚在一起练武，忽见自己家中的下人曾福匆匆跑来说道："大爷，祸事到了。"梦熊骤听这话，弄得他好似丈二和尚摸不着头脑，忙问曾福："有什么祸事，如此大惊小怪？"曾福道："大柳集中的余家小爷，同着六七个雄壮的少年，各执着刀枪棍棒，赶到我家门上来，要找大爷讲话，口里还说要打死太爷哩！我等一见情势不好，急忙将门闭住，二爷命我从后门溜出来报告与大爷知道，请大爷前去抵挡。可怜二爷是没有气力的，老太爷正吓得抖个不住呢！"

梦熊听了，"哇呀呀"一声大叫道："好大胆的余家小子，敢来寻事生非。正是'自作孽，不可活'，万万不能饶赦他了。众兄弟快随我去，打他一个落花流水。"大家答应一声，立刻带上弹弓、棍棒，飞奔而去。梦熊背了弹弓，挺着一根哨棒，当先赶到，见自家门前正有一伙人在那里打骂。

一个大汉，双手掇起一块大青石，喊道："你们闪开，待我来打破这门，好进去大打出手。"说毕将那大石向门上撞去，只听"豁喇喇"一声，大门早已倒下，大家正想一拥而入的当儿，梦熊在后大声喝道："姓余的小子，我与你并无冤仇，你竟敢纠众打上门来，是何道理？我曾大爷是个好男子，何惧你这个乳臭未退、胎毛未干的小畜牲？来来来，我们见个高低，好让你死心塌地，滚你妈的蛋。"

信中回头见是梦熊，便对浦大龙等人说道："好，那曾家的傻小子自己来了，我们上前快打。"便仗着手中短刀，奔上前来道："好小子，你敢骂人么？我家好好和你商量，情愿出钱购买你家的土地，你家老头儿怎样不受人抬举，出口不逊，得罪我的父亲。你这厮又在这里耀武扬威，今天前来问罪，识时务的快向我少爷好好儿磕三个响头，把这块土地卖给我们，方才罢休。不然打得你……"

梦熊听他口出狂言，不由得哈哈大笑，连忙喝道："住了！你们强买土地不成，反来寻衅，难道倚仗你家老王八的势头么？须知我曾大爷不是好惹的，如今不必多言，要打便打，叫你死而无怨。"说罢，将手中哨棒向信中头上打来，信中还刀格住。两边的弟兄跟着一拥而上，各举兵刃。"叮叮当当"斗在一起，慌得村中乡民不知是怎么一回事，大家遥立着作壁上观。

浦大龙见信中刀法散乱，战不过梦熊，便舞动手中单刀上前助战。梦熊估料这人必有些本领,也把哨棒使得十分紧急,和浦大龙决斗。信中却跳出圈子,抱着刀立在一旁,气喘吁吁地观战。谁知信中的一辈小兄弟究竟本领浅薄,气力又小,敌不过曾家村中的众少年,有几个已受伤退后。浦大龙正和梦熊极力厮杀,不分胜负,但见自己的徒弟都打败了,心中发急,虚晃一刀,回身便走。梦熊挺着哨棒追去,浦大龙回身将手一扬,即有一镖飞来;梦熊眼快,把棒一拨,那镖早已落在地上。遂即抽出他的弹弓,按上三颗弹丸,霍霍霍一连三弹,向浦大龙飞去。

论到梦熊的铁弹,也有些功夫的。以前失败于荒江女侠手里,因为女侠的本领高大,所谓棋高一着,缚手缚脚,自然梦熊的弹子不能损伤女侠毫末了。现在浦大龙功夫并不高深,全恃着一种虚骄之气,一见自己的镖没有打着人家,而人家的铁弹却如连珠般打来了,好不心慌。凭你浦大龙左一跳右一跳的怎样避让?避过两弹,第三弹早打在他右肩。"哎哟"一声,手里一柄单刀,"当啷啷"的落下,吓得他头也不敢回,飞奔逃去。

信中也想走时,梦熊跟着又发一弹,打在他的后背,跌在地上。梦熊跑过去一脚把他踏住,扬起哨棒喝道:"小王八,今天你栽了跟斗,老子不能饶你,须吃我三百哨棒。"说罢,正要打下去的时候,背后忽然跑来一人,把梦熊的手抢住,连连说道:"打不得,不要伤人,哥哥须听我的话,休要鲁莽。"梦熊回头一看,见是他的兄弟毓麟。

原来毓麟见大柳集中余家有人打上门来,慌得他把老父匿在房里,紧紧闭住房门,一面打发曾福去报知梦熊前来解围。后来梦熊和信中等斗在一起,他得知了消息,忙和家人跑出来偷瞧情势。且喜自己哥哥本领高强,来的人都非劲敌,心中大喜。及见梦熊把信中踏住,要抢棒痛打的时候,诚恐他哥哥大发傻气,闹出人命案子来,所以赶上前把梦熊的手抱住。

梦熊便道:"怎么打不得,我正要把他打死哩!"毓麟道:

"我们已将他打败，他们也认识哥哥的本领了；不如留下这条性命，让他去罢。何必多结冤家呢！"梦熊想了一想说道："好，我就饶他的狗命，让他得一个教训，以后再不要目中无人，一味恃强。"毓麟道："哥哥的话不错。"于是梦熊放了信中，喝道："快快滚回去罢！再要来时，老子决不饶你。"信中抱头鼠窜而去。

这里梦熊和众少年得意洋洋地回来。曾氏兄弟连忙设宴请众少年喝酒，大家兴高采烈，夸张自己的勇武，讥笑大柳集的人无能。直吃得杯盘狼藉，兴尽而散。曾翁心里虽然减却惊恐，但恐余家不肯干休，再来寻事。梦熊却很托大，安慰他的老父说："他们再来时，自有我出来抵御，不足顾虑；败军之将，更无足道。"但毓麟心里终以为他的哥哥好勇斗狠，易招祸殃，恐怕余家仍要报复，不可不防呢！

信中等一行人自从那天寻衅不成，反被梦熊等打得大败，个个人受伤而归，好不凄惨！他起初倚仗着教师的高人本领，有泰山之靠；哪里知道浦大龙也是个不中用的东西，所以归后大家都如斗败的公鸡，你看看我，我看看你，未免有些言语埋怨浦大龙的无能。浦大龙自己也觉得十分汗颜，扫尽威风，没有面目再在大柳集，受他们的供养。他遂偷偷地一走，不知到何处去了。

可是信中受了这一个大大的亏，更把曾家父子切齿痛恨，心里誓欲报复；只苦自己的本领不及人家，因此和账房先生商量，可有什么妙计，去陷害曾家。账房先生想了多时，想出一条计策说："主人在刑部衙门里当主事，很有势力。只要遇到重大的盗案，诬陷曾家兄弟是个坐地分赃的大盗，自可由刑部行文拘捕，押送京师讯办。那时主人一定不能放松他们，而曾家兄弟难免大辟之罪，管教他们家破人亡。所谓杀人不用刀，何必和他们苦苦械斗呢？"

信中听了账房先生的话，不由大喜道："早请教了你，用了这种计策，我不至吃这眼前亏了。你真是神机军师！"账房先生听信中赞他,掀着鼻子,摸着胡须,很自得意。

次日信中遂和账房先生秘密入京,去见他父亲余清臣,哭诉一切,账房先生又在中间添了许多不堪入耳之言。余清臣本来接到账房先生的信,知道曾家不肯割让土地的一回事,心中不免有些懊恼。现在又听了他们两人的一番说话,果然激得他怒从心上起,恶向胆边生,照着账房先生的计策,蓄意陷害曾家兄弟了。信中见父亲业已入彀,此行不虚,便同账房先生拜辞余清臣,回里静候发作。管教曾家吃一场大大的官司,那时候家产充公,这块牛眼吉地,怕不为自己所有么!

且说曾家村的梦熊,自从那天把余信中一干人打败,更不把大柳集人放在心上,每天仍和众少年练拳习武。一天早上起身,等候他兄弟毓麟出来,同用早餐,谁知等候良久,不见毓麟的面,以为他在书房中写字,忘记了早餐,跑至书房一看,只有书童在那里打扫拂拭,便问:"二爷可曾走来?"书童回答:"没有瞧见。"梦熊暗想:毓麟平日总是早起临池的,怎么今天睡到这时候还不起来呢?遂又走至毓麟卧室门前,见两扇房门兀自紧闭着,便提起拳头,"咚咚咚"的向门上敲了三下,不见里面动静,恼得他性起了,飞起一脚,将门踢落,踏进室中一看。见残灯犹明,罗帐下垂。咦,怎么今天毓麟睡得这般烂醉如泥,好不蹊跷!他便大喝一声:"二弟,日上三竿,还不起身,做什么春梦?"

一边说,一边掀起帐子,不觉使他陡的大吃一惊,只见床上锦被翻空,哪里有他兄弟的影儿呢?大呼:"奇哉奇哉!门不开,窗不辟,毓麟却又哪里去呢?"抬头一看,却瞧见了有二三椽木子断折,屋瓦欹斜,露出缝儿来,不觉大喊一声:"不好了!"回身跑出去,喝家人齐来观看,说是昨夜必有飞行大盗光临,把毓麟背去了!那大盗必从屋上折椽子而下,所以有破绽可见。只是此盗为什么一钱不劫,单劫了人走呢?

这时又从桌子边发现一张纸条儿,下人取过给梦熊瞧看,只见上面写着:

去年兄弟们向汝家借用钱财,岂料反遭毒手,有仇不报非丈夫,遇敌而退岂英雄?今夜特来将汝家二公子劫去,识时务者于十日之内速速筹备十万金,至鸭头镇,口呼焦大官,自有人来接洽。得金之后,即可将人释放,否则当碎尸万段,为弟兄们复仇矣!又前次杀伤兄弟们之女子今在何处,何以不见?或能交出此女,亦可免汝家二公子一条性命也。

梦熊看这纸条时,他的父母和妻子也赶来了。曾翁接过一看,不由得面如土色,只说:"麟儿已被飞行大盗劫去,怎么好呢?"曾太太也十分发急,听说盗匪留言,要教他家出十万金,取赎毓麟的性命,她把次子平日爱如心头之肉的,便要她的丈夫赶紧出钱去赎。

梦熊道:"此次来的盗寇,便是昔日到我家行劫余党。他们前番吃了玉琴姑娘的亏,所以特来报复,纸条上不是写着要找女侠吗?"

曾翁道:"不错,玉琴姑娘以前救得我家之劫,但今番却不能了。"曾太太道:"玉琴姑娘已到塞外去,不然她知道了这个消息,必要代我们救还麟儿的,可惜我们找不着她啊!"

梦熊道:"现在事已如此,没有用的话少说。好在有十天之期,待我先到那鸭头镇去探听一下,再作道理;若知盗党巢穴,也好通报官兵,前去痛剿。"曾太太连忙摇手道:"使不得,万万使不得!你兄弟已落在他们手里,这样一来,岂不是送掉你兄弟一命么?"曾翁也道:"报官也是不稳妥的,只有取赎一法了。"梦熊气呼呼地说道:"那么待我冒险去救兄弟,凭着我这本领,未必败在那些狗盗手中的。"

众人正在纷纷讲话的时候,忽然曾福又在外边急急忙忙跑进来说:"官府里有人要来捉拿大爷和二爷呢。"曾翁夫妇听了,又是一惊,梦熊即嚷起来道:"怎么有人要来捉拿我兄弟么?放屁放屁,我们所犯何罪,待我前去问个明白。"曾翁方要拦阻,梦熊已大踏步出去了。

他走到大厅上，只见庭中心黑压压地站着许多兵士和捕役，早有一个捕役走上前来问道："你是曾梦熊么？"曾梦熊答道："是的，我们并没犯法，你们前来做甚？"捕役冷笑一声道："此间有北京刑部衙门文书前来，要捕你们兄弟两人入京审问，因为有人告发你们串通盗党呢！"

梦熊把脚一蹬道："哪里有这么一回事？不要冤枉好人！"捕役道："冤枉不冤枉，你们前去辩白罢！我们奉公差遣，只得要你走走，休怪得罪。"说罢把手中铁链"哗啦啦"一抖，便往梦熊颈上一套。众兵丁把大刀高高举着，大喝一声。依着梦熊的性子，本要发作；继思这也不关他们的事，我既没有犯罪，便到京师走一遭，又有何妨，遂束手就缚了。

捕役们拘了梦熊，还要找毓麟时，梦熊遂把昨夜盗匪光临的事告诉他们。他们还不相信，见了纸条儿，方才罢休，于是一行人押着梦熊而去。只吓得曾翁一对老夫妻魂飞天外，真是福无双至，祸不单行。盗匪劫去了次子，官中捕去了长子，这一个当头霹雳，教他们平日享着天伦之乐的人，如何忍受得住呢？可怜曾翁只听得梦熊说："此去无事，老父放心，赶紧营救兄弟。"几句话，夫妇两人抱头大哭，哪里还会想得出法儿呢？

梦熊被捕役拘后，雇着一辆大车，把他手足都用镣铐钉住，载着他向前登程，先送他到天津去审讯。在途中梦熊方才想起大柳集的余家主人余清臣，在京里刑部供职；大概这场官司，必然出于他家有心陷害，那么自己此去不免危险。但他有傻气的，自负好汉，所以情愿挺身前往，想不到天津遇了荒江女侠，忍不住大喊起来。

玉琴陡见梦熊这种情形，不由一愕，不明白他犯了什么大罪。待他坐定后细细询问，梦熊才把自己如何和大柳集余家小子械斗等情，以及此次突然吃官司的经过，毓麟如何被盗劫去的事，一齐告诉。玉琴听说毓麟为盗劫去，芳心不觉暗暗吃惊。

梦熊又道："玉琴姑娘，你来得甚好，望你前去设法搭救我的兄弟，安慰我父母的心。我自己情愿吃官司，好在此次实是冤枉，我必要洗刷明白。比较上还是我兄弟危险一些，因为他是文弱的人，怎禁得强徒的毒辣手段呢？"

玉琴闻言，忧形于色，遂对梦熊说道："我本要到府上拜候尊大人起居的，不料你们遇着这样的祸事！毓麟兄弱不禁风，怎样受得起此种摧折？尊大人风烛暮年，如何受得起这样的惊恐？我必星夜赶去，想法侦探盗迹，救出令弟。至于大哥之事，我亦当托我师兄代为营救，请你也放心。"

梦熊听了，哈哈笑道："玉琴姑娘，你真不愧为贤妹也。我曾梦熊感激不尽，只要你救得我的兄弟，这场官司我自愿一人担当便了。"玉琴点点头，又道："你想必饿了，快些用饭罢。"梦熊嚷道："不错，吃饭要紧。"遂过去和捕役一同坐了，大吃大嚼。

玉琴仍和剑秋、李鹏坐在一起，看他们吃饭。剑秋瞧着梦熊这种傻气，忍不住发笑。梦熊一顿饭吃罢，捕役不让他多说话，押着便走。梦熊又对玉琴说道："拜托拜托，我去了。"玉琴道："请你放心，我准办到。"眼看着他坐上大车而去。

玉琴遂回过头来对剑秋说道："他们的事，师兄想必也已听得明白，他们兄弟两人各有祸难，我既见了，怎能袖手旁观，坐而不救呢？我此去曾家村必想法要把曾毓麟从盗窟救还。不过梦熊到了京师，既然有仇人在那里主使，这场官司一定脱不了干系。即请师兄前往走一遭，好在有李先生同行，途中也不寂寞。"遂向剑秋附耳低言如此如此。

剑秋点头道："我都理会的，当不致误事。"玉琴又道："那么我在曾家村等候师兄回来了。"剑秋道："师妹一人前往，诸事小心，不要逞勇，遭人暗算。"玉琴点头微笑，三人又谈了一刻话，遂由剑秋付了账，一齐出门，分手告别。剑秋和李鹏站立着，看玉琴骑上花驴，嘚嘚地跑去。自己带了金雕，跨上龙驹，李鹏也跨上他的坐骑，赶向京师去了。

玉琴在路上很代曾家忧虑，尤其是为毓麟发急，不知他如何被盗党劫去？此去不知可有线索寻得？否则自己虽然有心救他，只恐劳而无益呢！玉琴的性情素来不能有事的，一有心事，寝食不安；全神贯注着，必须将事办妥，方才安宁。所以她催动花驴，向前疾驰。幸亏路程非遥，第三天的傍晚时候，已到曾家村。

到曾家门前下了驴背，早给曾福瞧见，连忙上前叫一声："玉琴姑娘来了！我家正有祸事哩！"玉琴点点头道："我在路上遇见你家大爷，一切情形，都已明白。你家老爷、太太在何处？我要紧见他们。"

曾福道："都在内室。"于是曾福将花驴牵到里面，引着玉琴走到内室门前，曾翁正和曾太太对坐着，商量救赎儿子的方法。曾福在门外喊道："老爷，方姑娘到了。"

曾翁夫妇陡闻方姑娘三字，连忙直立起来。玉琴已掀帘而入，见了曾翁夫妇，便跪倒行礼，请义父义母的安。曾太太伸手把她扶起，见面之下，悲喜交集，曾翁便把他家这番所遇的祸事，详实奉告。玉琴也将自己在天津饭店遇见梦熊的情形告诉他们，且说道："此次的事我都知道了，我本来来拜望义父义母的，不想出了这样一个岔儿，真是天有不测风云，人有旦夕祸福哩！"

曾太太道："可不是么！我们自从姑娘去后，时常思念，尤其是小儿毓麟，盼望姑娘能够重来此间欢聚，且不知姑娘的大仇可复！难得姑娘今日来了，哪知他们兄弟两人都遭着飞来横祸，命在旦夕，害得我们两个尽是发急，没有办法了。"说罢眼泪已滴将出来。

曾翁也叹道："楚囚对泣，奈之何哉！"

玉琴道："两位大人放下愁怀，不要悲伤，义女到此便是要想法救出毓麟兄来。至于大哥的事，已托我师兄剑秋，暗暗跟随入京，设法营救了。这事虽属危险，我想也不要紧的，请义父义母放心。"两人听了玉琴的话，稍觉安慰。曾太太又道："全仗姑娘援助，若能救出他们弟兄两人的性命，我们终身感德不忘。"曾翁又取过纸条给玉琴，且说自己预备出钱，先将毓麟赎取了。

玉琴将条儿看过一遍，然后对曾翁夫妇说道："原来便是以前到此盗劫的余党，他们既要找我，我也要去找他们。现在不必将钱去赎，好在还有三四日期，明天我到鸭头镇走一遭，总要把盗窟探问明白，好将二哥救出。何必白花金银给他们享用呢？"曾翁知道玉琴确有本领，说得出，做得到，或者靠着她的力量，能使爱子生还。便道："那么拜托姑娘了。"

玉琴又问道："鸭头镇在何处，义父可知道么？"曾翁答道："我已探得鸭头镇在白河东岸，陆庄之北，那里人烟稀少，是个冷落的地方，也许盗贼匿在那边附近，从这里往东北走去，不过一天工夫可以到的。"玉琴道："明天我一早动身，准到那边去相机行事，义父和义母千万放开怀抱。"

曾翁连声说："是是。"玉琴也将自己复仇的事，以及回乡扫墓等经过情形，大略奉告，曾翁夫妇听了，很觉快慰。曾太太又道："这是姑娘的孝心所致，我们非常庆贺。"曾翁遂命厨下预备精美的肴馔，宴请玉琴。梦熊的妻子宋氏也走来问好，一同相陪，听说玉琴拜托她的师兄岳剑秋入京想法救出梦熊，所以私心更是感谢，这夜玉琴便和宋氏同睡。

次日清晨，玉琴起身，用了早餐，暗暗佩上宝剑，吩咐曾福好好喂养花驴，自己辞别了曾翁夫妇和宋氏，独自步行离了曾家村，向东北方走去，一心要探访盗窟，救出毓麟。半途在一个村子里，将就用了一顿午餐，在日落西山时候，才到了鸭头镇。果然这地方人烟寥落，很是荒凉；远远有数家渔户，沿着山河盖的土屋，门前场上晒的渔网，还没有收。

玉琴一边走路，一边留心观察，前面正有一条小桥，桥边有株大树。玉琴走上小桥，望那几户人家已有炊烟缕缕，从他们的屋顶上升起，绵绵邈邈，企立如人形。玉琴瞧着炊烟，正在出神地遐想，忽听桥下有渔歌之声，唱得很响。俯首下视，见河中有一小小渔舟行来，船头上站着一个汉子，穿黑色短褐，赤着双脚，两手持着一根篙子，向河中轻轻点着，口里却唱着渔歌道：

> 对怜少哥西家翁，终朝打鱼莫嫌穷；大鱼打得上市卖，小鱼煮就吃肚中。浊酒三杯且自饮，醉来蜷卧在短蓬。
>
> 君不见古时霸王楚重瞳，暗鸣叱咤逞威风；天之亡我非战罪，成败安足论英雄。河上逍遥尽可乐，何必封侯求立功。

玉琴听着歌声，芳心不由一动，暗想：瞧那汉子虽似渔哥儿模样，然而唱不出这种歌词的啊！这时那汉子也已瞧见玉琴，把篙一点，船已傍岸。汉子跳到岸上，走上桥来问道："天色将晚，姑娘一人单身在此，有何贵干？可是找什么人？"玉琴点头道："正是，我要找一个人。"

汉子道："你找谁？"玉琴假意低声说道："请问渔哥儿，这里有没有一个姓焦名大官的？"那汉子听得玉琴提起焦大官三字，面上不由一惊。便又问道："姑娘找他做甚？可是……"说到这里，又嗫嚅着不说明。

玉琴便用手招招道："这里不是谈话之所，请你同我到那边林子里去谈罢。"说毕回身走下小桥，那汉子半惊半疑地跟着她走来。

一群暮鸦在天空噪着，飞过林子去，似乎报告人们说一天的光阴已过去了，早些归去安睡吧。

第三十一回

孤舟赴奇险触目惊心
病榻诉离愁回肠荡气

暮鸦声中，夕阳影里，二人早走到桥东的林子内。玉琴立定脚步，开口问道："你可是焦大官那边的人，请你实说。"那汉子将玉琴上下身打量了一会儿，方才答道："我可以说大官手下之人，也可以说不是他手下的人，姑娘究竟有什么事？"

玉琴微笑道："渔哥儿你莫再假装不知，我是来和焦大官接洽的，他在何处？曾家村的曾毓麟又在哪里？快快讲个明白，我预备黄金来取赎。"玉琴故意哄他一句，要探听出焦大官的下落，一边暗暗按着剑柄，但等那汉子言语支吾时，便要掣出宝剑用强迫手段了。

那汉子听玉琴的话，便道："原来姑娘是来取赎曾家的人的，那么待我来告诉你几句罢！不过和我商量，却是不中用的啊！"玉琴听了，不由一怔，遂道："不管中用不中用，你快快告诉我，焦大官现在哪里？若不说时，莫怪我要得罪了。"

那汉子说道："姑娘这样心急，我就爽爽快快说了罢。我姓朱，排行第五，人家都唤我朱小五，又因我常喜赤脚，所以代我题上一个别号，叫作'赤脚朱小五'。本来我家世居在这个鸭头镇,但是我出世以后,父母双亡,上有三兄,都不幸早丧,只有四姊远嫁在他处。别人都说我白虎星照命,好好一家人,不多几年,精光大吉,只剩了我赤脚朱小五一个人。我家本以打鱼为生,只是我长大时,喜欢赌博,所以把屋子都输去了,独自棹着一只小舟打鱼,夜间就宿在船中,真合着'浮家泛宅'四字了。可是因我爱赌之故,常常弄得吃饭都没有钱,几乎无以为活,后来我便跟随了焦大官,混口饭吃吃了。"

玉琴十分心急,便道:"你快说焦大官是个何许人物?现在哪里?别的事就无关重要的。"

朱小五又说道:"在这里沿河东去,有个小洪湖。那边芦苇甚多,水道曲折,湖中有一小小陆地,四面是水,名唤小洪洲,上面有一龙王庙,焦大官便在那里。姑娘,你该知道焦大官是一个很有本领的飞行巨盗,手下有二三十个徒党,因他常常到鸭头镇来聚赌,所以我认识他。后来我输得负了一身债,屋子售去还不够时,他很慷慨的代我还清其余的债,教我入他的伙。我想不做强盗,也是不得活,做了强盗,至多也是一死,所以答应入伙,跟他上小洪洲去。谁知做强盗到底没有多大快乐,头领固然很威风的,但是做小喽啰也是苦得很,头领说怎样就怎样,不得违背一些的。我方才唱的渔歌,也是焦大官教人做了,传到这镇上来,让大家唱的,我也没领会多大意思,信口歌唱,自得其乐罢了。

"以后我因做错了一件事,恼了焦大官,把我痛打一顿,逐出小洪洲,说我不配做强盗,还没有资格,于是我遂不得不依靠着打鱼度日了。可是那边有几个兄弟仍和我感情很好的,我打得鱼后,常常送到那边去换钱,他们手头很松的,并不计较锱铢,所以我也不卖给别人家了。

"前几天听说焦大官独自到曾家村去劫取他家的二爷前来,幽囚在龙王庙里,要他家十万金取赎。因为焦大官有一班兄弟,前年到曾家去打劫,大大失风,死了几个弟兄,今天焦大官也是代他们复仇。曾家若没有金钱替二爷取赎,即将曾二爷开膛破肚,活祭亡魂。姑娘此来,可是设法取赎曾二爷的性命么?但是姑娘一个女流,怎样去和他们接头呢?不怕他们要起妄念么?他们天天有人在此等候接洽的,今天是一个姓张的,此时敢怕还在镇上赌钱呢!"

玉琴听了朱小五的话,方才明白,便道:"多谢你能够告诉我这些话。你已入了盗党,现在却幸脱离,这是很好的事。一个男子汉无论如何穷到极点,宁可沦为乞丐讨饭吃,强盗终是不可做的。我今也老实说了罢!此来并非赎取曾家二爷,实在要凭着我的本领去将他救出来。你既然熟悉那边情形,请你暗中引导我去走一遭,成功以后,决不有负你的功劳。曾家很是有钱的,我当代为做主,将来大大酬谢你一笔钱,你可不愁穷了。"

朱小五听了玉琴的话,更觉惊讶,又对玉琴说道:"姑娘,你要我引导前往,也可以的,只是焦大官非常骁勇,姑娘恐怕不是他的对手吧!"

玉琴冷笑一声道:"请你放心,区区狗盗不在我的心上,你只引导我前去便了。"说罢,"霍"地将宝剑抽出来,光芒闪烁,冷气逼人,说道:"试试吾剑利与不利,焦大官可有几颗头颅?"朱小五只觉得凉活活的,汗毛都竖起来,遂道:"姑娘既有如此本领,我准引导便了。现在且请姑娘到我船舱里去躲避一下,休给旁人瞧见了,泄露风声,反为不美。我本来也怀恨焦大官,只苦没有力量报复哩!"玉琴点点头,遂随着朱小五走到河边,跳上小舟,钻进舱中坐定。

这时天色已黑,一弯新月在云端里显出来,朱小五悄悄说道:"到小洪湖的一条路,我是走熟的,不过恐怕姑娘没有用晚饭,船上却无好东西,只有一些麦粥,却是干净的。"玉琴道:"我倒不要吃什么,你饿了肚子,摇不动船的,快快吃了粥,赶上那里去罢。"朱小五答应一声,便到船艄去煮熟了麦粥,吃得腹中饱了,便将篙拨转船头,往东摇去。

玉琴坐在舱中,黑暗里养息精神,有时候睁眼向两岸张望,都是田野,黑沉沉的,不见灯火;只有天上的月亮,好似在云屏后,露出娇面窥人的模样。行了许多时候,听得船底水声较前大了。黑暗中见湖面很大,月光照在一簇簇的芦苇上,随风而舞。玉琴正襟危坐,朱小五在船艄用力摇橹,橹声欸欸,又转了几个弯,湖面渐狭,遥见前面隐隐有一陆地。忽觉船头上好似撞着一样东西,船身向左一侧险些翻倒,幸亏朱小五急忙将船退后,停住了说道:"哎哟,姑娘这事难了!"

玉琴立起身道:"有什么事?"朱小五道:"姑娘请向前看罢,在水面上滚的是什么东西啊?"玉琴走到船头,借着月光,见前面水上有十几个大大小小的车轮,皆有铁索牵挽着,在水面上滚来滚去,每个轮上齿尖利得如刀一般,一把把晃晃的尖刀映着月光,飞也似的转动,上上下下,倏忽无定。令人看了,真有些触目惊心!

朱小五道:"以前我在那边曾听得焦大官说起,要请一个荷兰人到此装置一种防御工程,名唤滚刀轮。一到夜间,在四面港湾口布设。非但船只不能行驶,倘有精通水性的人,想要泅水偷渡,若碰到滚刀轮上,也没有命活了,不想现在已布置好了。幸亏我们的船摇得慢些,不然岂不要出毛病么?"

玉琴道:"呸!别人怕这种滚刀轮,我却不怕,你快把船摇上前去。"遂拔出真刚宝剑,立定在船头,精神抖擞,朱小五只得摇向前去。一触机栝,滚刀轮一个个滚上来了。玉琴将宝剑使开,左剪右削,呼呼喇喇地把这些滚刀轮一齐削断,沉在水底,没有了用,小舟便安然前进。朱小五在船后见了大喜。不多时船已停岸泊住,朱小五遂从后艄钻进舱,悄悄地对玉琴说道:"姑娘,险地已过,这里是小洪洲的后面。我因前面有人把守,容易被他们撞见,所以绕到后边来。幸喜没人知觉,我可以引导姑娘到龙王庙的后门进去;因为看后门的小白条李进,和我是结拜弟兄,常常往来的,我带了姑娘去见他,只说姑娘被我拐骗来的,要寄他处。他是一个色中饿鬼,必定入彀,决不会喊破。船中又有两瓶陈酒,是一个友人送我的,我也携了去，把他灌醉了，便好动手。姑娘以为何如？"

玉琴听了大喜道："朱小五，你这个计策很好，照此行事便了。"朱小五遂在舱里摸索两瓶酒来，夹在胁下，同玉琴走上船头，先后跳到岸上。朱小五在前，玉琴在后，悄悄地一高一低往龙王庙走去。

两旁都是树林，十分沉寂，娟娟明月，却在顶上，频频把媚眼盼人。玉琴借着月光，见前面已近一庙宇，后面的墙头很低，朱小五悄悄说道："到了。"又走数十步，来到一个小门前，隔着花墙望进来，隐隐有些灯光透露。朱小五伸手向门上弹指数下，只听里面有人问道："外面是谁，二更已过，老子将要睡眠了。谁来后面戏弄，被头领知道了不是玩的啊！"

朱小五轻轻说道："李进哥，小弟朱小五来了。"又听里面接着说道："嘿，老弟怎么会在这个时候偷偷来此？干什么？若有鱼时，明天可将来换钱，现在老弟已脱离了我党，休要鲁莽，自取其咎。"朱小五又道："不是的，我另有一件事情拜托你，李进哥，快快开门啊！"跟着便听拖鞋皮的声音，这扇小门"呀"的开了。朱小五一脚踏进去，玉琴身子一闪，也已走入。朱小五等李进关上了门，便和玉琴一齐走到右边一间小屋里去，这屋子便是李进的卧室了。

桌子上点着一盏半明半灭的灯，室中凌乱得很，炕上斜堆着一条棉被，壁上挂着一把朴刀，还有一张胡琴和一管笛。玉琴正在四面瞧着，李进也已昂然走入，一见玉琴便道："咦，这位姑娘，老弟带来干么？"玉琴见李进穿着黑衣黑裤，胸前一排密扣，面貌却也生得白皙，约有三十左右的年纪。一边说话，一边眯着一双色眼，将玉琴由顶至踵瞧一个详细。玉琴假作娇羞，背转身低首拈弄衣襟。朱小五把酒瓶放在桌子上，也假装着鬼鬼祟祟的神情，低声对李进说道："李进哥，不要声张。这位姑娘姓许，是鸭头镇赵姓富豪家的外甥女。她愿意垂爱于我，所以我把她引到这里，想暂在老哥处躲藏一下。因恐赵家见她失踪，要四处来搜寻呢！这里却是千稳万妥的。李进哥，你看这位姑娘美不美？妙不妙？"

李进啧啧称赞道："美美！妙妙！老弟，我倒看不出你有这种艳福，我不如你啊！"朱小五带笑说道："李进哥不要说这种话，只要你肯包藏我，将来自当谢你的好意。"李进怪笑道："老弟，你把什么来谢我呢？金子银子我都不稀罕。"朱小五又道："我们都是自家人，李进哥如何便如何，小弟无有不从的。"李进道："好，你们且请坐坐，我没有什么做东道主啊。"朱小五便同玉琴在他的对面一齐坐下，指着桌上两瓶酒说道："良宵无以为乐，带来两瓶陈酒，愿和李进哥饮个畅快。"

李进是个色鬼，又是酒鬼，不觉颠头摇脑地说道："很好，我有些腌牛肉和花生米在此，可以作下酒物。"遂至炕边壁橱里取出一大盆腌牛肉，已切成片子，又有一包花生米，放在桌上，取了三个酒杯，放在各人面前，然后坐下，说道："我们喝酒罢。冷酒也好，不知这位姑娘要不要喝？"朱小五道："她不过喝个一杯，我们就喝冷酒。"李进和朱小五各喝了一杯，玉琴勉强尝一尝，却把花生米细嚼。

朱小五连连劝酒，李进一连喝了三大杯，眼睛斜瞧着玉琴，对朱小五说道："老弟真好福气，竟有这么美丽的姑娘肯随你同走，真好福气。我小白条枉自比你虚长三岁，自问我这张脸子，还生得不错，却没有妇女来看中我，岂不冤枉么？"说毕狂笑不已，玉琴只是低头不语。朱小五嚼了一片牛肉，假意说道："李进哥，你们头领将要发财了，大概你也可以分到一些，那么可以请假到天津窑子里去大乐一乐，岂不是好呢！"

李进搔着头道："发财也不是容易之事，我们头领劫来的曾家小子，虽然声明要他们出十万金来取赎，但是至今已有八天，还没有人来接洽哩！即使得到了钱，还是头领们取得多，我也没有几个大钱到手的，怎样能够到天津去狂乐呢？况且窑子里人怎及得这位姑娘温文美丽呢！"说罢又喝了一大杯酒。

朱小五道："曾家是有钱的富户，为什么不来取赎，不知现在姓曾的禁闭在什么地方？"李进道："便在第四进龙王大殿右边一间里，就是以前幽闭一个湖北人的老地方。那里铁窗铁门，十分坚固，我们头领因他是一文弱书生，这里又是四面是水，决不能插翼飞逃，所以只派两个弟兄轮流看守罢了。过了十天之期，姓曾的性命恐怕难保哩！"朱小五听了点点头。

玉琴暗想：毓麟禁闭的地方已被探知，时候不早，还不下手，更待何时，谁耐烦去伴那厮喝酒呢！蓦地想起一样东西，就是那包白色的药粉，以前迷倒法玄和尚的，还有少许藏在身边，何不一用？遂得空暗暗地取出，乘李进不留心时，将指甲弹在自己的酒杯中，便取过酒壶，斟满了一杯，双手敬给李进道："李爷请饮一杯。"朱小五也带笑说道："好了，姑娘敬起酒来了，李进哥的面子不小。"李进见玉琴敬酒，喜不自胜，全身都觉酥软，接过酒杯，一饮而尽，哈哈笑道："这一杯酒十分名贵的，我真快活已极了。"说罢也倒了一杯，还敬玉琴，玉琴接了，迁延着不肯喝下，仍嚼着花生米。不多时李进身子向前一倾，伏在桌子上昏然睡去，不省人事。

玉琴拔出剑来，对朱小五说道："事不宜迟，我要去救曾二爷，你快指点我的途径。"朱小五点点头，便和玉琴走出来，一边将门带上，一边指着左手一条甬道说道："姑娘往这甬道一直走去，顺手转弯，过了一个庭心，在东边的一个矮屋就是了，要不要我引着走。"玉琴道："这里四面是水，退路要紧，你快还去守住船头，待我救得人来，可以上船脱身。"朱小五答应一声，开了门走还船去。

玉琴遂照着朱小五的说话，由甬道走上去，穿过庭心，月光下瞧见那边果然有一矮屋，屋门前石阶上正坐着一个人，在那里打瞌睡，背心对着他。玉琴急忙飞身过去，将剑一挥，那人早已身首异处，可笑他死得不明不白，没有知道谁把他杀死的呢！玉琴过去将铁门推推，不能摇动，她遂转到铁窗之前，听得里面有咳嗽和叹气的声音，正是毓麟；便将宝剑照准铁窗上下一阵刺削，早把铁窗的铁条一根根削落，纵身跳进屋子，运用夜眼，见墙边上躺着一个人，大概就是毓麟了。走到近身低唤:"毓麟兄莫要惊慌,我来救你的。"

这时毓麟也已觉得,且听出是玉琴的声音,惊喜参半,遂低声问道:"来的是不是玉琴贤妹?哎哟,我在此间苦得不堪,快快把我救出去罢!"玉琴听他口称贤妹,不由面上一红,继思我已拜了他的母亲为义母,自然兄妹称呼了,我又何必多心呢!遂又道:"你放心,我必将你救出去的。"毓麟道:"昨晚我被他们用刑拷打,把我两足都打坏了,一跛一拐的,痛得难以行走,如何是好?"

玉琴道:"你的身上可有丝带么?"毓麟道:"有有。"立即解下他的束腰带,授予玉琴,玉琴接了便道:"毓麟兄,请你蹲起,待我将你背出去罢。"毓麟犹豫道:"怎敢有屈姑娘,怎……"玉琴把脚一蹬道:"不要想什么了!此时此地不是拘礼的当儿,我既要救你从虎穴中出来,别的问题也顾不得了,从速为妙。"

毓麟听了玉琴的话,方才将身子支撑起,勉强蹲着。女侠也蹲在地上,把丝带向毓麟身上一兜,打了个结,再兜到自己的胸前缚住;毓麟两腿向玉琴腰边夹住,双手搭住玉琴香肩,玉琴倏地立起,扬着宝剑,飞身从窗中跃出,仍往原路奔走。

不料有一个盗党来替换看守毓麟的,正和玉琴撞着,陡地大吃一惊,连忙喊起来道:"不好了,你们大家快快起来,有人来劫人啦!快来快来。"

玉琴本想把这人结果性命,只因自己背上有人,此行最大的目的是救毓麟,三十六着,走为上着,不如快快一走,免得身陷重围,将来不妨再来收拾那些狗盗便了。想定主意,施展飞行术,只顾奔逃,刚才出得后门,跑上数十步,只听得背后有人声呐喊,火把大明,有许多人追来。玉琴要紧奔跑,不暇返顾,觉得背后一阵冷风,急忙闪避,便有一支袖箭从左边飞过,又听毓麟喊道:"不好了,我腿上已中人家的暗器了。"

玉琴心中又惊又怒,因为背上驮着人,不便和人家交锋,防伤了毓麟;现在听毓麟已受了人家一箭,明知一场恶战,不可幸免，遂窜进前面林中，急忙将毓麟放下，教他躲在树后，不要声张，自己将剑一摆，跳出林子来。这时追者已近，为首一个大汉，相貌狞恶，双手举着一柄月牙铜刘，旋风也似的赶到，背后约莫也有二三十人，举着刀枪火炬，一拥而至。那大汉瞧见玉琴横剑而立，虽是一个女子，却饶有英气，便大声喝道："你这女子是谁？竟敢到此夺人，胆也不小！可知道我焦大官的厉害么？"玉琴听他通名，才知此人便是焦大官了，更不答话，举剑向他进刺。焦大官也把铜刘舞动，和玉琴交手起来。

那铜刘是一种月牙式的兵器，背厚锋利，既可挡御敌人的兵刃，又可疾卷而入，但非熟谙武艺人不会使用。此时焦大官把那月牙铜刘盘肩盖顶，上滚下卷，舞得如一轮明月，和剑光相映着在月下融成一片银光。二人大战百余合，玉琴觉得焦大官的本领果然不错，深恐久战下去难以取胜；况且丢着毓麟在林子里，危险得很。于是心生一计，故意卖个破绽，让焦大官的铜刘卷来，口喊一声"啊呀"，望后便倒。焦大官大喜，以为玉琴受伤了，踏进一步，想害玉琴的性命。不料玉琴一个鲤鱼打挺势，直跃而起，一剑向焦大官头上横扫而来，喝一声："着！"白光一瞥，焦大官的头颅已不翼而飞，尸首躺在地上了。

众盗匪见头领死于女子之手，惊怒交并，一齐上前，把玉琴围住，要代头领复仇。不过内中有几个以前曾和玉琴交过手的，识得她的厉害，早已溜之大吉。其余悍不畏死之徒，和玉琴混战一场，却被玉琴将真刚宝剑四下横扫，一个个都死于剑光之下。玉琴见群盗已歼，不敢怠慢，急急回身入林，喊一声："毓麟兄？"毓麟呻吟着答道："在这里，盗匪怎样了？"玉琴道："都已杀光了，请你不要害怕。"遂又蹲下身子，把毓麟负起，一直照着原路奔到湖滨。

玉琴口里一声"哎哟"，芦苇中便有"咿呀"之声，摇出一只小舟，朱小五在船上问道："姑娘救得曾二爷？"玉琴道：

"在此，你快把船摇来。"朱小五忙把船摇近岸边停住，玉琴早已跃登舟上，把毓麟放下，双手托着他进舱，觉得毓麟身上很冷，知道不妙，将他放下，轻轻喊声："毓麟兄。"不见答应，玉琴吩咐朱小五点一枝烛来。朱小五遂点了一枝红烛，玉琴取在手里，向毓麟面上照着，只见他面色若死，牙关咬住，且手足冰冷，好似已死了，又摸他胸前，幸尚温暖，但是心跳得很迟慢。

朱小五道："这是曾二爷么？姑娘既已把他救出，怎会如此模样？"玉琴道："我把他伏在背上，逃出时他被狗盗放中了一箭，后来我把他放在林中，我去把群盗诛灭，再负他来时，他已不堪痛苦，大概受的毒箭吧！"朱小五道："对了，焦大官善射袖箭，百发百中，箭头上涂有他炼就的毒药；听说射在敌人身上，一沾着血，药性发作，不消十二个时辰，毒气攻心而死，十分厉害的，曾二爷中了他的箭了。"

玉琴将烛递与朱小五，命他照着，自己用手将麟毓右腿裤解了足带，卷将起来，才见大腿的后面有一个小孔，黑色的血不停流出来，大约那袖箭已被毓麟自己拔去。玉琴皱着眉头，暗想：这事尴尬了，好容易将他救出，却中了人家毒箭，性命难保，我此来又是白跑，不是反送了他的性命么？以前自己在韩家庄，也被韩小香打中毒药镖，那时幸有李鹏拿药来涂上，救得我命，现在路途遥隔，远水救不得近火，怎么办呢？

朱小五在旁说道："姑娘，那头领焦大官现在哪里？"玉琴道："已被我杀死了。"朱小五咋舌道："焦大官怎样厉害的人物，却被姑娘斩掉，姑娘正是天人也。以前我听得焦大官另有一种膏药，贴在患处，可以解毒活命，他时常带在身上的，姑娘何不前去在他的死身上搜一搜？若能获得，可救得曾二爷一命了。"玉琴点点头道："你何不早说，请你守在此间，待我前去一取。"说罢一纵身已上岸去了。

隔得不多时候，朱小五觉得前面黑影一晃，玉琴已到船上，走入舱内，朱小五换了一枝蜡烛，问道："姑娘有没有找着?"玉琴答道:"我赶到焦大官尸身边,在他身上果然寻得三张膏药在此,带了回来。"这时洲上群盗大概走的走,死的死,都不见影踪了。于是玉琴从里衣里取出一张膏药,红色的布,有杯口大,把来烛火上烘热了。先用清水将毓麟腿上的创口洗拭干净,然后把这张膏药代他贴上,让他稳睡,自己盘膝坐在他的身边,吩咐朱小五连夜摇回去,又问道:"这里到曾家村水路可通么?"

朱小五道:"从此前去可到曹村,曹村距离曾家村不过十余里路了。"玉琴道,"那么请你载我们到曾家村去,你也不必回鸭头镇,将来曾家自有钱养活你一个人的,你放心随我归去罢,决不亏待于你。"朱小五答应一声,取了烛,钻到后艄去,立刻摇着船离开小洪洲。玉琴坐在舱中,把剑拂拭一过,插入鞘中,月光照入舱中,照见毓麟清秀的面庞,已渐红润,又用手摸他的胸口,心跳得也渐渐平匀了,很觉安慰。听着朱小五在船艄很着力地摇橹,水声淙淙,四下里甚是沉寂。

将近天明时,毓麟口中哇的一声,吐出一口浓痰,睁开双目,见玉琴坐在他的身旁,纤手支着玉颐,星眸微阖,似睡非睡,遂舒展手足,打了一个呵欠,说道:"玉琴贤妹,我们又怎样在船上啊?"

玉琴见毓麟业已醒来,心中大喜,忙对他摇手道:"毓麟兄请不要动,你的腿上受着了伤。"毓麟道:"不错,我们逃出的时候,我的后腿被人射中一箭,以后到了林中,我便痛得失了知觉,不知琴妹怎样救我脱身到此的?"玉琴遂把自己独身歼盗的经过告诉了一遍。毓麟心里又是敬佩,又是感激。

玉琴问:"腿上可觉得痛苦。"毓麟摇头道:"一些不觉得了。这膏药真是奏效如神,多蒙琴妹救了我的性命,这样恩德,如天之高,如海之深,教我怎样报答呢?"玉琴恐他多言伤神,便教他少说话,依旧静卧。

一会儿天色大明,朱小五把船泊在小桥边,走进舱来说道:"离曾家村没有多少路了,曾二爷可醒来么?"玉琴道:

"醒了醒了,你摇了一夜的船,想必力乏,肚中更要饥饿,不妨暂停一下,吃了早饭,再赶前程。"朱小五道:"我就煮一锅麦粥罢,好在船上有腌鱼和萝卜干,姑娘肚子也必饿了,可以将就用一些。"玉琴道:"好的。"于是朱小五在船后煮麦粥来。

不多时粥已煮熟,朱小五盛了一碗粥和一碟鱼、几根萝卜干,送进舱来,给玉琴点饥。玉琴觉得腹中实已空虚,遂吃了一碗粥,又问毓麟可要进些,毓麟摇摇头。于是朱小五把碗碟收过,自己蹲在船舯,一口气吃了四大碗粥,又坐着休息一回,方才把橹摇船。日中时候到了曹村,此去水路便不通曾家村了,玉琴吩咐将船靠岸停住。

因为毓麟腿上的伤虽然无恙,而他的两足难以行路,昨晚将他救出盗窟之时,一则在夜里,二则危机当前,顾不得避男女嫌疑,事当达权,所以将自己清白珍贵的女儿身负了毓麟,跑出虎穴,现在当然不便再负了。遂去岸上雇来两个乡人,诡言毓麟中途足上有病,命他们将一扇门铺了被褥,舁着毓麟送到曾家村去,自己和朱小五随在后面保护,把船交托了曹村的乡民,于是一行赶到曾家村。

曾翁夫妇自玉琴去后,盼望她前往克奏成功,所以派着下人在门外望候,一见玉琴等到来,连忙进去通报,曾翁夫妇和宋氏一同出来迎迓。此时玉琴已招呼乡人,将毓麟抬到厅上,玉琴上前和曾翁夫妇等相见,毓麟也坐起身,叫应他的父母和嫂子。玉琴便将昨夜的事,讲个大略给他们听。曾翁夫妇初见爱子回来,不胜之喜,又知毓麟曾被强盗拷打伤了足,腿上又被射中一箭,十分疼惜,曾太太又走过来抚摩着毓麟的腿和足,问长问短。

毓麟便要进房去休息,遂有下人们走过来,将他负至卧室内,坐在床上休息,玉琴取出四两银子,打发曹家的乡人回去;又引朱小五和曾翁相见,要曾翁留他在此做个相帮的人。曾翁知道他是个有功劳的人,若没有他,女侠一时也救不出毓麟,当然一口应承。朱小五见自己有了安身之处,也就别无他心，愿意住在曾家，恐怕若回鸭头镇去，说不定盗党探知了底细，要来害他的，遂到曹村去取船回来，从此在曾家住下不提。

且说曾家翁因为玉琴冒死蹈险，救得他儿子归来，说不出的欢喜，次日即在毓麟室中排上筵席，款待玉琴。曾太太又特地收拾了一间精舍，为她义女下榻，一宅子的人都敬奉得玉琴如天人一般，玉琴反觉惭愧了。席间曾翁又将梦熊被拘的事告知毓麟，毓麟听这事根源为的是被余家有心陷害，也觉得非常愤怒，但又知玉琴已托她师兄剑秋前往暗中救援，略觉放心。便道："琴妹造福于我家，不止一端，义薄云天，无可报答。"

玉琴听毓麟说来说去，总是"无可报答"这一句话为最多。暗想：我只行我心之所安，要你什么报答不报答呢！我们本来以锄强扶弱为立心行事之鹄，便是陌陌生生的人，若见了他有患难，我们也要舍生忘死去拯救的，何况毓麟兄呢！于是便道："此来侥幸成功，救出了毓麟兄，我心中非常快活，何报之有？"

曾翁听了，捻髯说道："玉琴姑娘，虽古之大侠，何以过之；这几句话说得老人十分佩服了，我们都是自己人，从今以后，我们不再要说客气话。"玉琴点点头道："义父说得是。"

大家便又问起毓麟被劫去的情形，毓麟道："那夜我睡了，不知不觉地被人背走，大约受了迷香吧。那贼盗焦大官的本领果然厉害，占住龙王庙，群贼禽服，我被他劫去后，便把我幽闭在一室中，起初待我还好，后来却一天不如一天了。听说焦大官的兄弟焦二林，以前就是来我家行劫，一条性命送在玉琴妹青锋之下，那焦大官正到海州去，没有得知，后来回到龙王庙，方来代兄弟复仇，只因打听不见琴妹，所以将我劫去了。在琴妹来救的前一天晚上，他们因这里没有回音，焦大官便喝令盗党把我毒打，因此两足都受了重伤，行走不得。"

曾太太道："险极了！幸亏他们没有打别处，不然你怎样当得起呢？现在么，两足至少须养半个月方会好呢！"毓麟道："儿只恨自少不习武，没有本领，以致吃这苦头。假若琴妹当此，早将他们杀却了。"

曾翁道："学习武术，谈何容易？即如你哥哥也只平常，岂可与玉琴姑娘相提并论？一须有根底，二须有名师，三须下苦功，四要处处精细……"

玉琴接口道："不错，武术是没有止极的，所谓强中更有强中手。会了武术，反多危险。像我还只浅尝薄涉，不敢自满。我在白牛山上复我父仇的时候，遇见法玄和尚，来此夜探天王寺，逢着四空上人的飞刀，都是很厉害的。"

毓麟道："我也忘记了，没有询问琴妹复仇如何？"曾翁道："你该欢欣鼓舞，向她道贺，因她早已复得大仇了。"毓麟遂斟上一杯酒，敬给玉琴。

玉琴接过，喝了半杯，放在桌上，遂对众人说道："前天我到此间，因要救毓麟兄出险，匆匆没有多谈，今晚我可讲个详细了。"便将自己在塞外重遇剑秋，双探白牛山，诛掉飞天蜈蚣，以及返乡扫墓路过枣庄，剑秋收伏金眼雕，鹿角沟认识年小鸾，玄坛庙巧逢老道，大破螺蛳谷；认识了摩云金翅袁彪，奉天城外捕鬼，青龙岗上诛盗，蹈险天王寺等事情，缕缕奉告。只把自己收拾鲍文远的一幕略去不提，因恐曾翁夫妇听了，要说她做得太厉害呢！

众人听玉琴讲出这许多事，听得津津有味，时而惊，时而喜，时而咋舌，时而解颐。更把个曾毓麟心中佩服得玉琴五体投地，无以复加；且知剑秋也是一个出类拔萃的剑侠，专待他来一识荆州。当夜直谈到更深始散。

次日玉琴又到毓麟室中去视察他的伤处，伴着毓麟絮语良久。曾太太和宋氏都要玉琴告诉他们许多奇事异闻。一连数天，玉琴住在曾家，也不寂寞；又将自己买得戴仰高的对联取给毓麟看。毓麟也啧啧称赞不置，说："此人书法甚佳，胸中学问必然很好的。琴妹周济他，也有杜少陵广厦万间之意，此人他日回乡，定必感德靡已。不是我读书人听了喜欢，实在琴妹任侠可喜。"玉琴笑笑，便把这联送与毓麟，说道："我带在身边，东飘西荡，没有用处，不如送给你罢，可惜上款写着我的名字呢！"毓麟道："不妨不妨，留来做个纪念也好。"遂盼咐书童前来，将这联取去付裱，以便挂在室中里东首壁上；那里早有一幅《蛱蝶恋花》的小轴，配上自必美观。

在这时候，毓麟一面养病，一面他的一颗心又活动起来。以前对于女侠一番痴恋，未能达到目的，玉琴托言要复父仇，力挥慧剑，斩断情丝而去，可是这情丝断而未断，依旧飘飘地飏着未下。现在玉琴重来，大仇已报，正可久居在此，所以那断而未断的情丝，又黏发到他的心上来了。何况那夜在龙王庙，玉琴将毓麟负着而走，又在船上照料，爱护之心，无微不至，谁说她没有爱情呢？他这样痴痴地想着。

而玉琴时时坐在他的病榻之前，伴着他喁喁闲谈，玉琴之爱毓麟，也是出于真性情。她觉得世间龌龊的男子很多，如毓麟这样潇洒出尘、才学丰富、性情诚恳、行为光明，是很难得的，所以她也不知不觉的和他亲近。所谓磁石吸铁，两性相吸，出于自然而然的了。

过得数天，梦熊和剑秋回来，剑秋将龙驹交给曾家下人，和花驴一起喂养着，那金眼雕也在廊下栖止，于是由梦熊介绍和曾翁夫妇相见。这时毓麟要见剑秋，也由人扶着出来相见。剑秋看毓麟丰姿清秀，如临风玉树，不愧浊世佳公子。毓麟见剑秋气宇轩昂，如凌云白鹤，果然少年英雄。大家十分敬慕，分宾主坐定。玉琴见剑秋救得梦熊归来，不胜欣喜，便问剑秋如何营救状况。

剑秋答道："我和李鹏到得京师，住下一家旅店。那李鹏自去干他的事，我探知梦熊兄已递解来京，下入狱中，专待审讯了。我遂问得余清臣的私邸所在，即子夜间施展我的轻身功夫，逾墙而入，那时余清臣正坐在内书房里，灯下批文卷；我即将我所预备好的小柬和一柄匕首，趁他不防，从窗隙中跃进，安放在桌上。我见他瞧见了两样东西，露出惊惶的颜色，我又在屋上警告他一声道：'要保存你的头颅，休要诬陷良民！'便飞身出来，回到客寓安寝。次日即至刑部狱门前守候，果见梦熊兄释出狱了。我向他暗暗打了一个招呼，立在远处等候；他遂走来，到我旅店中住了一天。因为悬念师妹这里的情况如何，所以辞了李鹏兄，遄返曾家村。途中有梦熊兄相伴，有说有笑，很不寂寞的。且喜师妹也已把毓麟兄救出来了，不知毓麟兄落于何人之手？师妹怎样相救？可能告诉一二。"

玉琴便把自己遇见渔哥儿朱小五，夜入龙王庙，灌醉小白条李进，救出毓麟，独歼群盗的情形，讲个大略，却把身背毓麟的事节去。因为当着众人的面，似乎不便讲，虽然自己光明正大，达一时之权，然而人家说起来，总要有些猜疑的。剑秋听了微笑道："有志者事竟成，师妹这般大无畏的精神，真可钦佩。"

梦熊也嚷起来道："姑娘真好胆量！好剑术！那焦大官碰在姑娘手里，也是命尽缘绝，杀得好爽快哦！"玉琴道："讲起那个焦大官，飞行本领既好，他手中的月牙铜刘，端的厉害，又能发射袖箭，确是绿林中的能人。可惜他不归于正，以致断送七尺之躯。我斩了他，心上却有些可惜呢！"

剑秋也叹道："一个人心术最要光明，不可自趋歧途，越是有本领的人，越要爱惜自己。我们读史，往往见有许多英雄豪杰，为着出身不正，所事非人，反受后世唾骂，岂不冤枉？"曾翁听了点头说道："岳先生说的话，真是光明磊落，不愧剑侠口吻也。"当晚曾翁又命厨下端整精美筵席，款待剑秋。自己两个爱子遭着飞来横祸，幸逢琴剑二人，分途救出，云天高义，感激不忘。

自此玉琴和剑秋被曾家众人留住，在曾家一住半月。梦熊十分佩服剑秋，因此常拖剑秋到他组织的拳术团中去，教授众少年和自己的武艺。众少年听说他是昆仑门下的剑侠，自然尊敬得非常，天天设酒席款待剑秋。剑秋和他们周旋着，虽不寂寞，但也很挂念师父，要想早日和玉琴上昆仑山去；只因曾家又是苦苦相留，不得不稍待。

毓麟足上伤处较前大好,可以勉强行走,可是在盗窟中感受着风寒和恐怖,所以又生起寒热病来。曾翁急请大夫来诊视,服药之后,稍觉轻松。一天下午毓麟服药后,睡在床上,正自无聊,忽见玉琴翩然走入,向毓麟问道:"毓麟兄,你的身子可觉好些么?"

毓麟答道:"多谢琴妹,今天觉得好些,大约再服数剂药,便可痊愈。只恨玉琴妹来此,恰巧我被病魔羁缠,不能奉陪,抱歉得很。"玉琴道:"我见你病得好了,也觉欢喜。我在此诸蒙优待,你又何必说客气话呢?"说罢,想要坐下,床前一张凳子上恰巧堆着毓麟的衣服,遂在床边坐了。

毓麟笑道:"我哪里会说客气话?琴妹此来,亲入虎穴,把我救出,这样的恩德,教我如何图报?唉,怎样图报才好呢!我自前番琴妹走后,常有琴妹的一个情影,藏在我的心坎里,觉得人生聚散无常,最是一件憾事。最好字典内只有一个'聚'字,'散'字却用不着,'别'字也用不着。黯然销魂者,惟'别'而已矣……"毓麟说到这里,玉琴的头不觉低将下去,毓麟又道:"我说这些痴话,琴妹厌听么?我不敢唐突,但愿琴妹能够在此聚聚,也使我寂寞的心得到一个时期的安慰。"

玉琴听了,叹口气道:"毓麟兄说的话未尝不是,但我又将和你分别了。因为此来不过为我思念府上诸人,特地到此问候。且喜救得你们兄弟二人,也是一件快活的事。我已和师兄约定同赴昆仑,拜见禅师,昨日师兄要我即日离此前往。我也觉得飘萍絮泊之身,不可久留,故于此数天之内,又将动身远行。不知你听了心中又将做何感想?还有我以前许你做媒之事,没有交代,此去便道一往虎牢,归来当可报命,望你珍重贵体才好。"

毓麟听着玉琴的话,面上立时现出懊丧之色,说道:"我的心弦不堪再受这重大的刺激了!不是我说句唐突的话,多谢琴妹热心代我谋缔良缘,无如我的希望已是漂渺。琴妹,琴妹你工于谋人,却难道不能理会我的意思么?现在又要走了,难道不能多留几天么?这一个'聚'字,果如昙花幻影,不可多得么?唉!"玉琴听得出他弦外之音,一声也不响,实在使她难以启齿,她知道这张情网仍将笼罩到自己身上来了,她这一行不是自寻烦恼么?叫他用什么安慰呢?这样痴心的男子,可怜也是可笑,何忍使他难堪呢!这时室中十分沉默,却不防窗缝中正有一双眼睛,向室内张了一歇;等到玉琴抬起头来时,那一双眼睛也缩去了。室中人哪里知道呢?正在四目相见,各有说不出的苦衷。爱神故意摆设迷阵,将他们戏弄,想颠倒他们于爱河之中了。

第三十二回

彩凤高飞猝逢邓七怪
神雕引路重晤云三娘

和煦的阳光映上明窗，庭中桐树上，鸟声绵恋，好似欢迎着明媚的春光。玉琴醒在床上，对着帐顶，只是痴痴地出神。暗想：毓麟如此恋恋于我，情意可感，以毓麟这样人品，可无间然；不过自己的宗旨却不是如此。想起剑秋师兄在韩家庄邂逅之后，从此伴着我奔走南北，跋涉关山，一同复得大仇，以慰亡父在天之灵。他的性情虽然没有毓麟那样温柔，他的人品虽然没有毓麟那样的潇洒，可是侠骨豪情，和我很是志同道合。我留意他在这许多时候，虽向我没有什么爱情的表示，然而件件事上觉得他很体贴我的，恐怕他心里的希望也是在我的身上吗？况且我闻师父和云三娘等的口吻，他们的意思也欲我们联就一段姻缘。实在我不嫁人也就罢了，否则剑秋便是第一个匹配。现在多出一个曾毓麟，偏偏他对于我一片深情，恋而不舍。昨天在他室中的谈话，我听得出他的意旨，教我把什么去安慰他呢？我要代他做媒，满意将宋彩凤和他缔成佳偶，依我看来，宋彩凤的容貌，只在我之上，不在我之下，她的武艺也是很好的，毓麟心中既要能武的女子，像她这样人物，再好也没有了。谁知他偏同我说什么希望已属缥渺，又说我工于谋人，不能理会他的意思；明明说我拙于谋己，自己不肯答应，却拿别人家来李代了。唉！毓麟，毓麟！你哪里知道我的苦衷？何必恋恋于我不祥之身，我只得始终辜负你的深情了！此来我是救你起见，却不料因此又惹起了你的情丝。我这一去，又要加重你一道创痕了。

玉琴想来想去，觉得自己业已坠入情网，很难摆脱，很难应付。两片梨涡渲染着两朵红云，心中难过得很。继思一个人宗旨总要抱定，不可自误误人，更不可以爱人者害人。毓麟此刻没有瞧见宋彩凤，所以脑子里没有她的情影；我只要到虎牢关走一遭，极力求得宋彩凤的同意，此事便好办了。我再耽搁在此，恐怕双方面都非幸福，而毓麟的情魔势必更深了。

想到这里，立即披衣起身。早有侍婢进来，奉上了汤水。玉琴先漱口，对着菱花略事妆饰，理好云鬓，侍婢又捧上一碗莲子粥来。玉琴对着这碗莲子粥，不由出神。原来以前玉琴病倒在曾家的时候，毓麟十分尽心的看护她；因为玉琴爱吃莲子，毓麟常教下人每天早晨端碗莲子粥给玉琴吃。莲子而外，添入栗子、白果、芡实、红枣，再加白糖，很是可口的。玉琴想起前事，不胜怅惘。

她正吃罢时，忽见侍婢匆匆跑入，对她说道："方姑娘，我家大爷有要事请你出去。"玉琴不知何事，但闻侍婢说得很郑重，遂即立起身来，走至厅后，见梦熊叉手立着，一见玉琴，便道："姑娘，这件事真是奇哉奇哉！"说时面上显现出一种惊异的神色。

玉琴道："什么事奇怪？"梦熊道："剑秋兄走了！"玉琴听着这话，不由一怔，忙道："他走了么？为的什么事？怎么不别而行，真是奇哉奇哉！"梦熊道："是啊，不知他为什么不别而行，姑娘且随我来。"玉琴便跟着梦熊，一齐到剑秋下榻的客室里，见床上阒然无人，并无剑秋的踪影。玉琴问道："大哥怎么知道他走了呢？"梦熊将手指着桌子上两封信说道："姑娘,你没有瞧见这信么?"

玉琴走至桌前一看,果见剑秋亲笔写的两函,一封留给她的,还有一封是留与梦熊兄弟二人,业已启封了。玉琴先把这函抽出信笺一读,上面写着道:

  梦熊、毓麟二兄均鉴:久仰盛名,幸遂识荆之愿,欣幸如何!在府多日,诸多叨扰,无任感谢。兹因要事匆匆即行。所以未能面辞者,恐兄等之挽留也。他日如有机会,再当造谒。琴妹处另有函致,她孑然一人,奔走天涯,尚幸大仇已复;从此亟宜安身休养,府上与有葭莩之谊,想兄等必有以慰之也。尊大人处请代道歉,临别怔悚,不尽布臆。即请
  大安

        愚弟岳剑秋谨上即日

玉琴看了,微微噫气,冷笑一声道:"他真走了。"梦熊道:"不错,真的走了。今天早晨我想邀他出去驰马,所以特地早起,跑到这里来看剑秋兄。谁知房门虚掩着,推门进去看时,不见剑秋兄,只见桌上两封书信,一封是给我们兄弟俩的;拆开一看,才知剑秋兄竟已不别而行。连忙又至后边厩中察看时,他的龙驹已不在厩中,又去看那金眼雕,也带着走了。我便骑马追出村去,赶了一大段路,不见剑秋兄的影子,只好回来。遂命侍婢报告姑娘知道,但不知他有何要事,姑娘可知得一二么?"

玉琴摇摇头,遂又将剑秋留给自己的函拆开一览,函中道:

  玉琴师妹芳鉴:兄自在韩家庄与师妹邂逅相逢之后,以同门之谊,相随多时;志同道合,两心相契。窃喜白牛山一役,师妹大仇已复;孝心可敬,奔走天涯,果不虚此行也。后又追随师妹返乡扫墓,雅意殷勤,中心藏之,何日忘之。然至今日,不得不悝然决然,舍师妹而去矣。其所以不告者,恐师

妹必欲挽留，反多烦恼耳。以妹兰心蕙质，当能知之，无须兄之喋喋也。自来此间，曾家兄弟诚意可感，而毓麟兄尤为耿介拔俗，潇洒出尘。正如太原公子，令人神往。曾翁夫妇待人和蔼，而师妹又为义女，大可在此休养。荒江僻地，师妹又别无骨肉之亲，形单影只；除岁时祭扫外，不宜久居也。至若此间为安乐之乡，师妹毋再犹豫耳！兄此去不知何年再来，然师妹之倩影已藏之心坎。他日或有机会，当重来一谈别离之积情耳。望妹珍重，毋以兄为念。

剑秋上言

玉琴展读后，方知剑秋有了误会，猝然有这种怪僻的行径。书中所言"天假之缘""毋再犹豫""兰心蕙质，当能知之"字里行间，大有疑我已垂爱于毓麟，所以他不欲在此做我和毓麟爱情间之障物，遂不别而行，完全为我起见。唉！剑秋，剑秋！你和我相聚两年，难道还不知道我心里意思么？一念至此，又怨又气，泪珠几欲夺眶而出，但她立即忍住。

这时曾翁夫妇和宋氏听下人报说，一齐前来，毓麟也勉强起身，走来问讯。梦熊把剑秋不别而行的经过，告诉众人。玉琴却把自己的信塞在怀中，故作镇定之色。曾翁和曾太太只说："我们大恩未报，怎么岳先生悄然走呢？究竟为了什么重要事情？"宋氏也向梦熊说道："你怎么不去寻找一下呢？"梦熊蹬着脚道："大清早我已跨着马，追奔一大段路了。他有心要去，教我如何找得到？"

毓麟把剑秋留给他们兄弟的信一看，沉吟不语，双目紧瞧着玉琴；玉琴不由侧转粉脸，回避他的目光，两颊微红。毓麟是个聪明人物，估料剑秋不别而行，一定和他有关系的。玉琴也许有些知道，只恐她不便直说罢，遂假意问道："剑秋兄这样急于他去，或者有什么要事，琴妹可知道么？"

玉琴很焦躁地答道："教我哪里知道呢？他本来要和我同到昆仑山去拜访师父，或他等不及我，就此走了。"毓麟笑道：

"剑秋兄这样性急，便是要去昆仑山，也须和琴妹通知一声啊！"玉琴不语。

曾翁道："岳先生既已走了，我等挽留也不及，大概他总有事情的，援救小儿之德，只得俟诸异日，再行图报。现在且请玉琴姑娘在此安心多住几个月，我们好常常欢聚。"毓麟也道："是的，我们希望琴妹不要走才好了。"说时又看了玉琴一眼，玉琴只是不响。

大家见剑秋走了，杳如黄鹤，也是没法，只好罢休。独有梦熊呼惜不置，因为一则剑秋曾赴京师拯救他出来，二则他和众少年得剑秋教导他们的武艺，聚首不久，忽又远离，非常可惜。但在毓麟心里，为了他恋恋于玉琴的缘故，对于剑秋的他去，并不措意；不过觉得剑秋这样走法，明明是为了他和玉琴的事，他有意要把玉琴让给我，好让玉琴一心向我，否则也许负气而去。无论如何，剑秋这样一去，是促进他和玉琴的婚姻成功，不知玉琴心里又怎样？最怕她也学剑秋那样背了人暗中一走，这才糟了！

遂请玉琴到他的卧室里小坐，玉琴勉强应诺。到了毓麟室中，二人在沿窗桌子上对面坐下，毓麟道："剑秋兄走得这样迅速，令人徒呼负负，我希望琴妹仍在此多住，不要为了这事萦心，不知琴妹意下如何？"玉琴道："多谢你的美意，只是我本也要到昆仑山去拜见师父，恐怕不能住久罢！"毓麟闻言，不觉默言无语。

玉琴却低着头细剔指甲。隔了一歇，毓麟忍不住说道："我昨天说的聚散无常，实在是人生最可悲恨的事！琴妹来了不久，又要赴什么昆仑山去，只是想起龙王庙琴妹舍身相救的大恩，不知怎样报答？"说罢微微叹了一口。

玉琴抬起头来，对着毓麟嫣然一笑道："毓麟兄，我不该说你一句话，你真有些傻了！此番我来救你，也是凑巧的事，天意使然，我做过了这回事，也就不放在心上，你何必时时要说报答呢？"毓麟又道："古人有言，'人有德于我，不可忘之，我有德于人，不可不忘'，在琴妹一方言，当然要忘，而在我一方言，却不可忘记了，这话是不是？"

玉琴见他如此拘执，便又笑道："我又不要金钱，又不要利禄，若是你要报答我，可拿什么来报呢？请你不要放在心上罢！"毓麟道："就是心上不能忘记啊。"玉琴听了这话，玉容惨淡，觉得毓麟痴心难解，自己不得不有负他了。

正在为难之际，忽听梦熊大声嚷将前来，一脚踏进房中，一见二人情形，便道："你们二人呆呆地坐在这里做什么呢？我有一个信息报告给你们听。"二人听说，一齐立起身来，忙问道："莫不是剑秋兄有了着落么？"

梦熊哈哈笑道："你们还挂念着剑秋兄，不是的，不是的。方才曾福来说，逢见大柳集中的余信中，坐着驿车，带了不少行李，到北京去了。听说是他家老头儿叫他进京的，大概那老头儿受了惊恐，深恐他的儿子再要肇祸，所以要他离乡了。"毓麟道："原来是这个消息，余信中去了也好，免得大哥再遭祸殃，我们更可安心了。"梦熊遂坐着乱说傻话，引得玉琴好笑；然而毓麟却有心事，很厌听他哥哥的胡说乱道呢！

便在这天晚上，玉琴回到房里，挑灯独坐，细思细想，觉得毓麟已着了情魔，自己还是早走；多留一天，魔深一天，将至不可摆脱之境。深悔此行多事，何不先到虎牢，后来这里呢？然而自己若不前来，恐怕曾家兄弟这一场祸患难免呢！自己来的也不错，只因情丝未断，遂致他人作茧自缚了。又有剑秋兄这么一走，真使人大大不乐。想他和我奔走多时，难道还不知我的性情，他为什么这样的多疑？我和毓麟始终光明磊落，没有什么暧昧，他何必与我如此决绝呢？想他必然上昆仑山去，那么我当追到那里，向他说个明白，问问他心里究竟怀的何意？他若再不相信时，也只好由他去罢！我便在昆仑山上，再从师父修道习艺。

至于毓麟方面，我也顾不得了。若和他说穿时，很难启齿，又恐怕他仍要苦留，不如也就学剑秋的方法，暗中一走罢了！我不妨顺路到虎牢那里去看宋彩凤，代他们说成了姻缘，我总算对得住毓麟了。她思来想去，觉得只有此一着较为佳妙。主见已定，心中渐渐宁静，遂在灯下写成两封书信，一致曾翁夫妇，大意说在此备蒙优渥，不胜感谢。今当远离，请二位大人珍重福体，不必思念等语。一致毓麟，声明此去昆仑，潜心修道，是照着以前的宗旨；所以不别而行，并非照抄剑秋的老文章，请曲予原谅，并望勿思念；至于深情厚谊，铭之心旌，不必拘泥形骸。此去便道至虎牢，当为玉成一段美满姻缘。请他用心攻书，后会有期云云。

她把两函压在古砚之下，立起身来，叹了一口气，便去将自己的衣服和银钱以及零用品，打起一个包裹，背在肩头，腰间系上真刚宝剑。听外边更锣声正报三下，她遂悄悄开了窗，跃到外边，重又把窗关上，轻轻一跃，已登屋面。越至后边厩内，牵出那匹花驴，幸喜无人知觉，便开了后门，坐上花驴，把缰绳一勒，那花驴便向前跑去了。玉琴且行且回望曾家的屋影，心中忽觉有无限凄惶，几乎滴出眼泪来。直到有一丛树林，把曾家的屋子掩蔽去了，她又叹一口气，加上一鞭，跑出曾家村，取道往东方去。

直到晨鸡唱和旭日东升时，她早已赶了数十里路。自忖此时曾家倘然发觉，那曾梦熊虽要追赶时，也赶不下了。便放缓辔头，徐徐而行；觅一小店，用了早餐，再向前行。她心里自思：我即要去访问窦氏母女，须先到河南，然后入潼关，走长安，出宁夏而至新疆。好在到了昆仑山上，总会遇见剑秋的，不料他这样一声不响地走去，毫无情义；在师父面前却要请他老人家评个理，究竟谁的不是，否则我倒要受冤枉呢？

一边想，一边赶路，昼行夜宿，路中没有耽搁，这一天早到了虎牢关，暗想：我以前听说宋彩凤的亡父名唤铁头金刚宋霸先，是个有名镖师，谅必此地很著名的，不难访问。

恰值前面有一杂粮米铺，她遂上前问讯，起先有一个年纪轻的伙友回答不知，却问她到此何干？打从哪儿来的？幸亏账

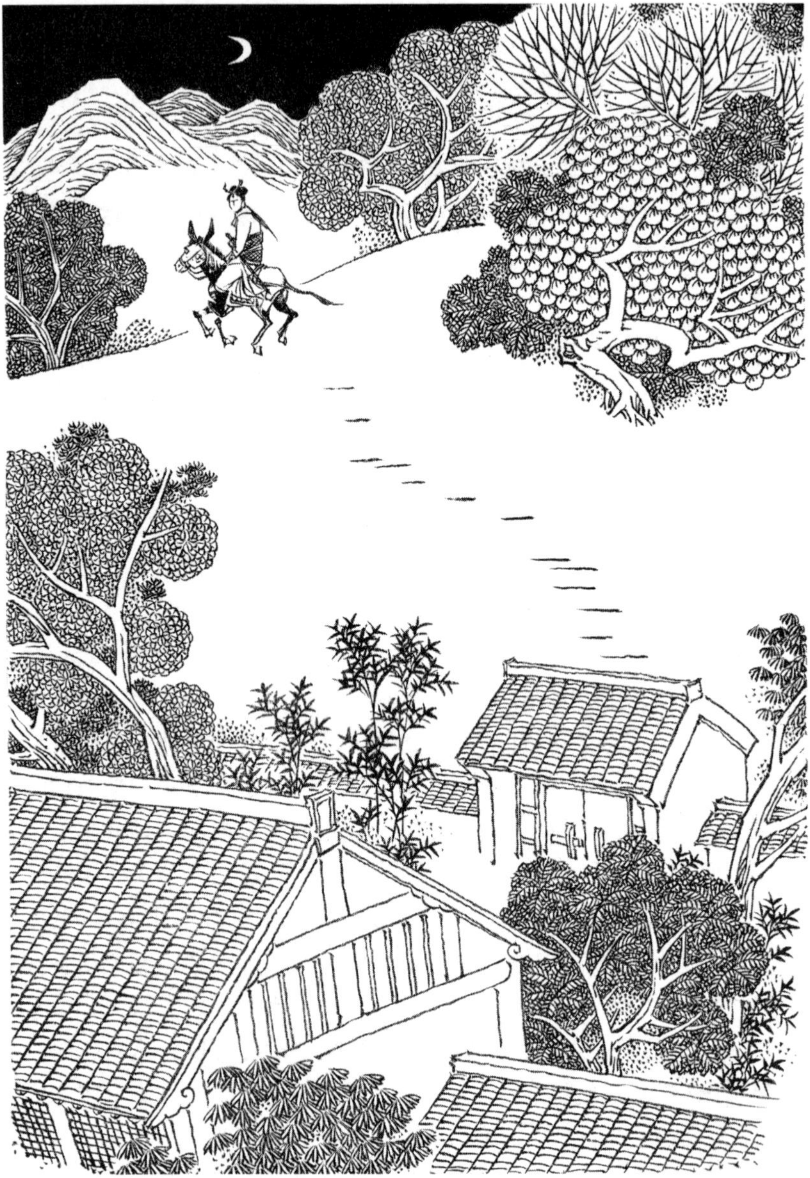

桌上有一老先生，耳闻玉琴访问宋家，便推一推眼镜，立起来说道："姑娘可是要寻宋铁头宋霸先一家么？宋铁头是早已死了，我却知道的，宋家住在离此三四里远，铁马桥边。家中只有母女两人了。"玉琴道："是的，是的。"老先生道："你可一直往北走，只要转一个弯，问铁马桥，便不会走错。"玉琴谢了一声，掉转花驴便跑，只听店伙说道："这姑娘骑驴的功夫甚好，那花驴也是好一匹牲口啊！"玉琴照着老者的说话，催动花驴，向前跑去。

转了一个弯，地方渐渐荒僻，已沿着河岸。走了不多时，望见前边有一高大的石桥，跑到桥边，见石桥南岸上有一头硕大无朋的铁马，立在桥边，估量上去约有三百余斤重，大约是镇压风水的，所以此桥名唤铁马桥。

原来当宋霸先在世的时候，他的镖局正设在桥南，那桥本名大石桥，不知怎么的，有一个桥南人家，接一连二的死人，宋霸先镖局内也死去一个朋友，他自己也生了一场大病。有人请一位堪舆家来相视，那堪舆家说，桥北杀气太盛，所以桥南人口夭折，宜制一铁马来镇压风水。宋霸先知道了，遂筹资特制一座铁马，重三百四十斤，立在南岸，马首向北，果然南岸的人口渐渐太平了。

其实时疫流行，并不关乎什么风水，那堪舆家既然被请了来，自然要说出些花样来，那时人民迷信之风甚盛，遂有此举了。可是这么一来，激动了北岸一个大力士。那人姓车名泰，生有拔山扛鼎之力，可是未遇名师传授，只有蛮力；常常借着力气强大，欺辱乡人。宋霸先等制马镇压风水的事，传闻到他的耳朵中，他勃然大怒，以为南岸有了铁马，向北岸镇压，他日北岸岂不要像南岸那样的接连死人么？更有几个邻人怂恿着他来干涉。

车泰便在一天早晨，走过南岸来，双手把那三百四十斤重的铁马，撼了几下，托将起来，从水里走向北岸，放在河岸边，马头向南。这一来轰动南北岸许多乡人，大家咋舌惊异，齐说车泰天生神力，南岸上人便去告知宋霸先。

宋霸先一声冷笑道："好车泰！这小子一向目中无人，我本想去收拾他的，现在他却敢来捋虎须，不显些本领给他看，他还不知铁头金钢为何许人也！"于是他遂把长衣脱下，走出大门，许多人跟在后面，一齐走到北岸那座铁马之旁。

凑巧车泰和几人，站立一边，宋霸先瞅了车泰一眼，哈哈笑道："哪一个无名小鬼，敢把我铁头金钢宋爷所立的铁马搬场？他欺人家没有力气搬回去么，这真是井蛙之见了！"说毕遂施展身手，把铁马摇了一摇；只一托那铁马已临空而起，托得和他双肩相并；慢慢儿转个大弯，打从大石桥上走回南岸；安放原处，神色不变。南岸的人大声欢呼起来。宋霸先又有意大声叫道："哪一个不识时务的，敢再来搬动时，须吃我一铁头。"这时北岸上的人都已悄悄走去，车泰也不知溜到哪里去了。从此乡人改称这桥为"铁马桥"。

玉琴向一个路人问讯，始知宋家在桥南，门前有一株大榆树的便是。玉琴走过桥去，果见桥左第二家门有一株大榆树，绿荫罩地，想就是宋彩凤的家里了。可是大门紧闭着，不像有人家居住。门前却歇着一副卖饽饽的担子，正有个衣衫敝旧的汉子，右手挟着一只铁拐；右腿已没有了，只有虚空的裤脚管。面色金黄，口边生了一对獠牙，形容可怖，拉着卖饽饽的问信。

玉琴跳下花驴，走上前听那卖饽饽的说道："幸亏你问信问着我，对于他们母女俩的行踪，略知一二的，因为我天天要到她家卖饽饽，她家彩凤姑娘很喜欢做成我的生意。前五天的早上，我挑着饽饽担，照样挑入宋家门墙，因她家门里面有个大院落，所以我的担子歇到里面去的。彩凤姑娘这一天买了饽饽，刚要付钱之时，忽然门外走进两个大汉，都是虎背熊腰，相貌魁梧。背后跟着一个瘦小的少年，瘦得如一只小猿猴；一双眼睛赤红得可怕，身上各带着武器。

"为首的大汉，面上有一很大的青痣，先向彩凤拱拱手道：

'你可就是彩凤姑娘么？闻名久矣，今天我等特地到此拜访，要见老太太，有一事情商量。'彩凤姑娘一见他们三人，便立在庭中，冷笑一声道：'有什么事情商量？我们也知道你们的情形了。'这时双钩窦氏已闻声走出，将手指着那瘦少年，对彩凤姑娘说道：'那天你遇见的就是他么？'彩凤姑娘点点头道：'正是的。他们找上门来，欺我母女俩无能不成？'

"那个面有青痣的大汉便接口道：'老太太，我们来此毫无恶意，不过为舍弟邓骐请求亲事，愿与你家结朱陈之好，只要老太太和小姑娘答应了，便无问题。那天在七星店，彩凤姑娘未免有意戏弄舍弟，然而舍弟却因此爱上了姑娘。后来探得是前辈铁头金刚宋老英雄的爱女，所以特地过来商量，想老太太不至于拒绝吧！'

"窦氏闻言，也不请他们入内打坐，却一口回绝道：'大约你是青面虎邓骆了，不答应你有什么问题呢？老实说一句话，我膝下只有这一个娇女，不情愿马马虎虎地许给人家。何况你家素有恶霸的名称；又看看你令弟的相貌，三分似人，七分似猴子。我女儿哪肯终身随他？请你们息了这个妄念吧！至于那天在七星店的一回事，也是令弟自己招出来的。我女儿不为已甚，便宜了令弟，却反要走上门来求什么亲，我是不答应的。'

"青面虎邓骆听了，哇呀呀大叫道：'你这老太婆，口口声声袒护你的女儿，你们不答应也好，当知我们邓氏七怪的厉害，今晚请留心吧。'说毕三人都气愤愤地走了。彩凤姑娘对她的母亲说道：'他们这一走，今晚我们倒不可不防呢！'窦氏冷笑道：'怕什么，我的一对虎头钩好久没有用着了。'

"彩凤姑娘又回过头来吩咐我道：'今天的事你瞧在眼里，莫到外边去传说。'我答应决不声张，她遂告诉我说道：'方才前来的便是邓氏七怪中的三怪，他们都在洛阳邓家堡，是黄河两岸著名的恶霸。弟兄七人，都有非常好的武艺，所以人家都见他们忌惮。那个面有青痣的，年纪最长，名唤'青面虎'邓骁,第二个兄弟名唤'出云龙'邓骏,第三个名唤'闹海蛟'邓驹,第四个名唤'穿山甲'邓骥,第五个名唤'赤练蛇'邓骋,第六个名唤'九尾龟'邓驰,第七个便是那瘦少年邓骐,别号'火眼猴',你瞧他那副尊容,不是活像一个猴子么。'我听了也不觉好笑,应许他们不讲出去,就担着担子走了。

"不过七星店的一回事,我不能问,大概那个邓骐看中了彩凤姑娘,遂来求亲呢!明天我又到他家去卖馎饦,却见他们母女俩声色不动,只有彩凤姑娘右腕上扎着一块白布,似乎受了伤的样子。他们不提起昨夜的事,我也不好探问,大约昨夜必有一场厮杀的。次日我又挑着担子去,但是大门紧闭,他们母女俩都不见,不知走到哪里去了。以上都是我说的实话,你若要找他们母女俩,这件事很难的了。"

那独足汉子听了卖馎饦告诉的话,便道:"原来邓氏七怪到此作祟,把她母女俩逼走的,我且去找他们讲理。"说罢把那铁拐撑着地,拔步便行,走得如飞似的一般快呢!玉琴瞧着知道那个独脚汉子必是一个能人,可惜自己没有注意,不曾将他拦住,问个究竟;又想听卖馎饦的说话,宋氏母女已不在此,算我白跑一遭,不知到何处去找他们?那邓氏七怪又是何许人物?我现在只得丢下不顾,且先上昆仑,见了剑秋师兄和我师父讲个明白,再找他们不迟。于是她便跨上花驴,背转跑去,重上大道,离却虎牢往潼关进发。

有一天将近潼关,跑过一个山头,觉得天气微暖,有些乏力;来到山坡边,下得花驴,坐在树下休憩一回,看看莽苍的山路,山势雄峻,古木参天。忽闻后边有厮杀之声,急忙立起身来,猱升树顶,向山坡后瞧时,只见那边孔道旁,正有一伙强盗,围住两个沙弥,走马灯般厮杀。

盗匪中有两个人最为猛勇,一个身长一丈的,使着两支铁鞭;一个面貌凶恶的,舞着一柄宝剑,鞭影剑光,滚来滚去,一些没有间隙。再看那两个沙弥时,个个舞着宝剑,两道白光,闪闪霍霍地飞旋,仅够敌得住那伙盗匪。众盗四面围住,齐声呼杀。玉琴眼光何等锐利,一看那两个沙弥穿着新制的杏黄僧衣,好像昆仑山上的师兄乐山、乐水,急忙跳下树来,拔出真刚宝剑,飞身来到坡后。大喝:"强徒不要逞能,看剑!"一道白光已滚到那个使双鞭的身前。

使双鞭的盗首,陡见凭空杀来一个女子,心中不由一呆。剑光迅速,不及抵御;急闪避时,肩上已着了一剑,喊声"啊哟",回身便逃。还有那个使宝剑的巨盗,要退后时,两道剑光前后从他身上扫去,早已跌倒在地,鲜血四溅,众盗匪见了,纷纷作鸟兽散。玉琴驱走了盗魁,回头瞧那两个沙弥时,不是乐山、乐水还有谁呢?但别后相见,觉得长大不少。乐山、乐水也认得玉琴,便问:"师妹何来?"玉琴欣喜道:"我正上昆仑去拜见师父,适巧在此地和二位师兄相逢,可以一起行程了。"

乐水道:"师父不在山上。"玉琴闻言一怔道:"啊哟,怎么师父不在山中,到哪里去了呢?"乐山道:"师父在去年腊月中旬,便至青岛崂山一阳观去拜访龙真人的,一直住在那边。前日我们二人奉虹云长老之命,特地下山到崂山去请师父归山。我们留了一封信,放在一阳观,便赶回来了。走至潼关,传闻这里新铜山上,有一伙巨盗占据,常常杀害行旅,为首的两个头领,一名双鞭将祝华,一名小太岁花达,本领十分了得。我们故意打草惊蛇,从这里走过,高声辱骂,果然惊动了他们出来行劫。现在小太岁花达业已授首,只有双鞭将祝华被他漏网去了。"

玉琴听了乐山的话,遂道:"师父不在山上,这真不巧,但我因剑秋兄已至昆仑,所以仍须走一遭。"乐山、乐水听了,一齐哈哈笑道:"师妹,你要见剑秋兄么?他也不在山上。"玉琴道:"不,他是刚才前去的,二位怎知道不在山上呢?"

乐山道:"当我们往崂山的时候,中途在孟津附近,曾遇见剑秋师兄的。听他说要上昆仑去,我们以前听师父说起剑秋兄和师妹一起出塞去复师妹的父仇,所以向他问起师妹。他告诉说师妹居留在天津曾家村,他因等不及师妹,遂先走了。那时他闻说师父不在昆仑,便转道到山东去访神弹子贾三春了。师妹如要见他,即速到贾家去,或可相见。"

玉琴闻言,煞费踌躇,自思师父和剑秋既然都不在山上,赶去做甚?他们说剑秋已到贾三春处去,不如我就往那处去找他,或能见面。遂对乐山、乐水说道:"那么我也赶到山东去吧。"

乐山、乐水道:"很好,师妹见了剑秋兄,可一同再来。"玉琴点头答应,又请他们在虬云长老面前代言请安,大众道声珍重而别。

玉琴别了乐山、乐水二位沙弥,脑中打量,此行亏得遇见了他们,否则岂不白跑数千里路么?剑秋既在贾家,总要耽搁多日,我赶快去吧。遂回至树下,骑上花驴,取道往山东临城九胜桥神弹子贾三春家行来。

赶了好多天,有一日傍晚时,将近曹州,那里正是一片旷野,荒冢累累,树木森森,夕阳横抹在林梢。玉琴急于找寻宿店,催动花驴向前快跑。忽听前面林子里"泼喇喇"一声响,飞出一头巨鸟来;双翅一摆,在她的头顶上回旋一下,很快落将下来。定睛看时,却是剑秋随身的徒弟金眼雕,那金眼雕早已瞧见玉琴,飞在她的肩上立定。玉琴也把花驴收住,心中不由大喜。她见神雕飞临,剑秋一定也在这里了。

她把金眼雕抚摩了一下,问道:"你的主人呢?为什么不见?"话尤未毕,却见那雕怪叫一声,向玉琴表示着惊恐而哀求的样子。玉琴见了,很觉奇异;四望又不见剑秋影踪,暗想:此鸟通灵,为何向我惊鸣?况且只见此鸟,不见剑秋,也是令人生疑。莫非剑秋兄有了不测么?遂又向那雕说道:"倘然你的师父有了危险,你可再叫三声。"说罢,果然那金眼雕张开了嘴,又怪叫三声。

玉琴大惊,料想剑秋果有祸事了。遂点点头说道:"金眼雕,你快引路走吧。"那雕便振起翅飞到半空,在前引路,一直向南飞去。玉琴一抖驴缰，也紧紧跟着而行。

但是天色已近黑暗，前面已到一个小镇。玉琴把手一招，那雕便落下来，立在玉琴臂上。

玉琴向前行得数十步，只见有一个店小二走上前来，满面带笑地说道："姑娘，天已晚了，不便赶路，小店房间洁净，请在此歇宿吧。"一手将花驴带住，一手招呼玉琴，玉琴遂跳下花驴，店小二代她牵着，走到右面一家客店里。那客店虽小，地方却收拾得很干净，柜台里坐着一个胖大的汉子，正在独饮，见了玉琴，慌忙放下酒杯，立起身来招呼道："姑娘请进。"店小二遂牵花驴去上料，汉子引着玉琴，走到里面去，庭中正有一株柳树，那金眼雕早从玉琴臂上飞去柳树去了。

汉子瞧着玉琴说道："姑娘养得好一头神雕，打从哪儿来？"玉琴道："我从关外到此，你可是掌柜的么？"汉子点点头答道："是的，这里是柴家堡，小店开了十多年，一向招接往来行旅，很得客人欢心的。"说罢一手指着右手一个大厢房道："里进已有客人。这间厢房向南，倒很宽敞的，姑娘可中意么？"一边说，一边推开了门，引玉琴进去一看，床帐被褥，果然都很洁净。玉琴点点头道："很好。"遂放下包裹，坐在椅子里休息。

店小二随即掌上灯来，汉子又向玉琴点点头，退出房去。玉琴遂知照店小二点了几样菜，又吩咐切一斤生牛肉，给那树上的雕儿吃，一起算账。店小二答应一声，回身出去。玉琴独自坐着，心中十分着急，想起剑秋，不知他现在怎样状况，是凶是吉？这雕儿虽然灵通，可惜它究竟禽兽，不会讲话的，不能说出剑秋在哪一处，到底遇着了什么事？怎不令人心焦。她方在默默思意，忽听掌柜的似乎又陪着一个客人走进来。

听那客人的声音也是个女子，带着愠怒的声浪说道："怎么好好的，一间上房都没有了？掌柜的，你可以想法一下么？"接着掌柜的带笑答道："姑娘请原谅，实在都已住满。本来这一间朝南的大厢房可是很好的，但是姑娘后一脚到，已被一位关外来的姑娘住下了。别无想法,只好请将就一夜,便在那朝北的小房间里暂歇罢。"女子道:"那边太狭小,闷气得很,我不要。"

玉琴细聆那女子的声音,入耳很熟,便走到外边一看,庭院里立着一个紫衣女,正是云三娘。不由大喜,便呼道:"原来是吾师云三娘到了,弟子玉琴在此。"云三娘回转脸来,也已瞧见玉琴,忙走过来握住玉琴的手道:"玉琴,我们离别多时,想不到在此重遇,剑秋在哪里呢?"玉琴被云三娘一问,不好意思的回答,顿了一顿说道:"他不与我同行,往别处去了。吾师一向安好吗?余师叔呢?"

云三娘道:"我和他去年到云南野人山走一遭,所办的事倒很顺手,所以就离开云南,要到京师去。他和我在江西分的路,因我要上庐山一游,他先到京师去了。我在庐山闻水月庵的慧空老尼说你的师父在青岛崂山,所以我又到山东来了,要想去拜访你的师父。"

这时掌柜的见她二个彼此熟识,便带笑道:"二位既是相熟,云姑娘不如便与这位姑娘同住一室罢。"玉琴和云三娘都说:"好的。"玉琴遂请云三娘入室,问她可有行李搬来?云三娘笑道:"我是东飘西泊,没有东西的。"一边说,一边走进玉琴的房间。

云三娘坐了。玉琴说道:"吾师要赴崂山去见师父么?师父到黄海去遨游了,不在山上,吾师何必白走一趟?"云三娘道:"咦,一明禅师在崂山要耽搁好久的,你又没有前往,怎么会知道他又到黄海遨游呢?"玉琴遂把自己遄上昆仑,途遇乐山、乐水二沙弥,他们曾赴崂山去请禅师回山,方知师父已不在那边的话,细说一番。云三娘道:"那么我幸亏遇见了你,不然真的要徒劳跋涉了。"

这时店小二已端整晚膳,托着一大盘肴馔上来,玉琴遂和云三娘同用晚餐。餐后二人挑灯对坐,闲话衷肠。云三娘问起玉琴复仇之事。玉琴遂把龙骧寨和白牛山的事情,以及自己如何手刃飞天蜈蚣之经过，一一告诉云三娘。云三娘便向她贺道："你的孝心可钦，果然给你复得大仇了，我也不胜欢喜。但是剑秋奔跑多时，现在他到底往何处去呢？"

玉琴道："他正有危险，不知如何光景？"云三娘惊异道："你方才说他不知往哪里去，怎样又说他正有危险呢？"玉琴遂把剑秋收伏神雕，以及乐山说他在神弹子贾三春家里，自己特地赶去找他，途遇神雕独飞，向她怪鸣，引路至此的原因，叙述一遍。

云三娘听了，忧形于色道："如此说来，剑秋必有危险了。幸亏你遇见那雕儿引路，才到这里，我们必须设法将他援救为妙。"

玉琴点头说道："是的，我们明天一早便走，再让那雕儿引导，必能将我们引到那里的，剑秋兄收了这个徒弟，果然不错。"又将自己身陷螺蛳谷，神雕相救的事，讲个详细。云三娘听得津津有味，直谈至更深，外边已是寂静无声，二人始同榻而睡。

次日早起，二人用了早餐，玉琴付去房饭钱，便要和云三娘动身。店小二牵过花驴，又拉过一匹枣骝马来，乃是云三娘带来的坐骑。玉琴将包裹放在驴背上，和云三娘各自跃上。口中胡哨一声，便见那金眼雕已从头上泼喇喇地飞来，向西南上空飞去了。玉琴招呼着云三娘，二人个个催动坐骑，跟着金眼雕追去。途中又过了几个村落，二人在一家小客店内，用了午饭，又随着金眼雕赶路。看看前去，将近徐州了。

不多时又到一个村庄，只见那雕儿却在村口盘旋着，不飞过去。二人正在疑惑，那金眼雕突然敛翼飞下，立在玉琴臂上，又向玉琴怪鸣一声。玉琴便回头对云三娘说道："吾师，你看那雕儿如此形景，大约剑秋兄在这里了。"云三娘点头道："不错的，我们且入村打听一下看。"玉琴道："只是那雕儿却不能露眼的啊！待我来安置它。"说罢，跳下花驴，云三娘也下马立定。玉琴呼着金眼雕，走进西首的树林中，指着一株大柏树说道:"金眼雕,请你在树上躲一下罢。我们知道了,要设法救你的主人。"那金眼雕听了玉琴的话,立即飞上树去。

玉琴回到外边,却见云三娘正和一个矮脚的汉子讲话。那矮脚汉子瞥见玉琴走来,不由喊了一声"啊哟",拔脚便奔,好像耗子遇见了猫,飞也似的往村口飞去。

第三十三回

老龙口渡船遇道姑
红叶村石窟囚侠士

大凡行侠仗义的人，心中受不得半点儿委屈。玉琴在曾家因剑秋不别而走，所以急于找寻剑秋，同上昆仑，在师父面前理论，以便解释误会。谁知半途遇见乐山、乐水二沙弥，方知剑秋没有到昆仑山去，他的行踪在山东神弹子贾家。遂回头赶路，赶赴临城，途中却又遇着金眼雕，料想剑秋必有危险，随雕而行，以便访寻。又在旅店之中重晤云三娘，真是再巧也没有了。

至于那个矮汉又是何人呢？似乎作者写来故意奇特一些，但其中都有线索，明眼人一望而知。性急的朋友却急欲知道剑秋究竟到了哪里去？那么待我先把剑秋的行踪交代一个明白。

剑秋在未到曾家村之前，已闻玉琴说起曾毓麟人品潇洒，才学丰富，但也没有放在心上。自从照了玉琴的话，前往京都，救得梦熊出狱，一同来至曾家，和毓麟相见，果然闻名不如见面，见面胜如闻名，觉得毓麟真是一个风流书生，可爱可敬。

又闻玉琴独往龙王庙，将毓麟救出，似乎玉琴十分关注毓麟的。住了数天,又见毓麟对于玉琴也非常体贴,二人的情感也很厚很深。自己本欲早日离开此地,上昆仑去见师父,和玉琴说过两次;玉琴虽然点头应允,但是一经曾家人的挽留,玉琴却依然住下去了。一种恋恋之情,灼然可见;况且因毓麟卧病之故,玉琴每天和剑秋谈话之时较少,而足迹常在毓麟室中。在玉琴是无心的,然而剑秋已觉得不满了。

梦熊常常邀请剑秋到他组织的拳术团体中去教众少年舞剑。剑秋本也觉得无聊,借此消磨光阴;但梦熊为人虽傻,而心直口快,对于自己十分倾倒,所以也很和他亲近。一天下午,剑秋教罢众人剑术之后,同梦熊一路回家。途中经过一家花园,剑秋闻得花香,想要进去走走,梦熊认识花圃主人,遂偕剑秋入内。圃中种植的花草果然繁荣,五光十色,目不暇接;又养着金鱼,在缸中掉尾游泳,悠然自得。二人走了一回,遂坐在池畔憩息,相与闲谈。

梦熊问起剑秋与玉琴以前遇合的事,且问二人可曾订婚?剑秋摇首答:"没有,我们奔走南北,一向为的是帮助玉琴去复父仇,何暇提及此种事情?"便问起毓麟可曾和人订婚?梦熊忍不住,将以前毓麟向玉琴求婚的事,讲个大略。剑秋听了,虽知玉琴没有答应,可是心里总觉得玉琴与毓麟关系密切,也许有情愫了。

这天归来,他暗想:自己两天未晤毓麟,何不前去问候,借此探探他的口吻,遂独自走到毓麟卧室来。忽听室内有人在那里谈话,听得出是玉琴和毓麟的声音。凑巧窗间有个小窟窿,即用双目向里张望。那时毓麟正与玉琴喁喁细语,不忍别离,回肠荡气的时候,剑秋看了一眼,转身便走,叹了一口气,也不想进去晤面了。

晚上孤灯独坐,钩起心绪,自思:我和玉琴做伴长久,起先的宗旨,不过激于义愤,帮她复仇;后来我们俩经过数次艰险,可算同患难、共生死;其间虽没有任何爱情上的表示,然而已非寻常之交了。我一向敬佩她的孝侠双全,又爱她的婀娜刚健，兼而有之；不知不觉，我的一颗心也系在她的身上了。此次和她关外归来，重上昆仑，满拟向师父陈述一切，师父当能做主，成全我们这段姻缘。谁想她被曾毓麟的情丝所缚，别有所恋；那么我不是做了他们俩情爱中间的阻碍物么，我将如何对付呢？梦熊所说的话，句句是实，今天我在窗间，又瞧见他们俩的神情，怎不令人生疑？并非是我自寻烦恼啊！思想片刻，觉得此想不能两全。我是爱玉琴的，为她起见，宁可牺牲了我个人罢，让他们珠联璧合的成就了美满姻缘。一个是风流公子，一个是侠义佳人，倒是天生佳偶，我又何必跟着她在此挨这无聊的光阴呢？不如独自一走，再到昆仑山修习更深的道术，将来自可证果大罗，强如在这红尘中厮缠。像我师父一样，岂不逍遥自在呢？

剑秋想到这里，觉得非走不可，只是这个意思不能向他们去说的，又不能告诉他们自己要先去，他们必然要挽留的；所以硬着头皮，写就两封书信，放在桌上，留给玉琴和曾氏兄弟。自己遂乘这夜半人静之时，佩上惊鲵宝剑悄悄地出了客室，呼起金眼雕，又到厩中牵出龙驹，暗下开了门出去；跨上龙驹，离开曾家，仰天长叹，加上一鞭，往前去了。

途中时时想起玉琴，板桥明月，茅店鸡声，觉得孤寂不耐。料想玉琴发觉了自己不别而行，不知她心中怎样感想呢？她若对于毓麟果已情丝所缚，当然留在曾家，享受温柔乡中的滋味，而忘却天涯孤零的岳剑秋了；假若她仍不负我的，她自会追寻我，他日总有相见之时。剑秋且行且思，因他虽具毅力，悄然一走，然而他的心上又怎能放得下玉琴呢！

赶了许多日子的路程，这一天已到孟津。薄暮时候，来至一个渡口，前面一条大河，流水汤汤，拦住去路。两岸十分辽阔，水流又是峻急，不能过去。这地方名唤老龙口，是黄河的支流。相传在昔老龙作怪，从黄河中决出这条河来。在河边有一渡船，往来两岸间，专载行人。剑秋走到渡口，便跳下龙驹，手里牵着，高声喊道："船家快来渡我过去。"河中渡船上答应一声,便有一个船伙儿,撑着长篙,将船靠拢。剑秋跨向船上,顺手牵上龙驹,付了渡钱,那金眼雕已扑簌簌地飞过对岸去,剑秋吩咐船家快快开船。

那船伙儿才将篙子向岸上一点,船身掉转的时候,忽又听岸上娇声唤道:"渡船且慢驶,我们也要渡过河的。"船伙儿手中篙子停得一停,只见如飞鸟般三个人影已经轻轻跳到船中。剑秋正背转着身子,向对岸观看,此时回头一看,不由得使他几乎失声而呼。因为来了三个道姑,一样妖媚动人,身穿紫衣和穿绿衣的,不是别人,却就是九天玄女庙里的祥姑和霞姑,还有那个穿黑衣的,便是螺蛳谷中的风姑娘。不知他们怎会聚在一起?偏偏在这老龙口渡船上冤家相逢。那船伙儿见是三个道姑,等他们付了渡资,也就开船了。

原来那风姑娘自从在螺蛳谷被袁彪倒戈助敌,帮着琴、剑二人杀死闹山虎吴驹和独眼龙佟元禄等众人,她虽得单身脱险,没有遭害,可是她在关外的根据地,却因此失掉了。想起师兄云真人在山东密谋组织,又有九天玄女庙的三个道姑相助,一定发展得很好。遂又入关,到那里去看云真人。谁知和祥姑等晤面后,知云真人已死于非命,瑞姑也被剑秋所害,那么剑秋是他们的公敌了。

祥姑闻说剑秋已在关外,心中依旧要想他,真是一半儿恨,一半儿爱。此等女子的心理无从捉摸了。他们本来因为云真人死后,白莲教务大受影响,无形停顿,现在风姑娘到来,便请她为领袖。

风姑娘也借此托足,渐渐向四处活动起来。前数日,风姑娘偕同祥姑、霞姑,远道至陕州附近,拜访一个同道,商量教中事务,却不料行至此间,和剑秋撞个正着。

这时大家因在船上,不便开口,各自忍耐着装作不见。剑秋也按着剑柄,瞧着河流,十分静默。不多时渡船已到对岸,风姑娘等先走上岸去,很快地走得无影无踪。剑秋也上岸,料想他们三人既已见面,必不甘休,谅在前面等候。遂跨上马,向着前跑。

果然跑了不到半里光景，前面林子里跳出三个人来，正是风姑娘和霞姑、祥姑，手中各自持着明晃晃的宝剑，按品字式立定。剑秋知道一场厮杀，是免不脱了，遂即跳下龙驹，拔出惊鲵剑，迎上前去。风姑娘第一个开口说道："姓岳的，你们勾结袁彪，夺我螺蛳谷，今日狭路相逢，看你走到哪里去？我要代吴驹报仇了！"祥姑娇声说道："剑秋、剑秋，你是个无情男子。前次哄骗我姊姊出走，又把她杀死。经我们发现了她的死尸，得知你的狠心！想我那样把十分真心待你，你却如此无情，今日见面，还有何说？"

剑秋冷笑一声，把宝剑指着三人骂道："你们这辈妖魔！为民之害，没有一一把你们结果性命，还是你们的便宜！今日相见，何必多言？来来来，试尝你家岳爷爷的剑。"风姑娘听了，又气又怒，挥动手中双股剑，跳至剑秋身前，双剑齐下。剑秋挥剑迎住，两个人狠斗起来。祥姑、霞姑个个舞起双股剑，举步向前，三人丁字儿般围住剑秋厮杀。七柄宝剑往来飞舞，倏忽成七道剑光，滚来滚去，杀得好不厉害。三人都是本领高强的，所以剑秋使出全力来对付。

此时金眼雕已从头上飞至，展开双翅，向祥姑头上扫击。祥姑没奈何，只得跳出圈子，抵住神雕。那金眼雕十分敏捷，等到祥姑来战它时，它又飞到风姑娘头上来了，风姑娘挥剑向上刺击时，它又飞到霞姑娘头上去啄她的眼睛了。因此三个人被金眼雕分了心，一时不能取胜，足足斗了一个时辰。忽然面前"嗤"的两声，便有两道白光，箭一般射来。两个小沙弥喊道："剑秋师兄，你可认识我们么？"

剑秋正和霞姑剧战，遂将惊鲵剑逼住霞姑的双剑；向二人仔细一看时，正是昆仑山上的乐山、乐水二沙弥。离别多年，几乎不相识了。遂答道："原来是乐山、乐水二位师弟，他们都是白莲教中的妖孽，休要放松他们。"说时精神振奋，一口剑上下翻飞，向霞姑进刺。

风姑娘见乐山、乐水剑术高明，剑秋又殊不可侮，知道形势不佳，走为上着。遂和霞姑、祥姑打个招呼，三个人把剑紧了一紧，得个空，一齐跳出圈子，落荒而走。

剑秋见他们狼狈逃遁，也不追赶，且向乐山、乐水二人相见。问讯之下，始知一明禅师在崂山游玩，不在昆仑，二人正要去请他归山；所以他也不欲上山去，想到山东神弹子贾三春家中去一游，等师父回山以后，再上昆仑不迟。于是他将风姑娘等的事情，约略告诉二人知道，以后就别了乐山、乐水，跨上龙驹，带了神雕，走向山东临城而去。

当他到得贾家的时候，神弹子贾三春恰巧前一天动身到杭州探望一个老友去了。贾太太便请剑秋暂住数天，说她的丈夫不久要回来的。剑秋想左右无事，遂在贾家住下。

这时小神童瞿英和贾三春的女儿芳辰，闻说剑秋前来，都来拜见。相隔一载，二人已长了不少，剑秋握着他们的手，和他们谈谈。他们对剑秋很是亲近的，所以剑秋住在贾家，有这两位小朋友陪伴他，颇不寂寞。

有时他和瞿英带着金眼雕，出郊外去驰马，教练金眼雕攻击之术。瞿英十分欢喜那雕儿，学着剑秋的口号，那雕儿也时常要飞到他的臂上去；他抚摩着翎羽，常把大块的肉喂给雕吃。

有时剑秋不出去，和瞿英、贾芳辰一对金童玉女在后园中，伴他们练习武艺。觉得瞿英刀法神妙，轻身功夫又好，确乎是个后起之秀。贾芳辰爱使一对蜈蚣短铜棍，这是贾三春自己发明制造出来的，有几路杀手棍法，非有本领的人，不能抵御。

那蜈蚣棍只有三尺长，形如蜈蚣，四周都是很尖的铜刺；惟在握手的地方作戟形无刺，以防敌人兵器来削，不致伤手；且藏有机关，只消轻轻一按时，棍头上有一小孔，便会发出一种绝细的蜈蚣针，射到敌人身上去；敌人万难防到这么一着，所以大半要受伤。贾三春发明了这种利器，便教授给他的女儿了。

剑秋接过蜈蚣棍，相视一遍，啧啧称奇。暗想：这一对小男女，小小年纪已有非常好的本领，将来一定能有造就了。

他在贾家住了半个多月，仍不见贾三春回来，却有一个姓武的朋友从杭州回到大名府来。贾三春托他便道带一封家信到来，说他自己一时不能返里，要在西子湖边消夏了。

剑秋闻得这个消息，自思：贾三春既不回家，我独自住在这里，没有意思了。素慕六桥三竺之胜，江南山青水碧，足以荡涤人的胸襟。我既沉闷寡欢，何不前往一游，然后再上昆仑。想定主意，遂向贾太太告辞，说明自己要到杭州拜访贾三春，顺道邀游西湖山水。贾太太和瞿英、芳辰等虽欲挽留，无如剑秋去志已决。遂辞别贾家诸人，跨上龙驹，带上金眼雕，动身赶路，取道南下。

这一天将近徐州，天色垂暮，途中遇见两辆骡车，行李沉重。其中有一少年，相貌俊秀，跨马相随，腰悬一剑似习武艺。剑秋的龙驹跑得快，一霎时追过了他们。前面有一个小镇，很是繁盛的。剑秋经过一家较大的客店，早有店小二上前招呼，剑秋便在这店歇下，把龙驹交给他们去上料，自己由店主导引，拣了一间上房；金眼雕便飞到墙东一株大树上去栖止。剑秋吩咐店小二，停会儿可将三四斤牛肉给那雕儿吃，店小二答应一声退去。

这时天色还未尽黑，剑秋喝了一杯茶，见那庭院很是空畅，遂背着手在庭中散步，却闻外面人声嘈杂，店主引着几个人走将进来。

当先一个便是方才在途中遇见的跨马少年，背后跟着一个年约六旬以外的老太太，拄着拐杖，有一个侍婢搀扶着，又有一个少妇和一个少女，还有一个老妈子，抱着一个四五岁的男小孩。看他们身上都穿得很华丽，像是富贵人家。剑秋侧转身往旁边一立，让他们过去，早由店主引到对面一间大客房里去了。接着有两个骡车夫和店小二担着行李箱笼等物，都送到上房去了。剑秋踱了一回，只见那少年已换了一身衣服，走出房来，剑秋刚想走回房去，那少年却向他点头行礼，剑秋也只得还礼招呼。

那少年向他开口问道："请教兄台尊姓大名？"剑秋随口答道："敝姓岳，草字剑秋，也要请教足下大号，从哪里来？"少年答道："贱姓夏，草字听鹂，本是苏州人氏，一向随着家叔寿荫，宦游京师。此番侍从老母，以及妻子舍妹等返里。因为家叔将放黑龙江边疆大员，家母畏冷，不欲跟随他们同去，遂由我伴送回苏，在故里静养。至于我呢，因先父早丧，屡欲从戎立功；回里以后，摒挡俗事毕，一便要赴黑省去的。"少年说到这里，这时天色已黑下来了，店小二掌上灯来。

剑秋见那少年似还谈得来，遂邀他到房间里，分坐定了闲谈，以破岑寂。少年欣然相从，一同进去坐了。少年还问剑秋来历，且说适才在途中相逢，见剑秋跃马而过，颇有侠气，心甚慕之；不料在旅店中又相逢了，心中十分爱慕，不欲当面错过，所以冒昧相见，愿闻其详。剑秋不愿说出自己是昆仑门下的剑客，遂言是山西人氏，自幼好习剑术，漫游天下。此番从临城友人处出来，意欲往杭州一游，故而道过此间。少年道："不才以前也曾从师学艺，颇好技击，可是功夫甚浅，不值识者一笑，愿为承教。"

二人说了几句话，只见侍婢走来，对少年说道："大少爷，太太有事，唤你过去。"少年立即起身，向剑秋拱了拱手，走过对面上房去了。剑秋独自吃过晚餐，方欲就寝，只听门外咳嗽一声，那个少年夏听鹂又走来了。剑秋横竖一个人无可消遣，便请他坐下，二人又谈论起来。

夏听鹂道："这几年来国家多事，盗匪不靖，山东道上尤其难行。我们此番南下，携带行李甚重，更易起强梁者觊觎之心。我自己虽有一些武术，但是浅薄得很；若遇到是真实本领的人，一定要败北的。因此我在北京向任远镖局商借了面镖旗，又请了两个保镖的人一同前来。那任远镖局的主人姓侯名通，别号白眉猿，因他两道眉毛若有若无的。讲到他的本领也在上乘，常常指导我的武艺，在北道很有盛名。可是他的势力只到济南，过了济南，便不行了。所以我过了济南，将两位保镖的人辞退，镖旗也不再插，偃旗息鼓地赶路。前去路途较近，只有此间地方和淮安一带，荆棘稍多，过了大江，却无事了。今天我们赶路时，见有两个人跨马跟我们一大段路，然后走去。我很疑心他们不怀好意，但他们若果想来下手时，我定不肯让他。"

剑秋点头说道："不错，现在这个时代，盗匪日多。如你们一类人，尤其容易诲盗。方才我见你们行李沉重，衣服华贵，人家一望而知是有钱的人。岂如我们单身独行，一身以外，更无长物，哪有人来看孤羊呢？"

夏听鹂听了，面上一红道："我也是没有办法啊！足下说盗匪不劫孤羊，这也未必见得。前年至东省时，路过一处地方，名唤螺蛳谷，有一伙巨盗盘踞在那里。有一个盗魁名唤'闹山虎'吴驹，出来拦劫，我不服气，同他交手起来。他使的一对铜锤，果然骁勇，难以取胜。战到分际，背后又有一个女盗，挺着双股剑奔来，我见情势不好，遂拍马落荒而逃。幸亏我坐下骏马，奔驰神速，因此被我脱险。"

剑秋听了笑道："夏先生，原来你也曾遇见过闹山虎的，我来告诉你一个好消息吧。去年冬里，我和一位同道，有事到关外去，在螺蛳谷遇见巨盗吴驹，被我们合力杀掉；还有那个女盗名唤风姑娘，是白莲教中的妖女，本领果然高强，可惜被她漏网逃去了。"

夏听鹂闻听这言，更对剑秋敬重，遂说道："那巨盗非有足下这样身怀绝技的人，是不能除掉他的。足下行侠仗义，大有朱、郭遗风，令人景仰不置。我们萍水相逢，使我得识一位英雄，何幸如此。"剑秋又谦谢数语，谈了一歇，夏听鹂才告辞回房。

剑秋关上房门，也脱衣安睡，等到一觉醒来，依稀听得窗外有老鼠蟋蟀之声,也没有注意,翻身睡过。不多一会儿,耳畔忽被一种声音惊醒,睁开双眼,凝神聆听,窗外有金铁相击之声。忍不住跳下床来,从枕边取了惊鲵剑,推开纸窗,一跃而出。

第三十四回

两奇人醉闹太白楼
五剑侠同破天王寺

剑秋见庭中正有三个人，走马灯般厮杀。再一看时，乃是一个虎背熊腰的大汉，挥动双刀，和一个长身的汉子使着一对狼牙棒的，围住那对房的少年夏听鹂，左右夹攻；夏听鹂也舞动手中剑悉力抵御。剑秋知道有盗匪光顾了，便拔出惊鲵剑，大喝一声道："夏君不要惊慌，有我在此。"飞动青光，杀入围中。

二盗不防半腰里杀出一个程咬金来，早有些胆寒。剑秋的剑纵横扫荡，更见神勇。那大汉虽也把双刀使紧，可是一个不留心时，被剑秋顺势一削，当啷啷一声，右手一柄刀早已削为两段，剑秋跟手一剑向他心窝里戳去。那个长身汉子在旁见了，丢开夏听鹂，挥棒架住剑秋的宝剑。夏听鹂赶来，那大汉将左手刀和他战住。这样一来，大家战了个对手。

那汉子架开剑秋的剑，左手一棒打来，剑秋闪身躲过；那汉子紧接着将右手的狼牙棒，使个御带围腰，一棒打向剑秋腰里来。剑秋将剑拦开狼牙棒，使一个顺水推舟式，一剑削去；汉子急将左手的棒来迎住，又啷当的一声，那根狼牙棒已削两段,上半段跳落地上了。那汉子喊声不好,说道:"风紧啦!"遂即一缩身,向对头屋顶上窜去,飞步便逃。

剑秋喝一声:"哪里逃!"随后跃上,早见那汉子已跑到外面墙边,飘身落下去了。剑秋仗着宝剑跟去,也从墙上跃下,早见那汉子已跑有二三丈远,往东南方旷野间跑去,遂施展飞行术,紧紧追赶。可是任你跑得怎样快,那汉子似飞风一般,自己总是追不着,不觉使他想起一件事情来了。

在去年冬里,他和玉琴回荒江的时候,不是在奉天城外东海别墅借宿一宵,大胆捕鬼,竟捉住两个飞行贼的么?内中一个名唤飞毛腿唐阎的,自己追了好多路,没有追到,后来不知被什么能人将他缚住,抛在林中,因而擒获。

今番遇见这汉子,真像那飞毛腿唐阎,他曾说过什么红叶村贾家兄弟,大约他必是坐地分赃大盗的党羽了。此次又被我碰见,一定不能放他过去,遂把脚步带紧,向前追赶。只听颈上"泼喇喇"地有一黑影掠向前去,知道是自己的金眼雕帮助他追人了。

不多时跑到一个村口,那汉子的影子忽已不见,金眼雕也不知到哪里去了。借着星光仍向前跑,只见那边有一座很大的庄院,围墙高峻,气象雄厚,黑沉沉的不知有多少房屋。墙边都植柳树,墙上插着一把把的尖刀,叫人难以跃上,自己的金眼雕正在墙边回旋飞着,似乎等剑秋到来的样子。

剑秋走到墙边相视一下,耸身一跃,已近墙檐;即将手中惊鲵剑疾向墙边一扫,唰唰几响,墙上的尖刀已削去,留出一小个地位来。剑秋立在墙上,向里张望,见是一个很空旷的庭心,朝南一间大庭,窗户紧闭,沉寂无声,金眼雕早已振翼飞到大庭的屋面上去了。

剑秋四顾无人,随即飘身向下。暗想:那个飞毛腿唐阎在哪里,他必然早已进屋,此时屋中人当然留意防备,我倒要小心一些,不要着他们的道儿。

一边想,一边蹑步走去,忽觉背后一阵微风,急忙回过身来。只见一个黑衣少年，手中举着一柄宝剑，向他脑后刺来。剑秋忙将惊鲵剑去架时，那黑衣少年已收回剑，又是一剑，向他下三路扫来。剑秋把剑往下一压，当的一声，青光和白光齐飞。二人个个跳出圈子，收回宝剑一看，都没有损伤，遂又重行交手。剑秋暗忖：这黑衣少年，本领必然高强，他掩着我的背后袭击，一些没有声息；幸亏我机警，没有被他刺着，而且他使用宝剑也是有来历的，所以我的惊鲵剑不能把他削断。我非得放出全副本领来，不能取胜，遂将手中宝剑一紧，使得出神入化，变作一道青光。

那黑衣少年也将宝剑紧紧迎住，上下翻飞，化做一道白光，青白二光在庭中搅成一个大圈。战得数十个回合，厅上灯火齐明，窗户大开，许多人持刀荷枪，一哄而至。为首两个人，一长一短，短的使动一把钢叉，长得便是方才逃遁的飞毛腿，手里已换了一根铁棍，那短的便是矮脚虎袁鼎了。二人一见剑秋，便大声喊道："姓岳的，你究竟是谁？以前在关外硬生生地和我们作对，险些儿遭你毒手，现在客店中冤家碰头，你又干涉人家之事。哼哼，今晚特地引你至此，管教你来时有门，去时无路，识得红叶村贾家兄弟的厉害！"

剑秋也喝道："狗贼，休得胡说乱道！前次便宜了你，今番却不肯轻饶，说什么贾家兄弟，我本要来领教哩！"

唐、袁二人咬紧牙齿，飞步上前，想来夹攻剑秋。此时金眼雕早从头上飞来，唐阎只得舞起铁棍战住那雕。众庄丁说声："好大鸟！"一拥而前，想来捕捉金眼雕。但是那金眼雕既狡且捷，怎会遭他们暗算呢？那黑衣少年和矮脚虎袁鼎双战剑秋，剑秋一把惊鲵剑，夭矫如游龙一般，袁鼎是他的手下败将，哪里在他的心上？大战八十余合，不分胜负。黑衣少年蓦地虚晃一剑，跳出圈子，向厅后退去，剑秋仗剑追赶。

绕过大厅，右首有个月亮洞门，黑衣少年跑向门里去。剑秋进入，见里面乃是一个小小花园，堆着不少玲珑的假山，黑暗中望去，如猿如熊，如马如羊，如老人，如怪鸟，森森地矗立着，那黑衣少年早已退到假山洞去。剑秋不敢鲁莽从事，因为以前数次陷险，不得不小心一些，遂喝道："鼠辈畏首畏尾，钻进洞里去做什么？是好汉的快快出来，见个高低，休要这样鬼鬼祟祟！"剑秋说着话，假山洞里寂寂无声，不见回答。

剑秋方欲回身出去，忽听背后大喝一响，回头看时，只见假石山最高处，立着那个黑衣少年，指着他说道："快来快来，我岂真的惧你？再和你决个雌雄，包你尸骨不还家乡，又要切下你的头颅，当我们的溺壶用。"剑秋听他辱骂，不觉心头火起，使一个"白鹤冲霄"势，跳上那假山最高处。方才立定脚步，忽又听得轰天一响，自己踏脚处突然向两旁滑开，身子望下直沉，跌落到一个石窟中去。上面立刻有大石板压住，四下一摸，都是既坚且硬的大石，利剑所不能损，一些不见光明，只好坐以待毙了。这时那金眼雕正从后飞来，不见剑秋，哀鸣一声，回头飞去。

那黑衣少年已现身石窟之后，假山已恢复了原状，少年且笑且走，来到外边。唐闿问道："二爷可把他结果了么？"少年点点头道："被我用计赚他，落在石窟中去了，这一遭可以把他活活饿死。"唐闿、袁鼎二人听着，一齐张开嘴大笑，说道："飞蛾投火，自来送死，谁教他多管闲事呢？"

说时屋上又跳下一个人，正是那个彪形大汉，一见众人各持兵器，立在一起，便问道："可是那个使宝剑的少年赶到这里么？"唐闿答道："正是，我们今夜偏又不能得手。那个拔刀干涉的少年，便是我们二人以前在奉天城外遇见的姓岳的人，难得冤家相逢，一路追到这里，和二爷交手一场，被二爷诓落石窟中去，这样可报前仇了。不过他还有一个女伴，也有了不得的本领，不知何处去了？"

大汉很得意地笑道："这真唤做天诱其衷，自投罗网，好好，我们今夜虽没有得手，总算报了一个仇恨哩！大家辛苦，各去睡眠罢！"说毕，众人各自散去，一霎时灯火全熄，人声寂寂了。

读者可知道那个黑衣少年和大汉究竟是何许人物呢？原来就是唐阎等口中所说的贾家兄弟了。大汉名唤振武，黑衣少年是他的兄弟振威，自幼住在这个红叶村中。他们的父亲贾有章，本是淮泗间著名的绿林好汉，别号"花刀太保"，在草泽中很有势力，后来洗手不干，便在红叶村中自营箕裘，以娱晚景。弟兄二人自幼即随贾有章学习武术，根底很深，又有贾有章的几个老友时时指导，所以都有很好的本领。

振武善舞双刀，贾有章即将花刀刀法传授与他；振威爱舞剑，贾有章以前在绿林中时曾获得一把白虹剑，据说为汉时淮阴侯韩信所用，虽无确考，然而这剑银光耀目，冷气逼人，削铁如泥，吹毛得断，当然是一口宝剑了；贾有章便将宝剑传授了振威。此外振威又发明得一种暗器，名唤"九龙取火"，乃是一个一尺多长的铁筒，中藏九枝火箭；筒口顺序有九个小孔，筒尾装有机栝。只消将机栝按动时，九枝火箭便会一一射出。箭身满塞硫磺松香等引火之物，当箭射出去时，筒中另有一个装就的发火机，把箭激射出来，一遇空气，火自燃烧，变成一团烈焰，直扑人身，中着了便烧得人家焦头烂额，所以取名"九龙取火"。因为花炮店里本有一种花炮，名唤"九龙取火"；点着了药线，升到天空，一颗颗的火星，变成九条金龙，蜿蜒而下，煞是好看。每当新年的时候，人家购来燃放，给小孩们玩耍的。振威见了，遂苦思穷索，发明了这种暗器，更觉无敌。弟兄二人长大起来，贾有章已作古地下，他们俩在红叶村里俨然作威作福，自尊自夸，无异恶霸的行为。

振武又喜玩古董，每年自己出去做一趟买卖，其余的时候让他们的门客出去，他们坐地分赃，不必亲自出马；那飞毛腿唐阎、矮脚虎袁鼎便是门客中最得力之人了。去年贾振武特派唐、袁二人到奉天去，专一盗取富贵人家的古玩珍器，希望满载而归；谁知他们在东海别墅闹鬼以后，忽然来了琴、剑二人，揭破他们的秘密，将他们双双擒住，反受囹圄之厄。幸亏贾振武和几个门客前来探听消息，方才想法将二人救出牢监，回转徐州。虽欲报复,但是琴、剑二人影踪已杳,无从探闻,只好暂时搁下。

此次振武和唐阊从兖州有事回来,途中遇见夏听鹏等一行骡车,估量行李沉重,又似官眷模样,不由动了觊觎的野心。又料夏听鹏等必在前边官渡驿借宿,所以傍晚时也到这个旅店来住。那时夏听鹏正在剑秋房中谈话,没有察觉,二人便住在里一进。挨到夜半,二人遂悄悄出来开始活动。唐阊先作鼠子叫,在窗外侦探里面的动静,那是剑秋听得鼠声唧唧的时候了。

唐阊装了多声鼠叫,听听里面鼻息甚熟,都已睡着;唐阊遂请贾振武在外面巡风,自己卷开窗户,轻轻跃入室中。里面灯火俱熄,黑暗中不辨东西,摸索至墙边行李所在,正欲动手;不料夏听鹏已从梦中惊醒,向床头抽出宝剑,跳过来向他就是一剑。

唐阊把手中棒架开,知道里面人早已觉得,不易下手,于是耸身跃出窗外。夏听鹏哪肯放过,也追将出来,于是二人遂把他围住厮斗。若没有剑秋出来相助,夏听鹏一定斗不过他们的。但是唐阊眼快,甫交手已识得剑秋,自知不敌,仗着脚快,所以即将剑秋骗到庄中,反败为胜,这非剑秋所料及此了。贾振武见唐阊已走,自己不能恋战,所以战了几合,也就兔脱,跑到红叶村来。闻悉剑秋业已堕入石窟,才安了心,不消他们动手,数天之内,便可把这一位生龙活虎的侠士饿死窟中了。

剑秋陷身石窟里面,日夜幽囚,无可逃命,只得长叹数声,盘膝坐在地下。自思:以前和玉琴也曾陷身在沧州宝林禅院地窖之内,后来侥幸脱险,反将淫僧诛灭,现在我一人陷身在此,有谁知道,能来援助一臂之力呢?罢了罢了,我的一生就此结束了罢!遂瞑目待死,不再思想,以免徒然引起他的悲感和愤恨。昏昏然的约过了两天,也不知是在白昼还是在黑夜,他的肚子饿得饥肠雷鸣,十分难受。

忽然听得石窟上面一声响,他睁开双目,凝神看时,只见上面有一黑影走下,剑秋料想他们或者不等他饿死,便要来收拾他了。他的一肚皮怒气正恨没处可发,难得他们有人来了,便握着宝剑,一个箭步,滚到那人身边,一剑挥去。那人正向下走,没有防备,青光一闪,那人跟着骨碌碌地滚下石窟,喊得一声:"啊哟!"已死在地上了。

剑秋横着剑,静候上面可再有什么动静。随手又见石窟顶有一黑影,向内探首一望,剑秋方想下手,耳畔忽然又听得上面有人唤道:"剑秋兄,你在哪里?快快出来。"其声虽低,而清脆如雏莺出谷,如雨后梨花,说时带着沥沥的音韵,表现出有一种渴望的声调。诸君你想想这人不是玉琴还是谁呢?不禁使他惊喜交加,呆呆立定身躯,几乎疑心这一遭是梦幻。

云三娘当玉琴走入林中之时,瞥见后边走来一个矮脚汉子,正想向他问讯;那矮汉子一眼见了那匹花驴,也立定了脚步,相视甚久,云三娘便问他道:"请问这里是什么地方?"

矮脚汉子答道:"这里名唤红叶村。我也要问姑娘是一人来的,还是有什么人同行?"云三娘指着花驴道:"我们有两匹坐骑,当然是两个人了,还有一位女伴在林中呢!"

正说着话,玉琴已从林子里走出,那矮脚汉子瞧见了她,连忙向前奔逃。玉琴已认识他的面目,也就飞步追去。云三娘见玉琴追赶那人,定有缘故,也就施展陆地飞行功夫,帮着追去。云三娘已跑过了头,回身将双手一拦道:"你这厮,想逃到哪里去?"矮脚汉子又回身要往斜刺里走时,玉琴也在后追着,轻舒粉臂,将那汉子一把扭住,向地下一摔,咕咚一声,跌得他头昏脑涨。

玉琴又把他提起,夹在胁下,对云三娘笑道:"师父这里不便讲话,我们仍到那林子里去,倒很僻静的。"说罢回身便走,云三娘也牵了花驴和她的枣骝马,跟着玉琴走入林中。玉琴方把那汉子放在地上,拔出宝剑指着他说道:"矮脚虎,前次天牢里被你漏网逃去,今番在这里相见,你再也不能逃脱了。"云三娘茫然不知他们究竟为了何事。玉琴便将前事约略告诉一遍，这时金眼雕忽从树上飞将下来，要啄矮脚虎的眼睛。玉琴连忙喝止金眼雕，只得在他头上盘旋。玉琴心里灵机触发，料想剑秋失踪，一定与这两个贼子有关系的，现在已获其一，不可不问个明白。遂又喝问道："矮脚虎，你把姓岳的怎样陷害？快快实说。我们特来报仇，你如若不肯说出时，先将你祭剑！"

袁鼎慑于玉琴的威迫，又见了金眼雕害怕。暗想：那夜没有留心，被那雕逃去，领得人来报仇了。我若不说，性命难保，不如说了罢。遂把那夜剑秋前来庄中厮杀，被贾振威赚入石窟意欲把他饿死的事，大略告诉玉琴和云三娘。听得剑秋性命还没有丧失，心中略觉宽慰，赶紧要设法救出他来了。玉琴又问起贾家兄弟的来历，袁鼎也约略告知。

玉琴便对云三娘说道："现在白昼，我们不便进去，须得守至夜里动手。此间要防人耳目，我们何不先择一较为僻静无人之处，藏匿了身子再说，免得泄露了，有误大事。"云三娘点头说："是。"玉琴遂从袁鼎身上解下一根带子，将他一把提起，缚在花驴背上。云三娘牵了马，两人一同往林后走去。前面正有一座山峰，越走越觉荒野，幸喜没有人遇见。

走了一大段路，只见山坳里有一座荒废的火神庙，两扇破败的庙门，只消将手一推，便倒在两旁。玉琴对云三娘说："这里可藏身，不如入内歇息如何？"云三娘道："好的。"于是二人牵了驴马，金眼雕也跟着飞至。庙内一个大院落，长满着丰草，路也几乎不好走了。左边有一株大树，玉琴把手一指，雕便飞到树上去。玉琴说道："金眼雕，你在树上躲一下吧！夜间好救你主人出险。"云三娘把马牵到树下缚住，玉琴也把花驴系在一起，将袁鼎解下，夹在胁下，披荆拂棘，和云三娘一同走到大殿上。

那大殿业已被破坏得不像样了，窗户都没有，屋顶也有几处穿漏，西边的墙头早已倾塌。殿上除了几尊破头缺足的残余神像外，一无所有，哪里容得人坐息。云三娘向两边一看，瞧见右首殿外有一个大石磬，面上倒很光滑，遂走过去，卷起双袖将那石磬轻轻掇起，回至殿上，放在正中，对玉琴说道："我们借着坐坐罢。"玉琴把袁鼎抛在旁边，走过来和云三娘一同坐下。

袁鼎被玉琴缚住，心里又气又恨，自思：今天合该倒霉，瞒了庄中人，独自到我的姘妇家去，送她银子；她本来留我住在那里，偏偏我又要走回来，遂遇见了这两个女子。姓岳的虽已被囚石窟之中，而那女子是他的同伴又要前来相救了。现在我被他们擒住，又不能逃回去报个信儿，让庄中人知道，好有防备，且不知他们要怎样摆布我呢。袁鼎心中焦急万分，而玉琴和云三娘谈谈说说，颇不寂寞，不过肚子里有些饥饿罢了。

这样挨到天黑，玉琴、云三娘又闭目养神，不言不语。坐了一刻，云三娘立起身来说道："我们好去了。金眼雕可以带着同去，至于那两匹坐骑，只好请它们在这里等候了。"玉琴点头答道："很好。"遂又亮着宝剑，对袁鼎喝道："矮鬼，我们现在要走了，你须在前引路，到你们庄中去，不得误事，方能饶你性命；倘有违抗，我手中的剑便不能宽恕你了。"

袁鼎在黑暗中瞧着明晃晃的剑光，心里有些着慌，玉琴又将剑在他的颈子上一磨道："你答应不答应？"袁鼎不得已说道："答应了。"玉琴正要挟着他走，云三娘道："这厮手里又无器械，谅他也逃走不脱的，不如放他自走，免得挟着嫌累赘。"玉琴点点头，便把袁鼎身上绳索解去，喝他立起来，在前先走。袁鼎不敢违拗，觉得手足麻了，舒展几下，透一口气，才回身走出庙门去，云三娘和玉琴在后紧紧相随。玉琴口中胡哨一声，即见一团黑影飞过头上去，金眼雕也跟他们一起走了。

玉琴催着袁鼎向前快跑，毋如袁鼎只是拖水带泥地走得很慢，挨磨着时光，玉琴觉得有些不耐。金眼雕只是在前面空中回旋，振翼扑扑之声，似乎嫌他们走得迟慢。玉琴心中忽有所悟，便对云三娘说道："那雕既会引我们来此，必然识得庄院。我们何不由它试试，强如这厮跑得这么迟慢。"云三娘道："好的。"玉琴便伸手把袁鼎抓起，夹在胁下说道："你这厮敢是生了足疾，这样跑不动路，待我带你走罢。"二人遂跟着金眼雕前行。雕飞得快，人也走得快，不多时已从荒野间走进村里。

袁鼎被玉琴夹着走，一只手散在外边没事做，鼻子里闻得一阵阵芳香，玉琴的腰里又是软绵绵的；他的身子正贴个紧着，不觉心中痒痒的，动了欲念，忘得了自己的危险，竟自想入非非。将玉琴和自己的姘妇比较，更觉玉琴可爱，不知她有没有丈夫，是处女，还是少妇？但是瞧她情形，十分倒有九分像没有嫁过人的少女；可惜她不爱上自己，否则倒可大乐一乐呢！

思至此情不自禁，一只空着的左手，先向玉琴腰眼边一擦；玉琴急于跑路，还不十分觉得。袁鼎见玉琴不响，他的色胆渐渐大起来，又将左手慢慢儿地伸向玉琴胸前来摸索。玉琴才觉怪痒的一下，低头一看，瞧见了袁鼎的手，不由大怒，右手把剑向地下一插，抓住了袁鼎的左手，只一拧，只听咔的一声，袁鼎的左腕已脱了骨臼，痛得他大叫一声。玉琴又把他的左手倒转过来一并夹住，喝道："你这厮休要不识时务，再挣扎时，我就结果你的性命。"袁鼎果然忍着痛不敢复动。

玉琴拔起了剑，仍往前走。云三娘在旁瞧得清楚，不觉笑道："这厮真是可恶，带了你走还要不耐烦，换了我时，早把你这贼头拧下来了。"

二人且说且随着金眼雕走，只见前面有一座大庄院，赫然显露，金眼雕已飞进了墙内去了。二人抬头一看，见墙上满刺着尖刀，很难飞越，玉琴便问袁鼎道："你快老实说，这里是不是贾家？"袁鼎道："正是的。"

云三娘倏地飞起两粒银丸来，银光回旋了一下，墙上的尖刀都已削平，二人这才跳上高墙。见里面乃是后院，前边一进进的有不少房屋，二人轻轻跃下。

玉琴放了袁鼎，将真刚宝剑架在他的后头，低声说道："你休得声张，快快引我们到那石窟处去，如若执拗，你这颗脑袋便要切掉。"

袁鼎已在玉琴掌握之中，不敢倔强，只得引导着二人转弯抹角地向前行去。

走至一条回廊边，有两扇朱漆的门，上面锁着一把铁将军，袁鼎回头说道："就在这个里头，但是门已锁上了，走不进去。"玉琴笑笑，立即上前把剑一挥，锁已落下，正想走将进去；背后更锣响，忽然来了两个更夫。玉琴等急切没有躲处，抓了袁鼎倏地跳上屋面，要想避过更夫的耳目；幸亏那两个更夫转弯而走，没有走到这边来。玉琴等遂又跳下，急忙推门而入，仍把那门掩上，见门里乃是一个小小花园。一堆堆的玲珑假山，垒得甚是奇巧，月光映照着荔枝小径，寂静得很。

袁鼎引二人走上假山，玉琴恐防他要有什么变动，一柄真刚宝剑紧紧贴在他的颈上。到得假山上面，袁鼎在一根石笋之后，将机关拨动，即见假山中间登时现出一个石窟穴来，俯视窟中甚是黑暗，不知有几许深。云三娘便问道："姓岳的可在里面么？"袁鼎点点头。

玉琴扬着剑说道："那么你快些走下去，将姓岳的唤出来，我们自然饶恕你的狗命。"袁鼎被玉琴威逼着，无可如何，只得大着胆子，从石级上走下窟去。方欲呼唤，不料早被剑秋在暗中狙击，立刻倒地而死。玉琴听得下面"唉哟"一声，接着"咕咚"跌下去的声音，知道剑秋不知底细，在那里动手了。自己也不敢下去，深恐暗中或有误伤，遂俯身窟边，轻轻喊了一声。

剑秋听得出是玉琴的声音，说不出的又惊又喜，又呆又痴，难道是做梦么？不是的，明明有一个死尸卧在脚边，但不知何人为我所杀，不要害了好人。于是他遂答道："上面是玉琴师妹么？剑秋在此。"玉琴听得剑秋声音，不由大喜，便又唤道："师兄快快出来，我等特来援救的。"剑秋遂将宝剑点着石级,一步步地走到窟顶,踏上假山,好如禽鸟离笼,猛虎出牢,顿时恢复了自由。

月光中瞧得分明,但见玉琴反握着宝剑,立在他的面前,娇脸上似有一种特别神情的表示,似怨非怨,似恨非恨,又似惊喜。总之她满怀的情绪,此时一齐由郁而发,而当着云三娘的面,又不便如何申说,只好先待剑秋开口了。

剑秋又见云三娘立在玉琴身后,不胜诧愕,便向她拜倒道:"离别多时,吾师从何而至,玉体可康健?"

云三娘微微笑道:"此天机也,我与玉琴中途相遇,又有神雕引路,遂到这里来了。这都是玉琴诚心救你所致。"

剑秋对玉琴致谢道:"多蒙师妹千里迢迢,特来救助,使我不胜感激。以前之事千乞海涵勿责,现在我知道你的心了。"

玉琴听到他说"现在我知道你的心了"这一句,暗想原来你一向还没有知道我的心啊!眉峰之间,顿起怨恚。剑秋又接着问道:"但是我真不明白,你怎样也会赶来?"玉琴方欲回答,只见那边小门里"呀"的开了,杀出许多人来。前边有个月亮洞门,也已突然开了,同时灯笼火把,两头拥出不少健儿。

原来他们方才瞧见的两个更夫,不多时从别处兜将转来,见朱漆门上锁已断落,门也虚掩着,知道事情不妙,便去唤起庄中众人,同捉奸细。贾振武和唐阊率领庄丁从这门里杀出,贾振威从月亮洞门杀入,取两面包围之势;早见三人立在假山之上,月光下看得十分清楚。贾振武大喝一声道:"哪里来的婆娘,敢到我们庄中救人?须知贾爷爷的厉害!"

玉琴早已舞动宝剑,从假山上飞跃而下,一道白光直取振武。振武挥开双刀,紧紧迎住。贾振威挺着白虹宝剑来助,剑秋也使开宝剑跟着跳下,和振威斗在一起。这时仇人重见,格外杀得起劲。

飞毛腿唐阊认得玉琴便是以前剑秋的同伴,便摆动两根狼牙棒,跳过来助战,且战且对振武说道:"这女子就是姓岳的同伴,不知她怎样会来救人的?我们千万不要放过。"两人双战玉琴，同时众庄丁也都使开刀枪棒棍，一齐杀上。

云三娘依旧立在假山石上，瞧琴、剑二人和他们苦战，一青一白的剑光，四下飞舞，沛然莫之能御。暗想二人剑术已进步不少了，但我既已来此，怎能袖手旁观呢？遂即飞起两个银丸，如两点流星，光芒四射，飞入众人围里。旋转一下，飞毛腿唐阎当个正着，只见两个银丸在他的颈上一转，他已身首异处；银丸随又环绕数下，四五个庄丁早又头颅飞去。

贾振武正和玉琴剧斗，见唐阎授首银丸之下，心中未免吃惊。又见银丸向他头上飞来，不觉手忙脚乱，被玉琴逼开双刀，一剑直戳入他的胸窝里去，大叫一声，血雨四溅，立刻倒地而死。贾振威见他哥哥已遭惨死，自己又被剑秋紧紧迫住，不能相救；又见银丸扫荡处，如秋风扫落叶，众庄丁一个个倒在地上；知道今天遇见劲敌，自己倘然不走，也要遭殃。遂即将手中白虹剑，使个狮子搏兔势，拨开剑秋的青光，一剑向他头上劈下。剑秋急还剑抵御时，振威已得个间隙，跳出圈子，跃上花墙，便往后面逃走。

剑秋追去，玉琴见了不放心，也就挺剑同追，二人跃登墙头，往东追了十几步，振威已飘身落下，乃是一个后园，比较前面的广大。琴、剑二人也追将过去，但是追得很慢，恐防中了他的诡计。这时忽听头上泼喇一声响，那头金眼雕也追上来了，直飞前去。

玉琴指着雕道："好雕好雕，忠心的金眼雕，今天须帮助你的主人把仇敌捉住。"言还未出，只见贾振威已逃至一个水池侧边，忽地回转身来，手里不知握着什么东西，向上高举起来。

此时金眼雕已展开双翼，飞到他的头顶，方往下扫击，突有一团烈火，直扑金眼雕翼上。金眼雕不及闪避，左翼早着，才想远避，接着又是一团火焰，射中金眼雕的右翼。金眼雕两翼都中了火，拉杂杂地烧将起来，只听它怪叫一声，张开两片火翼飞向树后而去，映得墙上都红了。

剑秋说声："不好！"又见振威向他们一招手，便有两团烈火向他们身上扑来。琴、剑二人急忙将宝剑使开，舞得水泄不通。两团热火都落在地下，接着又有三团烈火焰飞至。幸亏二人剑术精妙，都不使它近身，一一反射在地下。有一团火焰激射在一株大树木上，竟燃烧起来，把那树烧成枯木。二人见火焰已灭，定神再看振威，却已不知逃向哪里去了。这就是振威所有的绝技"九龙取火"，到了紧急之时放出，果能抵御敌人；自己便做了漏网之鱼，脱身而去。

玉琴对剑秋说道："好险呀！这是什么东西？"剑秋把脚一蹬道："大约是火箭罢。唉！我的金眼雕不好了！快快去找它。"二人立即走到池后面，见金眼雕落在太湖石边，身上还在燃烧呢！

剑秋急急走向前去，把火扑灭后，细瞧金眼雕已活活烧死，半个身边已成灰烬，剑秋放声大哭。玉琴也不由坠泪道："可怜的金眼雕，竟中了敌人火箭而死，我们快去找觅那贼子。"

二人兜转身在廊下抄了几个转弯，花木幽深，路径曲折，月光自树间漏入，地上好似铺满着散银，哪里有个敌人的影踪呢？剑秋道："想那贼子早已逃走了，我们不要又误蹈什么机关，不如回到外面去吧。"遂回转水池边，提起那烬余的雕儿，一同回身走到外面，早见云三娘已生擒住两个庄丁，正在询问。因为云三娘不忍把他们尽行杀戮，早把银丸收转，擒住二人，向他们盘问庄中情况，其余的都乘机逃生去了。云三娘见二人回来，便问："可将敌人捉着？"一瞧剑秋手里提着的死雕，不由大惊。剑秋便将自己和玉琴追赶贾振威，金眼雕中了火箭而死的情形奉告。

云三娘也连呼可惜。庄丁在旁边说道："这是贾二爷发明的一种暗器，名唤'九龙取火'，能将敌人烧死，厉害无比。花园后面有一个秘密隧道，可通村外，这是庄主特地掘的，以防不测，大约二爷就从那里逃去了。可是他们严守秘密，我们都不知怎样开放的。"玉琴听了便道："那么我们快去寻那隧道。"说罢拔步要走,剑秋将她一把拉住说道:"算了罢,此时他已走远,我们也追不着了。他日或再有相见之日,我必要代金眼雕复仇。"

玉琴便将自己追上昆仑,途遇乐山、乐水二师兄,方知剑秋已到山东,遂即赶来,巧遇神雕引路,重逢云三娘,活捉矮脚虎一同到此相救的事情,告诉与剑秋知道。自己一肚皮的怒气,当着云三娘之面,不便发泄,只说:"师兄要走,怎么不告知一声,好同上昆仑。现在反致闹出这岔儿。"剑秋却向玉琴赔罪道:"师妹你要原谅,都是我的不是。我因一时性急,思想谬误,以致有此举动,千乞师妹原谅。"玉琴听他说了两个原谅,也就微笑无言,把前嫌消释了一半。

云三娘在旁听他们二人讲话,虽不知底细,心里却也有些明白,只是抿着嘴唇微笑。剑秋回过头来,向云三娘说道:"现在这里死者死,逃者逃,我们怎样发落?"云三娘:"我们且到后边搜搜看,可有什么发现?"琴、剑二人齐声答道:"不错。"三个人遂燃着火炬,向里面内屋走进。

剑秋一边走,一边向玉琴道:"想不到在奉天东海别墅,捕了一回鬼,被那两贼子依旧兔脱,遂致今番又有红叶村一幕恶斗,那个飞毛腿唐闿已死于云师剑丸之下,只是还有那矮贼,既被师妹拿住,现在却在哪里?不要也被漏网逃了。"

玉琴听了,格楞一笑道:"他此时早已命归黄泉,再也不会漏网逃生了。师兄你好糊涂,你在石窟之内,所杀的是谁么?若没有他送死,我们怎能知道这机关呢?"剑秋方才大悟,笑道:"原来是他,杀得并不冤枉啊!"

三人走至后边楼上,见有几个妇人小孩,躲在暗里,见了他们,只是吓得索索地抖。云三娘道:"罪人已祭,我们不必去惊动他们。"转到后一层楼上,见有一间精美的阁子,上面有一蓝底金字的小匾,写着"藏珍阁"三个隶书。

云三娘道:"方才闻庄丁言贾振武爱玩古董,常向富贵人家盗取,我们不妨进去看看。"剑秋遂飞起一脚,将门踢落,一脚踏进去时，忽然"豁喇喇"一声响，门左右伸出四把挠钩，向他身上钩来。剑秋避得快，没有钩着，不觉笑道："原来里面还有这种玩意儿呢！"玉琴过去将剑一挥，四把挠钩，都已削做两截，落在地板上，没有用了。

三人把火炬高照，十分小心地走进阁中，四边一看，见有各种紫檀的大橱，雕琢得非常精细。橱里一层错综排列着许多珍奇古玩，都是价值连城之物，什么白玉马啦、翡翠珮啦、象牙船啦、珍珠塔啦，真是象、犀、珠、玉、怪、珍之物，无一不有。三人一路观看，如入山阴道上，目不暇接。暗想：贾振武费尽心机，巧取强夺，现在他已一命呜呼，这许多古董，不知又将落于何人之手了。

云三娘一眼瞧见东首一座六角式的橱中，陈列着两件东西，触入她的眼帘，连忙过去取在手中。琴、剑二人走来看时，见是一柄翡翠琢成的宝剑，只有五寸多长，通体绿得如碧水一般，十分光滑；还有一件是四寸左右长的玉琴，全用白玉雕就，古色古香，令人爱不忍释。云三娘带着微笑，对二人说道："不义之财，本当不取，只是这两件宝物，他日我自有一个用处，暂且取了藏在我处罢！"遂即安放怀中。二人也有些会意，却未便启齿。

三人又到复室中看了一遭，依旧照着火炬，回到外面，只见那两个庄丁还伏在一边没有逃去。剑秋便喝令他们先将厅上所悬的灯一齐点明，又对玉琴说道："我在窟中好久没有进食，肚中实在饿得慌了，你们如何？"

玉琴道："我和云师也是一天没有进餐了。"剑秋点点头，便请云三娘和玉琴坐在厅上。他就押着那两名庄丁，教他们引至厨下去，搜寻出许多火腿、板鸭、腌肉、干菜等食物；喝令他们淘米煮饭，监视他们急速把饭煮熟，又把火腿等蒸熟了，一齐搬到外面厅上去，三个人饱食一餐。

剑秋吃罢，顾视着地下的死雕，又叹了一口气。那时已有三更过后，将近四鼓，剑秋就问云三娘道："我们做了这一回事，将如何发落？"

云三娘道："这却不比韩家庄，不必请教祝融氏了。我想此地大概属于邳县管辖，我们只要到邳县投个柬儿，让他们来照盗案办理就好。"剑秋道："我师说得有理。那县令衙门在何处，现在闲着没事做，我就去跑一趟罢。"玉琴指着庄丁说道："问他们便可知晓。"

剑秋喝过一个庄丁来问询，方知邳县衙离此有七八里之遥，在红叶村的东南方。剑秋遂索笔砚纸墨，写了一张纸条。大意说明贾家兄弟为坐地分赃大盗，此番遇到行侠仗义者流，把他们杀死，只有贾振威一人漏网。家藏古董，价值约在数百万以上，即请官中严办此案云云。把柬折叠好，塞在怀中，回头对云三娘和玉琴说道："二位稍等，我去去就来。"云三娘点点头，剑秋便走出大厅去了。

玉琴和云三娘坐着闲谈以前的事情，玉琴又讲起夜探天王寺的一幕，说四空上人的飞刀委实厉害，要求云三娘帮助同去破灭。云三娘道："我和你的余师叔也有此心，所以余师叔早已北上了。现在你和剑秋由分而合，即可一同前去，寻到余师叔，再去破天王寺；饶那四空上人怎样本领高强，我和余师叔总可对付得过。至于其他小丑，你们二人尽足够收拾过去了。"玉琴闻言，甚为快慰。

谈谈说说，四更过去，将近五更，只见剑秋已跃入厅中，对二人说道："我已找到那县衙，在那县令与他夫人正寻好梦际，把小柬投入他们房中的桌上了。明早官府，当有人来处置的。"三人又坐了一歇，见东方发白，天色微明，云三娘立起身来说道："走罢，我和玉琴的坐骑还在村口火神庙呢！"

剑秋道："等到师父和师妹的坐骑取得之后，我也要到官渡驿走一遭，把我的龙驹取回。又不知那个姓夏的有没有走呢？"遂提起死雕说道："我们走罢。"

三人一边说，一边走至大门，开了门出去。很快地回到火神庙，等到日出时已到庙中。玉琴过去把那花驴和枣骝马牵出来。云三娘道:"我们两人都有坐骑,剑秋却没有,跟着同走不像样的,不如一同步行罢。"玉琴道:"不错。"剑秋道:"路途不远,我打前引导。"依旧提着死雕先行。玉琴笑道:"师兄不是痴了么?那雕业已死了,随便掘土葬了也好,你只管提携着做什么?"

剑秋叹口气答道:"那金眼雕虽属禽兽,跟随我长久,很有师弟之谊;十分义气,又是十分勇敢。此番我中了奸人之计,堕落石窟,若没有那雕逃去,途中遇见师妹,引路至此,那么我不是即要饿死在那窟中么?不幸而中贼人的暗器,死于非命,我心中的悲伤,好似死掉一位亲爱的朋友一样。所以我想觅一块好好的地方,把它埋骨才是。"玉琴听了,想起以前自己在螺蛳谷,中了风姑娘的诡计,也是那雕来救她的。想不到它虽一鸟,能够有这勇气,很忠实地救了我们二人的性命,而我们反不能保护它,岂非对不住它呢?死而有知,能无怨我们呢!想到这里,心中也觉一阵伤感。

将近午时,三人走到官渡驿旅店之内,进去询问。方知夏听鹏因为那夜剑秋一去不回,凶多吉少,心中非常盼念,已呈请地方官厅查捕盗贼,仍和眷属留在这里,没有回去,要想等个水落石出。谁知地方官畏盗如虎,一纸公文等于虚行,到哪里去认真捕盗呢!现在听得剑秋回来,不由大喜,连忙出见,叩问无恙,又见同来两个女子,英秀动人,十分惊奇。

剑秋见自己房间还空着,便命店小二开了房间,放下死雕,让夏听鹏和云三娘、玉琴一同入内宽坐。店主人为了此事,也极挂心,跑来相问。剑秋不欲直说,恐惹多事,也就草草回答了几句,含糊过去。店主人恭喜一声,退出去了。剑秋对于夏听鹏也告诉个大略,没有细讲。夏听鹏听了,非常快慰,并谢剑秋援助之德,不过听说剑秋心爱的金眼雕,为了主人,竟牺牲了性命,也十分悼惜。

谈不多时,午餐将届,夏听鹏特地盼咐店中预备好一桌丰盛的酒席,宴请三人。三人不客气,一同坐下饮酒。剑秋又将云三娘、玉琴的来历介绍与夏听鹂知晓，夏听鹂愈加敬佩。畅饮多时，夏听鹂方才别去，回到自己房里把这事告诉他的家眷知道，妇女们也是好奇心重，时时蹑足探头来窥望这三位奇人。

剑秋又唤店主来，向他说道："我的爱雕死了，我要得一靠山的好地方，把它埋葬，代它建筑一个小墓，以为纪念。不知这里附近可有相当之处？"

店主答道："云龙山下空地很多，先生如要购买，我可介绍。"剑秋道："我因急于北上，不及办这事，我心想要拜托店主代我办妥，费神之处自当重谢。"店主带笑答道："这些小事，何足挂齿？先生如相信我，要我代办，自当效劳，决不误事。"

剑秋道："承蒙惠允，再好也没有了。我就把这死雕交给你，将来墓前可以竖立一块小碑，以便认识。碑上请刻：'义鸟金眼雕之墓'七个字，千万勿忘。"店主人诺诺连声，剑秋遂从怀中取出一锭五十两纹银，交与店主。店主收了，提起地下的死雕，告辞出房而去。剑秋不胜咨嗟，玉琴虽幸救得剑秋性命，而一头义勇可爱的神雕，却在此役中活活牺牲，岂不可惜？云三娘也是呼惜不置。

这夜三人遂在这旅店住宿，商议定夺，明天一同北上，要去破灭天王寺。晚上夏听鹂又过来闲谈，剑秋即命店中治盛筵还请他。夏听鹂谦谢再三，方才入座，席间谈笑风生，各尽其欢。夏听鹂邀他们三人一同到吴王台畔，游览姑苏风景，泛舟荷花荡，驰马天平山。剑秋回答说道："我们因有要事，即日北上，他日有缘，当来吴门拜谒。"直饮至三更始散。

明日一早，剑秋等三人起来，急要动身，唤店主人开账，以便付钱，谁知夏听鹂已于昨夜代他们一齐付清了。夏听鹂闻声过来送行，剑秋不欲他破钞，一定要还他；夏听鹂哪里肯取，推让一再。剑秋只得说一声："叨扰之至，我们后会有期，前途珍重。"三人遂和他点头分别，店主人也来送行。剑秋又叮嘱他好好埋葬那雕。店主答应道："请先生放心，我一定尽心去办。他日先生路过这里时,我当引导先生们去观看的,决不有负雅嘱。"

三人走至店外,店小二牵过三人的坐骑来,剑秋把行李放在龙驹上。三人向夏听鹏和店主人点点头,还身跨上坐骑,鞭影一挥,二马一驴驮着他们的主人,展开长蹄,飞快地向东北方官道上跑去了。夏听鹏等剑秋等三人走后,也就携带家眷,遄返苏州。云三娘、玉琴、剑秋三个人在途中早行夜宿,往京师进发,一路平安无事,山东道上也没有遇见什么响马。

一天将近德州,落日衔山,野风怒啸,却见对面尘土滚滚,有两骑疾驶而来。剑秋对玉琴说道:"这两骑来得突兀,莫非响马来了。"玉琴微笑道:"怕什么,至多一场厮杀而已。"一边说,一边掣出真刚宝剑,剑秋也将惊鲵剑出了鞘,三个人勒马而待。一刹那间,两匹马已到身边,马上骑着一个蓝袍少年,和一个紫衣少妇。剑秋仔细一瞧,不由欢呼道:"原来是天豪兄,剑秋、玉琴在此。"

那两骑闻声也已停止,玉琴跟着一看,果然是李天豪和他夫人蟾姑。此时李天豪也瞧见琴、剑二人,一齐跳下马来,玉琴、剑秋、云三娘也下了坐骑,一同相见。蟾姑握住玉琴的手,互问别来无恙。剑秋遂介绍云三娘和他们相识。天豪夫妇闻剑秋说起他的师父云三娘剑术如何高妙,景仰已久,现在见了云三娘的面,见三娘年纪并不甚高,望去约二十许人,玉面微笑,姿色清丽,不觉更为倾倒。剑秋遂问天豪夫妇要到哪里去,宇文亮和莲姑等近况如何,至以为念。

李天豪叹道:"自从你们二位去来,宇文亮娶了两个姬妾,是察哈尔地方的蒙人,十分妖媚。宇文亮得了那两妾,天天在饮酒作乐,无复有远大之志。龙骧寨中事务,由我一人劳心调排;还有我的小姨莲姑,招了一个丈夫前来。那人姓杨,名乃光,别号'一阵风',本是飞行大盗,在山西潞安一带很有势力,本领也确乎不错,莲姑在外自己结交得来的。但是我看他生性淫悍,不甚归正,不是正正当当的侠义朋友,因此我和他的感情也很淡薄。此次我们特地南下，要到漳州、厦门一带去访问一个朋友。此人是我故交，现在那边密谋革命事业，声势很大，所以我们要和他联络，不得不亲自走一遭，想不到在此见到二位，不胜快活。不知二位以后可有暇到我们寨中盘桓数天？随时指教。"

剑秋也将自己和玉琴同返荒江，回到此间的经过，略为告诉一遍，且言："山海关外螺蛳谷，现有袁彪夫妇等盘踞，秣马厉兵，他日可与龙骧寨一同联络，以厚兵力。"天豪听了甚喜，要剑秋极力介绍，剑秋应允缓日当领袁彪夫妇到龙骧寨来相见；又言此番北上，将赴张家口，想把那罪恶之薮的天王寺破去，为地方除害。

天豪顿足道："可惜我们急于南行，不然很愿意追随你们一起去。"剑秋道："贤伉俪既有要事，也就不必了，我们后会有期吧。"李天豪也说一声："前途珍重，愿三位早灭淫僧！"于是天豪夫妇遂与三娘和琴、剑二人告别，大家各自跃上坐骑，分道而去。

途中琴、剑二人得闲，又把曾家的事各人问个明白。玉琴又言自己见剑秋走后，也就不别而行，拟先至虎牢，代宋彩凤做媒，与曾毓麟撮合成亲。不料彩凤逼于邓氏七怪，业已高飞远飏。遂想到昆仑来寻剑秋，讲个明白；幸遇乐山、乐水二沙弥，才知剑秋没有上山，回路相寻，得遇神雕，援救剑秋出险。且言自己诚信未孚，以致闹出了个岔子，但凡事不可妄臆，总须问个明白，何以必要不别而行呢？

剑秋觉得自己这事，实在比较鲁莽急躁一些，无言可答。只得引咎自责，要求玉琴不要见怪，从此决不致再有误会了。也觉得这么一来，对于曾毓麟也有些对不起。

玉琴见剑秋反躬自咎，业已明白了他的心肠，也就一笑而罢，把所剩一半的前嫌一齐消释了。又说："待到天王寺破，我总要找到宋彩凤，代他们成就一段良缘，因我一言既起，定要做成。"剑秋道："很好。我当追随师妹之后，同去访问，还有什么邓氏七怪,我也要去试试,他们什么样的厉害。"二人谈了好久,欢洽非常,不多几天已到了北京。

剑秋便问云三娘,可知余观海师叔耽搁在哪一处,云三娘道:"我知道的,在朝阳门外一个灌园老叟家里。"于是三人一齐赶到那地方去。见前面一个很大的园地,树木阴沉,鸟语枝头,十分清静。云三娘当先一马,来到两扇柴扉之前,便勒住缰绳,回头说道:"到了。"三个人一齐跳下坐骑,云三娘先走一步,玉指轻叩柴扉。

不多时,只听里面有人问道:"外面是谁?"声如洪钟。云三娘答道:"我是姓云的,来此拜访钟老丈。"随即见柴扉开了,走出一个人来。

琴、剑二人起初听了声音,以为必是关西大汉,谁知乃是白发老叟,两鬓斑白,颔下一部银髯,长垂过腹。瞧他年事至少有七十岁左右,但是面上血色甚红,精神健旺;除了须发以外,一些看不出龙钟之态。见了云三娘,笑容可掬,双手一拱道:"原来是三娘到了,且请里面坐。"

云三娘道:"老丈贵体想来康健,余师兄可在府上?"

老叟答道:"多谢云三娘垂念。老朽顽体如常,天天抱瓮灌园,筋骨倒很舒服;只是三娘此来,是否要找观海?他来了好几天,老朽每天陪他喝酒,他因等你不及,恰好昨天动身赴张家口去。他留语老朽说,三娘若来,请你也到那边去。哈哈,二位侠义的精神可敬可喜,我今老矣,无能为也。"

云三娘道:"老丈客气了,余师兄既不在此,我们要到张家口去找。"遂又介绍琴、剑二人和老叟相见。老叟相视一下,笑道:"皆天民之杰出者。世衰道微,好自为之。"

老叟要请三人入内稍坐,喝一杯香茗。云三娘谢道:"不敢惊扰,我们要紧去了。"老叟也不再强留,说道:"那么等你们暇时再来欢聚数天,谈谈桑麻。"云三娘等三人遂和老叟告别,各自跨上坐骑,勒转马头而行。老叟也闭门进去了。

玉琴瞧见这种情形,心中有些疑惑,忍不住在驴背上向云三娘问道:"那老叟究竟是个何人?吾师如何与他相识?"

云三娘的坐骑正和她并行,遂微笑道:"我和他不甚相识的,余观海师兄与他缔交深厚。不知在哪一年,我和余师兄来北京,余师兄曾偕我同去拜访过一次,所以今日认得他。据我所知道的,他姓钟,名遁世,有十分好的剑术,在我们之上。你们不要轻视他年纪老耄啊,他在此住有十数年,天天灌园。他的儿子早已故世,只有一个孙儿,年纪约有十六七岁,得乃祖父薪传,也有很好学问,不是很奇怪的么?他这个人性子也很怪僻,一不喜和人家多说话,二不肯管人闲事,三不喜吃荤,常常闭户不出。所以余师兄既然不在那里,我也不欲去惊动他了。"

玉琴听了说道:"越是有本领的人,多不肯轻易暴露,像我们的行径却未免太认真了一些。"剑秋在龙驹上接着说道:"恐怕他老人家不肯出来多事,否则若得他同去,四空上人不足惧了。"

云三娘道:"他当然不高兴来的,不然你们的余师叔早已请他同行了。"玉琴道:"现在有了吾师与余师叔,合我们四人之力,难道天王寺还破不成么?我不信了。不过可惜袁彪夫妇还在关外,不及邀他们同去,他们倒很高兴的。"

剑秋道:"小鸾的镖果然精妙,智能被她发中一镖,足寒淫僧之胆。我想师妹的眼功和手法也是很好的。以前在荒江雪天出猎,有一鹰盘旋天空,我发一箭,没有射着,却被师妹射中了,我很佩服。所以师妹何不也练一种暗器试试?"玉琴道:"我素来不喜欢以暗器胜人的。大家须放出真功夫来决一胜负,也教人家输了佩服。何必要乞灵于暗箭伤人呢?"

云三娘听了点点头道:"玉琴之言甚是。现在我们闲话少说,余师兄既已于昨天动身到张家口去,我意以为我们不必在京师耽搁,也就快快赶上去罢。"剑秋道:"师父说话不错,我们没有事要耽搁,目的是在天王寺,那么一同追赶余师叔去为是。"玉琴亦无异议,三人就此向张家口登程进发。琴、剑二人更是心急非凡，屡屡加鞭。

这一天已到张家口，正近炎夏，天气甚热，三人投下一家客店住宿。黄昏时趁早用过晚饭，一齐坐在庭中纳凉，瞧那萤火隐现于树间，微风送凉，很是悠闲。玉琴说道："我们已到了目的地，可是不知余师叔住在哪里？令人好不焦躁。"云三娘道："你不要性急，明天白昼我可以去访问他，好在他这个人自有一种怪模样，很问得出的，无须多虑。"

剑秋仰首望着天上的明星说道："一个人的行踪真是说不定，自己也不由做主的。初时我本想上昆仑山去，后来中途遇见乐山、乐水二位师弟，始知一明禅师不在山上，我遂折回至临城访晤贾三春。凑巧他又赴杭州去了，我在贾家住了许多天，有小神童瞿英兄和贾三春的小女儿芳辰，伴着我消遣长日，也不寂寞。后得贾三春家信，知他将在杭避暑，我就动身想到杭州去一游西湖。不料途中出了这个岔儿，幸有师妹和我师前来相救。此番忽又自南而北，重至张家口，岂非萍踪无定么？"

云三娘道："天下事本来如此，世人虽欲巧为，天已早定，不然我又怎么会和你们遇合呢？"玉琴道："不错，我们此番北来，途中却又遇见李天豪夫妇，得知龙骧寨大略情形，省得我们去走一遭了。"

三人正谈着话，忽听外面有人匆匆跑入，高声喊道："掌柜的，快到太白楼去瞧热闹啊，奇人奇事，不可不看。"接着掌柜的答道："顺风耳朵，你且稍待，我有一笔账记了就来。"那人又喊道："记什么账，快看要紧，不要错过了时候。"三人闻言，忍不住一齐走出来。

见有一个二十多岁的汉子，披着一件布衫，敞胸赤足，手中挥着芭蕉扇，正在催柜台里的店主。

这时掌柜的已除下眼镜，走出来说道："去去去。"剑秋连忙止住他们道："请教有什么热闹可瞧，可值得一观？"那汉子白瞪着两眼道："你们倘也要瞧热闹的，快跟我去，我没有工夫多说话啦！"说罢回身便往门外跑去。店主人对他们带笑道："这人姓曹，是本地的小热昏，专在街头巷口讲新奇新闻的，所以别号'顺风耳朵'。他教我去瞧热闹，一定大有可观，客人们请一同去可好？"剑秋、玉琴、云三娘遂跟着店主一齐向前边大街跑上去。

见那汉子在前面相距二十多步，时时掉转头来喊道："你们快些走啊！"三人本可放出飞行功夫来，一蹴而就，但是他们不欲轻露行藏，动人惊疑，所以仍随着店主走路。店主是个大胖子，早走得气喘不止，跑到市街梢将尽处，见那汉子立在一家酒楼门前，大声喊道："在这里，你们自己上来罢！"说着话走进去了。云三娘、玉琴、剑秋随着店主走到那酒楼之下，见招牌上写着"太白楼"三字，楼上人声鼎沸，楼下也挤满着许多人，东一堆西一簇，不知在那里讲些什么。

三人也不顾住店主蹒跚了，径自走上楼头，见沿街一大间楼上，排列着不少人，好似砌成一座墙头，那个汉子不知挤到哪里去了。只听得里面喝一声："请啊！"声震屋瓦，众人又大笑起来。

云三娘和玉琴急欲瞧个究竟，将玉臂向两边一摆；众人急闪一个隙地来，让他们挤入人丛。店主却挤不进，只得立起脚尖，伸长脖子，向里观望。

有几个轻薄的少年，一见二人花容月貌，如江东二乔，清艳绝伦，嘴里便叽咕说道："咦，哪里走来两位姑娘？生得好不美丽。我们看了醉汉胡闹，又有仙女降凡，来供我们眼皮儿上的欣赏了。"又有人说道："不知道这两位姑娘有没有丈夫家的，不然我倒要来做个大媒，包着人家快活的。"剑秋跟着挤进，立在玉琴背后，怒目而视，众人才不敢多说了。

三人遂向里面瞧去，只见东边一个酒座上，有一个乞丐模样的汉子，箕踞而坐。那丐穿着一身敝旧穿破的夏布衫裤，赤着双脚，瘦长脸孔，目光炯炯，正是他们要找寻的飞云神龙余观海了。桌上堆叠着数十个空酒壶，右手拿着他的铁钵，向他左手托着的大酒瓮里，舀起一满钵酒来，张开了嘴，吐嘟嘟地喝下肚去。将空钵向对面座上的人一照道："请啊请啊，俺若喝不过你，非为人也。"

三人又向西首座上一看，见坐着一个矮冬瓜，身躯短小，蜡黄的面色，两个眼珠滴溜溜地尽转，脚上踏着草鞋，腰里缠着一条黄金带，灿灿地发出光来，不是闻天声还有谁呢？在那闻天声面前的桌上，也摆满了许多空酒壶，他双手捧着一个酒瓮，见余观海又喝了一钵酒，便说道："很好，我也来一个。"遂掇起那酒瓮，将口凑到瓮边喝了好一刻，方把酒瓮放下，说道："小二哥，快快再取一瓮来，我这里告罄了。"店小二没有回答时，闻天声将酒瓮一摔两半，在他身后有好几个都碰碎了。

余观海同时也拈起两个酒壶，随手一捻，变成一片烂锡，向梁上一飞，两片锡便插在梁上了，将手拍着桌子喝道："店家，你们又不是聋子，为什么不添酒来？等到我们喝得兴尽，决不少欠你们一文钱，不要触恼了我的性子，把你们的太白楼也拆掉啊！快快把酒添来。"一边说，一边又将铁钵钵的酒尽吃。

闻天声见无酒可喝，不由愤怒，冷笑一声，对余观海说道："你这个玩意儿也很不错，我也来玩玩。"于是他将桌上的酒壶也拈了两个，将手一捻，变成一长条烂锡，信手向梁上飞去，整整齐齐插在余观海的左边。余观海哈哈大笑，又拈了两个酒壶飞上去插住。闻天声也接着如法炮制，两个人你飞我插，顿时间梁上插满着扁的长的锡酒壶，瞧得众人呆了。

剑秋侧转脸，凑在玉琴耳边说道："原来是他们，两个酒大王碰到了头，闹出这样趣剧来。我瞧他们两人各有些负气的样子，所以如此闹酒，倘若尽管再闹下去，这家太白楼真要被他们拆倒了。大家都是自己人，我们何不向前打个招呼，劝止他们呢！"玉琴微笑道："我们且作壁上观，看他们闹到何时去，落得好看。"

云三娘听他们讲话，也凑近过来说道："原来是余师兄在此闹酒，但不知那个矮冬瓜又是何人？瞧他的神情也是一个草莽奇侠吧！他的酒量可观，大概还在余师兄之上，你们可认得他么？"

玉琴道："认识的，他确乎是一个隐侠者流，飘忽无定，不露姓名。以前在山东道上，黑店诛盗，他帮着我们动手的。我父亲的仇人下落，也是他告诉出来的。他姓闻，名天声。他的来历，却不详细，他也不肯说的。"云三娘点点头。

此时大家忽然喊道："让开。"只见两个店役，扛着一大瓮陈酒前来，放在正中，对二人说道："客官请鉴谅。小店里的酒已完，只有此一瓮陈酒了。并不是不肯出卖，尚望二位客官分喝一下罢。"

余观海击着桌子喝道："不能不能，你们开了酒店，能回答人家没有酒卖的么？真是笑话，休要诓骗人家，快些再拿一瓮来。"

闻天声见他们正在交涉，他却不声不响地走过去，抱起那瓮道："我要先喝了。"余观海早已一个箭步，跳到闻天声身边，说道："且慢，要喝大家喝，没有你喝我不喝之理。"

闻天声怪笑一声道："你要喝也好，但是此店只有一瓮酒，我的酒量未足，被你喝了，我要不够的。"余观海道："也罢，我们来赌赛一下，谁胜谁喝，好不好？"闻天声道："好好，请问怎样赌赛？"

余观海道："我们只需大家伸出一个大拇指，两下里互相指定，谁先放倒，谁就输了，没有酒喝。"闻天声道："好的，就是这样办法。"遂放下酒，正中一立，把左手大拇指翘起，指着余观海。

余观海也要伸出手指来时，云三娘实在看得忍不住了，连忙走出去，娇声喝止道："余师兄，你却在此闹酒，敢是醉了，做什么呢？快快停手罢。"琴、剑二人，也走过来向闻天声招呼道："闻先生，酒兴不浅，可识我们么？一向可好？"

二人陡地见了他们三个人，不由一呆，大家将手指放下。

余观海先和云三娘谈话,问起别后状况。琴、剑二人也上前行礼相见,余观海见了二人也很快活。闻天声却向玉琴嚷起来道:"玉琴姑娘,许久不见了。可曾找得飞天蜈蚣么?"

玉琴道:"感谢闻先生,侥幸被我得手,早已剔刃仇人之胸了。"

闻天声将手拱拱道:"恭喜恭喜,这是姑娘纯孝所致。"余观海听说玉琴已复父仇,也向玉琴道贺。闻天声知道二人是昆仑剑侠,也很敬礼。二人对于闻天声,颇为器重。

大众见他们斗了一会儿酒,正看得出神的时候,忽然来了两个女子、一个英俊少年,把他们劝开了,未免扫兴,遂陆陆续续地退去,但是猜疑之心更重,纷纷传说。有几个人依旧立着不走,店主和那汉子也立在一起,交头接耳,讲个不休。云三娘说道:"此地非谈话之所,我们就此走罢。"

闻天声道:"我倒有个地方很僻静的,诸位如肯同去,我们细谈一下也好。"云三娘觉得旅店里谈话也不便,既然闻天声有地方,何妨随他去去,遂答道:"很好。"剑秋摸摸身边,要想付账,闻天声道:"且慢,酒是我喝得较多一些,待我来清付,你们不必客气。"遂回到座边,取过一个破旧的青布囊,从囊中摸出一锭五十两头的元宝,取在桌上说道:"店家快来,这一锭元宝,足够你们的损失和酒钞了,再会罢!"又抱起那瓮酒和青布囊,一齐夹在胁下。对余观海说道:"老哥若是喝得不够醉,停会儿再喝一些如何?"

余观海笑道:"老哥酒量是通海,领教领教。"闻天声也说道:"我平生也只有碰见你是第一个硬对头呢!"说罢,哈哈大笑。又道:"你们随我去罢。"于是余观海、云三娘、玉琴、剑秋,跟着闻天声一齐下楼。

楼下还立着不少人,在那里等候呢!店主见三位客人随他走去,忙和顺风耳朵跟着下楼,待到他们走出店门时,两头一望,五个人已无踪影了。

顺风耳朵道:"咦,走得如此快么,待我追去。"便丢下店主，向市街一边跑去。店主揩着头上的汗，立在太白楼前等候好一歇，见顺风耳朵跑得汗流满面，带喘着说道："我白跑了许多路，不见他们的影子，难道他们回到你店里去了？"

店主道："不要管他罢，回到店里很好，不回到店里也好，因为他们三匹坐骑在我店中，不怕他们走掉的。"此时太白楼中的看客，都纷纷散去。老板正督着店役收拾一切，至于那锭银子，早已收下了，有五十两之多，不是占了一个大大的便宜么！店主见他人进账，自己没有运气，只得走回自己店里去了。顺风耳朵却还在太白楼中闲话，想要讨些好处呢！

且说他们五个人离了太白楼，闻天声领着他们走向北方旷野间去，健步若飞，走了许多路。黑暗中望到前面林子间隐隐有一点灯火，到得林子边，闻天声回头说道："到了。"原来是一座很小的庙宇。闻天声一边叩门一边说道："这是我新交的朋友真如道人，他精歧黄之术，且擅相面，谈吐玄妙。我到了张家口不多几天，说认得的。所以一直借宿在他的庙里，这庙名唤二郎庙。"

闻天声说罢，便听呀的一声，庙门开了，一个小道童，撑着灯笼出来。一看黑暗中有几个人立着，遂问道："你们是什么人，到此何干？"闻天声道："是我，你怎么瞧不清楚呢？他们都是我的朋友，你的师父有没有睡？"

小童道："原来是闻先生，师父在室中静坐着没有睡。"遂让余观海四人走入，自己闭上了门，提高着灯笼，曲曲弯弯，和闻天声等一齐走到真如道人室前。窗里灯光明亮，门却虚掩上，小道童道："你们走去罢。"

闻天声遂放下酒瓮，将手推开室门，脚踏进说道："真如道人，我来惊扰你了。"玉琴等跟着走进。见真如道人正在打坐，室中摆设，静雅非常，靠窗小檀几上，焚着一炉清香。壁上挂着一张七弦古琴，以及花鸟屏条，还有一座书架，牙签玉轴，琳琅满架。

真如道人听得闻天声的声音，张开眼来，瞧见闻天声引着众人走入。一个英俊少年，一个奇丑乞丐，两个婀娜刚健的女子，不知他哪里引来这些奇特的人？但是真如道人的目光何等敏锐，一望而知，都是风尘的剑侠，连忙立起款待，请各人坐下。

闻天声道："他们都是我的江湖之交，现在一同到这里来，想要借此谈话，多多惊扰。"遂先代余观海等介绍。真如道人又敬礼道："原来皆是昆仑剑侠，有根柢之人物，贫道失敬了。"

剑秋、余观海等忙说道："不敢不敢。"闻天声又道："真如师方在静坐，我不便搅扰，我想到太乙殿上去吧。"真如道人道："也好，诸位且请那边坐，贫道失陪。"闻天声遂又导引着余观海等四人，一齐走到外面太乙殿上，咐吩小道童点起灯来，五个人一齐坐定。

云三娘便问余观海道："我请师兄在京稍等，却不料我们赶到钟老叟处，师兄已先走一步了。我们遂赶到这里，在客寓中听人传说，太白楼有热闹瞧，我们本要访问师兄，遂到太白楼来。方才遇见二位，不知二位如何闹得这个样子？"

余观海哈哈笑道："我们也是无理取闹，想不到他们许多人，都来看热闹了。我到此间，东飘西荡，天天出来饮酒。今晚听说太白楼的高粱酒很好，我遂走到楼头，揾个座头，独自痛饮。恰巧这位闻先生早已坐在对面，大喝特喝。我见他模样奇怪，知为非常之人，有心要试试他，和他赌喝酒，以致闹出这个笑话来，却因此遇见了你们，闹的也不错。"说罢，又是哈哈大笑。

这时小道童献上五杯香茗来，闻天声喝了一口茶道："我们都是嗜酒如命的人，碰到了头，自然要闹一闹了。俗语说得好，不打不成相识，我也久慕昆仑剑侠之名，难得多了几个相知，也是幸事。"又问玉琴道："大仇已报，可喜可贺，请约略告诉我一二。"

玉琴遂将自己如何北上，与剑秋先至龙骧寨探访确实，双入白牛山，用计诛灭淫僧法玄，然后剔刃仇人之胸的事，都简要地告诉一遍。余观海也侧着耳朵静听，玉琴说罢，二人拊掌称快。

剑秋忽问闻天声道:"我有一事,要问问闻先生。在去年冬里,我伴着师妹玉琴,同返荒江。在山海关畔,忘记了哪一处,我们听得逆旅中人传说,有一个怎样的人,和四空上人夜半酣战,道旁树枝都被削断的。我们料想除了闻先生,没有别人的,是不是请你告诉。"

闻天声点点头道:"不错,真的我有意激他动手。他的飞刀,果然厉害,所以斗未终场,我先走了。我不过试试他的本领而已,以后常想到此天王寺中来,一探虎穴。遂于前数天到此,先认识了真如道人,借此做个羁留之处,较为隐秘一些。前夜我曾到那里去一遭的,只苦不得其门而入,庭中石佛腹内,忽然有门开了,跳出两个贼秃,个个挥剑和我狠斗,本领都是不错。

"后来寺内警钟大响,我恐寡不敌众,见机走了。两人不舍,紧紧追来,有一个受伤而去。后来探得,始知二人是四空上人的门徒,一名鲁通,一名振蒙。这一遭后,我为郑重起见,尚没有再去,现在难得你们到临,我可以合力诛掉他了。"

剑秋道:"正是。我们此来,也想去破天王寺,仰仗云、余二师之力,难得又逢闻先生,再巧也没有,天王寺末日至矣!"于是剑秋和余观海,又把他窥探的情形也讲个大略,听得闻天声津津有味。

云三娘笑道:"你们都和那贼秃周旋过了,这一回我也要去试试哩!"五人又谈了一刻话,时候已是三更,云三娘道:"我要回寓了,余师兄可随我们同去。"

余观海摇手道:"这倒不必了。方才我闹了一出趣剧,大家认识我的面目,随你们同去不便,好在我东一挤西一搭,自有去处。"

闻天声道:"余兄何妨与我同榻?还有一坛好酒,放在真如道人室前,少停我们再喝一个痛快可好。"说着,舐嘴伸舌的,好像又要喝酒的样子。

云三娘笑道："你们二位，是莫逆至交，余师兄就在此间留宿。我们明天傍晚时，一定赶来的，一起去破那万恶之薮的天王寺。"余观海点点头道："很好，我又有酒喝，耳朵里很听得真的。"云三娘遂和剑秋、玉琴立起身来，告辞欲行，且向闻天声道："请你代向真如道人道别一声。我们去了，别再惊动他。"

闻天声说道："他不喜管闲事的，也不必回复了。"于是闻天声又唤小道童，掌了灯笼，领三人出去，走到庙门外，向余、闻二人说一声再会，回身便走。余观海和闻天声，也就闭门进去，闲谈江湖侠事，欢饮达旦。

云三娘等三人向原路走回去，街道上人迹已稀，直找到逆旅时，已近四更，三人不欲惊扰旁人，一齐越墙而进，回到房中安睡。

次日天明，店中人见三人却在房里，喊取洗面水，不知他们怎样来的，都有些奇怪。云三娘等谈笑自若，好像没有那回事一般。用过早餐，三人坐在室中闲谈，也不出去，然而已有少许人走到房前，在帘子旁边偷瞧了。又闻外边讲起太白楼两个奇人，醉酒闹笑的事，纷纷猜测；三人听了，暗自发笑。

下午剑秋说道："我们与其坐在这里，不如早些到那庙中去罢。"云三娘玉琴都愿意早去。于是剑秋便去付了账，携了包裹，命店小二牵出三头坐骑，三人各自一跃而上，赶向二郎庙去。到得二郎庙，一齐下马，叩门而入，把驴马交与小道童牵去。走到殿后一间小轩里，蕉叶蔽窗，绿荫满地，却见余观海正和闻天声对面箕踞而坐，各自托着酒杯畅饮。

云三娘道："好了，你们二位，又在这里喝酒么？"二人见三人到来，一齐立起招呼。余观海道："我们因为左右无事，不如以酒消遣，遂吩咐小道童出去，索性买了几大坛好酒，送到这里来尽喝，却不想你们来得这般早。"

剑秋道："我们也因在客寓中无聊，所以早些前来了。"闻天声便请三人加入饮酒。云三娘、玉琴都不要喝，只有剑秋在旁坐着，伴他们饮酒。

云三娘又和玉琴走至庙中，四下游览；地方虽小，而曲折颇多。见真如道人正坐在他的室中和几个别的道人谈话。二人不欲去惊动，遂又到庙外附近散步了。觉的荒野得很，杳无人迹。远远群山高拱，沙土浩莽；凉风吹来，胸襟一爽。玉琴又向云三娘讨教一二上乘的剑术。云三娘择要选妙，讲解些与她听，玉琴都能领会。

二人徘徊多时，见天色将黑，遂回到庙中，见三个也不喝酒了，在大殿庭中坐着乘凉。云三娘和玉琴走来，剑秋忙去殿上端了一只长凳来，请二人坐下。

云三娘道："你们怎么不喝了，喝够了么？"

闻天声和余观海都笑道："略略过瘾而已，若要讲到够时，也不知喝到几时算够。"剑秋道："余师叔和闻先生，已喝了三大坛酒了，是我劝他们暂停片刻的。"闻天声道："我越喝酒越精神，少停，我再喝过一坛，那么厮杀起来，格外有劲。"

玉琴笑道："闻先生，你还记得佟家的陈酒么？"闻天声道："记得记得，那酒的味道，真不错，可惜是一家黑店。那个金铃姑娘，被姑娘结果了她的性命，可是那个独眼龙，坠在粪窖中。我因恐污我剑光，所以被他逃走了。现在不知又在哪一处，干那害人的勾当呢？"玉琴遂把螺蛳谷的事情，讲给他听。闻天声道："原来他已授首剑下，从此世间少了一个歹人，很好很好。"

这时天色已黑，真如道人已安排酒席在太乙殿上，款待五位剑侠，自己穿着青纱道袍，手握拂尘，特来恭请。五位一齐谦谢，遂随真如道人到太乙殿中，见四边悬着杏黄色的纱灯，正中桌上，高点着二枝红烛，放着几样菜，旁边又排列着四坛酒。

真如道人请五人挨次坐下，自己在下首相陪，斟过了酒。说道："天王寺实为此间罪恶之薮。四空上人善于结交当地官绅，圣洁其相，污秽其心。寺中僧徒，多擅技击，昔年曾因击退蒙寇,地方上人对于这个天王寺,褒扬不绝;又为张垣香烟最盛之处,哪知寺中的淫恶不端呢?

"四空上人荒淫酒色,与他手下助纣为虐之辈,专到远处去劫掠良家妇女,恣意奸淫。怯弱者供他们欢乐之具,贞烈者多死于非命。我已知之久矣,自憾没有法力对付。难得闻先生来了,可惜他也是孤掌难鸣,很难下手。今日又逢四位昆仑剑侠到得,合五人之力,破之必矣。所以贫道不胜欣幸,佳客下临,光生蓬荜,不过荒凉之区没有佳馔,略治浊酒粗肴,简慢贵客,惭愧得很。"说罢,向客人敬了一杯酒。

剑秋道:"真如师,我们到此行扰,已是不安,又蒙治馔优待,更是感激;还要说上许多谦虚的话来,教我辈更觉汗颜了。"

真如道人道:"我不过预祝诸位胜利而已,款待不周,确是实话。"

玉琴道:"你们都说得不错。我们今夜大家出力,破得天王寺才是了,此刻四空上人的头颅一定在那里发痒呢!"云三娘笑道:"玉琴你倒这般心急。"

闻天声忙着接一连二的喝酒,说道:"我不懂什么客气,闲话少说,吃酒要紧。"余观海接着把壶中酒倒个罄净,一边吃,一边说道:"说得不错,请啊请啊!"

真如道人吩咐道童,在旁边把提子向酒坛中去舀酒添入壶,可是一壶一壶的添酒,道童打转得发昏。闻天声止住他道:"你不必忙了,待我们自己来吧。"遂把酒坛扛上桌子来,倒在杯中,后来索性将嘴凑在坛口狂饮不已了。玉琴只是掩着口笑。

闻天声和余观海饮去二大坛酒,众人也已饱餐。时候已近二更,剑秋说道:"我们可以去了。"玉琴早坐得不耐烦,她心中急于要到天王寺会四空上人,哪里高兴看他们吃酒呢!一闻这语,便第一个应声道:"不错,余师叔、闻先生少吃两杯酒罢!等到天王寺破了再喝未迟。"闻天声道:"姑娘敢是心急欲行,我们就去也好。"一边说,一边便将酒坛放下。真如道人又说了几句祝颂的话,立时散席,大家洗了面,结束已毕。闻天声、余观海、云三娘、玉琴、剑秋五位剑侠,立刻离了二郎庙,向天王寺进发。

天上繁星点点,五人都有夜眼,且有星光映照,所以田野间的路很能看得清楚,不多时已到了天王寺前。四下静悄悄的,没有声音,五人飞身跃上高墙,向里面一瞧,也不见动静,遂如飞鸟般一齐跃下,正是大殿左首,遂鱼贯而行,绕到殿后大厅中那尊石佛所在,见石佛双眼如两盏明灯,依旧照着。玉琴回头对剑秋说道:"前次我们胆小,没有走至里面,此番定要闯进虎穴了。"

忽觉石边廊下脚步声响,有一个贼秃走来,五人没有躲处,大家业已照面。云三娘和琴、剑二人识得那贼秃便是智能。智能也早已瞧见他们,大吃一惊,手中没有兵刃,所以回身便逃。云三娘两个银丸早已飞去。智能一颗光脑袋跟手不翼而飞,倒在地下。

玉琴道:"天网恢恢,疏而不漏。这厮便宜了他数次,今夜毕竟授首了。"

于是她就将石香炉轻轻转了三下,现出一扇门来。闻天声笑着道:"这倒很有趣的。"五人伛偻而入,剑秋与玉琴当先引导,由石阶而下,红灯照路,倏又走到那个小门所在。

剑秋道:"这个难关又到了,不妨试一下子看。"遂把惊鲵剑向门上去点,忽被玉琴拉住道:"且慢,我倒发现了他们的机栝了,你瞧左边墙脚下不是有一个极小的螺旋形的东西么?大约这就是开门的机关了。"剑秋一看道:"不错。"闻天声俯身下去,把螺旋形的东西顺手只一旋,果然那小门"呀"的开了。剑秋又把宝剑向两旁撩了几下,方才大着胆走进去,大家也已走入。

见里面也是一条甬道,比较前面的已宽广些了。门后掩立着二个彪形大汉,屹然不动,倒把云三娘等吓了一跳。五人仔细看时，原来却是铁制的机械人，手中个个托着一个长形的匣子。

玉琴对剑秋笑道："我们以前来时是两个木人，大概他们因为被我们斩去之故，遂改用了铁制的，那铁人手里托着不知是什么东西？"剑秋道："大约内中藏着什么毒箭之类，我们不必去惊动它了，快向前行吧。"

五人又往前行，不多时已行至尽头，又有一扇小铁门。余观海道："小门为什么这样多呢？快快破门而入。"玉琴、剑秋正要再寻机栝时，余观海早已伸手去推那门，但是任你余观海气力怎么大，休想推开。他很觉焦急，不觉骂道："四空上人这贼秃不是好汉，一重重的门户，藏在里面干什么？是好汉的，何必这样如耗子一般缩在穴中，不肯出来呢？"云三娘笑道："师兄不要性急，待我来看。"

剑秋把剑去门上劈时，劈得一条剑眼，云三娘目光锐利，早瞧见门中有一小钉，说道："他们总有机关可以启闭的。"遂将小钉一拔时，那铁门果然开了，有两盏绿灯亮着，乃是一层层的石级。五人把剑尖点着石级，拾级而上。不多时走到上面，乃是一个广庭，花木扶疏，别有洞天，四围都是高墙。原来是四空上人特地造就的藏春所在，外人很难走入的。五人方才瞧见前面有一排美轮美奂的平屋，建筑得如王宫一般，画栋雕梁，珠帘绣闼，一间间都有灯光透出。

五人正要举步而前，忽听外面警钟"当当"地乱鸣，原来智能的尸骸已被寺中僧侣发现，知又有人前来窥探了，遂敲起警钟来。

玉琴闻得钟声，知道寺中已有察觉，各自准备，一齐走到前面屋子边去。早见有两个贼秃一跃而出，两道白光如箭一般地射来，乃是小蝎子鲁通和无常鬼史振蒙。玉琴挥剑抵挡鲁通，剑秋舞起惊鲵剑战住史振蒙，四人杀在一起，白光飞舞上下。

云三娘等要寻找四空上人，所以不去相助，仍向屋子奔去。早到檐前,隐约见窗中有一胖和尚,怀中还抱着一个半裸的妇女,刚才要把她推开时,那妇女妖媚非常,兀自将粉臂勾着四空上人的头颈说道:"你不要走,有他二人前去已够了,此地重门复户,且有机关,料外人也难奔进。"

四空上人在她粉脸上吻了一下,又把她轻轻提在一边,柔声说道:"阿香,别要纠缠,外边已在那里狠斗了,待我前去。"说罢,带着他身上的葫芦,便将珠帘一掀,跑出室来。

闻天声喝声:"贼秃哪里逃,今夜你合该命尽缘绝了。"四空上人一见闻天声,不慌不忙,哈哈笑道:"矮冬瓜,原来是你,又纠合了人来此找我,谅尔败军之将,何足道哉?"说罢揭开葫芦,青光一闪,便有一柄飞刀如游龙般夭矫而出。闻天声早已解下腰间的黄金带,将手一挥,一道黄光向四空上人头上飞来,恰和四空上人的飞刀撞个正着。一刀一剑,盘旋上下。

四空上人又放出两把飞刀来,云三娘也射出两个银丸,同时余观海大喝一声,一道紫光直冲而前。四空上人知道今晚有昆仑派剑侠在内协助,其势殊不可侮,遂把五口飞刀一齐放出,五道青光蜿蜒飞绕,向余观海等三人进攻。三人也各放出平生所习的剑术来,左刺右击,上拨下扫,和四空上人斗在一起,各不饶让。

这时甬道门里又杀出一大队僧侣来,手中个个持着大刀、铁棍、短剑、长枪,一齐过来把琴、剑二人围住。玉琴杀得性起,只恨自己被鲁通战住,不能去和四空上人较量,所以她柳眉倒竖,银牙紧咬,一柄真刚宝剑闪闪霍霍,只往鲁通头上胸前进刺,愈战愈勇。

鲁通因为连日荒淫酒色之故,精神未免懈矣,平日所见的女子都是娇怯怯的,楚楚可怜,没有碰到像玉琴这样神勇绝伦的英雄。自己虽然和玉琴酣战,可是已有抵敌不住;又见自己师父被敌人围住,五柄飞刀腾跃空中,换了别人时,早已送命飞刀之下了。哪里知道余观海和闻天声两道剑光,一黄一紫,都是十分厉害。而云三娘的两个银丸,尤其活跃。霍然下垂,如九日之并落；矫然上腾，似群龙之翔空。四空上人今晚遇到劲敌，他的伎俩也施展不出了。玉琴此时精神振起到极点，得鲁通一个破绽，倏的一剑刺入，正中鲁通胸口，他大叫一声，倒地而死。

玉琴杀了鲁通，便赶来帮助剑秋。史振蒙虽属骁勇，哪里战得过琴、剑二人，遂即虚晃一剑，跳出圈子，往后边一间屋子便逃。二人追去，只见屋内只点着一盏琉璃灯，正中立着一尊很高的金甲神像，手握降魔神杵，相貌威武。那史振蒙逃至神像背后，只一闪身已不见了。剑秋一个箭步跳至神像前，要想找寻史振蒙，不防默默地见那神像手中所握的降魔宝杵，很快地向剑秋头顶上击下。玉琴在后瞧见，便喊一声："师兄留心！"

剑秋也已觉得，即向旁边一跳，避过那一杵，回头看时，那宝杵却回去了。剑秋再踏进一步时，那宝杵又向他头上落下，剑秋早有准备，将宝剑望上一迎，当的一声，那宝杵早已削成两截。剑秋笑道："看你再能发威么？"

二人走到神像背后看时，哪里有史振蒙的影踪？剑秋再要寻时，玉琴把他左臂一拉道："师兄不要再寻了，不要中了什么暗机关，大概他已逃去，便宜了他。我们且去合战四空上人要紧。"

剑秋被他一句话提醒，两人挺着剑，奔出屋中，早见众僧侣各举刀枪棍棒，一齐过来，把二人围住。二人冷笑一声："你们敢自来送死么？不要惹得我们性起时，把你们杀得一个不留！"说罢，二人挥开宝剑，左扫右劈，一阵厮杀。料这些僧侣武艺都属平常，怎敌得过二人的神勇？死的死，逃的逃，眼面前倒落得干净。琴、剑二人回头看时，见余观海、闻天声、云三娘等三人正和四空上人苦斗，刀如游龙，剑如长虹，还没有胜负。二人大喝一声，个个挥剑向四空上人进刺。

四空上人将手一指，便有一柄柳叶飞刀向他们头上飞下，二人毫不惧怯，舞剑迎住。此时四空上人见徒众伤亡殆尽，敌人勇猛无比，且识得云三娘等是昆仑剑侠，明明是今夜合着力要来对付我的；自己的飞刀又不能得胜，心中未免有些惊慌。

此时五剑侠合着全力，抖擞精神，将四空上人的飞刀围住，没有半点儿松懈。云三娘的两颗银丸，尤其活跃，在飞刀中穿梭般扑击。不多一会儿，四空上人有一飞刀，被银丸绕了一圈，似乎要往下落去的模样。云三娘大喜，运足罡气，银丸直向飞刀扑进，当的一声，那一柄飞刀已坠在地下，兀自跳跃不已。余观海见云三娘已破去一刀，更觉振奋。

突见紫电穿云，一位少年白衣白裤，手横双剑，腾空而至，将剑一挥，便见两条白光穿入飞刀的青光中。四空上人的两柄飞刀又落将下来，只剩两柄飞刀，锐气大挫，渐渐低将下去。四空上人一见形势不妙，收掉两柄飞刀，要想逃生；谁知道自己已被众剑侠包围垓心，怎容轻易漏网？余观海一举手将铁钵飞出，喝声："着！"四空上人正在注意半空突如其来的少年，不妨铁钵飞来，闪避不及，正中光头，脑浆迸裂，一命呜呼。

众人见四空上人已被击死，飞刀又已破去，莫不欣喜。那个白衣少年也轻轻落下庭中，对五人拱手说道："诸位想是来歼灭淫僧的，我却来得正好了。"

剑秋上前答礼道："正是，我等乃昆仑同道，特来破去这天王寺。足下却从哪里赶来？不揣冒昧，愿闻其详。"

少年哈哈笑道："在下复姓公孙，单名龙，河北邯郸人氏，此番因要援救清风店一个女戚，特地赶来。我们可谓不谋而合。且喜淫僧业已授首，为地方上除去大恶，非众位之力不及此。我也久慕昆仑盛名，何幸识荆。"剑秋遂一一介绍，各通姓名。

玉琴忍不住开口问道："请教公孙先生方才来时，怎样能够腾空飞行？想我们练习的一种陆地飞行之术，所谓飞行功夫者，也不是真的在空中飞腾；不过其行如飞，非寻常人所能追随罢了。现在公孙先生好似列子御风而行，腾上天空，是何神术所致，还请见教。"

公孙龙微微笑了一笑答道："莫怪姑娘惊疑，这个也并无什么神术。不过在三年以前，我坐舟赴南海，忽遇飓风吹至一荒岛，岛上有一小山，我等上岛避风。三日三夜，风雨不停，我等因为粮食缺乏，不得已到山中去，或射猎、或搜寻好吃的植物。忙了半天，我独自走到一个幽深的山谷，忽见绝岩之下，古树边地上生有一根绝细的草。那草长有一尺左右，通体空明，异香阵阵，透入鼻孔，上有淡红色的小穗。我闻着了香味，大动食欲，不管什么，伸手拔了起来，送在口里便嚼，觉得草汁很甜的，遂把那草完全吞下肚去。

"事后我们返到舟上，开至海南，我本去访问一个朋友的，不料到得朋友那里，我忽然生起病来。周身骨节或痛或痒，大发寒热，足足生了七天的病方才渐渐告愈。自从那次病后，我行走自觉一身甚轻，时时有飞腾的光景。我遂将身一跃，竟有三四丈高；慢慢落下原处，我很觉奇怪。以后不论什么高的所在，我只要一耸身便可几及，自问没有学习这种本领，怎会如此容易呢，而且身体何以忽然轻了？教人把我一秤量，本来八九十斤的身躯，一变而为二三十斤了，骨头都变得轻，所以身体也轻。"

公孙龙说到这里，玉琴止不住别转了脸好笑，公孙龙毫不觉得，接着说道："以后我同人研究，方知我在荒岛上吃的那草，乃是一种轻身草，世间难得的。我所以生病，是骨头在那里变化，世人服了便会腾空飞行，我不由十分惊喜。于是特制了一套白色的灯笼式衣裤，穿在身上，跃至半空，把四肢舒展开来，犹如四翼，很平稳的在空中往来，无异飞禽；若要落下时，只消将气一迸，身体一侧，便会翩然如飞鸟之堕地，绝不损伤毫毛。你们试看我身上的衣服便可知道了。"大家瞧他的衣服，两臂、两腿处，果然宽张如灯笼一般，断非虚语，莫不惊叹。

玉琴只恨自己没有这种天缘，也吃得轻身草，可以凌云御风,纵其所之。公孙龙讲完了自己吞服轻身草的经过,忽地把足一顿道:"唉哟!我只顾讲话,忘记了大事了。"遂回身跑进那间有灯光的屋里去。五人也一同随着进去,见屋中陈设华丽,俨如王侯之家;有三个年轻女子,立在一边,见众人进来,吓得呆若木鸡。

公孙龙道:"你们不要惊恐,我等特来援救你们出火坑的,四空上人已被我们除掉了。你们可知道有个姓刘的女子,是清风店人氏,前两夜被那贼秃负来的,现在什么地方?"

云三娘识得内中一个妖媚的妇人,便是方才四空上人拥在怀里的,便向她喝问道:"你总该知道,快快直说,不然性命难保。"那妇人慌忙说:"我直说便了,请你们饶恕我。"

剑秋道:"快说!"那妇人便道:"姓刘的女子十分贞烈,前夜被上人负到这里,她几次三番要轻生觅死,不肯和我们一起供他们玩弄。上人不忍将她置之死地,便把她禁闭在后面一间房里,限她五天之内改变心肠。她时常哭哭啼啼,总是不从,今晚已是第二天了。"

公孙龙道:"在哪里呢?你快领我前去。"那三个妇人便领着一行人,开了后面两扇纱窗,曲曲折折走到一间室前,把门一推,大家走进室中。

见那屋也是一间很精致的闺房,沿窗桌子上点着一盏紫色的灯。牙床上正坐着一个少女,垂首而泣,旁边还坐着两个半老徐娘,在那里相劝。原来这是四空上人特地派在一起软看住的,生恐少女独自一人要轻生呢!

公孙龙一见那少女便喝道:"畹芳表妹,你不要惊慌,四空上人已死,公孙龙来了。"少女闻声抬头,瞧见了公孙龙和玉琴等众人,一种惊喜的神情,在她的憔悴的玉脸上表示出来,不知和公孙龙当作何语。玉琴瞧那少女神色虽是憔悴,而眉黛清丽,腰肢纤细,不愧是一个绝色丽姝,遂走过去握住她的纤手道:"姊姊也是被那四空上人劫来的么?"

那少女见玉琴一手握着宝剑,眉如柳叶,眼如秋波,又娴娜又刚健。自思：哪里来的奇女子？像我这样纤弱无能，对之能无愧赧？便答道："我本来好好在家里。不料那贼秃见了我，黉夜到我家内，把我负至寺中。我也不想再活了，却喜公孙表兄忽来救我；又仗诸位大力，把那贼秃除去，使我心里快活。姊姊你真是一位巾帼英雄，愿闻芳名？"玉琴方回答一声"玉琴"两字，公孙龙取出一根丝带，走过来又对少女说道："此时你的母亲不知急得怎样了？睆妹快随我去吧。"说罢便蹲下身子，将丝带向少女一兜，牢缚在他的背上，回头便对众人说道："感念诸位协助之力，我等后会有期。此刻我有要事在身，未能与诸位多谈，歉疚之至，我今去了！"说罢举步就往外走。众剑侠也就随着同出，走到室外广庭中，公孙龙又向众人点点头，即往空中一跃。众人便见公孙如一头白鹤，冲天而起，背着那个少女腾空飞行，向南方翩然而逝。

玉琴仰首瞧见，回顾剑秋说道："公孙龙真是奇人，可惜他性急要走，不能多谈，否则他倒很有一番奇事异闻哩！"剑秋笑道："九州之大，无奇不有，今天我们和他相遇，也是巧极。"

余观海道："公孙龙已去，我们不必闲谈，且收拾这个天王寺要紧。"闻天声说道："不错。"于是五人又走入屋里，见那三个妇人已走到不知哪里去了。云三娘道："莫非他们都逃走到别地方去？"

玉琴道："这是秘密所在，前面一条出路已被我们堵住，除了另有秘密的出处，决不会逃走的，他们又不能如公孙龙般会飞行的啊？"

剑秋道："师妹这话不能说定，那个姓史的贼秃不是被他逃去的么？"玉琴还要答话，只听后边有许多脚步声，纱窗开了，那三个妇人领着十数个年轻妇女，走上前来，一齐向五人叩头跪倒。玉琴道："你们放心。我等是来诛却淫僧的，现在四空上人已死，僧侣皆走，更没有别人要来伤害你们，所以你等请尽安心等候，明天自能释放你们出去的。"众妇人听了玉琴的话立起身来，站在一边。

玉琴细瞧他们大都很具姿色的，不知生前有什么凤孽，都会弄到这个地方来，变做了残花败柳，何等可怜？若没有我们来援救时，不知要糟蹋到什么地步呢？剑秋向众妇人略一问讯，知道他们都是从远方劫夺来的。有些本来是名门闺秀，有些却是有夫之妇。云三娘便问他们道："这里可有别的秘密所在？"

内中有一很瘦的少妇，到这里已有一个多月了，答道："此间除了进口地方有许多秘密机关，其他都是淫僧等寻欢作乐的房屋；只有后首一间小屋中，有一尊金甲的神像，曾听得四空上人说过，也是一个机关。从神像座下，有通一条地道，可通寺后的，只是我也不知如何走法。"

剑秋听了，便对玉琴说道："史振蒙已从那边逃遁了。"玉琴点点头道："让他们漏网去罢，且喜元凶已除，大功告成。我们出去，再到别处搜寻一下再说。"

余观海和云三娘齐声道："好的。"剑秋遂吩咐众妇人仍聚集在这屋里听候外边人来释放，休要乱闯，自惹祸殃。众妇人一齐答允。五人遂回身走出，一路将机关尽行破除，以便他人走入；仍从甬道里钻出石佛的肚腹，回头见那石佛眼上的明灯依旧亮着。

玉琴道："记得我们前一次来的时候，在走的当儿，石佛眼睛忽然突出，隆隆如雷声一般，其中必有蹊跷，今番也须破掉他。"剑秋遂一挥手中惊鲵剑，正要上前，云三娘早发出两颗银丸，说道："待我来罢！"只见那两颗银丸飞到石佛双目上，轻轻一扑，两盏灯忽然熄灭。

石佛头里忽然发出"隆隆隆"声，十几颗铁弹从那石佛的双目内飞出，向五人身上打过来，其疾无比。幸亏五人都是具有本领的，东避西让，只听"呼呼呼"许多铁弹一齐飞向背后墙壁去，墙下顿时成了许多圆孔。

玉琴道："原来还藏着这个玩意儿呢，我们破去，也是省事。"

遂又到外边大殿上，把以前遇见的机关一齐毁掉，五人正犹豫间，忽见墙隅有一条很小的黑影闪入树后去了。剑秋早已跃至树边，向树后伸手一抓，抓出一个小和尚来。

那小和尚早已吓得面无人色，战战兢兢的说道："请爷饶恕我的狗命吧。"玉琴瞧他样子，不过十二三岁，很可怜的，便指着他说道："那么你快讲，寺中可有什么人和别的秘密之地。"小和尚答道："他们都已逃走了。别的秘密地方也没有，但有一个老和尚，因触犯了上人之怒，把他幽闭在后边一间小屋中，已有四五年了。"

云三娘道："很好，你快领我们到那地方去。"剑秋遂将他放下，五个人随着小和尚，在黑暗中一路走去。幸亏转弯处都悬有一盏灯，故能辨识途径。直走至最后一室，见室中点着油盏，只有一个窗洞，都用条条构成的，所以光影惨淡得很。

一扇很厚重的木门严闭着，上面有铁将军锁着。小和尚便道："觉空师是当锁闭在这室中的，除了每日二餐有人送进去，其他一概没有东西吃了。上人吃的鱼翅海参，鸡鸭牛羊；觉空师却只有几块硬面包，或是一碗麦粥、青菜豆腐罢了。他一天到晚念经的，不知此时有没有睡眠。"

剑秋将剑一挥，锁落于地，大家推门而入。室中空气十分污浊，只见一个白发老僧，穿着一件破布衲，盘膝坐在蒲团上，正自打坐。一见众人进来，便合掌说道："阿弥陀佛，居士等从何至此？"

小和尚嘴快先说道："你不知道，四空上人等都被这几位英雄好汉杀死了。秘窟已破，寺内已没有人，他们是来救你的。"觉空又说道："阿弥陀佛，善哉善哉。四空之死，自作其孽。居士等侠骨仁心，元凶既已授首，余众都请宽恕，少开杀戒吧。"

剑秋道："我们本来只要除灭四空上人，附从之徒，不得已而诛之，大半都已逃遁。现在寺内无人主持，我等探得大师道行很高，却被四空上人幽囚于此，遂来救你出来。以后之事，即请大师主理一切。明日可报官，把这案件办妥，释放密窟中妇女，把这天王寺扫清污秽，重放光明，那么我们来此才不虚行了。"

觉空道："阿弥陀佛，贫僧无德无能，待罪在此，幸蒙居士等大发慈悲，拯救贫僧，敢不唯命是听。"

余观海道："好了好了，老和尚你能听我的话，我等不胜快活。时已夜深，大事已定，我们也要回去哩！"闻天声也道："走罢，我要回去喝酒。"

云三娘道："我们且再仔细搜寻一下看。"于是五人别了觉空，把报官善后之事托付了他；又教小和尚领路，四处去寻，果然一个人也没有了。直至厨下，只有一个烧饭和尚躺在里面，一见众人前来，吓得他叩头不止。经小和尚向他说明，方才定心，站在一边。

闻天声瞧见厨下安放着几个大酒瓮，便敲开了一个，取了两把镟子，和余观海席地而坐，对酌起来。说道："好酒好酒。"云三娘和玉琴、剑秋不由都好笑了。三人让他们在此喝酒，又到后边去检查一周。

听得远远鸡声喔喔，已在报晓，连忙回到厨房，见闻、余二人已把一瓮酒喝个清光，只是抹嘴舐舌，还想喝第二瓮酒哩！剑秋道："天已大明，我们回去罢，别再露脸。"闻天声道："好，这里的酒味不错，谅是四空上人特地酿制的，我喝得还嫌不畅，待我带两瓮回去也好。"于是他起立了，将双手掇了四个大酒瓮，挟在胁下，说道："走罢！"于是五人开了天王寺的大门走回二郎庙去。

等到返庙，天已大明，真如道人守在殿上，没有睡觉，一见众人回来，便带笑道："诸位大侠想是奏凯归来了。"

闻天声把酒瓮一齐放下，说道："这就是胜利品，且喜我们已将天王寺破掉，四空上人已授首。从此张家口扫除污秽，我们觉得很是爽快。"

真如道人道："这都是仰仗诸位法力，四空上人末日已至，所以不容幸免了。"五人坐下休息,真如道人吩咐小道童献上香茗,不多一会儿又命厨下送上早餐来。大家厮杀了一夜,肚中果然也觉得有些饥饿,遂饱餐一顿,坐着闲谈天王寺的事情。

剑秋对于天王寺内所设的机关,很以为奇妙,幸亏大家精细,都没有受伤。又谈起最初自己独探天王寺的时候,罩在钟里,幸有余师叔相救,所以后来惴惴戒惧,不敢造次;然而红叶村和贾家兄弟恶战,也因一时之怒,误堕石窟,足见和人家交锋,处处应当留心,免中诡计。

玉琴却不忘情于公孙龙,夸赞他飞行功夫的高妙。云三娘道:"这是各人的缘法,不可幸致的。即如你师父一明禅师擅缩地之术,可是我们终学不到。世人大都梦想求仙学道,不知学武艺是一步一步地上去;要从实际上下苦功夫,方能渐渐达到;有些功夫不够,还是学不到。岂可一蹴而几,躐等而进?"

余观海道:"师妹的话不错。以前我在湖北仙桃镇,寄居在一个友人家中,那友人有一个亲戚,年少气盛,好勇斗狠,他知道我会剑术的,一定要从我学习,我不得已教了他一二普通的拳术。他心里不满意,必要学剑术,但是像他这样根基浅薄的人,谈何容易,我就教他折了柳枝来舞。可笑他舞了几天,知难而退,不敢再谈剑术了。"

云三娘道:"譬如三岁小孩,虽欲其奔驰,总是不可能的。如我昆仑门下,外边虽也有几个,可是要算剑秋和玉琴既有根底,又下苦功;我瞧他们的剑术精进不少,十分欢喜,将来都是吾党中杰出者流。"

闻天声道:"剑秋兄和玉琴姑娘的剑术真是超人一等,昆仑门下有此人才,可敬可喜。"琴、剑二人听他们赞美自己,又喜又愧,谦谢不置。

真如道人说道:"昨晚大家辛苦了,请休息一下如何?"云三娘道:"很好。"闻天声道:"你们请去畅睡,我却舍不得好酒,还须畅饮,喝够了酒才再好也没有了。"于是云三娘、玉琴、剑秋由真如道人引导至后边客室里,分头安睡。只剩闻天声和余观海二人坐在太乙殿上大喝其酒。

玉琴等酣睡多时，等到梦醒，已是下午，三人起身，洗面漱口，一齐走至太乙殿上来。瞧见闻天声和余观海已喝得酩酊大醉，一个东倒，一个西歪，酣睡在蒲团上面。三个大酒瓮抛在一边，瓮中已空空如也，涓滴不存。

玉琴不由笑起来道："这两个酒大王也有醉倒的时候么？"剑秋道："我们别要去惊动他们，且到庭中树下去坐谈。"云三娘点点头，三人遂走到大树下，坐在石凳上，闲谈一切。

不觉轻瞬天暮，真如道人过来，又要设宴款待他们。闻、余二人方才醒转，听说又有酒喝，快活得不得了。剑秋、玉琴、云三娘觉得一再叨扰，不好意思，向道人申谢。

真如道人笑道："诸位剑侠此番光临小庙，同诛巨憝，是千载难逢之事。贫道只怕招待未能周到，诸位再要客气，使我益觉汗颜了。"

闻天声在旁听着，嚷起来道："今日有酒今日醉，你们都不用客气，喝酒要紧。"于是真如道人吩咐厨下端上肴馔，又扛来两大瓮酒，大家挨次入席坐定，开怀饮酒。玉琴见今日菜肴比较昨日大为精妙，知道真如道人特地预备的庆功宴，她喜欢吃鸡，把筷夹着一块鸡腿细嚼。

真如道人敬过酒后，对众人说道："贫道方才到市上去，听人传说天王寺已有官中去勘验，将已死的贼秃尸骸埋葬；所有掳劫来的妇女，已由官厅保护出寺，逐一问明籍贯，即将遣送回籍。至于各处所设秘密机关，一齐雇工拆除，将来天王寺主持香火，大概由那老和尚主管了。现在这事轰动张垣，老老少少一齐赶到天王寺里去瞧热闹，大家纷纷谈论。都说异人降临，破去这个荒淫污秽的寺院，但是为何不肯出面？又有人谈起太白楼闹酒的一幕，互相猜测，议论不一，官厅方面也甚为奇怪呢！"

剑秋笑道："我们做出了事，都要让人家去结束的，莫怪他们要奇异了。"

余观海道:"我们在此都露了脸,又做了这件大事情,耽搁在此,诸多不便;好在我又有事情要赴关外,明天即可动身了。"闻天声道:"余兄,我等临别在即,今晚又蒙真如师设宴款待,我们可以多喝几杯。"余观海道:"好好!"二人都举起大杯洪饮。

酒至半酣,云三娘忽自席上立起,对众人说道:"诸位且慢饮酒,我有一件事情要想发表,请大家静听。"余观海嚷道:"师妹有什么要事,值得如此郑重呢?"

云三娘笑道:"值得值得。"遂指着琴、剑二人说道:"剑秋和玉琴,一个是少年英俊,一个是巾帼英雄,都是昆仑门下得意的弟子。他们自从在韩家庄邂逅以后,奔走南北,诛恶锄强,为我昆仑派增光不少,剑秋又助着玉琴同去白牛山,报复父仇,志同道合,这是很难得的事。我以为他们真是天生一对儿,这一段琴、剑姻缘,不可不撮合成就。我即自承为撮合,要代他们俩便在今晚庆功宴上订下婚约,他日也可早圆好梦。

"我想他们同患难,共生死,精神上的默契,坚逾金石。我做这个媒人,不至于遭他们的拒绝吧。前次我微闻他们小有误会,以致背道而行,这不是他们的幸福。现在彼此心迹都明,所以我急于代他们早日文定。况且一明禅师前番和我约略谈过,也有此意。此事前途当然美满,璧合珠联,天生佳偶,想诸位听了我的报告,必然也很快活的。还有一件很巧的,我们前次在红叶村获得两件奇珍,好像他们两人将订良缘的预兆,我先给诸位一看。"

遂从身边取出那白玉琴和翡翠剑来,余观海接着传看。

此时琴、剑二人听了云三娘的一番说话,心里又惊又喜,又愧又慰,觉得无话可说。剑秋把着酒杯,双目视着灯光;玉琴蛾首微俯,一手拈弄衣襟,默默无语。

闻天声瞧了那两件珍宝,遂高声大嚷道:"三娘说话不错,我也希望他们成为良伴,真是天生地铸的一对佳夫妇。我闻某闻了这个喜信,合当恭贺。"说罢真向琴、剑二人一揖到地,慌得二人还礼不迭。

闻天声又道："快喝喜酒。"举起旁边大酒瓮来，凑在嘴边狂喝起来。余观海将琴、剑还给云三娘，哈哈笑道："我也早有此心，师妹做媒很好。一明禅师知道了，也要说一声师妹先得我心了。"

云三娘又对二人说道："我今晚说的话虽都根据我的心里而发，没有先征求你们的同意；但我以为此事已至成熟时期，而且是很合配的一头良缘，所以大胆代你们撮合，向他们诸位宣布。谅必你们二人不至于嫌我多事的啊。"

剑秋答道："师父做主，自当遵从美意，弟子并无他意。"玉琴也很腼腆的说道："既然我的师父和云师都有此意，弟子亦无异议。"

云三娘大喜，遂把那白玉琴交与剑秋，翡翠剑交与玉琴，教他们二人个个佩在身上，以作订婚纪念，二人谢了接过。真如道人也向二人贺喜，大家更觉快活，恣意饮啖。只有琴、剑二人因为终身已定，心中都觉得有些异样，不知是一种快乐呢，还是一种安慰。玉琴无意中举头向剑秋一望，见剑秋正向自己紧瞧，不觉桃涡微晕！别转脸去和云三娘谈说，剑秋微微一笑。

闻天声和余观海只顾喝酒。真如道人殷勤劝进，这一席直吃到三更过后，肴馔既尽，杯盘狼藉，闻、余二人又已喝得醉倒在地上，方才散席。闻天声、余观海二人由剑秋扶去安睡。这几天他们喝去不少酒，酒气冲天，常在醉乡之中，可谓狂饮。次日清晨，大家起身，余观海因为天王寺已破，关外有事，立刻便要动身。闻天声却要到江南去走一遭。

云三娘问剑秋、玉琴二人意欲何往，是否要赴昆仑？玉琴对剑秋说道："我以为宋彩凤和曾毓麟的事，必须有个交代，方对得起人家。我想此去要至洛阳，会会邓氏七怪，探探宋彩凤母女的下落，师兄意下如何？"

剑秋道："我也是这样，想先去把他们找到了，把师妹允许人家之事办妥,然后再上昆仑山去拜见一明禅师。"遂问云三娘行踪可定,云三娘道:"我现在很挂念窦氏母女,前闻玉琴谈起宋彩凤被邓氏七怪逼走,多为不平。你们二人既然要去寻找她们母女,我左右无事,情愿伴你们一起去,好不好?"

剑秋喜道:"吾师肯许同往,正中下怀,我们一齐走罢。"

于是大家检点行囊,向真如道人致谢告别。真如道人送至庙门外,敬祝诸剑侠前途珍重,吩咐道童牵过那枣骝马和龙驹、花驴前来。

余、闻二人是步行的,大声说道:"再会吧,我们后会有期,将来要吃玉琴姑娘的喜酒了!"大踏步各自走去。云三娘、剑秋、玉琴一齐跨上坐骑,又向真如道人点头告辞,鞭影一挥,马走如飞,在那晨光中往南疾驰而去了。

正是:气吞湖海,志吐虹霓。琴心剑胆,相通灵犀。

第三十五回

远道访故人庵中避雨
客窗谈往事壁上飞镖

这一天，正是七月初旬的下午，新秋时候，本应气候稍微凉爽一些，但是天空中虽然不见那炎热的太阳，而白漫漫的云，如雾如烟，好似张盖了一层厚幕，以致天气炎热得很，风气全无。玉琴、剑秋随同云三娘，离了京师，向前赶路，已近河南卫辉府的地界。

三人在坐骑上觉得闷热不堪，尤其是玉琴姑娘，额上香汗涔涔，时常把手帕去揩拭，坐下的花驴也跑得满身是汗。玉琴忍不住对剑秋说道："不料今天天气如此闷热，忙着赶路，实在令人难受，最好觅个歇凉的所在，休息片刻。"

剑秋答道："是的，这种天气确令人难堪，索性烈日下照，在阳光下虽然铄石流金，非常之热，可是此间也有些野风，吹上了身，凉快一些，人家不妨挺起精神来和烈日奋斗。最是这样日光既无，风也没有，好似把人家置身在闷葫芦中，气闷得很，又如遇到不死不活不痛不痒的事情，使人徒唤奈何。现在时候已近申刻，若要休息，恐怕又赶不到卫辉了。"说罢双目斜睨着云三娘，似乎静候她的回答。云三娘微笑道："你们怕热,我也未尝不怕热,七夕已过,天气还要这般酷热,真是和出门人作对。我们今夜也不要一定赶到卫辉府的,你们若要休息也好。"说罢,一手指着前边一条小溪说道:"到那边去坐坐罢。"琴、剑二人跟手瞧去,果见东南面有一小溪,溪边有几株大树,正是歇足之处,便一齐说道:"很好。"

于是三人催动坐骑,跑到小溪边,跳下马鞍,也不系缰,因为龙驹、花驴都是骑熟的,不须主人当心看顾。龙驹见到草地,便低下头去吃草,花驴和枣骝马却去溪边饮水,那三头坐骑都跑得汗水直流,张口吐沫了。

玉琴和三娘便在一株树下席地而坐。剑秋走至溪边,见溪水十分清澈,流水由西向东,汩汩有声。他觉得十分口渴,见了这清洁的水,怎忍得住不喝,遂俯身溪岸,掬水而饮。玉琴和云三娘也同样感到干渴,遂立起身走到剑秋那里,伸着纤手去掬水。玉琴喝了一些水,便笑道:"我们到此,可谓人畜两忘了。"

这时花驴正将嘴凑在水里喝个不停,云三娘道:"本来天生万物,一视同仁,但是人类倚仗着智力高超,为自私自利计,便奴视其他的一切动物,而想利用它们了。最浅近的如马、牛、羊、鸡、犬、豕,它们的主权执掌在人类的手中,人类为了自己的缘故,要杀便杀,要打便打,视为自己私有之物;而它们也终身为人奴隶,不能自脱了。若在太古之世,同游于原野,饥而食,渴而饮,何有人畜的分别呢?不过弱肉强食,优胜劣败,世界上难免逃此定理,以致分出许多界域来了。

"即如人类自己亦何尝不是如此?强凌弱,众欺寡,甲国侵吞乙国,丙国欺侮丁国。自古以来,历史上所载的莫非残杀之事,我们当为许多弱者悲叹!他们的幸福,他们的生命,都牺牲在强暴者手里。他们虽有奋斗之心,而无奋斗之力,虽然他们不能归咎人家,但是不平之极。我们既为剑侠辈,在这莽莽尘寰中,负有一种使命,这个便是锄强扶弱,除恶安良。遇见不平的事,总要出来干涉,务使抑平,以致许多含冤负屈的可怜人们，不致束手而受人家的屠戮。

"古时圣贤所抱己饥己溺的宗旨和己立立人的学说，和我们剑侠的所为是殊途同归的。人家瞧我们似乎好行杀伐，以致有'侠以武犯禁'的老话，却不知我们用的杀以止杀的手段，以仁义为归，也绝对不许有越出范围之举。这个范围也不是人世间一般贪官污吏所假借的法律，这是一种公义，用自己方寸间的良心来裁判，不受任何的束缚与限制，专和不平世界奋斗。换一句话说，就是扶弱小者，去和强大者抵抗，打倒不平，消灭祸患。

"所以我们做的事，必要光明磊落，公平正直，总之不失为真正的侠义。至于那些桀骜不法之徒、鸡鸣狗盗之辈，结党营私，把持一切，有所希冀，那就是土豪恶霸，为游侠之羞，也在打倒之列了。韩家庄韩天雄、天王寺的四空上人，都是很好的例子。否则我们和他们无冤无仇，何必定要把他们除灭呢？"

玉琴、剑秋听云三娘从人和畜牲上发挥一番议论来，与一明禅师平日的教训相同，不觉一齐点头称是。玉琴道："人类由平而不平，再要从不平而达到平，这虽是很难的事，但只要大家起来做，到底也不是十分困难的。可惜世人大都容易趋向于恶，以致大好河山变成龌龊世界，寡廉鲜耻，灭伦反常的事，充斥了世间，无怪荀子有性恶之说了。因此圣贤豪杰英雄侠士遂被世人所推重，以为凤毛麟角，不可多得；其实圣贤豪杰英雄侠士，同是圆颅方趾之辈，并非真的生也有自来，逝也有所为，不过能不失本心罢了。"剑秋听他们二人大谈其学理，连连点头。

这时忽然听空中隆隆地擂起鼓来，玉琴举首一望，见西北角上有一团黑云很快地涌上，接着电光一闪，雷声隐隐，又在耳鼓边盘旋。

剑秋道："郁极则通，今天实在闷热得厉害，大约要有阵雨了。这里都是旷野，我们还是赶向前去！不要一旦下起大雨，落得一身都湿。"

玉琴听剑秋说话，不由使她想起曾家庄避雨，初见曾毓麟一幕情景。那丰姿绰绰的毓麟在她的幻想里，好似立在她的面前，一种温文尔雅的态度，如见其人，所以默然不语。云三娘将手拍着玉琴的香肩道："走罢，快要下雨哩！"玉琴如梦初醒，笑了一笑，三人重又跨上雕鞍，沿溪而行。

过了一条石桥，忽然狂风大起，吹得两旁树林东倒西摆，发出怒吼之声来，黑云愈涌愈多，雷声也响得较前重而且密，空中有许多蜻蜓往来飞舞。玉琴迎着凉风道："爽快呀，闷热了大半天，现在起了大风，使人凉爽得多哩。"剑秋道："这阵雨一定要下了，那黑云尽管加多，将要追到我们顶上来了。"玉琴举首仰视，果见一大团的乌云，望不见云脚，如排山倒海般推上追来。一道道的电光如金蛇般在乌云的云堆里闪动，大有山雨欲来之势，遂催动坐下的花驴飞跑。

但是不多时，那黑云已追过了头顶，风势更大，吹得三人衣襟轩举，雨声自远而近，黄豆大的雨点打到身上来。

云三娘说声："不好，天公要和我们恶作剧了！"剑秋将马鞭指着前边隐隐的黄墙道："前面不是有个庙宇么？我们赶快到那里去躲一下罢。"三人将坐骑紧一紧，飞也似的跑到那里。果然是一座小小庙宇，庙门紧闭着。三人跳下驴马，玉琴细瞧匾额上写着"天王庵"，不由扑哧一声笑起来道："我们刚才破得天王寺回来，此地却又有个天王庵！不要也是个藏垢纳污的所在，那么如被我们发现什么秘密，也一定不肯容易放过的。"

这时雨点已密，剑秋伸手敲门，把庵门敲得鼓般响，不多时便有一个老尼姑出来开门。云三娘先说道："师太请你们让我们到贵庵中稍坐片刻，我们是过路人，忽然逢着阵雨没处躲避了。"那老尼姑见来的是女子多数，当然答允，遂请三人入内。剑秋把龙驹、花驴、枣骝马牵到庭院北首廊下拴住。正面乃是一个佛殿，老尼道："这里很是湫隘，殿后有座丹鸾阁，地方较为清洁，请女菩萨等到那边去一坐罢。"玉琴道："很好，有劳师太了。"那老尼在前引导，从殿后走到阁上，一步步高上去。剑秋瞧那丹鸾阁虽不甚大，而窗明几净，收拾得十分清洁。正中有一神龛，供着白衣观音像。两旁桌椅均全，壁上挂些对联，还有一张古琴。向南一排窗户都开着，湘帘高卷，十分幽雅。

老尼请三人坐了，有一佛婆献上香茗和果盘来。云三娘笑道："师太不要忙，我们坐一刻儿便要走的。"老尼道："不忙。"站在一边，请三人喝茶。这丹鸾阁地形很高，从窗中可以瞭望到庵外的官道上。此时大雨已倾盆而下，檐溜间飞泻如瀑布一般，一阵阵的凉风吹来，把适才的暑热都消了。突闻霹雳一声，西北上有一团烈火向地下斜落，那雨越发大了。老尼合掌道："阿弥陀佛，哪里又有什么恶人起了歹心呢？"剑秋听着不觉微笑。老尼问道："你们三位到哪里的？尊姓大名？"云三娘把姓名说了，又说他们是到卫辉府去的。

玉琴托着一只茶杯，凑在樱唇边，一眼瞧见外边官道上有一坐骑，从雨中飞驰而来。玉琴眼尖，依稀瞧得出是一个女子模样，心想又有避雨的人来呢！瞧她纵辔疾驰的样子，非有功夫的不办。

隔了一歇，见那佛婆匆匆地走上来说道："师太，萧家姑娘避雨来此，快请去接待吧。"老尼一闻这话，不敢怠慢，立起身来，带笑说道："请三位宽坐，下边有施主人家的小姐到临，贫尼不得不去迎接。"云三娘道："师太请便，我们在此很好。"老尼遂走下阁去了。

这阵大雨下得很久，约莫有一点多钟，雨点渐渐儿小，雷声轻微而迟，天空的乌云逐渐散开，三人坐着听雨，幽穆得很。不多时云销雨霁，红日反从云中露面，可是日影已西，凉风大至，再不畏暑气侵入了。

云三娘起身走至窗边，瞧着天空，回过头来说道："阵雨已过去呢！我们赶快上道，今晚可抵卫辉府的。"剑秋答道："正是，天气凉爽，恰好行路。"于是玉琴、剑秋、云三娘三人一齐走下丹鸾阁。

佛婆迎上前来说道："三位可是便要登程么？"玉琴道："是的，你家师太何在？"佛婆把手指着东边一间房屋说道："她正伴着萧家姑娘谈天呢。"他们正说着，那老尼已走了出来。云三娘说道："适才多蒙招待，很是感谢，现在天已不下雨，我们要告辞了。"老尼道："时候不早，你们大概已赶不到卫辉府，若不嫌小庵简陋，就请在此屈宿一宵如何？"云三娘道："多谢师太善意，我们决计要走的。"玉琴即从身边摸出五两银子，递与老尼道："这一些为佛前添些灯油的，请师太哂收。"老尼道："出家人与人方便，即是自己方便，哪里敢当这样重谢？"玉琴道："不必客气。"便把银子硬行塞入老尼手中，老尼只得受了，道谢不迭。三人仍从殿后走出，老尼在后相送。

玉琴无意中转过脸来，瞥睹云房西首有两扇小窗开着，露出一个娇美的俏面庞，在那里窥视他们。玉琴的眼光刚射到她人的玉面上，突然缩去；玉琴也不在意，走到外边。剑秋去廊下牵坐骑时，却又见一匹桃花马拴在那里，全身毛色真和才开的桃花颜色相同，煞是好看，鞍辔非常精美，踏蹬都用白银打成的。玉琴不由赞一声好！暗想：那萧家姑娘大约也不是寻常女子吧。因为赶路要紧，不暇向老尼查问。三人步出天王庵，老尼合掌行礼，三人也点点头，各自跃上坐骑，加紧一鞭，向前飞跑而去。

阵雨过后，非但天气凉爽，便是路上尘土也不再飞扬，清朗得许多，云三娘等望着晚霞，控辔疾驰，赶到卫辉城外五里地方的杨柳屯，天已黑了。那杨柳屯也有许多居民，比较别处村镇来得热闹，有二三家旅店，都在那里招接客人。

三人跑到一家旅店前，早有一个店伙上前挽住剑秋的马缰说道："天色已晚，爷们跑了长途，谅必十分辛苦。我们这里的集贤旅馆，是个十多年的老店，房间宽敞，招待周到，请爷们下榻一宵吧。"

云三娘第一个跳下马来，剑秋、玉琴也各自下骑。云三娘

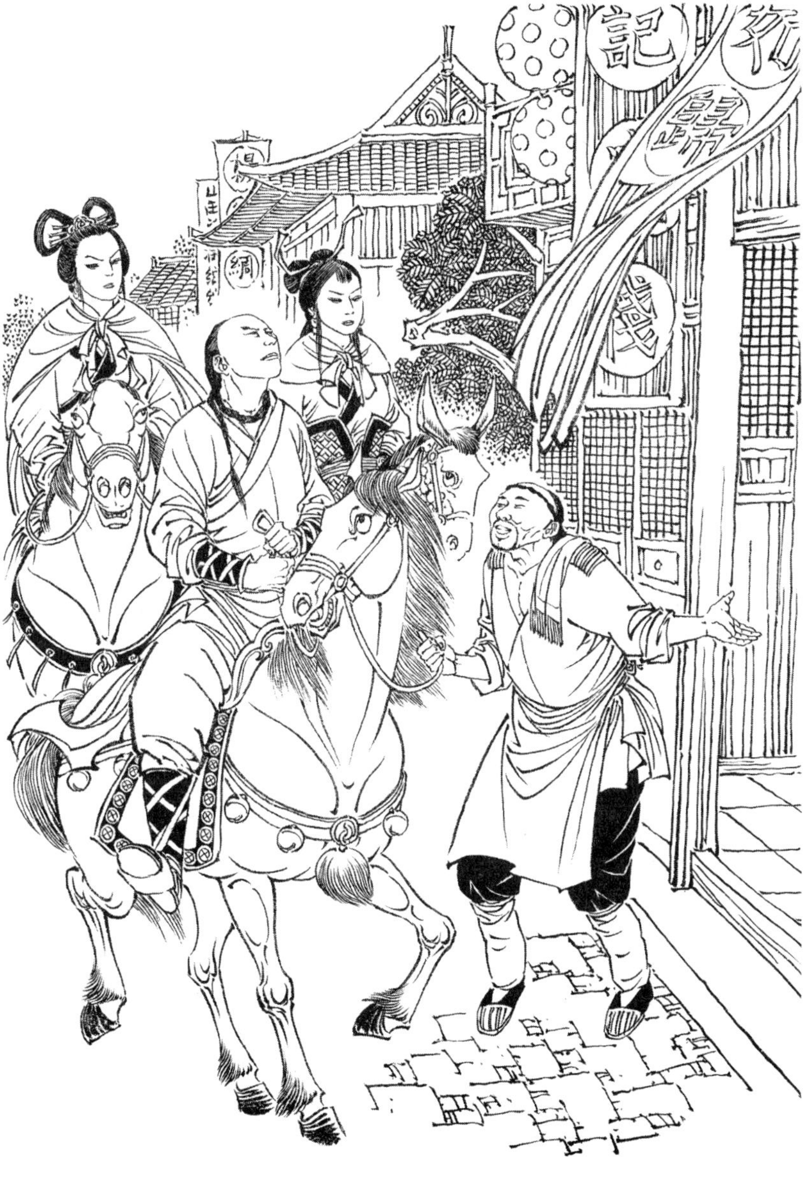
記

对二人说道："时候不早，我觉得腹中很饥，今夜不必定要赶到卫辉府，横竖在那边并无事情要干，我们便在此间住宿可好？"琴、剑二人答道；"很好。"店伙见已得他们同意，遂带笑带说，代他们牵着驴马，走进店内。柜台里另有一个中年男子出来招呼，店伙便道："老李，你引这三位客人去看房间吧，我要牵他们的坐骑到厩中去上草哩。"

　　老李答应一声，引着三人，走入里面。跨进一个大院落，三面都是房间，有几间房里已点得灯火明亮。老李招待三人走到左边一间朝东的厢房里，很是宽敞，向东明窗都开着，芦帘高高卷起，房中有两张榻，陈设倒还清洁。云三娘看了，便道："就在这里住下也好。"此时那店伙已将马背上的包裹送来，放在一边。剑秋和玉琴解下宝剑，悬在壁上，三人即在沿窗一张桌子旁坐下憩息，店主又送上茶来。

　　云三娘道："我们要吃饭了。"遂由剑秋点了几样菜，吩咐店伙赶快预备前来，老李又问明了剑秋姓名，招呼几声而去。凉风习习，从窗户吹入，店伙又送上洗脸水。三人洗过面后，玉琴说道："今天上午闷热之至，若没有这一阵大雨，此刻不知要闷热得如何令人难熬了。"剑秋道："古人说，若大旱之望云霓。北方久旱不雨，大有旱荒之象；那雨下得十分畅足，可谓及时雨，一定有许多人在那里喜雨了。"三人正说着话，店伙已将晚餐送上，三人吃毕，洗过脸，大家手里握着一柄蒲扇，驱蚊招风，一举两便；因为不欲便睡，所以一起坐着闲谈。

　　玉琴又把自己访宋彩凤的经过情形，重新详述一遍。且说："他们母女俩不知到了哪里去了？现在是否仍在虎牢？我们也须去访问一遭，然后再至洛阳。更不知那邓氏七怪究竟怎样厉害？为什么窦氏母女见他们忌惮，情愿避让。"

　　云三娘道："以前我道经南阳，曾闻有人谈起他们的。听说他们七个弟兄要算'闹海蛟'邓驹和'火眼猴'邓骐的本领最大了。他们都入哥老会的，所以在那里很有势力，徒党甚众，官吏也奈何他们不得。"

剑秋道："那些土豪恶霸，平日鱼肉良民，无恶不作，也是天地间的巨蠹。我们此去，即使找不着窦氏母女，务必把那七怪除掉的。"玉琴笑道："好好的人称之曰怪，他们的行为可想而知了。"

这时有一个流萤飞入窗户，玉琴将扇子一撩，流萤便到了扇上。云三娘看了说道："世间万物各有其妙用，即如流萤是小小昆虫，然古人囊萤读书，卒成大儒。我在云南野人山，夜间迷路，若没有流萤为导，我不但走不出山路，险些儿还要遇着大危险呢！"玉琴道："记得有一次，弟子在卢沟桥被茅山道士赤发头陀围困的时候，云师曾同余观海师叔前来搭救。以后云师便说有要事赴野人山去，谅必云师在那里定有惊人的轶闻，今夕无事，还请见告。"

云三娘点点头说道："我到野人山去的事，不妨告诉你们罢。野人山在云南西陲，那里山岭峻险，民风剽悍，番人也很多。汉人各自筑堡而居，至于番人却大都住在山穴里。我在幼时随先父远游云南，到得那里，先父忽然病倒。孟家堡的堡主孟公藩，竭诚招待，取得一种秘制的白药，给先父服后，霍然疾病若失，还复健康。先父在堡中一住数月，因此与孟公藩感情十分融洽。

"孟公藩很谙武术，在那里周围四五十里地方，无论汉人、番人，对于他无不慑服。以后先父挈了我，与他分别，直到先父故世，我入山学道后，一直没有到那地方去过。但是孟家盛情款待我们父女的事，在我脑海中永久不忘，常思图报，只苦没有机会罢了。去年，我在北京，恰逢有人从云南野人山附近前来，我向他问起孟家，始知孟公藩在数年前已脱离五浊尘世。他的儿子孟哲，却是一个文人，年纪又轻，所以孟家堡已非昔日之情形。

"孟哲管压不下堡中人，不能做领袖。堡中人欺他文弱，不服从他。而别处的人见孟哲懦怯无能，也就任意欺侮，孟家堡的人就大大吃亏了。相距孟家堡二十余里有个柴家寨，寨主柴龙是个骁勇的少年，聚了许多党徒，专以武力侮辱各处邻近的堡寨；尤其是对于孟家堡，常来挑衅。因为他妒忌过往孟公藩的威名，现在大有取而代之的雄心。孟哲不敢和他计较，时时退让，隐忍着过去。

"不料柴龙以为孟哲纯取不抵抗主义，是可欺的，遂向孟哲要求孟哲名下的五十亩田地贱卖让售给他。因为柴家寨背附野人山，缺少平地，孟哲所有的田地虽然不少，而这五十亩田地和柴家寨毗连，倘然割与柴龙，是与柴龙有利的。柴龙觊觎已久，只因一向落在孟公藩手中，不肯让给他人，所以无可如何，现在孟哲好欺，遂有此种要求。

"孟哲却因他父亲临终时，叮嘱不可将这田地轻易让给人家。在孟公藩的心思，也是防制柴家寨得了这块土地，势必强大起来，于己反有不利，孟哲也明白这层道理，所以毅然拒绝。柴龙不料他有这么一着，恼羞成怒，不知怎样的勾结了当地官吏，诬陷孟哲杀人。孟哲遂被抓将官里去，监禁在狱，那田地也被柴龙强占了去等情事。

"我得知孟哲为强徒所冤抑，没有能力反抗，自己和孟家有以前的一回事。人有德于我，不可忘却，遂决意往那里去援助孟哲。凑巧观海师兄一同在京，他也有意伴我同行，我们二人就不分星夜，跋涉长途，赶到了野人山。

"我与孟家堡别离很久，但是主人认识我，于是我们俩先到孟家堡去探问些确实消息。遇见一个老叟，也是姓孟，他和孟公藩是远房弟兄。见我们探问孟家的事，他很诚意招待我们到他家中去坐。请我们吃午饭，留我们在他家住宿，顺便把事详详细细地告诉说来。方知那个柴龙声势浩大，且有异志。

"因为去年春里，他不知怎么的结识了一个年轻道姑，那道姑是从川中来此，生得十分妖媚，且有极高深的武艺。据柴家寨中的人传说，当道姑初来时曾与柴龙比武，柴龙枉自有拔山扛鼎之力，还失败在道姑手里，因此他对道姑心悦诚服，和她同居在一室，把自己妻子撵掉了。居然喧宾夺主，道姑在实际上做了柴龙的夫人，名义上却说是结拜兄妹呢！大家都唤那个道姑叫作火姑娘，至于真姓实名，却不知道。"

云三娘讲到这里，玉琴目视剑秋笑起来道："原来就是风姑娘的一流人物，在那边作祟了。"

剑秋道："白莲教的党羽散布各处甚多，欲作死灰复燃之举，其中也未尝不有人才。无如邪说诐辞，篝火狐鸣，焉能成得大事？不过骚扰地方，荼毒良民而已。所谓教中的四大金刚，就是云真人、雷真人、风姑娘、火姑娘，武术既佳，魔力又大，很想在各处煽惑愚民，秘密集会。云真人已被一明禅师除掉。风姑娘本想借螺蛳谷为根据地，吴驹、袁彪都很有能耐的人，但被我们遇见后，袁彪脱离奸党，独树一帜；风姑娘也被我们驱走，现在她已和山东的祥姑等联络在一块儿了。至于雷真人和火姑娘，我们都没有碰见，云师所遇的火姑娘大约就是四大金刚之一了。"

云三娘微笑道："不错，火姑娘在柴家寨牺牲色相，便是要凭借柴龙以便扩张她的势力，所以柴龙不久也入了白莲教，事事听火姑娘的主张。而白莲教的徒党渐渐闻风而来，煽惑远近乡民，一齐做他们的党羽。柴家寨地少人众，自然要谋对外发展。孟哲所有的那块田地，凑巧毗连他们的地方，柴龙垂涎已久，看到孟哲无能，更增进他觊觎之心。于是遂遣人来向孟哲要求，愿出一百两纹银，将这地购下；孟哲不允，柴龙怀恨在心，阴谋陷害。

"有一天，在孟哲的庄后发现两个无名死尸，生前被人用刀杀死，委弃在这里，孟哲正要报官相验，以便埋葬；不料柴龙突然带领许多寨中人奔到孟家堡，一口咬定孟哲杀害他们寨中的人，用强力把孟哲拘到官里去。

"那地方没有什么正式的官吏，不过出云南府任命一个理刑厅胡厅长来管理地方税收的事务，以及殴斗等事情。此外还有一个李把总带领百十名兵丁在此驻扎，势力薄弱得很，没有什么多大的权力。地方上的事情本来要仰承孟公瀩的意思，现在公瀋已死，柴龙跋扈，不受节制，胡厅长事事姑息，不敢得罪他，所以柴龙敢将孟哲拘去，诬告孟哲有意杀害柴家寨人。

"胡厅长一再审讯，孟哲不肯承认，他们孟家堡中人也有联名具保，要求释放孟哲。胡厅长左右为难，既不定孟哲的罪，也不把他释放，只是监禁在那里。柴龙乘机假造契据，要将这田地占去，孟家堡人不服，两边械斗起来，结果孟家堡人势力不敌，死伤很多，这田地却被柴龙强夺过去了。"

玉琴听到这里，忍不住说道："何物柴龙，竟敢如此猖獗！那些官吏要他何用？"云三娘道："械斗的事，我国人是常常有的，何况在那边陲之区呢？地方官吏哪里有这权力弹压得住，怯于公战而勇于私斗，这是我国人的一种劣根性。惟有战国时候商鞅在秦变法，使人民都一变而为勇于公战。所以秦国不但能称霸于诸侯，且能并吞六国，统一天下。"

剑秋道："现在东西各国鹰瞵虎视，渐渐向我中国实行侵略主义；日本窥于东，俄国伺于北。外患日甚，而我国兀自迷梦未醒，只知对内而不知对外。窃恐数十年之后，染指益众，我国不自振作或要受亡国之祸哩！"说至此，玉琴双眉怒竖，似乎十分愤恨的样子。云三娘也叹了一口气，接着说道："此所以李天豪等一般志士都要革命了。"

三人静默了一会儿，云三娘又道："那时我听了老叟的一番言语，知道柴龙本是恶霸一流之人，现在又加着白莲教的势力，将来一旦发展起来，未可轻侮。可谓星星之火，可以燎原，我为除恶务尽之计，也须把他们除掉；何况孟哲无辜受害，这层冤狱亟待平反呢！于是要想和观海师兄先至柴家寨去动手。那老叟又告诉我说，胡厅长对于柴龙勾通白莲教的事，未尝不知一二，可是因为畏忌他的势力，所以逡巡不敢动手。这是在胡厅长手下一个亲信的人告诉我的。那时余观海师兄便主张先去谒见胡厅长，说明孟哲无罪的原因，且陈述柴龙的阴谋，表示我们俩自愿代他出力，同去剿灭白莲教的党羽。

"倘然胡厅长听我的话，我们前去动手，格外见得名正言顺，可把他们根本铲除了。如若不然，我们只得像平常行侠仗义一样，前去暗中诛恶，再把孟哲援救出狱。我赞成余观海师兄的提议，当夜便住在那里，次日上午，由孟家老叟为导，立即秘密前去廨署中谒见胡厅长。廨署十分简陋，和此间的官衙相较，真有天壤之别。在一间泥造而门窗已旧的矮屋里，见到了他，却是个书生模样的人，年纪也有三十余岁，孟老叟先代我们介绍过了。我们遂将此来志愿告诉他听，且言：'蔓草难除，及今图之，犹未为晚，望厅长当机立断。'

"胡厅长听了我们的话，很是动容，又把我们两人谛视良久，然后告诉我们说，他未尝不知孟哲是冤枉的；庄后杀的人，稳定是柴龙故意抛在那处的，所以至今没有定罪。只因柴龙势力强大，实逼至此，自己不过虚与委蛇。至于白莲教的事，亦已探访详细，绌于兵力，未敢鲁莽行事，反贻地方之祸；但已暗中饬人前往省府密报，请示机宜，以便应付有方了。我们见他不过懦怯而已，并非糊涂官吏，这事就容易办哩，遂又敦促他即日商同李把总在今夜督领官兵至柴家寨进剿，将白莲教的首领火姑娘和柴龙擒获，明正典刑，其余党羽或逐或杀。至于柴家寨中的土人不从逆者，一概免究。起初胡厅长还踌躇不决，不敢徇从我们的请求。我们又极力劝说，担保必获胜，幺幺小丑，何足畏虑？观海师兄又特地到庭中去舞一回剑，显些本领给他看了，他才敢决定，并请李把总前来商议一切。李把总单名健字，为人很是爽直。他也早恨柴龙蛮横，以为如此土豪，早应剿灭，故十分愿意。"

第三十六回

怪老人病榻赠宝剑
莽力士琼筵献炙肉

云三娘一顿,接着又道:"胡厅长遂薄治酒馔,并宰了一口羊,杀了几只鸡,请我们在衙中用饭。傍晚时,李把总喝过酒后,先去督率部下前来与我们会合。我们结束停当,等李把总到临。不多时,火把高照,李把总已领着百十名兵丁赶至。

"那李把总全副武装,手握大刀,颇具威风。我二人遂别了胡厅长,跟着李把总,向柴家寨行去。黑夜中,瞧那野人山的山巅,高入云霄,障蔽了西南方,山势高峻而雄伟,我在白天已见过了。那柴家寨地形较高,田野间望去,隐约可见堡墙的影子。

"我等赶到柴家寨前,叮嘱李把总将火把暂时熄灭,伏在寨前,由我二人先行入内侦察;等到寨中火起时,官军即可攻入,如此可免打草惊蛇,李把总答应了。我们飞越入寨,虽没有人引路,却只顾向房屋稠密处走去。见前面有一处很广大的庄院,料想是柴龙等所居之地;遂从侧面跃上屋顶,见里面第三进院子里,灯火大明,烟雾缭绕,有许多人坐在那里,口中喃喃地念经。正中坛上高坐一个女子,全身白色长袍,好像白衣观音,大概这就是传说的火姑娘了。我们知道他们正在聚会,宣传他们的邪说,难得遇见了,正好动手。所以余师兄在屋上大喝道:'白莲教的妖女火姑娘,胆敢在这里煽惑良民,阴谋不轨,还有那恶霸柴龙何在,快快一齐出来领死!'

"余师兄故意声张,无非向二人挑战,可以认清他们的面目。果然那白衣女子一闻这话,向屋上一瞧,冷笑一声,即将白衣卸下,露出贴肉的淡红衫子,胸前悬着一个绣花香囊,端的妖艳。将手一挥,即有白光一道从院子里穿射而出,跟着一耸身,从坛上跃到庭中。白光已飞到我的头上,我便飞出银丸抵住她的剑光。此时院子里哗声大起,人影散乱,十分紧张。那坐在坛旁的四个壮男,各举兵刃奔出。为首一个年轻的汉子,手舞三尖两刃刀,大喝道:'柴龙在此,哪里来的小子,胆敢混入寨中,寻事生非,须吃你家柴爷一刀。'一言未毕,余师兄的紫色剑光已如腾蛇般自上飞下,盘旋到他的顶上了。

"柴龙一见剑光,知道遇着了劲敌,也就不敢怠慢,急将三尖两刃刀使开生平解数,悉心迎战,其余三人也各奋勇相助。那火姑娘的剑术造诣很深,所以我的银丸尽是飞舞刺击,却刺不进她的白光中。我和她便在屋上大战,颇惜她有这样剑术,却不能归正,偏入邪僻之途,一定得不到好的结果。我与火姑娘战得不分胜负时,余师兄的剑光已愈舞愈紧,霍霍地在柴龙头顶上盘旋而下,倏的降落,柴龙一颗大好的头颅立刻飞去一边。火姑娘见情势不佳,得个间隙,向屋后逃去。

"我哪里肯让她漏网?跟手便追。追到庄后,火姑娘已一跃而下,我见她的飞行功夫也已达到上乘,恐防被她逃逸,所以也不敢怠慢,用力追赶。一霎时已从寨后跑到野人山麓。我的银丸直飞过去,却被她脚快眼快,早躲入林子里。泼喇一声响,把一株数丈长的老松截为三段,她却逃进野人山中去了。

"我自恃艺高胆大,追入山中。说也惭愧,我和她总是相隔一丈多路,不能追及。因为山径险峻而曲折,我又是走的陌生路,一时赶不上,若是换了平地,再也不怕她逃到哪里去

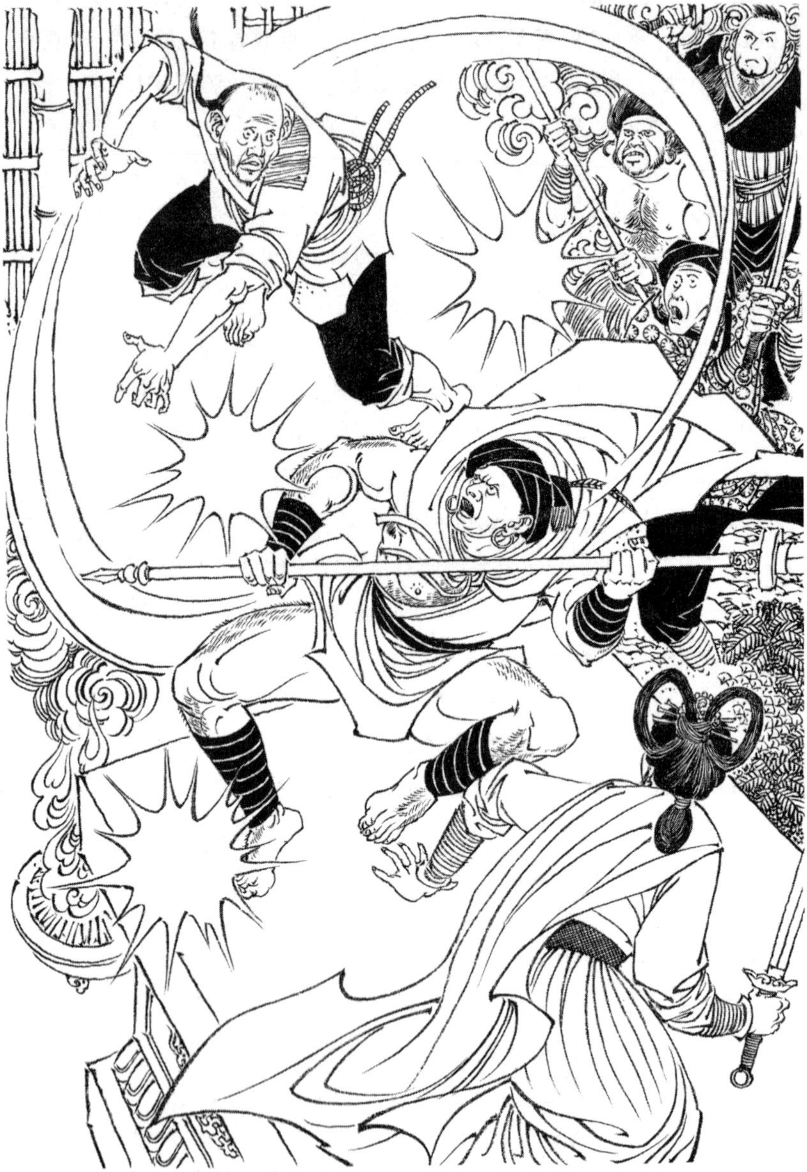

了！追了一大段路，忽然来到一个绝溪边，那溪幽深莫测，两边都是　石岩，溪中急湍奔流，轰隆有声，震耳欲聋。此时是黑夜，我也不能瞧得十分清楚。换了白日到此，望下去真会令人心悸魂摇。溪的两岸有数丈的距离，中间垂有一根绳索，便是桥了，这便是那地方著名的索桥。因为川、滇等处山谷甚多，交通梗阻，往往两边山崖隔断，中横深溪，不能飞渡。土人在山崖边系粗大的绳索，辅以扶手的绳，好让人家在绳索上走过去。但是胆小的人若在绳上俯视时，没有不头眩心悸，失足下坠的！

"我追到索桥边，见火姑娘身轻似燕，早从绳索桥上逃到彼岸去了。我志在擒贼，岂肯见难而退，于是一跃上桥，依样走过去。不料火姑娘躲在桥的尽头，见我追上索桥，便运动剑光，把那索桥一截两断。我刚走到中间，身子望下直坠。不是我夸口，幸亏我还机警，急忙伸手攀住那断下的绳；然而我的身子已虚悬在溪间了。打了一个旋转，险些脱手……"

云三娘讲至此，玉琴、剑秋二人都代她捏了一把冷汗。

玉琴不由说道："好险！以后呢？"

云三娘微笑道："古人形容危险，说什么'盲人骑瞎马，半夜临深池'。当时我的危险更要远胜仲伯。我连忙一手以银丸抵住火姑娘的剑光，防备她再去切断另半截的绳索；一手又握住绳索，猱升而上。等我上了崖，火姑娘的踪影早已不见了，我便向四处搜索。山峦重覆，树林深茂，黑夜茫茫，何处去搜找？然而我的勇气并未减缩，依旧向前面一条小径追去。转过了一个山峰，静悄悄地不见人，风声却怒吼不止，吹得林木摆动成波浪一样，夹杂着猿啼虎啸之声，使人凛然觉到自己的危险。我知道火姑娘早已去远，被她侥幸漏网了，不如回柴家寨去吧！

"但是山路崎岖，又在夜间，如何能辨回头的归路？况且追来时的索桥已断，教我如何找到归路？正在踌躇之际，忽见林中飞出一群流萤，荧光闪闪，恍如一个大玻璃球，将前面路径照得很是清楚,先是在我面前打了一转,便向东北面飞去。我心中不由一动,想到以前老马引途的故事,那么这一群流萤的飞出,恐怕也不是偶然吧!何不跟上去试试?随即跟着流萤而行。

"说也奇怪,那些流萤始终是飞在我的前面,好似一盏引路的明灯。行行重行行,走了不知多少路,翻过了几重山峰,天色渐渐发白,那些流萤也没入林中去了。天明以后,我才看清曲折的山径。俯视柴家寨,正在右边山麓下,原来已被流萤引导,走到柴家寨前了。我遂从容下山,到得寨中,和余师兄、李把总二人相见。始知柴龙授首之后,余师兄又斩了他的两个徒子,便觅着火种,放起一把火来。那时徒党早已四散逃生。李把总见寨中火起,当即率领官兵,呐喊一声,爬登碉楼,杀了几个守楼的人,大开寨门,杀将进来。寨中人大半从梦中惊醒,吓得不知所云。

"李把总指挥部众,擒获数十名白莲教的人。随又将火扑灭,将柴龙一家人前后看住;细细查抄,抄出秘密文件和白莲教作乱的证据。余师兄见我追火姑娘不回,心中未免有些担忧,本想到天明后,着土人引至山中追寻,见我安然回来,自是十分欢喜。李把总又聚集寨中各人晓谕一遍,叫他们安心做事,勿自相惊扰。白莲教徒一概擒捉鞫讯,以便明正典刑;其余无辜良民以及自首的得免。又把柴龙人头悬挂在柴家寨上,以警奸宄。

"我们遂凯旋而回,胡厅长设宴款待,已将孟哲释放回堂。孟家堡人欢天喜地,接我们去欢聚数天。柴家寨的白莲教势力已铲除,地方上少一恶霸;孟哲的性命无恙,田地也已归回。我们这一遭,总算走得不虚。不欲再在那边耽搁,便束装上道,离开云南了。"

云三娘一口气讲到这里,觉得有些口渴,端起桌上凉好的茶,喝了一口。

玉琴道:"便宜了火姑娘,倒和凤姑娘一样,被他们脱身遁去。"

剑秋道："釜底游魂，末日至时，再被我们遇见，一定不放过他们的。"

玉琴笑笑，刚回头向窗外一望，忽见月下一件东西，飞一般的向她面上射来。玉琴说声："不好。"急忙将头向后一仰。那东西唰的从她的鼻端拂过，一阵冷风，叭的一声，打在壁上！

三人一齐看时，见是一只四寸长雪亮的钢镖，头上系着红缨，颤巍巍地兀自在壁上摇动。玉琴一见这钢镖，心中明白。立即跳起身来，向壁上拿下真刚宝剑，使一个蜻蜓掠水式，从窗中横跃而出。方才立定脚步，对面又飞来一支钢镖，赶忙一蹲身，让过那钢镖。

这时对面屋上飞也似的跳下一个黑影，月光下瞧得分明，乃是一个女子；头上裹着青绢，浑身黑衣，手中横着雪亮的宝剑。一见玉琴，便破口大骂道："姓方的，你们把我全家杀害，此仇不共戴天。今晚你也会撞在我的手里，我必要为我父兄报仇，看剑！"说罢，一剑向玉琴头上劈来！

玉琴将剑架住，说道："韩小香，你家老头儿罪恶滔天，自取灭亡之咎。前次被你侥幸漏网，现在还要来送死么？休怪你家姑娘剑下无情了。"

韩小香大怒，将剑使开，径向玉琴要害处猛戳；玉琴不慌不忙，将真刚宝剑舞开来，倏成一道白光。韩小香左劈右刺的，也将手中宝剑使成一道白光，两人在庭中回旋酣战。玉琴甫交手，知道韩小香的武艺今非昔比，较前大大进步。

此时剑秋早已握了惊鲵剑，跃出窗户，认得来者即是韩天雄的女儿韩小香，大约她来必是为父兄报仇，不知她怎么突如其来，寻到这个地方的。他正在思索，只听屋上娇喝一声道："岳家小子，休要帮忙，你家萧姑娘等候多时了。"

面前黑影一晃，早有一个妙龄女子站在庭心里，手握两柄绣鸾刀，刀光湛湛，如秋水照眼；全身也是黑色，头上却裹着一块银色绢绸，生得俊俏玲珑。再一细看，原来是日间在天王庵避雨遇见的小姑娘，恍然大悟，便答道："你休得逞能，我岳剑秋岂是畏怯之辈，谅你们都是一丘之貉，自来送死而已……"

剑秋的话还没有说完，双刀如游龙般已向他头上落下，剑秋便将剑使开，和那女子战在一起，叮叮当当，金铁交鸣。庭中但见白光飞舞，不睹人影。这时，旅店中客人都闻声惊起，只是没一个人敢出来看热闹，躲在门窗里向外窥视。

云三娘倚在窗槛旁，作壁上观，只是微笑。因为她知道琴、剑之力足够对付；自己不必加入作战，且在旁边看着再作道理。觉得对方都非弱者，而那使双刀的少女本领更高一筹，且喜剑秋剑术精妙，可以从容应付。不愧昆仑门下，也不愧是自己得意的弟子。

琴、剑二人和敌人战斗多时，不能取胜，心中不由焦躁；即把平生剑术使将出来，剑光霍霍，一青一白，如腾蛟起凤，向前尽顾逼迫过去。

韩小香觉得两臂乏力，剑法渐渐散乱，不能再以支持，没奈何咬紧牙关，喝声："着！"一剑向玉琴腰里刺去。玉琴向旁边一跳，躲过那剑。韩小香乘此间隙，一跃上屋，说道："兰妹走吧！"那女子也向剑秋虚晃一刀，跟着飞身上屋，拔步便逃。

琴、剑二人扑扑如飞鸟般随后飞身而上，忽然一支袖箭向剑秋面门飞来。剑秋把剑向上一拨，那袖箭已坠落屋瓦；不防第二支袖箭又到，剑秋急将头一低，袖箭由头顶拂过，带去了一绺头发。同时韩小香发出一支毒药镖，向玉琴下三路打去。玉琴双足一蹬，琅当一声，钢镖飞下庭心去了。

这么一来，二人略顿一顿，韩小香等已跳至店后，飘身下墙。玉琴哪肯舍弃，连忙加紧追赶；但是到得后面，却见西一条东一条的小巷，不知他们走向哪里去了。剑秋也追到，不见小香等影踪，便对玉琴说道："我们道路不熟，谅他们早已走远，我们也无处追踪，便宜了他们，不如回去吧！"玉琴只得快快地和剑秋回转庭中。

云三娘手里托着钢镖,笑问二人道:"韩小香漏网而去么?"

玉琴道:"正是,他们倚仗着暗器厉害,但我们没有被射中。以前弟子也曾受过韩小香一镖,幸得李鹏灵药,方才保得一条性命。今晚难得她自来寻找,恨不得把她一剑两段,好使他们父女早早地下相逢,不料便宜了她,被她逃走了。"

剑秋道:"我想韩小香一定住在此地附近。那姓萧的女子必是她的亲戚,武艺很好,我们不是在天王庵里避雨时候遇见她的么?大概韩小香是她引路而来的。"

玉琴把手中剑虚砍了一下,恨恨地说道:"他们虽然行刺不中而走,可是我却不愿意放过他们呢!明天我们再到天王庵去,找那老尼问个明白,然后我到萧家去,还敬他们一剑,可也来而不往非礼也。"

云三娘听玉琴说着负气的话,不由微笑。这时店主和店中旅客见门外已停止战斗,一齐过来询问。剑秋不欲多事,推说有女盗前来行劫,已被我等击退。店主听了,十分惊讶,自言此间地方近来很是平静,店中也没有窃盗,哪里来的女强盗呢?旅客们见了琴、剑二人英武之概,莫不咋舌称奇,纷纷向店主探听底细。但是店主哪里回答得出呢!

纷乱了一阵,云三娘等回入进房中。玉琴、剑秋仍把宝剑挂好,大家坐着,谈起韩家庄的事,直到夜深,方才各自安眠。一会儿天已大明,三人起身,唤了店小二进来,吩咐预备早餐。洗脸漱口完毕,用过早餐,算清了旅费,刚要动身,忽然一个店小二匆匆跑进来,送上一封书信。三人不由大为奇怪,剑秋拆开来和云三娘、玉琴同阅。

只见信上写着几行字道:

久仰荒江女侠英名,恨未识面。昨夕小女无知,有惊芳躅。今日特遣人奉函敬邀;望见书后即惠临小庄,一较身手,并专备小筵聊以洗尘。想英武如姑娘者,必不却步也,不胜鹄候之至！

云中凤萧进忠　启

玉琴看毕，冷笑一声道："甚佳甚佳，我们本来要去找他，他却自己写书来请了。那个云中凤萧进忠必是姓萧的女子的父亲。韩小香和他们大概是亲戚吧！看他语气，十分骄矜，很有和我们一决雌雄之意。我们若不前去，反而示人以弱了。"

剑秋道："当然去的。"便问店小二道："那下书人可在外边？"

店小二道："在外边等候回音。"剑秋道："你去教他好好等着，我们和他前去便了。"于是三人收拾收拾走出店来，只见一个穿着蓝布的短衣健壮男子，立在一边，店主刚和他窃窃私语。他见玉琴等走来连忙行了一个礼。

剑秋道："你是萧家的仆人么？我们不认识路途，你就带引我们去吧！"

那男子答应一声："是！"店小二牵过坐骑。剑秋把包裹系在龙驹上，三人纵身上鞍。店主立在门外，恭恭敬敬的送行。

那男子便走在马前引路，三人缓辔行去。却听店主对旁人说："原来昨夜到此并不是什么女盗，乃是萧家姑娘，不知究竟为了什么事情。我看这三位客人模样奇怪，虽然很有本领，可是终敌不过萧家庄主那样厉害呢！"

三人闻言，也不理会，随着那男子行去。前面有一条小溪，沿溪往东走不到三里路光景，早见右边岸上有一座雄大深邃的庄院。庄前有一座石桥，桥上立着几个壮丁，把手指向他们道："来了来了。"有一个庄丁立刻跑入庄去，大概前去通报庄主了。

原来玉琴以前火烧韩家庄，恰巧韩小香跟她母亲归宁在母舅家中，因此被她漏网得生，没有遭殃。云中凤萧进忠便是她的母舅，是卫辉著名的富户，更兼有惊人的武艺。在杨柳屯四周远近，提起"云中凤"三个字，哪个不知？他善舞一柄金背刀，飞檐走壁，身轻如燕。因为他自幼得异人传授，所以有些本领，性喜任侠，刚烈如火，为人很重义气。江湖上人流落无依，到他门下吃闲饭的，时常不断。

他在家经营着田产，也没有出外做过什么事情，现在年纪已有五旬开外。所生子女二人，子名慕解，女名慕兰，萧进忠便把平生武艺悉心传授给他的子女。二人也精心练习，寒暑不辍，所以年纪虽轻，武功已是高人一筹。慕兰善使双刀，提起那两柄双刀，也是很有来历的。不知是哪年哪天，还是在慕兰六七岁的时候，有一个独目老人，跑到他们庄上来，自称有病在身，欲谋枝栖，慕名而来，乞赐一榻之地。萧进忠见他病体瘦瘠，且年又老迈，当然允许，遂另辟一室，使他养病。

可是那老人在他庄上住了一个多月，病魔缠绵，日见加重。自知不起，遂请萧进忠入室，对他说道："承蒙善意款待，感谢不尽。只是我疾病沉重，日薄西山，一定不会好的了。他日这个臭皮囊，还请庄主代为收殓，入土为安。此身已无长物，惟包裹中有一对绣鸾刀，一名银星，一名飞霞，是旷世难得的宝刀；削铁如泥，杀人不染血。我一向非常珍惜，随身携带，不忍舍去。现在不愿这对宝刀落入庸人之手，故在临死前奉赠庄主，也算宝剑赠烈士之意。"

萧进忠便过去在老人床边破包袱里，抽出一对双刀。刀鞘已敝，但是拔出来一看，银光照眼，古色悦人，刀柄上都刻有刀名。连忙啧啧称美道："果然是宝刀，蒙长者赐赠，荣幸之至。"因此料想老者必是非常人物，便向他询问来历。

老者长叹一声道："不堪回首话当年，若谈论过去的事，痛心得很。自憾一生罪多功少，在此时此地，更觉惶恐。所幸忏悔多年，倘若真的是放下屠刀立地成佛，那么虽至九泉，略足安慰了。实不相瞒，在五十岁以前，我是江湖上一个杀人不眨眼的巨盗，这对宝刀也是当年从一个女子手里夺来的。那女子乃是我的仇人，一目之伤，也是她给我的伤痕。后来被我用尽计策，乘夜盗去她的双刀，然后把她刺死。但她确是个贞烈而武艺高超的妇女，我不该为了我的私仇，把她害死，至今引为憾事。"说到这里,又叹了一口气,停着不语。

萧进忠再要问他时,他已不愿多说了。萧进忠只得收了宝刀而去。

隔了三天,那独目老人已脱离五浊尘世而去。他临终的时候,有庄丁瞧见他在床上,忽而将身子卷缩,忽而将身子舒直,好像难过得很。足足有半天光景,最后豁喇一声响,床忽断为两截;老人跌下地来,把方砖地陷下去几寸,才僵卧不动了!由此可知,老人生前练的功夫一定不错。他的一生必有许多奇事轶闻,可惜他略露端倪,便遽尔缄口不言,使人无从知晓了。

萧进忠遵他的遗托,并且老人又是一个英雄,今日这样下场,兔死狐悲,物伤其类!特地购备一口上等棺木,加以盛殓,葬在杨柳屯附近,总算不负死者。至于那得来的一对双刀,便传授给了他女儿慕兰。慕兰爱如性命,朝晚练习双刀,尽得她父的秘传;此外更擅袖箭,这是一种轻便的暗器,适合妇女们用的。她能在黑夜射人,发无不中。

她有了高深的武艺,萧进忠甚为夸赞,大家代她起了一个别号,叫作"赛红线"。因此她平日心高气傲,不能受人家委屈。她哥哥慕解,虽比较她的本领在伯仲之间,然而很能谦逊,没有她的脾气大。

自从火烧韩家庄的消息传来之后,韩小香娘儿俩虽没有同归于尽,可是却无家可归,如此大仇,怎能不报?韩小香母亲便在萧进忠面前哭哭啼啼,要她的哥哥代韩家复仇。

萧进忠初把他妹子嫁给韩天雄时,因为赏识韩天雄的武艺高强,经一友人做媒而成的。不料后来韩天雄杀人越货,干下许多不仁不义之事,江湖上侠义之士,对他自然有许多贬语。萧进忠也不满他的所作所为,曾向韩天雄规劝,教他稍稍敛迹。无奈韩天雄忠言逆耳,不肯听他内兄的话,两人感情也渐渐淡薄起来。所以萧进忠以为这次韩家父子被人所诛,也是他们造孽深重,多行不义必自毙,报应不爽。不过碍着他妹子的情面，口头上答应了，却始终没有去探访过。

韩小香知道她舅舅不高兴管这事，她遂在慕兰表妹面前絮絮哀诉不休。且言荒江女侠怎样傲慢无礼，怎样耀武扬威；韩家本与她无冤无仇，她偏要来做出头椽子，邀聚了昆仑派门下众人，竟把她一家烧杀，岂非可恨？

慕兰安慰小香道："若有一朝碰见了荒江女侠，一定代你们报仇。也教她知道天下之大，并非无人！"恰巧那天出外，忽逢阵雨，遂至天王庵避雨，无意中和玉琴见面。玉琴等是无心的，她却十分留神，暗瞧三人模样，便疑是荒江女侠。再向老尼探问他们三人的行踪，使她心中益信；遂即追踪在后，得知他们借宿在集贤旅馆里。于是回去庄里，把这事告诉了小香，约好在夜间前往一探，相机下手。

他们到了旅店中，适逢玉琴等听云三娘讲述云南火姑娘的事情，他们在屋上迟迟未能动手。玉琴忽然回过头了，小香现身月光下，恐防被她瞧见，赶紧趁人没有防备时，发了一镖，不料未能命中。仇人相见，厮杀了一场。终因本领还不如人家高明，只得三十六计，走为上策。但是回转后，心中终是放不下，眼看着仇人已在跟前，却不能加以重创，为死者报仇，何等的愤恨！

而慕兰也因出世没有败过在人家手中，现在逢见了荒江女侠和岳剑秋，却当着表妹面前失了颜面。两人一样的不平，一样的痛心。遂向萧进忠告诉，要求他老人家出来管这件事，如能将荒江女侠等打倒，不但韩家之仇可报，自己的面子也可收回。

萧进忠被他的爱女逼着，妹子与甥女央求着，此刻再也不能袖手旁观了。遂说道："大丈夫要和人家较量，也须要光明磊落，先礼而后兵。老夫今番亦欲一睹这荒江女侠，不如请他们到此，设筵招待。把事情讲个明白，然后彼此动手，比较你们黑夜前去行刺，不是光明得多吗？"

小香、慕兰等听萧进忠这样说法，也无异议。遂由慕解写下一封信，一清早便请庄丁萧顺到那儿去送信，邀请三人前来；倘然他们不来时，立即追赶不迟。玉琴、剑秋等人什么龙潭虎穴都闯过，如今有柬来邀，岂有不去之理？便很坦率的赶来了。

萧进忠正在内厅等候，闻得庄丁通报，便同慕解出门相迎。刚下石阶，只见面前站立着三个人，一位是少年侠士，两位是饶有英气的姑娘。云三娘虽较玉琴年长，但容颜娇嫩，和玉琴如姊妹行。三人坐骑自有庄丁接过，萧顺见了萧进忠，即向旁边一站道："启禀老主人，三位客人已到。"

萧进忠一摆手，令他退去，然后向三人一抱拳，含笑相迎，说道："猥蒙枉顾寒舍，荣幸得很，但不知哪一位是久慕芳名的荒江女侠方玉琴姑娘？"

玉琴上前答礼道："不敢，请教老英雄就是萧进忠吗？"萧进忠点点头，便命儿子慕解上前相见；玉琴也介绍云三娘和剑秋与他相见！

萧进忠向三人面上相视一下，遂欠着身子，让三人入内。三人毫不犹豫地跟着萧家父子踏进庄中，见庄内屋子十分宽大，庭院也很轩敞；院中两排站着十数个健硕的庄丁，一色蓝衣打扮，齐向他们行礼，很是严肃。

萧进忠把三人带至一广大的厅堂，堂上正中已安排了筵席的座位。萧进忠带笑对三人道："三位光临，老夫略尽东道之谊，水酒三杯，不嫌简慢，即请入座。"

剑秋便笑道："我们还没有先行奉访，难得老英雄盛意相邀，若是不领情时，要惹老英雄笑我们无礼了。"说完冷笑不止。

这时屏后闪出两个女子来，穿着一身鲜艳的衣裙，并着而立，正是韩小香与慕兰。韩小香见了玉琴，怒目而视，并不行礼，慕兰亦傲然不屑夷视！

萧进忠哈哈笑道："你们不打不相识，有冤报冤，有仇报仇。荒江女侠，老夫也闻名久矣，现在且请入席，有话以后再谈如何？"

玉琴也很镇静地回道："好！愿闻赐教！"于是，萧进忠便请玉琴和云三娘向外坐下；剑秋坐在左首，萧进忠和慕解坐在右首，慕兰、小香居于末座，正向里面。众人坐定后，萧进忠向堂后高声道："上酒！"

只见有四个庄丁，抬着一把异乎寻常的大酒壶，放在席前。那酒壶通体锡制，着地有五六尺高，周围也有六七尺宽，足可容七八十斤酒。合计酒壶重量，至少有二百六七十斤重，大概要巨无霸、防风氏那种巨人才有资格配此酒壶。剑秋瞧着酒壶，想起了闻天声，可惜他今天没有前来，否则尽可痛饮了。

萧进忠一摆手，命庄丁退下，自己卷起袖子，说道："待老夫来敬酒一巡。"只见他伸出右手，把那大酒壶轻轻提起，向玉琴、剑秋、云三娘三人面前敬酒；一个个依次倾毕，然后放在席旁，神色不变，端着酒杯，说一声："请！"

玉琴也举起酒杯喝过，剑秋倏地起身离座；走至酒壶边，撸起衣袖，右手搭上壶柄，喝一声："起！"早把那大酒壶如提孩子般提在手里，向萧进忠说道："我等叨领老庄主的琼筵，礼当还敬。"遂也提过酒壶斟过一遍，放到原处。气不喘，面不变，徐步归座。

原来剑秋的练气功夫已然有素，故能从容对付，不肯示弱于人。萧进忠一见，也暗暗点头，遂请三人随意用菜。吃过两道酒菜后，萧进忠又喝一声："快献炙肉！"

只听堂后应声道："是！"这一个"是"字，声音洪亮，宛如起个霹雳。跟着旋风也似的跑进一个莽力士，膀阔腰粗，袒着上身，胸前黑毛茸茸，两臂的筋肉坟起虬结；下身穿着一条青布大裤，脚踏草鞋，行走矫捷，显然是个孔武有力之辈！

只见他左手托着一盘酱炙的肉，烧得热腾腾的。最上一块肉插着一柄明晃晃的匕首，火咂咂地大踏步走至玉琴座前。倏地举起匕首，刺了一块炙肉，左足微屈，右手疾向玉琴嘴边送去，喝一声："请！"

这一下来势凶猛，挟有非常力气，教玉琴不及抵挡！剑秋与云三娘在旁，都代她捏把冷汗！

哪知玉琴却不慌不忙，张开嘴，认准刀头，咯的只一咬，早把那匕首咬住；俯首一低，匕首已脱离了莽力士的手腕，莽力士不觉退后三步。

玉琴仰起头来，噗的一声，将匕首吐出去，那匕首飞也似的飞到对面的梁上。上面本悬着一匾，横书着"世济其美"四个大字，那匕首不偏不歪，正刺在世字上。陷入二三寸，连着那块炙肉也悬在那儿了。

萧进忠等不防玉琴有这种"泰山崩于前而不惊，麋鹿兴于左而不瞬"的勇气，且睹她功夫如此高深，不由得心中微馁。

玉琴便娇声叱道："何物狂奴，擅敢无礼，照这样的敬人东西，不如敬了自己吧！敢问萧老庄主究怀何意？"

剑秋也说道："大丈夫做事须正大光明，你们若要正正当当的比较高低，也可直说。我们既然来此，自是愿来领教的。"

萧进忠面色微愠，遂假意向那力士喝道："我叫你好好献肉，为何这样不懂规矩，速退！"

那力士本来没有下场，借此说话，便退入后堂去了。萧进忠又道："此人徒具勇力，新到我这里为门客。我因特别敬重三位，所以教他献肉；不料他鲁莽成性，触犯了玉琴姑娘，抱歉得很。可是话又说回来了，江湖上设宴请客，遇到有能耐的人，不如是不足以敬，想三位在外走惯，一定能够鉴谅的。"

玉琴冷笑道："好一个敬礼！老庄主此时也该知道，我们是不好欺侮的。有什么花样，尽管变出来玩玩吧！"

此时小香忍不住立起身来，指着玉琴道："方玉琴，我与你有杀父之仇！今日相见，必与你拼个死活存亡。"

玉琴道："昨夜已领教过了。两次被你侥幸漏网，你应该深自忏悔，一改你父兄的行为，做个好人，以赎前愆。哪知你怙恶不悛，再要与我作对，太不知自量了。"

萧进忠见二人反唇相讥，已到了剑拔弩张的时候，遂挺身而出，向玉琴说道："玉琴姑娘，老夫行将就木，闭门韬晦，本不喜多管闲事；只是江湖上所着重者'义'也。韩天雄父子与姑娘素无仇隙，虽然他行为也许有些不正当，你们却不该使用残忍手段，把他们全家杀害；火烧韩家庄，夷为平地。幸亏小香母女二人事先住在我家，未遭毒手；然而已是无家可归，她如何能不报此大仇呢？韩天雄是我的妹夫，小香是我甥女，此事我可不能不管，还请姑娘有所交代。"

玉琴道："呀！原来老庄主与韩家是至亲，难怪你不能不管。但我可以奉告老庄主，韩家父子作恶多端，自取灭亡，并非我与他有什么仇怨。我辈在野剑侠，锄恶扶善，落在我们手里，不得不剪除民物之害。况且我初探庄时，小香便以毒药飞镖打我，险些送命。试问他们如此凶恶，我们焉能袖手旁观，坐视毒焰日张呢？"

萧进忠道："姑娘总不该使他们一家破灭，未免太残忍了吧！当然人家不能忘此大仇！"

云三娘忍不住开口道："老庄主，你责备我们太残忍，这也可谓不明是非了。韩氏父子在民间多行不义，杀人性命，劫人财帛，不知有多少无辜男女断送在他们父子手里，你倒不说他们残忍，未免太偏私了。玉琴所以到韩家庄，是为了韩天雄杀了祝彦华妻子，又夺他财宝，人家急得要自尽，她遂路见不平，拔刀相助。并非无缘无故，苦苦与韩家父子作对。

"大破韩家庄时，我也在内相助，扫除恶霸，消灭污秽，自信这件事做得很光明，很合理。老庄主，你不怪韩家父子的不是，却来责备我们，岂是公允？你们当然以为有仇必报，我们一齐在此，无所回避。不过老庄主既算是江湖上讲义气的英雄好汉，总应该明白是非才是；不能因为韩天雄是亲戚而抹杀事实，意气用事，还请老庄主细细思量。"

剑秋也道："老庄主若是和韩家父子一流人物，那么我们也不必多说废话；若还是个明白道理的英雄，那么岂能助纣为虐，我很代你可惜了。"

萧进忠见三人侃侃而谈，理直气壮，气得他胡须倒竖，说道："也罢，我就不管这事了。今天三位到此，也让我萧某多认识几个人。但是你们也知道萧某并非歹人了，且请多饮数杯如何？"剑秋听了萧进忠的话，便道："好爽快，老庄主不愧英雄本色。"大家还坐了下来。

韩小香见舅舅被他们一番说话，竟使他软了下来，不肯代父兄报仇，心中不甘；碍着萧进忠面子，不再多说，却把臂肘向慕兰擦了两擦。慕兰本来听了三人的大言，心里早有些不耐，便举起衣袖，向玉琴一挥；即有一点寒星，向玉琴咽喉直奔。幸亏玉琴眼尖手快，把手一抬，接在手里，乃是一支袖箭，便对慕兰说道："此物何用，还了你吧！"一箭还向慕兰头上射去，慕兰也将头一低，这箭直飞到庭中草地上去了。

剑秋遂向萧进忠责问道："方才老庄主不是已认为不管这事了？君子一言，快马一鞭！为什么令千金又使用暗器起来了呢？"

萧进忠不防他女儿有此一着，觉得自己很是扫颜。他本来颇觉气恼，至此勃然大怒，立起身来，向慕兰责骂道："我已说明不管这事，你怎么擅自动手？这不是与我过不去么？你何不用袖箭把你老子射死了，再也没有人来管教你们了。"

慕兰一直是娇生惯养的，今天被父亲如此责骂，气得她玉容变色，立起身便向堂后一走，小香也跟着进去了。

云三娘见他们父女失和，不便久留，遂向萧进忠告辞道："我们今天到此，诸蒙优渥，且幸得识荆州。我们要加紧赶路，就此告别了。"

萧进忠也不再留，便道："简慢得很，抱歉之至。"父子二人遂送他们出庄。庄丁牵过坐骑，三人跃上鞍辔，又向萧进忠父子点头作别。

过得石桥，云三娘回转头过来，瞧见萧家父子兀自立在庄口看着他们，便微笑道："待我与他们留个纪念吧！"将手一挥，放出两颗银丸，即见两团白光直飞庄门而去。门前本有两株大槐树，银丸只在两株大槐树上盘旋数匝，许多枝叶簌簌落下。不消片刻，两树都已成秃顶，银丸才飞回去。三人也同时加上一鞭，向东疾驰去了。

萧进忠和慕解看得清楚，知道三人都有高深的剑术，幸亏自己见机，没有翻脸动手，总算保住颜面。颇怪慕兰小丫头傲气成性，险些儿被她偾事；于是回进庄中，又把慕兰埋怨一番。不料便在这夜，慕兰和小香瞒着家人，双双负气出走了；等到萧进忠发觉，派人四处追赶时，已是无及。而慕兰、小香这一去，又闹出不少事来。日后慕兰遇险，还是被玉琴救出，从仇敌变成良友，这些事且按下慢表。

却说玉琴等离了杨柳屯，早晚赶路，这一天早到了虎牢。玉琴道："我们路过这里，不如再先去看看宋彩凤母女，不知她们可曾回来？"云三娘和剑秋也很赞成，于是三人来到铁马桥。一瞧宋家大门，依然紧闭，知道他们始终没有回家，也就不再耽搁，径向洛阳起程。

过了数天，已到洛阳。城高池深，果然是个用兵之地。他们正行到郊外，尚没进城时，见许多人挤立在道旁，十分热闹，像是看什么赛会似的。剑秋便向一人探问，知是邓家出丧，又问邓家是不是邓家堡的邓骖等七弟兄，那人答道："正是。"

三人听说邓家出丧，颇欲一观，于是个个跳下坐骑，杂在人丛中观看，凑巧旁边有两个老者立在那里谈话。一个道："邓氏兄弟在这洛阳地方，可称独霸一方，哪知也有人来找他们的麻烦。邓骖也算晦星照命，送去一个妻子。听说邓骖的妻子郑氏也有很好的本领，怎会失在人家手里？"那一个接着道："这就叫作强中自有强中手了。"

三人听了，十分注意。剑秋便向一个老者问道："请问邓骖的妻子怎样送掉命的，今天是不是出她的丧？"

那老者答道："正是，至于邓骖的妻子怎样送命，我也是听别人说的。在上半年时候，听说有一天邓家堡中晚上来了一个刺客,和邓氏兄弟大战。那刺客是一个独足的汉子,不知他怎会有此绝大本领,郑氏便死在他手里,那汉子也受伤逃去。邓骡丧失了他的爱妻,十分伤心,将棺木停放在堡中,直至今日方才出丧,到牸牛山去落葬的。"

玉琴听了,心中明白,知是自己以前来探寻宋彩凤时遇见的那个汉子了。很佩服他的勇敢,遂把这事告诉剑秋和云三娘。云三娘道:"先我而往者,大有其人哩!"

剑秋又向老者探问邓家堡所在,老者道:"就在城东十二里,那地方都是邓家田地。"正说到这里,忽闻锣声响。众人喊道:"来了,来了。"

果然邓家出丧仪仗已到,十分丰盛。邓氏兄弟穿着细麻短褂,都在马上送殡。最后又见邓骡提着棒,在灵前步行,面上一颗很大的青痣,相貌凶恶,身躯雄壮;一个小孩子穿着孝衣,由一个庄丁背着走,还不过六七岁哩。等到棺木一过,看的人纷纷而散,三人也就离去。

剑秋道:"邓家堡既不在城中,我们也不必入城了,不如寓居郊外,行事较便。"

云三娘点点头。于是三人投到一家悦宾大旅店,开了一个大房间住下,歇宿一宵,以便次日去邓家堡见机下手,准备虎斗龙争,大战一场。

第三十七回

七星店巧献火眼猴
邓家堡重创青面虎

洛阳邓家七怪的来历，著者虽在前回中提出，然而简略不详。现在且先把他们再行详述一下，好使读者知道他们究竟是何许人物！

邓氏兄弟的老子邓振洛，是个哥老会中的首领，在潼关一带很有势力。红羊之役，邓振洛也曾聚集徒众，揭竿而起，响应太平天国，和满清反抗，颇得石达开、陈玉成、谭绍洗等倚重。

不知后来怎样的利禄熏心，乘太平军转战疲惫之际，忽然倒戈起来。太平军在豫省遭他袭击，很受影响。但是后来他忽然忏悔了，总算没有去做满清的官；然而他已是富甲一乡了，在洛阳地方拥有许多田地产业，结识官绅，很有势力。

不过有许多哥老会中的人要寻着他报复前仇，因此他求教一个异人，把他所居的邓家堡，很精密地大大改造一下。堡的周围分东、南、西、北四个大门，南面是正门，这是外堡，没有埋伏的。至于内堡，却筑成海棠式的形式，分着金、木、水、火、土五个门户。在这五个门户里面，又分为圆形的八个门户，唤做乾、坤、震、艮、离、坎、兑、巽，各个门户中间各置有秘密机关，不使外人轻易飞越雷池一步。只有几个门是可走得通而无危险的，然非个中人却不能知晓。这就唤做"五花八门"，是一个惨淡经营的迷魂阵。邓氏一家便安居在内，有恃无恐，不怕仇人光临了。

在宅子中央，设有一座小楼，可以瞭望四周的门户，倘有外人到临，在金门有事，楼上便扯起一盏白灯；木门有事，便扯起一盏青灯；在水门有事，楼上便扯起一盏黑灯，以此类推。倘然外人进了乾门，再鸣钟一响，坤门则二响，这样宅中的人有座司令楼，便知道敌人在哪一处了。堡中壮丁甚多，大都是邓家亲信，都谙武艺，所以邓家堡严如龙潭虎穴，外人不易轻入。

邓振洛共生七子，最长的即是邓骠，膂力最大，善使一柄七星宝刀，是邓氏传家的宝物。因为他面上有一青痣，别号"青面虎"。次子即邓骏，别号"出云龙"，善使两柄短戟。第三个是"闹海蛟"邓驹，惯舞一对鸳鸯锤。他们兄弟二人深通水性，能在水中张眼，潜伏一昼夜不死。第四即邓骥，善使一对双刀，因他爬山越岭如履平地，故名"穿山甲"。第五个即邓骋，善使一根杆棒。这种兵器他使得精妙时，能使敌人碰到即跌筋斗；因他性情阴险，惯生毒计，故别号"赤炼蛇"。第六个名唤"九尾龟"邓驰，七兄弟中要算他武艺最低，为人亦最忠厚。第七个便是"火眼猴"邓骐，其人十分瘦小，如同猿猴模样，本领却最高。因为邓骐在少时即拜少华山承天寺内的主持空空僧为师。那空空僧便是峨嵋山金光和尚门下的得意弟子，与天王寺的四空上人是师兄弟。所以邓骐能精通剑术，借着峨嵋派门下的幌子，在江湖上更有声势。他们七弟兄不似邓振洛行为，专一联络黄河两岸的土豪恶霸、绿林英雄，俨然为一方之雄。

邓骠的妻子郑氏秋华，是山西潞安州名镖师郑豹之女，也通武艺。秋华还有一位兄弟耀华，有很好的本领，可惜其行不归于正；还有邓驹的妻子夏月珍，是河南巨盗夏云的独生女。

夏云看中邓驹，把女儿嫁给他为妻，现在夏云早已故世了，郑振洛也早正首丘。他辛苦经营了一生，不过变成儿子们罪恶之资而已。

七兄弟中邓骐年纪最轻，尚没有授室，他的性情却非常淫恶，常常到远处去采花，不知害死了多少贞烈女子。有一天，他单身从开封回来，途中遇见前面有一妙龄女郎，跨着一头黑驴，向前嘚嘚地奔跑，不由心中一动，把坐下青鬃马紧紧一夹，飞也似的追上去。

追过了黑驴，回头一看，使他不禁神魂飞越。原来那个女郎穿着一身紫色衣，生得一张鹅蛋脸，明媚的秋波，雪白的牙齿，面上薄施脂粉，娇滴滴越显红白，在北地胭脂中，实在罕有瞧见这样秀丽的姿色。他不顾孟浪，轻轻唤了一声："小姑娘，你往哪里去？一人独行不怕强盗么？"

那女的向他斜睨了一眼，睬也不睬，催动黑驴往前紧跑。邓骐疑心她羞涩，不和陌生男子答话，心中暗想：我只要跟着她跑，不愁她会走开；少停到得晚上，我可见机行事了。遂在女郎前后跟着她赶路。女郎行得快，他的马也快；女郎行得慢，他的马也跑得慢。这样赶了六七里路，天色渐渐黑暗，前面已到七星店。

那七星店乃是一个小镇，镇上也有一家小旅店，那女郎便到店内投宿。邓骐心中欢喜，也就入内借宿，那女郎住的东厢房，他住西厢房，遥遥相对。

这时天还未黑暗，邓骐走出房来，见庭中十分宽敞，东西两株梧桐树，枝叶茂盛，遮去了半个庭院。忽闻背后娇声唤道："店家，快拿一盆热水来。"外面早有人答应一声，邓骐回头瞧见这女郎正立在门边，纤纤弓鞋，瘦不盈握，不由向她笑了一笑。女郎只装不见，随意瞧瞧，等到侍者端上热水来，她就缩身进去了。

邓骐看得心上痒痒地，在庭中走了两圈，走到东厢房窗前，正在呆思呆想，蓦然窗户开了，那女郎端着一盆用过的水,向外一泼。邓骐急闪避时,已是不及,一件枣红缎子夹袍,已被淋湿了半截。

女郎却说道:"呀!这位先生怎么在此窗外,泼湿了衣服,如何是好?"

邓骐红着脸,只得说道:"不要紧的,姑娘不知者不怪罪你。"刚想再说下去,碰的一声,窗已关上了。邓骐没奈何回到自己房里,把那件枣红缎子夹袍立刻脱下,展开了挂在床头,自己怪自己不留心,又觉得那女郎的莺声燕语犹在耳边,自己虽然湿了袍子,却换得她几句清脆的说话,也还值得。

晚餐过后,他把灯吹熄了,先到床上去睡觉,养息一回,心中有事,睡不成眠。挨磨到二更过后,听听四下寂静,店中人都已深入睡乡,他遂悄悄起身,轻轻开了房门,走到庭中。正是个月黑夜,天上只有数点稀朗的明星。见东厢房灯光亮着,估料那女郎没有熄灯而睡。这也难怪她的,小小女子一人在外面住宿,如何不胆怯?少停她见了我,不知要怎样惊惶呢?我倒不得不温存一番,若是她不肯就范,再用硬的手段。

他想定主意,蹑足走到窗下,轻轻撬开窗户,一个燕子斜飞式,跃入屋中。仔细一瞧,房中空空的不见倩影。那个女郎不知到哪里去了。不觉失声道:"咦!这个小姑娘难道有隐身术不成?怎的不见呢?"床后有两扇小窗紧掩着,莫不是她打后窗中逃出去了?不会的,她一则不见得有这样本领,二则也未必料到我要来侵犯她啊!

邓骐正在狐疑,忽然背后唰的一声,飞来一颗小石子;不及闪避,打在脑后,痛得直跳起来。眼前一闪,又有一颗石子飞至。连忙一低头,那石子打向身后墙上;反激过来,落在他脚边,他才知道那个女郎一定是个能者了。他恼羞成怒,一个翻身跳出窗来,仿佛窥见梧桐树上一条苗条的黑影,向右一闪,已到了屋上。他遂喝道:"不要走。"跟着一纵身跃上屋檐,朝对面一望,不见影踪。翻过屋脊,也不见什么,心中不由十分焦躁。忽听下面厢房内女郎的娇声喊出来道:"不好了,有贼子行窃哩,店家!你们快来。"

这一喊惊动店中人,大家赶紧起身跑来。店主和侍者们都拿着棍,大呼:"捉贼,贼在哪里?胆敢走至老子店里,拿他去吃官司。"这时邓骐早已跃下,只有装作闻声奔出的样子,忙问店主人哪里有贼。

店主道:"我也听得那姑娘喊声而来,不知那贼骨头匿在何处?"又听房里娇声说道:"那贼脑后高起,有一个红肿的小块。"店主遂敲开东厢房门,和一个店伙闯到里面去了。

邓骐把手去摸他的脑后,果然后面中了一石子,隆然坟起,有一小块了。吓得他躲在房中去,不敢露脸,只听店主从对面房中回身出来道:"原来贼子已走去了,可恶的贼子,我刚和老婆睡得十分酣甜,他却来扰人清梦了。"

一个旅客带笑说道:"这不是扰人清梦,却是扫人雅兴哩!"说罢,呵呵地笑起来。

店主又说道:"往年有一个小贼也曾光临过一次,却被我们捉住;立在店门前示众,足足三天光景,以后便没有贼来了。想不到今晚又有贼去招惹那位小姑娘,不是欺她女流之辈无能么?可惜被他逃去,若撞在我手里,须吃我三十棍,再请他吃米田共!"

邓骐听了,又好气,又好笑。纷乱了一会,大家依然各去安睡,邓骐白干了一下,反吃了亏,色心未死,怎肯甘休?再静坐到四更时候,打量那女郎也已不防了,遂提了宝剑,悄悄地走出房门。来到对面厢房窗下,先用手指蘸了唾沫,把窗纸沾湿,戳了一个小洞,向里一望。却见帐子下垂,床前放着一双绣花鞋子,明明那女郎已睡熟在床上了。心中大喜,全身骨头都觉酥软。暗想:这遭饶她厉害,总逃不出我的掌握了。

那窗户已撬开过,没有关紧,他遂轻轻开了,飞身入房,毫无声息。蹑足走至床前,一手掀起帐子;见那女郎和衣朝内而睡,一条薄被盖着下身。

他将宝剑轻轻一放,双手向床上一搂,说道:"乖乖,我的小姑娘，你莫惊慌，我与你成好事来也！"哪知手抱着的又轻又空，乃是一个大枕头，罩着一件衣服。哪里有真的女郎玉体呢？莫非自己眼睛不清楚，看错了！连忙拿起宝剑，向屋里四处寻找。清清楚楚，没有影踪。暗骂一声：这促狭的小丫头，看不出她有这样胆量和心思，存心和我戏弄。可笑我三十年老娘今日倒绷婴儿，我必找她算账。遂跃出室来，跳上屋面，想要找那女郎，看看她究竟有怎样的本领。

谁知屋上一个人影都没有。此时邓骐又气又急，没法摆布；绕了一个圈子，依旧跳下来。再一瞧，女郎房中仍不见人，疑心她或者胆怯，脱身远走了；只得把窗关上，若无其事的回转房。坐定了，细想：那女郎真是奇怪，没有本领的，决不会如此戏弄我；但若然有本领的，何必躲躲闪闪，不和我较量一个高低呢？

不多一会儿，晨鸡四唱，东方已白，他一夜没有睡眠，精神稍觉疲倦，打了两个呵欠。店中人也已起来，大家仍是讲昨夜有贼的事。他只得喊了侍者打盆水盥洗，匆匆用罢早饭，便付清店账，动身回去。

当他走到庭心时，却听东厢房女郎正娇声喊道："店家，快拿洗脸水来，昨夜真晦气！不知是鬼是贼，闹得你家姑娘一夜没睡好。真是生成猴子的性，一刻儿也不肯停息。"

邓骐不觉心中好生奇怪，昨夜那小丫头躲到哪里去的？现在她不是骂我么？她明明戏弄我，以后我倒要探知底细，不肯放她过门哩！遂匆匆离了店门，跨马而去。过后细细探问，始知是虎牢关铁头金刚宋霸先的女儿宋彩凤，无怪有此本领，便把此事告诉邓骒。

邓氏兄弟素知"铁头金刚"的威名，其人虽已作古，他的女儿自是英雄之后，迥异寻常。邓骒遂主张偕同邓骐一同前去宋门求亲。若是宋家母女能答应，这是最好的事，邓骐也可得个有力的内助，惬意的娇妻；倘然他们不肯允诺，那么再行伺隙动手，报复前次七星店戏弄的一回事。

邓骐一心欲得宋彩凤,依了他哥哥的主意,邓骏也欲一同前往。于是兄弟三人赶奔虎牢关,访问到宋家,见了双钩窦氏,向她提起婚事。窦氏早知道邓家兄弟平日的行为,岂肯将珍爱的女儿嫁给那形似猴孙的邓骐呢?当然一口回绝。

邓氏兄弟怀恨而去,到了夜间,邓骐他们潜至宋家下手,窦氏和宋彩凤早有准备,两边厮杀一番。宋家母女虽然本领高强,可是邓骁和邓骐及邓骏都有很好的武艺,以二敌三,支持不下。所以宋彩凤手腕上受了刀伤,邓家兄弟也未得手而去,扬言下次再来一决雌雄。

第二天窦氏和彩凤一商量,估料他们兄弟众多,自己母女二人,决不能侥幸获胜;不如高飞远引,暂避其锋。彩凤怀念玉琴,很想一至荒江,找寻玉琴。倘然玉琴已复仇归里,可以邀她同来,剪除邓氏七怪。于是二人收拾行装,将家门锁上了,离开故乡,去关外访问女侠。

后来邓氏兄弟果然重来寻衅,但是凤去楼空,无从下手,徒呼负负而归。邓骐既不得志于彩凤,却在郑州地方娶得一个小家碧玉,姿色绝佳,从此天天消磨光阴于温柔乡中了。

有一天晚上,邓氏兄弟正在开怀畅饮,忽有一独脚汉子闯入堡中,从土门闯入,杀死了几个巡逻的庄丁。消息报到里面,遂由邓骐、邓骏、邓骁三兄弟出去应付。那独脚汉子撑有铁拐,一手放出一颗青色的剑丸,他是练习气功剑术的;邓骐知道来者是劲敌,幸亏自己也懂得剑术,遂也舞剑迎战。

邓骁、邓骁左右夹攻,三个人战住那汉子。只见那汉子的剑丸如流星,上下飞舞,闪闪霍霍异常活跃,愈战愈勇。邓骐知道难以力胜,不如智取,遂虚晃一剑,向后退下;邓骁、邓骁也跟着退走,一齐退入坎门。独脚汉子奋勇进入,忽然门后跃出两头木狗来,口中喷出六七支小箭,连续不断。

独脚汉子左避右闪,一时避让不及,肩头中了一箭,喊声"啊呀",收转剑丸,回身便逃。此时司令楼上早扯起黄色灯笼,警钟敲着六响,邓驰等率领众庄丁向坎门内外四面包抄拢来接应。邓骐、邓骆、邓驹三人反身追赶,大叫休放掉独脚刺客。但那独脚汉子撑着铁拐,非常灵捷,跑出土门时,迎面来了一条黑影,拦住去路。

独脚汉子不防有人拦截,定眼一看,乃是一个女子,手横一刀,娇声喝道:"刺客哪里去?"一刀向他头上砍去。独脚汉子急忙向左边一跳,已跳出丈外,避过女子的刀。

女子见一刀落空,连忙追上去;要砍第二刀时,独脚汉子早从腰边摘下一件东西,将手一抬,喝声:"着!"疾向女子打去。女子急闪不及,正中咽喉,仰后而倒。此时邓骐等早已追至,那独脚汉子连纵带跳的几下子,早已逃得无影无踪。邓骐先向地下一看,说道:"不好了,大嫂已遭毒手了。"

原来那女子便是邓骆的妻子郑秋华,这夜正轮着她当值巡夜;所以邓氏兄弟在内喝酒,她却在木门左右巡察。听得钟声响,又见黄灯高扯,知道坎门有事,遂自告奋勇,跑至坎门外边去,拦截敌人,不料因此断送了一命。

邓骆等人已赶到,邓骐便和邓驹追出堡去。邓骆俯身看他的妻子时,见秋华喉间正嵌着一颗小小铁弹,深入三寸;气管已断,芳魂顿杳,不觉放声痛哭。邓骏、邓驰等大怒,一齐追出堡外。见邓骐、邓驹正在树上瞭望。在这茫茫黑夜中,敌人的影踪早已远去,到何处去寻找呢?

邓骆丧了爱妻,大哭大嚷道:"我们弟兄在这洛阳地方总算是个霸主了。何物丑奴,来此行刺?我们枉自有了七个人,还捉他不住,岂非笑话!不但如此,又断送了我的娇妻的性命,此仇不报,非为人也。"

邓骐道:"那人来得很是奇怪,不知是哪一路人和我们作对,可惜不曾问个明白。"

邓骋把手上棍棒向地上一击,恨恨地说道:"我因喝了几杯酒,多吃了许多菜,肚中不争气,刚出恭去,赶来得迟了;不然,我的棍棒必要打他一个跟斗,好把他生擒活捉,问清口供。"

邓驹道:"此人已是残废,胆敢一人到此窥探,必具高大本领;而且绝对也是一个有来历的人物,恐怕外边反对我们的不止一个。此番他中了毒箭,虽被逃去,谅难活命。不过以后恐怕从此要多事哩,倒不可不防。"

邓骆道:"人也死了,怕他做甚?我们这个邓家堡,埋伏下五花八门阵,管教他来一个死一个。我青面虎不复仇,你们大嫂死得岂不凄惨?"说罢又大哭起来。

邓骐劝道:"大嫂已死,哭也无益,大哥且莫悲伤,我们慢慢打听明白,有我兄弟七人在世,必不放过冤家。"于是邓骆便吩咐庄丁抬着秋华尸体入内,预备明日收殓。夏月珍等妯娌闻得秋华惨死,一齐哀哭,真是乐极生悲,祸从天降了。

邓骆伉俪情深,不胜鼓盆之戚,所以秋华的桐棺一直放在堡内,没有安葬,等候敌人再来。但是好久没有踪迹,疑那独脚汉子早已毒发而死了。四边探听,也无人知道这事来历,只得徒呼奈何。后来邓骆代妻子觅得一块安眠吉地,所以出丧了。

这天,送丧回来,堡中却到了四个和尚。一个是邓骐的师叔朗月和尚,新近从少华山承天寺前来,因为空空僧想念他的徒弟,把一串佛珠由朗月和尚带给邓骐。邓骐拜谢接过,朗月和尚便介绍他的同伴。方知一个便是赤发头陀,头发金黄,相貌凶恶;一个是赤发头陀的师兄法藏。他们两人以前在卢沟桥助着茅山道士邱太冲,曾和女侠玉琴鏖斗一场,被云三娘、余观海等前来后战败。他们就此来到承天寺,一起住在空空僧那里。

此番因朗月和尚想到豫、鲁各处走走,他们静极思动,遂一同出山。巧遇着史振蒙从天王寺逃出来,他和赤发头陀是相熟的,便把四空上人惨死的消息告知三人,三人一齐大怒,且知又是荒江女侠做的事,他们更是恨昆仑门下一派的人;尤其对玉琴,恨不得寝其皮而食其肉,为死者报仇,生者泄愤。邓氏七怪亦微闻女侠英名,他们也想找到她,和她一较身手,不信小小女子有这般天大本领、无双魄力。

当夜邓氏弟兄便大治酒馔,款待四位方外人。朗月和尚又谈起祖师金光和尚诞辰,今年本要庆祝的,后因他老人家云游天竺,所以拟在明春补寿,大家都要去祝寿哩!到时,当将昆仑派人如何欺侮我们的事,详细报告他老人家知道,请他出场,为峨嵋派争一口气。只要他老人家肯管这事,再也不怕昆仑派中人强横了。

这四个人中,只有朗月和尚曾经亲身上过峨嵋山,到过万佛寺,见过金光和尚。他遂谈些金光和尚的轶事,大家听得津津有味,这夜尽欢而散。邓氏弟兄便留四人在邓家堡盘桓数天。次日,又把堡中所设的五花八门阵各种机关,指点给四人观看。四人看完都惊为奇妙,以为不啻铜墙铁壁,敌人难以飞越了。

不料便在这夜出了岔子。他们正要找寻荒江女侠,天下竟有这种巧事,荒江女侠也找到他们堡里来了。玉琴等在洛阳城外耽搁一天,探明到邓家堡的路径,但还不知堡中有什么五花八门阵。好在他们闯惯龙潭虎穴,艺高胆大,决心到堡中去一探,乘机好把七怪消灭。所以这天晚上,在旅店中用过晚餐,静养片刻,开了后窗,一齐跃出,轻轻越至店外,果然无人知觉。

三人遂扑奔邓家堡而来。奔至邓家堡后,玉琴正指点着高墙,意欲从墙外一株大榆树上跳到墙沿。忽见有两条黑影从那株榆树上飞起,跳到高墙去了。玉琴回头对剑秋说道:"好奇怪,剑秋兄,你可瞧见榆树上有两条黑影跃到里面去么?"

剑秋道:"我却没留心,师妹好眼力。"

云三娘道:"我也觉得眼前一瞥的,大概也有他人前去窥探,亦未可知。"

玉琴道:"不知和我们是否同道?"

剑秋道:"管他什么,稍待当会明晓,我们可以从速入内。"于是三人先飞身跃到榆树上,然后再跳上高墙,俯身下窥。见里面都是平地，只有数处矮屋，大概是庄丁们住的。

至于邓氏兄弟住屋还在里面，四面仍有高墙掩护，但已遥见各有门户。因为每个出入门户上，都有五色灯笼挂着，而且上面隐隐有字；因相隔稍远，看不清楚，这好似北京的紫禁城一样。三人不知内中危险，一齐飘身而下。轻轻走至一个门户外面，门上悬有一盏灯，上面写有一个红色的"水"字。

玉琴道："咦！他们的门户难道分着五行的么？"探门内毫无动静，三人鹭行鹤伏的走进水门，见里面更有门户。

玉琴一想：这里的门户何其多也，好奇心生，大着胆首先往里直闯。不料脚下一落空，腾挪不及，直陷下去。剑秋跟在后面，急向旁边一跳，没有坠落。早见玉琴踏的地方是空空的如陷坑一般，下面有大铁丝网张着，玉琴正落在网上。一阵铃响，玉琴哪里挣扎得起？剑秋说声："不好！"眼瞧着玉琴在网上乱滚，自己不能去救她。

云三娘想放出银丸去断网，又恐误伤了玉琴，便将剑秋衣襟一拉道："剑秋休要鲁莽，铃声已响，里面必有人前来。我们不如潜伏勿动，等他们来了，再相机援救。"

于是二人掩在一株梧桐树后，果然听得足声杂沓。那边走来一队庄丁，手也各握着灯笼，持着武器。为首一人，状貌凶恶，身躯硕大，手里托着一把七星宝刀，面上有一很大的青痣，此人便是青面虎邓骔了。

今夜正轮着他出外巡夜，所以听得铃声，知道有人前来，中了机关，便率同庄丁跑至，果见网中落着一个年轻的黑衣女子，在网上滚动，手中握着宝剑。可是那网又韧又滑，又是往下陷落的，好比蜂蝶触着了蜘蛛织下的网，无法摆脱。

他心中不由大喜，唤左右的人捉她上来。于是有两个庄丁跑到坑边，俯身向地上不知摸着什么线索，两边紧紧一拉，即将那网拉了起来；可是四周围已收得很密，把玉琴困在网里。

青面虎邓骔大叫道："哪里来的小女子，胆敢来此捋虎须？咱的妻子新丧，正好拿你补缺。"便令左右将网背起，快押到里面去，他欲在此再行搜索，看有没有她的同党。

剑秋至此忍不住跳了出来，大喝道："青面虎休要猖狂，留下人来。"

青面虎一见剑秋，遂狂笑道："好小子，你就是同党么？快快纳下头颅。"便把手中宝刀一摆，跟着来便是一刀。剑秋将惊鲵剑架住，拨开宝刀，还手一剑扫去，喝声："着！"青面虎急忙把头一低，头上戴的一顶毡笠，早被剑秋扫落在地。

青面虎哇哇大叫道："好小子，竟有这么一招，咱绝不轻易饶你。"将手中宝刀舞开，直取剑秋要害。剑秋也把剑使动，两人杀在一起。

云三娘见两个庄丁背着玉琴，已往里边进去，遂飞身追上，将手轻轻一指，那两个庄丁早喊一声："痛死我也！"齐向地上蹲倒下去。云三娘夺过铁丝网，将玉琴向网上捻了数下，铁丝业已全松断。玉琴马上跳了出来，说一声："惭愧。"谢过云三娘。见剑秋正和青面虎狠斗，也将真刚宝剑舞开，上前相助。

青面虎见那女子已被救出，勃然大怒，便将宝刀刀法一换，变成家传的"追魂夺命"八卦刀法，虎虎地上下左右四面飞舞。但见四处刀光，不见人影。这刀法是邓振洛先从名师学了，后又经自己悟出许多变化而成。共分先后两路，第一路共有八八六十四刀；若是六十四刀使完，再不能杀伤敌人时，继续把第二路刀法使出。一共二百五十六刀，无论敌人怎样厉害，断难抵御得完全。

以前邓振洛在世时，曾有一名姓艾的，名唤登龙，湖南岳麓山人，生平善使单刀，得异人秘传；一柄刀使得神出鬼没，变化莫测，别号"神刀太保"，是川、湘、滇一带有名的镖师。道出陕、洛，闻得邓振洛的名声，有些不服，遂亲自赶到邓家堡来，要求和邓振洛一较高低。

邓振洛无可推却，便在堡中练习场上，两人各使单刀，交手一场。邓振洛把八八六十四刀使完时，只见那神刀太保精神抖擞，刀法应付自如，没有半点间隙可乘，于是暗暗佩服。遂把第二路刀法接着使开，向他进攻。

神刀太保一无惧容，依旧往来酣战。直到邓振洛使到二百三十二刀时，心中大大焦躁。因为神刀太保的一柄刀，虽然不占优势，然而招架防御仍十分紧密，显见得第二路刀法使完后，人家也不至于败北，那么自己没有别的刀法可以取胜了。他遂不得不用他的杀手刀，希冀得胜。便故意卖个破绽，让神刀太保砍向自己的头顶来，他便向后一退，头向下一低，从神刀太保的刀口直钻进来，踏进一步，一刀瞧准神刀太保腰里扫来。

神刀太保当然防到这一招，便把身子一缩，收转刀来。恰好邓振洛的头正在他胸前，忙使个落叶归根式，一刀向邓振洛颈下掠去。却不防邓振洛手中的七星宝刀非常神速，早使个大鹏展翅式，一刀从底里直翻上来。当的一声，正和神刀太保的刀口碰着，顺势用力一磕，神刀太保的刀早被他磕去了手，飞出一丈余外，坠在地上。

神刀太保跳后三步，连忙抱拳打恭道："佩服佩服，你老人家真是英雄。"

邓振洛也很赞美神刀太保的刀法精妙，十分谦逊，设宴款待，与艾登龙结识成为朋友。艾登龙一住三天，告别而去。回到岳麓山，便把"神刀太保"的别号取消了。以后在邓振洛逝世前一年，艾登龙曾带了他的儿子小龙，携了许多湘省的土产，前来拜望邓振洛，又在邓家堡住了半个月。其时小龙年纪还不过十岁，和邓骐同年，已有很好的本领了。

后来邓、艾二人相继病故，小龙也没有来过。邓骙便得了他父亲的宝刀和秘传，恃着这柄刀，横行无敌。双钩窦氏和宋彩凤所以失败在他们手里，也因为邓骙的刀法实在厉害。彩凤手腕受伤，迫不得已才远走高飞啊！

此时琴、剑二人见邓骙换了刀法，也就个个使出剑术，把他围住。但见一青一白的剑光和刀光往来飞舞，融成一片，众庄丁看得呆了。

司令楼上的钟声"当当"地敲起四下，同时又扯起一黑一红的灯笼。众庄丁知道今天有了两起敌人了，一齐赶奔云三娘；云三娘忍不住冷笑一声，赤手空掌和他们对垒。她心中并不想伤害他们的性命，所以只同他们儿戏。庄丁们的刀枪棍棒碰到她身上时，都会由自己的手里飞去，云三娘手中反抢了许多兵器。这是她用"空手入白刃"的功夫，非有高深本领的人不能使用。会了此法，能在千军万马中，凭着双手，不携一械，能够杀出杀进，抢夺人家的兵器。玉琴一向羡慕此术，所以在路途中时时向云三娘求教，云三娘一一讲解给她听。且在落店空闲的当儿，曾试给琴、剑二人观看，指点要诀，二人已领悟了不少。

这时众庄丁知道云三娘厉害，一个个退下，不敢上前了。青面虎把先后两路追魂夺命八卦刀法使完时，敌人的魂没有追到，敌人的命也没有夺去。那琴、剑二人的剑光上下盘旋，耀得他眼花缭乱，知道难以取胜。暗想：自己弟兄为什么还不赶来相助，只我一人在此应敌。听得钟声四响，莫不是艮门边也有人来觊觎么？不如我引诱他们追入坤门以计取敌。心中一边想着，手中刀法渐乱；虚晃一刀，正想脱出圈子，剑秋一剑已向他下三路扫来。

青面虎双足一跳，躲过剑秋的剑，不妨玉琴的真刚宝剑已从斜里刺入。一团剑光如车轮般，已到了他的面上；急闪不及，右眼已着剑锋，一只眼睛早已夺眶而出。青面虎变成独眼虎了，痛得他大吼一声。剑秋的惊鲵剑又乘势砍到他头顶上，青面虎咬紧牙齿，将宝刀拦开剑秋的剑，回身便逃。

琴、剑二人随后追来，将及坤门，门里杀出穿山甲邓骥、闹海蛟邓驹。一个挟着双刀，一个手舞双锤。拦着琴、剑二人，放走了青面虎。背后又杀出法藏和史振蒙两个贼秃来；一见玉琴，仇人重遇，格外眼红，大喝道："姓方的丫头，你们杀了我师父，大仇未报，今天又到此来害人么？"遂舞动手中剑，冲向玉琴便刺。玉琴认得是天王寺漏网的史振蒙，也娇声喝道："贼秃！前次被你侥幸逃走，今日你的末日到了。"丢了邓驹，敌住史振蒙。

邓驹哪肯放松，双锤一摆，使个饿虎偷羊式，已打到她的背后。玉琴的剑回身扫转，恰好把双锤架住。方玉琴力战二人，施展出她的神勇来。法藏随即放出他的剑光，如游龙一条，飞向他们头上。

突闻泼喇喇一声，云三娘的两颗银丸已脱手而出，抵住法藏的剑芒。法藏识得云三娘的厉害，不敢懈怠，竭力对付，两下里杀成一堆。邓骥和剑秋战到三十余回合，稍不留心，只听当的一声，自己左手的刀已被剑秋的惊鲵剑削作两截。只得跳出圈子，返身向坤门一跃而入。

剑秋喝一声："哪里逃？"紧跟着追进坤门，却不见了邓骥的踪影；耳听得轧轧的一阵响，黑暗中瞧见前面跳出一个巨人来，高可数丈，脚踏双轮，扶摇而至。剑秋心中很是疑讶。刚立住脚步，却听又是一声响，轧轧之声大作。从巨人身上射出许多小弹丸来，其疾如雨，剑秋忙将剑使得紧。一片青光，将这些小小弹丸尽行反击出去。

不多时，轧轧声停止，小弹丸一齐放完。他知道又是什么机关，便趋进一步，一剑向巨人扫去。只听豁喇喇一声响，巨人倒下地去。却不防巨人倒地时，胸腹大开，胸中装着箭匣，许多毒箭向剑秋放来。剑秋躲得虽快，右肩却中了一箭，一阵疼痛，立刻神经麻木，不知不觉地倒在巨人身前了。

第三十八回

山洞乞灵药起死回生
古寺访高僧截辕杜辔

玉琴见剑秋追赶敌人,恐防他中计,便丢了二人,飞身追入坤门。史振蒙连忙跟随玉琴同入坤门去,不肯放松她。邓驹料想敌人深进,必无大幸;见云三娘银丸厉害,遂上前协助法藏,同战云三娘。

玉琴进得坤门,见剑秋已跌倒在地,芳心大惊!知道剑秋已受了重伤,正想救援,史振蒙的剑又到身后。她紧咬银牙,回身和史振蒙力斗。幸亏云三娘的银丸厉害,早把邓驹和法藏击败,也跟着追入坤门。玉琴回头见云三娘正追法藏,便喊道:"云师快来,剑秋兄已受伤了。"

云三娘便将纤手一指,银丸飞到史振蒙的头上,玉琴才得脱身。跑至剑秋身边,唤声:"剑秋兄!"却不见回答,俯身细视,见他已失了知觉,谅必受伤严重。

此时正在危急之际,玉琴便代他拾起惊鲵宝剑;在剑秋身上解下一根带子,把剑秋缚在自己背上,要想把剑秋救出去。邓驹看得清楚,岂肯放过?便会合邓骥返身杀来,并大叫:"休放了这些小子。"法藏等也挥剑上前。

玉琴背上背着剑秋，不便施展身手，挥动双剑，敌住邓骥等人。云三娘见剑秋业已受伤，知道今夜难以取胜，不如远走，再作打算。于是又把银丸一指，两道白光倏地已绕到邓骥、邓驹身后。二人急忙退下时，玉琴得个空隙，连纵带跳的跃出了坤门。虽有几个庄丁上前拦住，早被她一一砍倒，直逃出水门来。

云三娘飞舞银丸，战住史振蒙等人，估料玉琴已脱险，便将银丸扫一个大圈子，叮叮当当把四个人兵刃逼退。于是一跃退出，娇声喝道："你们如识得厉害，休要追赶，这几颗头颅暂且寄在你们的颈上。"说毕，飞也似的退出坤门。追着了玉琴，便问道："玉琴玉琴，剑秋怎样了？"

玉琴摇摇头，带着颤声说道："不好了，我们快走！"于是一齐跃出邓家堡，向旷地奔走。还不到半路，忽听背后嗤的一声，早有一道白光追来，矫捷非常，直奔玉琴头上。

云三娘冷笑道："他们不肯放弃我们，苦苦追来，真是太欺人了。"也放出两颗银丸，敌住白光。在黑暗的空中，银丸和白光往来钻刺，宛如银龙与明珠齐飞。

玉琴将剑秋放在林中草地上，摇晃着他的身体；见他动也不动，好像死过去一般。她又把箭拔下，看他的创口，有一点点的黑血流出来。她不禁蛾眉深锁，知道他已受了绝大的重伤。想起以前自己在韩家庄，受了小香毒镖，险些儿丧命，也幸有剑秋前来援救出去，得了李鹏的灵药敷治，方才无虞。现在剑秋的生命在旦夕，然而她又有什么法子可以救治他呢？心中一阵悲酸，忍不住流下几滴眼泪。同时又见林外剑光闪烁，嗤嗤有声。知道云三娘正独力和敌人周旋，自己想去助战，又丢不下剑秋。

当她走到林子边，抬头见云三娘的银丸正与白光上下飞舞，不分胜负的时候，忽见西北角上有一个滚圆的青色剑丸，如流星一点，飞也似的过来，直向敌人的白光冲去。这样绕转了几下，敌人的剑光顿时被压下去；而云三娘的银丸，得了青丸的相助，更是活泼非常。敌人挡不住，白光向后一掠，如彗星的尾巴，突出了重围，很快地退去。

云三娘也不追赶，将银丸收回，同时青丸也收起了。接着对面走过两条黑影来，到得近身，仔细一看，在前的一个相貌丑陋，右手撑着铁拐；张开着嘴，露出一对獠牙。

玉琴一见之后，便识得他就是以前在虎牢关地方找寻宋彩凤的时候所看见的那一个独脚汉子；在后的一个年纪尚轻，身躯健硕，身穿黑衣，手握双鞭，是个英俊少年。不知这两个人此时打从哪里来的，玉琴遂很快地走过去。

独脚汉子瞧见了玉琴，不由大声说道："原来姑娘也前来了。邓氏七怪真是不好惹的，何况他又有峨嵋派中的人做他们的羽翼呢！但是我们昆仑派素来抱着诛恶除奸的宗旨，对于此事，岂能示弱？"

云三娘听得他说出"昆仑派"三字，不由心中动了一动，便道："咦，你也是昆仑派中人么，请教你的大名，你的师传是谁？"

独脚汉子答道："我姓薛，单名焕，是山东青州人氏。自幼好习拳术，后来得从昆仑山一明禅师的师弟憨憨和尚学习剑术，方才有些薄艺。此番所以到邓家堡，一来为剿除邓氏七怪，二则我认识的宋彩凤母女，也被他们所迫走，不知去向，特来报复！"说到这里又指那少年道："此人便是我新结识的朋友，'小尉迟'滕固，一同到来动手的，却不料仍未得利，才从堡中退出。瞧到这里剑光飞腾，知道有人酣战，所以跑来相助。不知你们从哪里来的，还请见告。"

云三娘呵呵笑道："原来你就是憨憨和尚的高足，那么我们都是自己人了。我告诉你吧，我是云三娘，一明禅师和憨憨和尚都是我的师兄，不过我和憨憨和尚暌违好久了。"

独脚汉子听了，便向云三娘鞠躬行礼道："原来就是云师，恕弟子肉眼不识。一向闻师父时常提起云师，景慕已久。今日有缘相见，幸甚幸甚！"

云三娘笑道："你在憨憨和尚那里学习剑术的时候，我与你未曾相见，无怪你不认识我了。方才我见你的青丸飞向敌人剑光进攻时，浑圆超脱，不受羁勒，确已有了高深的程度。不愧是我昆仑派中的健者，现在我给你介绍一位同门的女侠。"一边说，一边便将手指着玉琴说道："这位方玉琴姑娘就是一明禅师的高徒，我们都是同道，聚在一起，很是快活。"薛焕遂又介绍滕固与玉琴相见。

云三娘想起了剑秋，便问玉琴道："剑秋呢？此刻他怎么样了？"

玉琴道："他卧在林中草地上，依然是昏迷不醒，不知如何是好？"

薛焕在旁听得，忙问道："怎样，有人受伤么？"

云三娘道："正是，那就是我的弟子岳剑秋，此番我们三人同入堡中，因为他追敌受伤，所以退了出来。只是他中了毒箭，无药相救，恐怕性命难保。"

薛焕问道："在哪里？"玉琴道："正在林中。"说罢，便领着他们走进林中，指着地上僵卧的剑秋说道："在这里，他已经失去知觉了。"

薛焕低下头去，向剑秋创口细细一看，又抚摩着他的额角，不由摇摇头道："他中了最毒的药箭，不出二十四小时，毒气攻心，无可救治。"

玉琴听了薛焕的话，忍不住眼泪如断线珍珠般坠落。接着又听薛焕说道："我以前独自到此窥探，冒险闯入，也中过一毒箭；幸亏没有剑秋兄那样厉害，仍被我安然逃过。那时我自知性命不保，勉强挣扎着往西南角奔跑。及至天明，毒气渐渐逼拢而来，我也昏倒在地。不知怎样的又醒来，睁眼一看，日已过午；在我身旁立着一个矮老叟，身穿破褐，脚踏芒鞋，面貌很是丑陋，颔下留着一撮花白胡须。

"他对我微微笑道：'你已醒了么？肚子可饿？'我就向他询问，矮老叟才道：'老汉在一点钟以前，途经这里；见你横倒在此，沉迷不醒。一看你的身上，方知已中了毒箭，危在旦夕。老汉身边恰带着一种返魄丹，功能起死回生；不论什么阴毒伤痛，都可救愈。所以把药代你敷在创口上，在旁守候。如今你已苏醒，可保无虞。此丹有大小二种，一种可以吞服，排除血中的毒气和污秽，且能立时使伤者恢复元气。'他说毕，遂从衣袋中取出一个黄色小木匣来，开了匣盖；拈着一粒白色的丹丸，放到我的嘴唇内，教我速即吞下。

"我听他的话，把丹丸服下，便觉丹田内一阵热烘烘的，顿使我的手足活动，精神复旺。一骨碌便爬了起来。那矮老叟又问我受伤经过，我很老实地告诉他如何受伤的经过。他道：'邓氏七怪名闻黄河两岸，你以一敌七，怎得不受创呢？'遂引我到他家里去，我遂跟他同走。不过十三四里的光景，已到了一座土山之下，那里有一个山洞，便是矮老叟的居处了，矮老叟待人十分和蔼，请我入内坐定，把煮熟的饭盛给我吃。我感谢不尽，在他洞里住了一夜，方才告辞而去。"

玉琴听到这里，遂问道："那么，矮老叟的所在何处？是不是很近的？请你快快引导我们去，好使我们乞得灵药，救活剑秋师兄的性命。"

云三娘道："不错！薛焕，请你引我们去那里走一遭。"薛焕诺诺答应，滕固走上前道："待我来负剑秋兄，你们打前行走。"

玉琴道："有累滕兄了。"滕固道："理当如此。"于是一伛身便将剑秋背在背上。玉琴握着宝剑随在旁边保护。

薛焕撑着铁拐，在前引路，云三娘紧紧相随。见薛焕虽是独足，然而一跳一拐的行走如飞，比常人真要快几倍，可见他的本领不小。

天明的时候，一行人已走到那土山边。玉琴见前面所见的，都是小山，山下都有一个石洞，有些人从洞中荷锄而出，去田中工作，有些乡妇却坐在洞口缝衣洗物。

原来河南地方在乡间的小民，大都不盖屋庐，却在山下凿洞而居，过那穴居生涯。洞中冬暖而夏凉，土地也十分干燥，所以住在洞里，非常惯适。

一会儿，薛焕已走到一个山洞口停住，回头对云三娘等说道："请你们暂在外边稍待，我先去通知他一下。"

云三娘等点点头。薛焕遂一拐一拐地走上山坡，步入洞中去了。云三娘瞧瞧剑秋，见他依然昏迷，面色十分难看。玉琴双眉紧锁，凝眸无语。不多时，早见薛焕探首洞口，向他们招招手道："请你们进来吧！"

云三娘等遂一齐走进洞中，见里面光线还明亮，收拾得十分洁净，几榻俱全。朝外坐着一个矮老叟，向他们颔首为礼。云三娘等见过了，立在一边，薛焕早命滕固把剑秋放在矮老叟身前。

矮老叟立起身来，瞧了一瞧剑秋的伤口，便向桌上取过一碗水来，先代剑秋把伤口洗过，然后再从身边取出一个小瓶，倾出二粒绝小的红丸来，在手中研细了，和以清水，敷在剑秋的伤口，立刻止血，渐渐凝结拢去。矮叟又从衣袋里掏出一个小木匣，取出两粒丹丸；先把一粒丹丸研细了，撬开剑秋的牙齿，和清水冲下。

一会儿听得剑秋腹中一阵雷鸣，徐徐张开双目，吁了一口气。立刻醒转，众人大喜，玉琴便走前问道："剑秋兄怎样了？"

剑秋道："好了好了！那巨人果然厉害。这是他们设的机关，我自己不小心，中了他们的毒箭，以为这条性命总是难保了，怎的会到这里来呢？"

玉琴笑了一笑，便把他们如何遇见薛焕、滕固二人引导至此等事，约略告知。剑秋慌忙立起身向矮老叟拜谢，又向薛、滕二人致谢道："不逢二位，我等也不识老丈。我这一条命得起死回生，皆诸位之力。"遂又向矮老叟请问姓名。

矮老叟摇头道："老汉没有姓名，采药度日。遇有人家疾病，辄施医药。能够出钱的取些药资，无力的我也可以相赠。

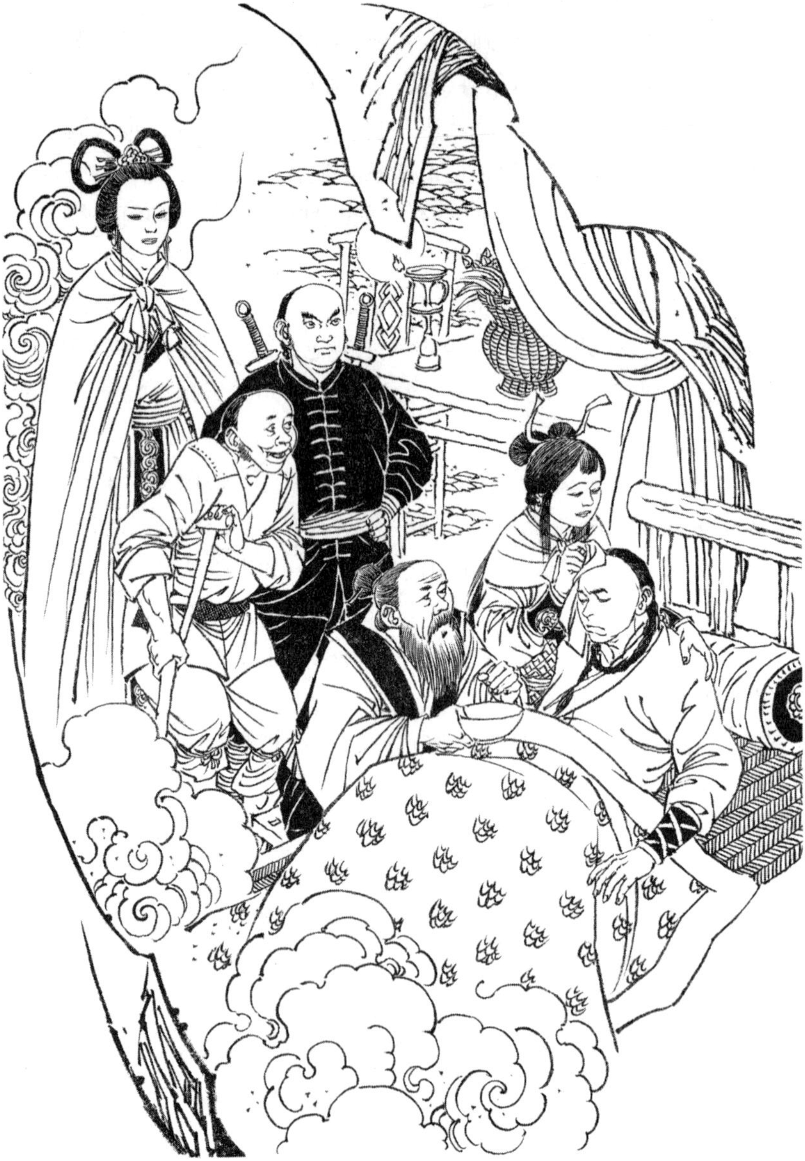

因老汉孑然一身，生活简陋，无需许多阿堵物。今日本想动身到嵩山去采药，幸亏你们清早便来，否则不能遇见了。可见吉人天相，凡事自有天数。那邓氏七怪作恶多端，将来天网恢恢，必有覆亡的一日。诸位都是风尘奇侠，艺高胆大，必能诛恶锄强的。"

剑秋道："邓氏七怪虽然厉害，若是彼此把真实本领一决雌雄，我们也不忌惮他们。不过他们仗着安排下的奇巧机关，逢到斗不过人家时，便诈败引诱人家追去，中了他们的埋伏；若是不去追赶，却又不能把他们翦除，真是可恶。"

矮老叟听了，点点头道："不错，要灭邓氏七怪，必要将他们的五花八门阵破去。唉！黄鹤和尚，可惜你枉费心思，终不免为虎作伥，你今也该后悔了。"

玉琴听得矮老叟提起黄鹤和尚，语中口气，好似那黄鹤和尚和邓家堡很有关系的，遂忍不住向他问道："请问黄鹤和尚是谁？"

矮老叟道："黄鹤和尚是龙门山龙门寺的住持，今年已有一百零八岁了。道行高深，学术奇妙，一向驻锡在那里。以前和邓振洛很有交情，邓振洛知道黄鹤和尚有奇才异能，故请他在堡中设下一个五花八门阵，满是机关，外人轻易不得进去。倘然冒险闯入，非死即伤。所以二位虽然勇敢，不免都吃了这个亏呢！当时黄鹤和尚因邓振洛是用来防备冤家寻衅，且御盗贼的；黄鹤和尚碍于情面，就答应他而设下。以后黄鹤和尚走了，一直没有和邓家往来，邓振洛也就去世了。

"却不料留下这个五花八门阵，给他儿子们作护身符，有恃无恐，大胆妄为！这又岂是黄鹤和尚始料所及呢？老汉去年曾到龙门山中去采药，蒙黄鹤和尚殷勤招待，在寺中住了数天。黄鹤和尚向我问起邓家堡的情形，我就把邓氏兄弟为非作歹的事告诉他听。他很不高兴，深悔昔年一念之错，不该徇情，代他们设下这个秘密之阵，间接帮助他们作恶事。所以我方才说他不该为虎作伥，而有后悔了。"

云三娘道:"古语说得好,解铃还仗系铃人!那黄鹤和尚既然能够设下这座五花八门阵,自然其中机关尽行知晓,也有破之的方法。我们何不就赶到龙门山去找他,请其指示方法?"

剑秋,薛焕听了,都道:"云师说得不错,龙门山离此不甚远。我们既知道有这么一位高僧,自当立刻前往求教,想他既然嫉恶邓氏兄弟的不是,那么对我们也会表示同情的。"玉琴大喜道:"我们去吧!"

矮老叟道:"你们诚心要去拜访黄鹤和尚,也是很好的事。不过,那和尚性情十分乖僻,要趁他高兴时;并请你们不要说是老汉泄露秘密,否则,他必骂一声'丰干饶舌'哩!"

薛焕道:"我们决不说起你老人家的事,请您放心。从这里到龙门山的途径我尚识得,不如待我来领路,不到三天工夫,就可到达。"

云三娘道:"我们就此去也,只是我们还有坐骑和行李在旅店中呢!"薛焕道:"留在那边不妨事吧?"

玉琴道:"那花驴是我心爱之物,留在那边,不太放心,倘然失去了,再要寻找,更为费事,不如待我去取了再走。"

云三娘道:"那么我同玉琴回去,你们三人且在此间稍待,以避邓家堡人的耳目。"剑秋道:"很好,你们早去早来。"薛焕遂把回去的路径指示一遍。云三娘和玉琴便别了矮老叟和众人,立刻走出山洞而去。

剑秋等在洞中席地而坐,和矮老叟谈话,矮老叟遂向剑秋和薛焕问起云三娘和玉琴。剑秋便把二人来历略说一些。

矮老叟叹道:"都是红妆季布一流人,难得难得,若得黄鹤和尚指示,邓家堡不难破也。"遂去煮了一锅饭,取出一大盘萝卜干,请三人用午膳,说道:"这些都不是好吃的东西,请三位略略解饥一下吧!"三人谢了,狼吞虎咽地吃了一个饱。

那矮老叟却并不吃饭,只喝了一杯清水,取出两个椭圆的东西,好似马铃薯之类的,放在口中细细嚼下;又闭目养神,坐了一回。三人也不敢惊动他,跟着打坐。

又等了多时，滕固悄悄走到洞口。遥见云三娘和玉琴各跨坐骑，疾驰而来，转瞬已至洞前，玉琴的花驴后面还牵着一匹龙驹。二人跳下地来，把坐骑丢在山坡旁，好在都是骑熟的，不会跑掉，匆匆地走进山洞。

剑秋、薛焕一齐站起，矮老叟也睁开眼来说道："二位来了么？"云三娘道："正是。"玉琴道："我们即时动身吧！"

剑秋笑向矮老叟说道："贱躯幸得老丈灵药救活，又在此地搅扰多时，无物报答，奈何奈何！"

矮老叟道："你们都是行侠仗义的剑侠，老汉心中非常敬佩。我本来抱着活人宗旨，并不务利。医治了一位剑侠，就是代老汉去扫灭恶徒，快活得很，有何足报？"

剑秋知道他是个有道的隐者，不敢以金钱馈赠，所以便同玉琴等一齐向矮老叟告别退出。矮老叟送至洞口，说一声："前途顺利。"便回身进去了。

玉琴走下山坡，牵过坐骑，对剑秋说道："剑秋兄受过伤痛，身子必是疲倦，你就坐了龙驹赶路吧！"

剑秋道："我们一共五人，只有三头坐骑，这要如何分配呢？"

薛焕道："你们三位有坐骑，尽管请坐，我和滕兄不妨步行。你们不要小看我是个残废的人，我一条独脚比普通人有双脚的走得快哩！"说毕，哈哈大笑，一拉滕固的肩膀说道："我们打前引路。"

薛焕撑着铁拐，一步一步走得非常敏捷。云三娘看了笑了一笑，也就和玉琴、剑秋各翻身跳上马鞍，一抖缰绳，跟着薛、滕二人便跑。薛焕撑着铁拐走路，忽而走在他们之前，忽而和他们并行谈话，一些也不觉乏力。

路中有些人见了都很奇怪道："这一行人好不怪异，三人骑马，二人步行，偏偏步行者又有一个是独脚汉子，怎么不让他去坐马呢？难道两只脚的不如一只脚的么？稀奇稀奇真稀奇！"

玉琴听了，不由好笑。恰巧薛焕走在花驴边，遂问薛焕他独脚的来由，可是因病残废？

薛焕摇摇头道："不是不是。"遂把他生平又详细补述一下。

原来薛焕少时虽谙拳术，可是并没有高深的本领，在乡里中不过是任侠少年，往往喜好勇斗狠。后来年纪渐渐长大，他的父母相继去世，家中没有恒产，他平素浪荡，无以为生。于是托了一个友人，荐引到天津的永定镖局里当伙计，开设镖局的是兄弟二人，兄名黄胜，弟名黄震，在北方倒也有声名。薛焕在那里帮忙，平安无事，衣食自足自给。

不料有一年，镖局保护一批客商的货物，运到山西太原府去。黄胜因为货物价值甚巨，所保的又是很体面的巨商大贾，于是自己出马，带着薛焕同行。半途经过娘子关时，忽然遇见一伙强盗。他们和黄氏兄弟有夙仇，在天津探知有这一桩买卖，所以纠集同党，埋伏在那边山中，半路拦劫，声势汹汹。

盗魁是一个黑面大汉，手舞双刀，与黄胜酣战一百余回合。黄胜力气不敌，想要逃走，却被大汉一刀扫中左肩，跌倒在地。群盗上前，竟把黄胜斩成肉酱。

薛焕在后和四五个盗匪苦战，看见黄胜惨死，心中一慌；手里的刀法散乱，腿上中了一枪，仰后而倒。一个盗匪踏进一步，手起一刀，照准他的右腿砍下。咔嚓一声，薛焕的一条右腿，顿时和他的身体脱离。幸亏盗匪以为他不是重要的人，不再杀害，劫了货物，呼啸而去。

其余的人早已拼命逃走，剩得光身回去报告了。独有薛焕断了右腿，僵卧在血泊中，危在旦夕，口里兀自哼着，疼痛非常。忽然遇见一个银髯飘拂的老和尚，从那边走来，健步如飞。瞧见了薛焕，便立定脚步，问他怎么受伤了。

薛焕忍着痛，勉强告诉。老和尚听了，便念了一声："阿弥陀佛！你这人好不可怜，待贫僧来救你一命吧。"遂从他衣袋中，取出一包褐色的药粉，把它涂在薛焕的断腿之处；又撕下一块衣襟，把薛焕的伤口扎住，果然疼痛渐止。

老和尚又道："你是不能行走的了，贫僧负你前去如何？"

薛焕道："多谢您了。"

那老和尚卷起衣袖，一手提起薛焕，好似捉小鸡一般，绝不费力，举步如飞，向前而行。次日早上已到了一座小山之上，那山谷名唤碧霞山，是太行山的支脉，距离市廛不远；山上有个碧霞寺，便是那老和尚的驻锡之处了。

寺中僧侣不多，地方清静，老和尚便教薛焕睡着休养。过了二天，薛焕伤势虽好，但是断了右腿，变成独足，行走不得。老和尚遂把一支拐杖给他，教他撑着拐杖，练习行走。薛焕没奈何，只得朝晚练习，半个月后，已能和寻常人一样的走路了。始知那和尚名唤憨憨和尚，是昆仑派中的剑仙，非寻常缁衣之流。薛焕无家可归，热心慕道，于是便向憨憨和尚恳求指示武术。

憨憨和尚见其诚恳，遂先教他普通的武术和飞行术。薛焕苦心习练，天生灵根，多能颖悟，所以事半功倍。一年以后，已将普通武术学毕；且能纵跳如飞，行走迅速，有很高的飞行术。

憨憨和尚十分欢喜，于是进一步把剑术传授给他；朝晚练习，尽心指导。三年以后，薛焕练成一个青剑丸，运用如飞；能于百里以内取人首级。

一明禅师曾来碧霞寺，拜访憨憨和尚，见了薛焕苦练习艺，十分赞叹。于是憨憨和尚便教薛焕下山走走，在外须行侠仗义，心地正直；不要败坏昆仑派之名，将来可以再回碧霞寺。薛焕遂拜别憨憨和尚而去。

有次他到虎牢关，那时正是铁头金刚宋霸先遇害的前数月。宋霸先和薛焕相见，非常赏识，要想把宋彩凤许配给他。薛焕当然十分愿意，只是宋彩凤芳心不欲。因为薛焕武术虽高，然而是个残废之身，并且形容丑陋，口边一对獠牙更是可厌。自己是个千娇百媚的女儿身，总想嫁个如意郎君，岂肯嫁此丑汉？所以在父母面前表示不赞同的意思。宋霸先见女儿不愿意，不欲勉强，只得作为罢论，薛焕也就他去。

以后宋霸先遭韩天雄父子阴谋陷害，彩凤母女出外寻找仇人，薛焕又来过一次，未能见面。直到彩凤母女大破韩家庄回来，薛焕又到宋家，一住数天。窦氏待他极好，彩凤明知他有意于自己，心中对他很觉可怜，稍稍假以词色。薛焕一缕痴情，袅袅欲起，恰因有事离开，再来时则凤去楼空，彩凤母女正被邓氏迫走。

薛焕知道七怪作的孽，十分怀恨，遂至洛阳邓家堡去窥探。杀了郑秋华，自己中了毒箭，幸遇矮老叟救活，以后又至湖北走一趟，遇见"小尉迟"滕固。

滕固本是麻城地方的盗匪，曾和薛焕酣斗一场。薛焕爱惜他的武艺，遂劝他洗手归正。滕固也觉悟前非，脱离盗党，跟随薛焕同行。薛焕便和滕固重至邓家堡，想要剪除七怪，以报一箭之仇。

不料邓氏羽翼众多，他们进门时早被堡中人瞧见；举灯鸣钟，援者大集。邓骏、邓骐、邓骋以及赤发头陀等一齐出战。薛焕敌住赤发头陀和邓骏、邓驰，滕固和邓骐、邓骋决斗。

邓骋的一根杆棒果然厉害，使得神出鬼没。战了多时，滕固一不留心，被邓骋扔了一个筋斗。薛焕一惊，急忙回救。一齐杀出重围，退出邓家堡。恰逢云三娘等，救了剑秋一命；又得知晓黄鹤和尚的去处。这也可称萍踪偶合，不期而然，其中自有天意了。

赶了二三天路，已到龙门山。大家走上山去，剑秋牵着龙驹和枣骝马，玉琴牵着花驴，相并着在后走。瞧那龙门山山势雄奇，峰峦突兀。时当新秋，秋树如沐，白云霭霭，山中景色甚佳。

五人一路上山，一路玩赏景物。山坡边松林苍翠如碧海，山风吹动时，又如波浪颠簸。只听得叮叮的伐木之声，走近那里一看，见有一樵夫，正运着斧头连连砍树。

剑秋便向他问道："樵夫，我们要向您探问一个信儿，您可知道龙门寺在哪儿？"

樵夫把手指着背后一座青苍高耸的山峰说道："这是虎头峰，你们走上那峰，在天池背后，一座古刹便是了。"

五人便向樵夫所指的山峰走去，不多时已到峰下。石磴参差不齐，草木蔽道。仰视峰顶如在云端，峰形宛如猛虎的头，面向着东，大石突起，又如嶙嶙虎牙，此名不虚。

五人徐徐走上虎头山，峰上琪花瑶草，古树奇石，别是一种境界。俯视诸峰都如儿孙俯伏，山室在其面，白云团团如棉絮，自山丛涌上。天风拂衣，胸襟一清，玉琴不觉喝声彩。又走了数十步，见前面有一天池，黛蓄青亭，中有无数绝小的红鱼，很快乐地游在水草边。池边有一老杉，大约十人围，高不知其几百尺；修柯戛云，低枝拂潭如幢，竖如盖张，又如龙蛇。树下日光不到，凉风徐徐。

五人立在那里小憩，驴马见了清水，一齐到池边喝水。剑秋把手遥指着后边一带黄墙道："那边大约便是龙门寺了。"

玉琴道："我们快去见那和尚吧。"于是五人牵了坐骑，绕过天池，往后面走去，果见一座古刹在绿林丛中。

其东正据层崖，碧石嵌空，垤块一带。短小的黄墙，已被风雨剥蚀得褪了颜色，但是杂花异草，盖覆墙上，绿荫蓊蓊，朱实离离，很是幽雅。寺门上蓝底金字的匾额，大半漫漶，龙门寺的"龙"字几已不辨识。寺门紧闭，似乎无人，只听得寺中轻微的钟声。

玉琴道："隐居之乐乐无穷，此间风景也不输于昆仑哩。"

薛焕上前叩门，敲了三下，寺门"呀"的开了！走出一个眉清目秀的小沙弥来，见了五人，合掌问道："居士等从哪里来？"

剑秋道："我们特从洛阳到此，要拜见你们的住持黄鹤和尚，有烦通报。"

小沙弥道："啊呀！你们来得不巧，我师父恰在昨日出门了。"

五人听了，不由一怔，薛焕问道："那么你该知道黄鹤和尚到哪里去了？几时回来？请你见告。"

小沙弥道："我师父时常出去，总不说起上哪儿去的，我们也无从知道。至于他出去后,少则三五天回来,多则半月一月也没一定的,只好对不起居士等,请回驾吧!"说毕,回身进去,即把寺门关上了。五人扑了一个空,不能看见黄鹤和尚,懊丧得很。

玉琴吐了一口香唾道:"活倒灶,土地庙不见土地公,谁耐烦等他一月半月的?我们不如回去,再和邓氏弟兄拼命,只是要格外谨慎便是了,凡事求人不如求己啊!"

剑秋道:"叫了黄鹤和尚,竟如黄鹤之杳,我们到哪里去找他呢?"

五人没奈何,只得回身走下虎头峰,没精打采地行着,真是"截来辕于谷口,杜妄辔于郊端",隐者的高傲不易见,由此可知了。

五人走到一座石桥边,见方才向他问路的樵夫,正挑着一担柴从桥上迎面走来。一见五人返驾,带笑问道:"可是没有瞧见黄鹤和尚么?"剑秋道:"正是。"

樵夫道:"黄鹤和尚时常出门,且尤不欢喜接见生客。到此访他的人,大都见不到他老人家的面而回去的。"

滕固道:"你可知道黄鹤和尚到哪里去了?"

樵夫摇头道:"这却不知,不过以前黄鹤和尚时常到宜阳县去的。因为黄鹤和尚喜欢喝酒弈棋,在那宜阳县城中有一家酒店的酒,是遐迩驰名的;还有他一个朋友是著名的棋手,所以他常要去走走。"

剑秋听了,便对云三娘等说道:"那么我们何不到宜阳县去访询一下?"

云三娘道:"也好。"于是五人谢过樵夫的指示,一齐下山,往宜阳县出发。

到了宜阳,地方虽小,却很热闹。五人刚从县衙前行过,见一群人围在那里瞧看。五人挤进人丛一看,却见县衙前狮子侧,有一口站笼,一个白面书生,年纪不过二十四五岁左右,站在笼里,已是奄奄待毙。观者有的叹道:"这件事真冤枉,孝子哪里会做强盗呢?"有的道:"孝子可怜,若真是他了,可称没有天道呢!"

五人听了,好不奇怪。不知是什么一回事,又觉这事不能不管了。

第三十九回

离乡投亲喜逢恩庇
以怨报德惨受奇冤

古时的人以"忠孝"二字为天经地义,《孝经》上说:"夫孝者始于事亲,中于事君,终于立身。"可见能孝即能尽忠,孝之一字为人生的根本。所以地方上出了忠臣孝子,不但有司褒奖、闾里增荣,也许要传之史乘哩。

在那宜阳城里有个陈孝子,乡党中莫不赞美敬重,誉为宜阳之光。陈孝子名唤景欧,家住驸马东街,自幼在襁褓中即丧椿荫;家中又无片瓦之覆、一垅之植,使他们庇而为生,所以穷苦非常。景欧的母亲毛氏,守节抚孤,含辛茹苦,仗着她十个手指,终日织布,赚钱度日。

景欧六七岁时,聪颖非常。毛氏是个识字通文的妇女,很具孟母遗风,亲自教他读《千家诗》。景欧读后,朗朗上口,过目不忘。毛氏又教他画荻写字,笔力矫健。

凑巧对邻有个秦老先生,学问很好,却恨与功名无缘,考到头童齿豁,依然是个白衣。文章憎命,富贵无分,只得在家中开馆授徒。他见了景欧这样聪慧,便愿不取束修,教景欧到他家馆里去念书。从此景欧《四书》《五经》的读上去,到十三岁已能斐然成章，对答如流，里中有神童之誉。

东邻西舍，在午夜梦回的时候，常听到毛氏的机织声和景欧的读书声，互相唱和。一灯荧荧，好似忘记了疲倦与睡眠。毛氏见景欧如此用功，心中甚觉安慰。景欧待他母亲，能尽孝道；凡是母亲所说的话，无不听从。毛氏有时想念丈夫，潸然泪下。景欧就跪在地上，用好语安慰，和颜悦色，无微不至。早上还要代母亲工作洒扫，不让老人家多劳。

有一次毛氏生病，卧倒在床，景欧朝夕服侍，目不交睫，医药亲尝，竭诚祷天。果然不到数天，毛氏的病转危为安，渐渐好了，因此大家都称呼他孝子。"陈孝子"的美名，几乎无人不知。及试时，秦老先生看了他的试作，说道："此子非池中物也，我一生敲门不中，此子必能一试而捷。"遂抚着他的背道："勉之勉之。"等到榜发时，果然名列第一。不但他们母子俩心中快活，连秦老先生也觉得扬眉吐气，在他门下有了一个得意弟子了。后来景欧再试又中了，得一青衿，戚族啧啧称美。大家说陈氏有子，也不负毛氏灯影机声，苦心抚子的辛劳了。

有一方城地方，一家姓周的老人，名唤守道，是个宿儒。家中也薄有一些财产，膝下单生一个女儿，芳名芷香，姿貌秀丽，体态轻盈，颇有艳名，正在待字之年。乡中一般少年，无不垂涎，到他们家门来乞婚的，踵趾相接。可是周守道择婿严苛，一一回绝，所以芷香一直没有许下人家。

现在周守道见了景欧才华绝代，孝子神童，一身俱全，当然是一乡的俊士，凤毛麟角，不可多得。大有坦腹东床非此子莫属之意。所以托了个朋友，向景欧代达他的意思，愿将自己女儿许配给他。庶几郎才女貌，相得益彰。景欧也闻芷香艳名，自然很是满意；但因老母在堂，不敢擅自做主，遂向他母亲毛氏禀白。毛氏也知道芷香出自书礼之家，与自己门当户对，况且景欧虽然学问渊博，得一青衿，然而仍是个寒素子弟，难得有人肯把爱女下嫁与他，这种好机会，岂可失之交臂?便向周家来的媒妁询问一遍,很率直的应诺了。

周守道十分喜悦。两家交定后,便忙着选择吉日良辰,要代二人早谐琴瑟之好。周守道代他爱女置办妆奁,必美必精,天孙下嫁,吉士求凰,一乡传为美谈。二人婚后风光旖旎,伉俪爱好,更是不必多说。而芷香对待婆婆和睦亲切,尤其体贴夫婿的孝心。晨昏问省,搔痒抑痛,无微不至,深得毛氏的欢心。

对此一对佳儿佳妇,毛氏自不觉老颜生花,心头恬适。这样,似乎景欧已由恶劣困苦的环境,渐渐趋入美满欢乐的时日。然而彼苍天者,好像十分吝惜地不肯多给世人享受幸福,与其翼者斩其足,与其角者缺其齿!

景欧到乡试的时候,先去考时,却名落孙山了。景欧唏嘘而归,把自己做的文章底稿给秦老先生看。秦老先生读了,拍案大骂道:"盲主司!如此锦绣文章,偏偏不取,屈杀天下英才了。黄钟毁弃,瓦釜雷鸣!竖子得意,贤士无名,吾道衰矣!"发了许多牢骚的话。景欧拿去给他的岳父周守道观看,守道也跌足叹息不已。

然而芷香却对景欧说了许多安慰的话,劝他不要灰心,再接再厉,一次不中,再有第二次,不如耐心守候。于是景欧深自勤勉,朝夕用功。芷香在旁伴读,往往到深宵始止,和以前他的母亲挑灯纺织,寒夜勤读时,景象依稀,而境地却不同了。哪知第二次乡试的时候,景欧依然不中。他十分懊丧,以为自己和功名无缘。其时秦老先生也已捐馆,周守道说他女婿脱颖太早,以致奇才天妒,命运偃蹇了。从此景欧仕进之心渐渐淡薄,每日吟诗饮酒,聊以自娱。

在宜阳城有一家著名的酒馆,唤做"一壶天",制酿的好酒,遐迩闻名。陈景欧既郁郁不得志,以酒浇愁,遂天天到"一壶天"来买醉。有一天,他在酒馆中结识了一位能饮能弈的和尚,便是龙门山的黄鹤和尚。

黄鹤和尚代他相面,说他不是富贵中人,将来另有奇遇。

目下命途晦塞，且有祸殃；嘱他明哲保身，不要多管闲事。景欧知道黄鹤和尚是隐于佛的奇人，十分相信他说的话，两人顿成了方外之交。

黄鹤和尚喜欢喝"一壶天"的好酒，时常到宜阳，馆中狂饮。景欧无不奉陪，有时邀到家中，竟日弈棋。景欧也到过龙门寺去，两人过从甚密。

不料这年冬天里，景欧的老母一病不起，溘然长逝；病中景欧夫妇朝夕奉侍，调理汤药，十分辛忙。景欧常当天求祷，为母延寿，无奈毛氏的病非常厉害，沉疴莫救，不得不抛下儿媳，驾返仙游了。景欧哀毁不类人形，身体也十分瘦削。百事消极，哀痛无已；专心代他亡母营葬，筑墓于宜阳南门的郊外。

不知怎样的，是老天故意戏弄他吧，掘地筑墓的时候，忽然掘着了十多巨瓮的金银，真是意外之财，梦想不到的。大家十分惊异，都说这壁羽翁降福于孝子了。可见为善者，天必佑之了。

景欧得了这笔横财，便成了小康之家，把他亡母的墓造得十分完美。设席祭奠的时候，又哭道："祭虽丰，不如养之薄了。"他又筑了一卑陋的小屋在墓旁，终年住在那儿，伴他亡母的阴灵。直到一年期满，方才回家，终日戚戚，对人没有笑颜。他说母亲劬劳，做儿子的不报大恩，半途弃养，这个悲痛永久不能除掉了。

恰巧那时宜阳县令樊摩古，是个循吏，知道邑中出了孝子，又是个博通文学的秀才，所以异常器重，特地亲自到陈家拜望景欧。

景欧方请画家代绘《挑灯纺织图》，纪念他的亡母，便请樊县令题咏。樊县令摩古是素喜咏诗的，难得有此好题目，就做了一首七言长歌，表扬毛氏的贞节和景欧的纯孝，传诵邻邑，播为美谈。

明年春间，有一天景欧坐在书室里读书，忽然门外来了一个不速之客。相见之后，方才认得是亡母毛氏的堂侄毛皆。

毛皆一向在方城的，和陈家久已疏远，毛氏在世时，毛皆曾和他妻子到此探望，住了数天而去，以后便没有来过了，因此景欧几乎不认得他。又见衣衫褴褛，形容憔悴，知道他一定很不得意。彼此探询，才知毛皆在去年曾遭鼓盆之戚，哀伤异常。不料福无双至，祸不单行，又逢回禄之厄，把他的庐舍焚为焦土，剩下他孑然一身，托庇无门。想起了他陈家的亲戚之谊，于是向邻人借了一些盘缠，跑来宜阳，却见他的姑母已去世了。

景欧见他情景可怜，遂将他留在家中，供给衣食，又教芷香出见。毛皆虽年纪轻，礼貌很佳，而且胸中文墨粗通。是以景欧一则看他的亡母面上，理当照顾；二则宅心仁厚，肯拿赤心待人，不把毛皆当作外人，视如兄弟一样。在毛皆心中自然应该如何知恩报德。哪里知道麟鸾其貌者，鬼蜮其心；蜀道多崎岖，人心多险恶，实在不可测度得到的。

光阴迅速，转瞬间春去夏来，鸣蝉爽风，芙蓉映日。景欧被黄鹤和尚邀至山中去避暑，须约勾留十天八天；临去时嘱芷香好好照顾门户，又托毛皆代为留心。毛皆诺诺答应。他自景欧去后，长日无事，拿着一副牙牌打"过五关"，甚为无聊。

一天他在午后，睡了一个钟头。抬起身来，见炙热的红日，兀自照在西边的墙上，只觉口里很干渴，想出去喝杯酒，无奈身边不名一文。记得景欧离去时，曾给他一千青蚨，对他说："如有缺乏，可向嫂嫂去取。"于是他遂走到内室来。却见四边静悄悄的没个人影，芷香的房门紧闭，房里有水声，知道芷香正在里面洗浴。

毛皆本是好色之徒，仗着自己年轻，在方城时勾引年轻妇女，声名狼藉，所以遭逢火灾之后，无地可容，不得已投奔到此。初来时见景欧是个守礼君子，不得不装出假斯文；外面上看去，似乎很诚实，实则也很垂涎芷香的美貌，心怀叵测，伺隙而动。但是景欧一直当他是个好人，毫无防嫌，任他在宅中穿房越户，如自己手足一般。所谓君子可欺其方了。

此时他想起"春寒赐浴华清池，温泉水滑洗凝脂；侍儿扶起娇无力，始是新承恩泽时"的四句诗，不由情不自禁，蹑足走到窗下，把舌尖舐湿了纸窗，用手指戳了一个小孔，向里面望去。芷香玉体嫩泽，双乳圆耸，正在浴盆中细细洗拭，这样竟被他看个饱。

芷香方要起身，无意中忽见对面窗上有了一个小孔，小孔外正有一只眼睛向自己身体注视着。不由吓了一跳，粉脸晕红，急忙娇声喝道："外边何人？"这一喝时，窗外眼睛顿时缩去，便听得细微的足声向外而去。

芷香赶紧穿起衣服，走出内室察看，却见内外渺然无人。心中暗忖：宅内并无男人，只有毛皆在客室，莫不是他来窥浴的么？正在狐疑之际，见小婢春兰方洗好了面巾手帕，捧了盆子走来。便问春兰道："你可瞧见什么人到这里来过么？"

春兰答道："没有人来呀！小婢刚才到井边去，只见毛少爷从客室走到这边来的。不知可曾进来？"

芷香听了心里明白，便道："唔！知道了，你去把面巾挂在竹竿上吧！"自己立在庭中，呆呆思想。想毛皆无枝可栖，穷极奔来；我丈夫怀着好心，把他当自己人看待，谁知他竟是狡童狂且之流。有这种卑鄙的行为，以后却不可不防呢！

过了几天，景欧归来。芷香却不敢将真情告诉他，只说毛皆在此好久，终日坐食，断非善计；最好代他觅一个事务让他做，好使他不再白赖在这里。景欧听了，以为他妻子算小，不脱妇人家本色，遂漫然答应。

又过了一个月，恰巧有一天，他去拜访樊县令，知道衙署中缺少一位幕友，自思毛皆既懂刑名，又会办事，难得有此机会，何不代他推引？便向樊县令说项。樊县令因为是景欧所荐，深信左传"尹公之佗，取友必端"故事，以一口答应，请景欧引他来会面。

景欧大喜，这天回家，把这好消息告诉毛皆；毛皆表示深深的感谢,芷香得知也很快慰。次日景欧便引毛皆去见樊县令,谈吐之下很是融洽。从此毛皆便吃了公事饭,做了一位师爷。可是他依然是个无家之人,仍只好住在陈家。景欧也想待毛皆稍有积蓄,然后叫他出去自立门户了。

毛皆既为幕友,对上对下,都能博得欢心。他每晚归来,仍旧好好敷衍着景欧,色心未死,妄想染指于鼎。往往乘间蹈暇,向芷香说些风情的话,想勾动芷香的心。可是芷香艳若桃李,凛若冰霜,对他不瞅不睬。

但是有一天,他的机会来了。景欧有事到开封去,家中无人,毛皆购了些酒馔回来,要请芷香同饮。芷香哪里肯和他勾搭,伪言腹痛,躲在房中,毛皆只得独自痛饮。到二更过后,已喝得有些醉意,性欲冲动,心中只是恋着芷香。

他想难得有此机会的,岂好失去?可恨她有了这样秀丽的姿色,心肠为何如此淡漠而坚硬?看来要凭我勾搭的功夫,总是难得成功的。好在家中除了我与她,只有一个烧饭的聋妈子和一小婢,何不用强迫的手段呢?想定主意,遂又把酒狂喝;索性喝醉了,使胆子愈壮。等到壶中涓滴不留,他的兽性发作,把良心蒙蔽了,一切的仁义、道德都一股脑抛去。

毛皆立起身来,寻得一团棉絮,塞在衣袋里,穿了短衣轻轻走出客室。黑暗里摸到厨房中,取过一柄切菜刀,握在手里。听厨房间隔壁鼾声大作,知道那个聋妈子睡熟了,更觉放心。一步一步地走到内室来,忽见庭中有个很长的黑影,在自己面前一晃。不由吓了一跳,一把切菜刀几乎落地。立停脚步,再一细瞧时,原来是一株梧桐树被风吹动摇曳着,不觉好笑自己为什么这般虚怯。于是壮大了胆子,摸索到芷香的房前,见屋有灯火亮着,纸窗上以前戳的小孔早已补没了。故又用手指刺了一个小孔,向里张望。

只见罗幔低垂,芷香已入睡了。床前放着一双红色绣花的弓鞋,长不满三寸。只要看了这绣花鞋,已使人销魂落魄。毛皆此时色胆包天,什么都不顾了,将手中刀轻轻撬开窗户,双手向窗栏一按，跳进房中，心里却不觉卜突地跳得厉害。蹑足走到床前，反着手腕，把刀藏在背后；左手掀起帐门一看，见芷香裹着一条玫瑰紫色湖绉的棉被，脸向里面，酣睡方浓。

他便一足踏到床前，轻轻掀起被角，把切菜刀放在枕边，一手将芷香搂在怀里。芷香蓦然醒来，瞧见了毛皆，不觉大惊，连忙喝："你这厮怎么跑到这里？还不快滚出去！"刚要呼唤，只见毛皆很快地将一团棉絮塞到她的口中，使她再也喊不出了。芷香又被他紧紧抱住，不肯放松，哪里能够摆脱。

毛皆指着枕边明晃晃的切菜刀道："嫂嫂，你如识时务，不要抵抗；否则我和你大家一刀，同到地下去做夫妻。须知我已思念你好久了，有何可惧我的？给我享受一些乐趣吧！"于是可怜的芷香在毛皆威迫之下，便如同一头被宰的羔羊，一任毛皆蹂躏了。

毛皆兽欲发泄后，兀自搂着芷香，故意说了许多温存慰藉的话，且把塞在芷香口中的棉絮取去。芷香一句话也不说，泪如雨下，湿透了枕角。

到将近天亮的时候，毛皆带了切菜刀，走出芷香房间。临去对芷香微微笑道："请你恕我。以后如有机会，再来幽会，请你再不要坚拒了。"遂走到厨下，把菜刀放在原处，自到客室中再去畅睡。

芷香受了这个奇耻大辱，独自哭泣了一番，很想咬紧牙关，取白绫三尺，了此一生。继念景欧与自己爱好多年，伉俪甚笃；我若糊里糊涂一死，非但死得冤枉，景欧悲痛之余，也一定不能活了。不如以后安谋方法，把毛皆驱逐出门为妙，这都是景欧待人太好，哪知道世上歹人很多呢！

从此毛皆见了芷香，嬉皮涎脸，变为狎视态度了。芷香含恨在心，无法报复，伶仃弱质，在淫贼屠刀威吓之下，只得受其奸污。幸亏景欧不久就回家了。景欧回家后，见芷香面有不欢之色，玉容消瘦，便问她为何事不乐？芷香又不敢把这事说出来，依旧含糊过去。

毛皆见了景欧之面，良心上似乎很是惭愧，有些对不住景欧。因为自己已遭了灾祸，无地可容，方才投到这里来。景欧待他一片好心，亲如手足；又代他谋得职业，可算仁至义尽了。自己没的报答他，却反心怀不良，玷污他的妻子。这种事岂是人做的呢？想至此，好似芒刺在背，十分不安。但是他此时良心早已全没，所以恶念一来，如镜子照着避邪，迷失了本心，反而又想自己如何可以继续向芷香求欢。碍着景欧在家，难达目的，把他看得如眼中钉一般。一等景欧有事出门，他便又去强迫着芷香，干那禽兽的勾当。

　　芷香畏得他如虎狼，只得要求景欧不出门。景欧也起了疑心，但因芷香是个守妇道的女子，万万不至于受人的引诱。岂知毛皆已用了强横的手段，把她奸污了呢！

　　这时宜阳县令樊摩古升任陕西凤翔府职，新任由巡抚新调偃师县知县姓蔡名师霸的来此摄篆。那蔡师霸是个著名的屠伯，在偃师的地方，严刑峻法，妄戮无辜。自以为善治盗匪，足以比美汉朝的良吏，师霸很得上峰的信任。所以此次调来宜阳，上任之初，特地制了两口木笼，放在县衙门前左右，以示其威。毛皆识得新县令尹的意思，极意逢迎；蔡师霸大加赏识，许为亲信。衙署人员新旧更替，而毛皆独能擢升，他的手段可想而知了。

　　这时芷香便在景欧的面前说毛皆新得调升，收入较丰，可以搬迁出去了。景欧亦以为然，遂和毛皆说了。毛皆口里虽答应，可是老是不动身的；尽管一天一天的赖下去，假痴假呆，并不实行搬迁。因为他心中总是痴恋于芷香，不肯离去。

　　景欧也奈何他不得，不好下逐客之令。恰巧在宜阳南城有座小屋，是景欧前年购置的。以前曾租给一家姓陆的居住，现在姓陆的不日他迁，景欧情愿将这屋子给毛皆居住。毛皆自然不能推辞，勉强允诺。

　　过了几天，那屋子空了，景欧先雇人搬了几件应用的家具过去，然后催促毛皆他搬。毛皆本是个光身，并无多物，经景欧催促不过，只得悻悻然搬去。表面上只好仍旧向景欧夫妇道谢，心里也知道景欧有些厌恶他了。却不知他是否明白自己做过禽兽之事，以致如此？

毛皆搬后，独自用了一个女仆服侍他。当衙门公事办完毕的时候，一个人回到家中，没精打采，很是无聊，仍旧时常到景欧那边来，想乘机与芷香一晤。谁知芷香常和他避面不见，景欧又是常在家中。形格势禁，没有以前的便利了。眼看着景欧夫妇爱好的情景，不免又嫉又恨，常常垂头丧气的归去，心中盘算怎样可以想个妙计，满足他的私欲。

有一天，探听景欧出城去祭扫墓，或要住在墓上不回家的。于是他带了数两银子，先到一家绸缎铺，购了一件桑红绉纱的衣料，悄悄地溜到景欧家中，直走到内室。见芷香正在沿窗桌子边缝制衣服，便假意叫道："嫂嫂，景欧兄在么？"

芷香见这讨厌的东西又来了，心中正想避他，可是毛皆早已一脚踏进房中了，不容她不见。只得立起身体答道："他出城省墓去了。"

毛皆笑道："他是个孝子，常常听得他去省墓时，一住二三天也有的。我可以乘此当儿和嫂嫂欢叙一番。我自从搬去后，无时无刻不思念。嫂嫂的声音常如在我的耳鼓里，嫂嫂的娇容常如在我的眼帘中。仿仿佛佛，好像我的灵魂常要脱离我的躯壳，飞到嫂嫂这里来。真所谓一日不见，如隔三秋；爱而不见，搔首踟蹰。不知道嫂嫂也挂念我么？"说罢，贼忒嘻嘻地瞧芷香，等候她的回答。

芷香听毛皆说了这许多轻薄的话，不由满脸绯红，低着头不答。毛皆便将那购来的衣料，双手放在桌上。又对芷香说道："一些小东西，是我送给你的，千万请你收了，不要客气。"

芷香道："啊呀！我是不敢当的，请你带回去吧！"

毛皆笑道："我与你恩情不可谓不深，难道你还要推却么？须知我今天特地专程来看你的。光阴一瞥即逝，莫辜负了我的美意啊！"一边说，一边在桌子旁坐了下来。

芷香一颗芳心忐忑不住，退倚在床边，对毛皆颤声说道。"你不要这样无礼。他今天便要回来，休要害我！"

毛皆冷笑道："无礼么？今天不是第一次啊！我对你一片爱心，满腔真意，你却总是这样，见了我似害怕又似不愿意。唉！究竟不知你怀的什么心？"

毛皆正说着话，只见芷香面色陡变，双目向着室外，露出十分惊惧的样子，接着便听外面脚步声音。回头一看，忽见景欧走了回来，心中也不觉吃了一惊。

毛皆以为景欧去省墓总要一二天，不料他回来这么早，自己又坐在他妻子房中，有何面目见他呢？正在尴尬的时候，景欧也已见了毛皆，心中也不免又惊又奇。

他是正当的人，见了毛皆擅自走到他妻子的房内，不该如此无礼。遂向他责问道："表弟，你为何事走到这里来？君子自重，想表弟也是吾道中人，怎么如此失礼呢？"

毛皆涨红了面孔答道："小弟听说表兄害病，故而前来探望。因为以前走熟的，大家都不是外人，所以一直走到房里来，请您不要见怪。"

景欧道："谁说我害病的，真是笑话。"

毛皆究竟贼人心虚，遁词易穷，便向景欧告辞道："既然表兄没病，这是很好的事。我正有旁的事要干，再会吧！"说毕便一溜烟地走回去了。

芷香知道这事已瞒不过景欧，心中又气又恼，又羞又怒，双泪已夺眶而出。走到景欧身边，哭诉道："毛皆真不是好人！你好意待人家，人家却以恶意待你，真是知人知面不知心。毛皆这厮以前早已三番几次来引诱我、调戏我；我总隐瞒着没有告诉你，恐怕伤了你们二人的感情。所以我常怂恿你，劝你叫他搬出去，就是这个意思。想不到狼子野心，不自敛戢，今天又跑来，送我什么东西。我正无法摆脱，幸亏天诱其衷，鬼使神差，你早回来了，被你撞见，也教他无脸再来。我劝你这种亲戚不如早和他断绝了吧！"说毕，呜呜咽咽地哭个不停。因为她受了毛皆的蹂躏，又不能向景欧直说，觉得很对不起他。

此时景欧怒火上冲，拍案大骂道："人之无良，一至于此！自古道：朋友妻，不可欺。毛皆这厮枉自与我为亲戚。他穷极奔来，我好意收留在家，衣之食之，待如手足；又代他在县衙中谋得一职，总算对他仁至义尽了。这厮却这般无礼，好不可恶！人头而畜鸣，真是人心不可忖度。从此与他绝交，不让他再上我的大门了。"又将毛皆放在桌上的东西打开一看，更是气愤。取过一把剪刀，将这一匹桑红绉纱剪得一条条不成样子，掷于地上。

芷香只是哀泣，倒在椅上，十分颓丧。景欧对他妻子说道："你不要哭，我知道你的心，你是贞节的。我相信你白璧无瑕，我准听你说的话，和他断绝关系，你休要悲伤。"

芷香听了他的话，虽然景欧是安慰她的，但是似乎有利刃刺到她胸口，愈觉悲伤，越哭得厉害。这时小婢也闻声走来，却不知其中内幕，还以为他们夫妇之间发生了勃豀，在旁东拉西扯的胡乱劝解。景欧又说了许多话，方才把芷香劝住。

他随即回到书房中，裁笺磨墨，写了一封极长的信，把毛皆痛骂一顿，声言从此两家绝交。写好后遣人送去，但是内心的气一时却难以消灭，对于世道崎岖，人心不古，使他消极的心更加强了一层。而毛皆却从此足迹断绝，不到陈家的门上来了。

约莫过了一二个月，宜阳城外忽然发生了一件很重大的盗案。因为北门外有一家姓倪的，是个富康之家，他家的长子倪进德，正在山东兖州府做府吏，可称得既富又贵，为一乡之巨擘。不料慢藏诲盗，象齿焚身。在初一的夜里，突有大伙强盗，涂着花脸，明火执仗，拥至倪家抢劫。

倪家人口虽然不少，可是都不济事的；有的早吓得心惊胆战，东逃西躲，哪里能够和强盗抵抗呢？倪翁和两个幼子、一个媳妇，都被强盗杀死。还有二三个下人，也牺牲了他们的性命，跟随老主人到枉死城里去了。家中箱笼物件抢个精光，呼啸而去。独有倪家的次子躲在床下得免,事后急忙报官相验,请求追缉盗匪,早早破案。

这件事轰动了宜阳城,宜阳县令蔡师霸也觉此事重大,若不好好办理,恐怕自己的小小前程就要断送了。一面自己带了衙中胥吏、仵作等一行人,赶到倪家验尸;又向倪家的次子,以及逃脱性命的下人详细查问一遍。然后回到衙中,和毛皆等众幕友商议捕盗之策。以为自己以前任偃师县时,有善治盗匪之名,所以对此案必求水落石出,迅速破案为妙。况且倪进德倘知道了这个坏消息,当然也不一定能干休。

毛皆便说:"此次行劫倪家的盗匪,大都涂着花脸,且据倪家的下人述说,内中有几个盗匪都是本地口音。可见此次的盗匪,必是本地人勾通外来人来合伙的。为今之计,速在本城内外搜查,不难早破。"蔡师霸亦以为然,于是传集三班衙役,限令在三天之内必破盗案。

捕头们知道这位县令是著名的屠伯,雷厉风行,不能稍假的,遂全体出动,加紧缉访。果然在第二天早上,于城南门一家小茶馆中,捉到两名地痞,便是盗党的线索。

蔡师霸坐堂严审,内中有一个姓刁名二的,别号小青龙。以前也曾犯过案件,熬不住蔡师霸特置的虎头夹棍的厉害,只得直招。供称这次行劫倪家的盗匪,是自己勾通来的,其中首领姓褚名混混,别号尖嘴鹰,很有武艺,是宜阳、方城一带的巨盗。现在正在离宜阳三十余里的小柳树村分赃。

蔡师霸询得真实口供,便将二人钉镣收监,并着令捕役们当日赶到小柳树村去捉拿。谁知盗匪早已闻风远扬了。

宜阳城中居民知道盗案有了线索,纷纷讨论。大家都痛骂小青龙作恶多端,为地方之害,至终仍难逃法网了。景欧闻到倪家的盗案也不胜感叹。那一天他正和芷香同进早餐,忽然外边来了县衙里几个捕役,要见景欧。

景欧心怀坦白,挺身而见,捕役便问:"你是陈景欧么?"景欧道:"正是。"捕役便取出铁链,哗啦一声,对准景欧颈上一套,喝道:"倪家的案破发了。"还有几个捕役在宅中搜索,搜到后园,见一个花台,泥土有些松动,便掘下去一看。搜出一口大红箱子,箱中贮藏七八十两白银和几件衣服,正是倪家的失物。

捕役瞪着双眼,又对景欧说:"人赃俱获,要你到县里去走一遭。"

此时景欧如堕五里雾中,手足无措,只说:"冤枉!冤枉!这是怎么回事?"

捕役道:"冤枉不冤枉,你自己去对县太爷说吧!"遂带了景欧和那箱子一起出门去了。

这真是闭门家中坐,祸从天上来。又如晴天里起了一个霹雳,是景欧所万万料想不到的啊!

景欧被捕到县衙中,见蔡师霸高坐堂上,等候他来审问。当景欧被捕役们拥至堂阶时,蔡师霸将惊堂木一拍。喝道:"你就是陈孝子景欧么?"

景欧一揖道:"正是,侍生不知所犯何罪,为何公祖呼唤到此?"

蔡师霸又将惊堂木一拍,喝问道:"你自己犯了盗案,还要假做不知,问起本县来么?"

景欧道:"啊呀!想我是个文人,一向言行无忒,邻里皆知,哪里肯学盗跖的行为?此事必有冤枉,还请公祖慎重究察。"

蔡师霸冷笑一声道:"你自己以为是个儒生,又有孝子之名,便不会做强盗么?未免太欺人了。我给你一个见证,也好教你死心塌地,早早承认。"遂喝令左右快带小青龙上来。便见捕役带上一个瘦长汉子,右眼睛有个小瘤,铁索当,正是小青龙刁二。

刁二见景欧,便道:"陈老爷,对不起!实在我熬不了县太爷刑具的厉害,只好招出你来了。"

景欧见小青龙无端硬攀自己,明明是有意陷害,不由大怒，双脚乱跳道："小青龙！一个人须有良心！是则是，非则非。我与你无冤无仇，为何要苦苦诬陷我呢？"

小青龙道："唉！你不要这样自己撇清，三十日晚上你不是许我劫了倪家可以分数百两纹银与我，便教我到小柳树村去约会尖嘴鹰褚混混的么？我却上了你的当了！非但数百两银子没有到手，而且连性命也将要不保了。你却躲在家里很安闲地坐地分赃，到底谁有良心？那花台中间的一口箱子，也是你叫我埋下的。其余尚有许多金银财物，却不知你藏在何处了？"

景欧气不过，又愤然道："你是地痞！自己犯了盗案，却来诬陷我，真是禽兽不如！好在公祖明镜高悬，自能判别是非。"

蔡师霸冷笑道："陈景欧，人证与物证俱在，你还要图赖做甚？"

景欧道："侍晚实在冤枉，想我是个读书守礼之人，怎肯犯法？"

蔡师霸道："你做了秀才，自以为读书人不犯法，好！我今革去你的秀才。快快给我跪下，在本县面前还敢狡辩么？"

左右差役一迭声的呼喝，景欧只得忍气跪下。蔡师霸迫他快招，景欧实在也招不出什么，哪里肯招呢！

蔡师霸道："不用严刑，谅你也不肯实说。"吩咐左右拿那家伙来。堂下一声"是"字，便见四名差役，抬那虎头夹棍前来。使人见了，不寒而栗。

差役便把夹棍夹住景欧，一声呼喝，两旁用力猛拽，景欧是个文弱书生，早已晕了过去。差役把冷水将他喷醒。蔡师霸问他招不招，景欧道："我实在冤枉，叫我怎样招法？"

蔡师霸道："你还不肯招么？左右与我再夹！"差役又呼喝了一声，景欧又痛晕过去。这样三次，景欧也熬不住了，只得招认了。

当景欧招时，偶见毛皆正在旁边写录口供，不由叹了一口气。蔡师霸见景欧招出尚有赃物在后花园桃树之下，便把景欧钉镣收监，又令四名差役快到陈家去起赃物。四名捕役奉了公事，飞也似的奔到陈家，到后园中桃树之下掘赃物。园中共有三株桃树，一齐连根拔起，但是哪里有什么赃物。又把其他树木一齐掘起，也没有一些东西，又赶到景欧房中搜寻，向芷香逼问。可怜的芷香已哭得如泪人一般，也回答不出什么。四名差役搜寻了好多时候，却扑了个空，只得回去复命。

芷香听说景欧已招认了盗罪，更是痛不欲生。便在这天晚上，在房中自缢了。

这件事又轰动了宜阳全城。大家都说景欧是个孝子，又是个达理闻道之人，怎样会勾通盗匪去行劫倪家？什么人都不相信，都说这是冤枉的，世间决没有此事。但是景欧自己招认了，没有人敢去代他申冤，只怀着怜惜、骇异之情罢了。

芷香的父亲周守道，闻此惊耗，赶来探视。见他的爱女业已自杀，抚尸痛哭一场，陈家已无人做主了。守道便把芷香的遗体用棺木盛殓后，便想到监中探问景欧。谁知景欧已被蔡师霸着令站立在木笼中了。

景欧既站了木笼，大家都来围住木笼瞧看；窃窃私语，都说蔡师霸用刑狠毒。景欧为盗是否真实，尚不一定；三木之下，何求不得？可怜这孝子遇了屠伯，屈打成招，竟要死于非命，岂不可惜？

周守道对于此情，也惶惑不解。以为他的女婿平日言行，足为一乡之善士，怎会犯此盗案，连倪家的人也有些不相信。不知小青龙如何告他出来？大家各自推测，莫知端倪。

原来其中有大大的内幕，关键都在毛皆一人身上。毛皆自从被景欧呵斥，贻书绝交之后，再无脸踏上陈家的门。至于要和芷香幽叙的一层，再也没有希望了。心中满腔怨气，没处发泄，常常穷思极想，要把景欧陷害。只因景欧是个贤孝子，一乡著名，平日又规行矩步，温恭善良，无从寻他的事。

恰巧最近出了这桩大劫案，捉到小青龙等两个地痞。他眉头一皱，计上心来。便乘间去狱中看小青龙，向狱吏诡言自己要盘问小青龙的口供,却把小青龙带到一间密室,教他怎样攀害景欧,如何如何的说法,务把景欧咬做是个坐地分赃的主谋者。且许他如若攀陷成功,可以保他能够减轻罪名,免脱他的死罪。

第四十回 仗义闯公署快语惊人 乔装入青楼有心捕盗

小青龙本和景欧也有些小仇隙。因为当景欧为亡母造墓掘得金银的时候，小青龙曾去向景欧讹诈，要景欧给他一千两银子。景欧知道他是一个地痞，无理可喻；好在自己与县令樊摩古友好，便向县衙控告。樊摩古立刻把小青龙拘捕到官，治他诈财之罪。因此小青龙对于景欧自然有了仇隙，一经毛皆唆使，满口允承。毛皆又教他务守秘密，不能泄漏，否则罪上加罪，性命一定不能保了。至于那些赃物，就是小青龙的了。这也是毛皆以重金运动了人，乘景欧不觉时，偷偷埋在他园里的，好有个证据。所以小青龙被蔡师霸第二次审问时，便把景欧拉入盗党。

蔡师霸起初也有些怀疑，怎奈禁不住毛皆在旁说了几句话，便立遭差役将景欧捉来，不惜严刑拷打，硬生生将景欧冤枉是个盗党。毛皆见景欧已屈打成招，本想乘此机会好把芷香弄到手，达到他的目的。哪里知道芷香自缢，于是他的希望成了昙花泡影，更把景欧痛恨。又恐怕此案若然拖长，也许发生变化，不如把景欧速置之死地为妙。随又蛊弄蔡师霸将景欧打入木笼，以儆余党。蔡师霸对于毛皆言听计从，即将景欧"站笼"了。站到第二天上午，景欧怎受得如此苦楚？体力禁不住，已是奄奄待毙。旁观的人都为之落泪。

这时玉琴一行人，因为探访黄鹤和尚，恰巧来到这里。瞧见木笼中站立的是个文弱书生，不像穷凶极恶的作奸犯科之辈；又听得旁人说他冤枉，遂动了好奇之心，想要弄个明白。于是剑秋等跳下坐骑，上前细细观察。忽见有一个白发老翁，扶杖愤怒而来，一见景欧，哀号大哭。剑秋等他哭完了，便将他的衣袖轻轻一拉。老翁回头见了剑秋，知道是外来人，便说道："老朽正为了女婿女儿的事，十分伤心，你们有何讯问？"

剑秋指着站笼中的景欧问道："此人便是老丈的女婿么？如有冤枉的事，只要对我直说，或能代为出力，也未可知。请你快快告诉我们。"

周守道便将景欧如何被小青龙攀陷为盗的经过，以及女儿缢死的事详细告诉。且顿足说道："我女婿是个贤孝子，万万不会犯这盗案，真是冤枉！连宜阳一城的人民都知道冤枉，偏偏这位县太爷手段毒辣，听信地痞诬告，把我女婿屈打成招。不但如此，又把他站入木笼，置之死地而后快。这样昏聩专制的狗官，可说是灭门令尹，惨酷之至！我本要到官里上告，代我女婿申冤，只是你们看我女婿已是危在旦夕，恐怕等不到天晚就要毙命，如何是好？"说罢，将手帕频频揩拭眼泪。

剑秋听了说道："这些果然冤枉！县官为人民父母，怎么可以不审慎办事，辨别是非，而滥用刑罚，罗织人罪呢！"

玉琴在旁忍不住也说道："您这老头儿既然知道女婿受的冤枉，为什么不早去上告呢？现在远水救不得近火，已是来不及了啊！"

周守道咳了一声嗽，白瞪着双眼说道："唉！这事快得很，好比迅雷不及掩耳，实在教老朽救也来不及啊！"

剑秋想了一想，对周守道说："我们断不能眼瞧着人家白白受了冤屈而死，不如速行拯救，待我去试试看。"遂又回头对玉琴、云三娘说道："你们在此稍待，我去见这狗官。"说罢，迈步而前，跑到县衙里去。早有守门的人把他拦住，喝道："县衙重地，莽汉休得乱闯。"

剑秋将手臂略略一摆，两个守门的早已跌出丈外。剑秋不待通报，一径跑到堂上，见上面悬着一口钟，不管三七二十一地将钟擂动。钟声大鸣，早惊动了全衙的人。原来这正是前任县官樊摩古，仿着"谏鼓谤木"的意思，特地制造这口钟，悬在堂上。假使民间有冤枉不白之事，可以径到这里来敲钟，自己便坐堂受理，不致官与人民两边有什么隔膜。所以樊摩古上任的时候，起初常常听到钟声，后来却一直不闻了。只因樊县令听讼谨慎，所谓"听讼吾犹人也，必也使无讼乎"！他既然这样的郑重，自然民间没有冤屈的事，而钟声也不曾闻了。

自从蔡师霸接任以来，这钟声也没有鸣过。这却因为蔡师霸是个酷吏，专制压迫，草菅人命，没有人敢去鸣钟，这钟也等于虚悬了。现在剑秋去擂那钟，这是破天荒第一遭哩！

蔡师霸正在内室批阅公文，忽听得钟声响亮，心中大为纳罕，不得不出来坐堂，想什么人敢来鸣钟？衙役们早已走来问候，蔡师霸登堂升座。只见一个剑眉星目的少年，英气飒爽，立在堂下，向他长揖不拜。便问道："下面是何人到此鸣钟？有何冤屈之事？快快说来。须知本县秦镜高悬，断无有冤枉之事。你若故意捣乱，罪无可免。"

剑秋冷笑一声道："县太爷说断无冤枉之事，现在衙门前站笼中却有一个冤枉之人。宜阳一县的人都说是冤枉，县太爷却偏偏断定他是盗匪。我从来没有见过孝子会做强盗，恐怕县太爷这面秦镜，蒙上一层灰沙，变成糊涂了。"剑秋这几句话说得非常爽快，非常勇敢，犹如陈琳之檄，可医头风。

蔡师霸从没有这样被人冲撞过，气得他嘴边的小胡须竖了起来，把惊堂木一拍道："你是何人？敢说本县的不是！本县执法如山，断无冤屈。那陈景欧为盗之事，人证俱在，自己又招认不讳。他是盗案中主使的要犯，既不肯说出余党所在，本县只有把他打入站笼，惩一儆百，断不能因他孝子之名，便信他无盗之实。你是何人，敢说本县的不是？"

两边的衙吏见蔡师霸发怒，又不知这少年有什么来头，敢这样大胆说话，一齐震惊。

剑秋不慌不忙地答道："我姓岳，名剑秋，山西太原人。路过此间，闻得此事，实在大有冤枉，见义不为无勇也！我不顾县太爷怎样尊严，怎样厉害，有话不得不说。县太爷说人证俱在，也须顾虑到说话的人是不是真实？有无攀陷之情？赃物是不是即可作为犯罪的铁证？岂可就此断定人家通盗？

"在县太爷严刑之下的口供，是不是真情实证，须照陈景欧平日的言行而论。说他会做强盗，也是不近人情啊！即使他确乎通盗，在盗魁没有捕到，案情没有完全破露之前，也不能将他打入站笼而死。假使将来发现他有冤枉之情，那时人已死了，不能挽回，县太爷岂不有草菅人命之罪么？"

蔡师霸虽然专制毒辣，可是剑秋的话理直气壮，使他听了，再也无话可答。不觉态度稍软，可知孟夫子说的"说大人则藐之，勿视其巍巍然"这两句话是真实的。可笑宜阳一城的人，慑服屠伯之威，大家敢怒不敢言，没有人敢出来说话，代替陈孝子申冤。却被一个过路的剑秋侃侃而道，折服了蔡师霸。这却显见得仗义的剑秋自然与凡民不同了。

剑秋见蔡师霸不响，遂道："现在陈景欧即刻要死，人命不可儿戏。县太爷不如将他放出站笼，暂且仍旧监禁，或再行细心审问。一面赶快将盗魁以及其余盗匪迅速捉拿到案，逐一审讯，就可知那陈景欧是不是真的通匪了。某虽不才，愿助县太爷一臂之力，听凭驱遣。好使盗魁不得脱身法网，早早伏法，且昭雪孝子的无辜。不知县太爷以为如何？"

蔡师霸本来被剑秋数说之后，自知用刑太严，过于专制，也有些情虚，苦无转回之法。今闻剑秋肯任捕盗之事，便道："岳剑秋，你既然自愿相助本县捕盗，吾且从你之言，把陈景欧放出站笼，等候你随同本县的捕头捉到盗魁到案，再行审问。那时景欧如果确实通盗，本县也断乎不能饶恕的。"

剑秋道："很好。"蔡师霸遂令左右将陈景欧放出笼来，仍旧收监，听候发落。一面把捕头何涛唤到，命他会同剑秋即日前去捕盗。限令三天之内，务把凶手缉获，如有愆期，严责勿贷。

何涛答应一声："是！"明知道蔡师霸要他监视剑秋，于是便和剑秋紧紧相随。蔡师霸一边退堂进去，衙吏们也都散出来。

剑秋便对何涛说道："在衙前我还有几个同伴，要去交代一番，然后可以和你前去捕盗了。"何涛点点头道："可以可以。"二人遂走出衙门来。

云三娘、玉琴等自剑秋进衙门后，听得钟声，很不放心，立在衙门口探望。后来见有人释放景欧出笼，知道剑秋在内游说已成功。周守道也十分快活，以为遇到救星，女婿可以死里逃生了。一些旁观的人也都替景欧放心。大家都忙着探听是怎样一回事，想不到那外来客人，却有这样能力，说得这位屠伯回心转意，好不容易！大家都称奇不置。现在见剑秋同何涛走出来，不胜快慰。

大家围拢过来探问，剑秋遂把自己如何与蔡师霸陈说的经过，约略告知。并说自己已允诺蔡师霸前去捕拿盗魁，以便将来对簿时，可以昭雪景欧的冤枉。

玉琴笑道："自己的事尚没有着落，却又兜搭上一件事来了。"

周守道听得剑秋将去捕盗，便对剑秋拱拱手道："足下真是豪杰之士！赴人之厄，济人之急。我女婿的性命都赖足下援救了。"

何涛道："岳爷等是外来之人，此间大概没有歇脚；不如到舍下小坐，大家商议捕盗之事。"周守道道："本来我也应当接待，不过我女婿家中已被封闭了。"

剑秋道："我们就到捕头家去吧！"于是何涛当先引路，一行人到了何家。

何涛家中本有马厩，便先将花驴等三头坐骑牵到厩中去上料;一边让众人到客堂里小坐。何涛家中有一妻子和女儿。母女二人见有客来,连忙出来敬茶。

何涛是个精明干练的捕头,一双眼睛何等厉害!瞧见玉琴、剑秋等五人,男男女女,奇奇怪怪,一望而知都是江湖上侠义者流,遂向剑秋等讯问姓名,剑秋一一实说。

周守道挂念女婿,又对众人说道:"诸位且在这里宽坐,老朽要到狱中去看看小婿,去去就来。"何涛道:"那么请便。"周守道遂辞别众人,扶杖而去。

何涛便对众人说道:"宜阳安静已久,此番倪家的劫案非但失物太多,而且杀伤多命,案情重大,毋怪县太爷要发急破案。不过陈景欧勾通盗党的事,虽然有见证,有赃物,然而我总有些不相信。但是那县太爷专制异常,他说是如何便如何,所以我等也无能为力,只得赶紧缉捕盗魁到案。"

玉琴道:"我听得你们都说景欧是个好人,我也看他是个文弱书生,怎会坐地分赃和盗匪勾通呢?三岁孩童也不会相信的,大概他有冤家吧?"

他们正说着,只听外面有人问道:"何大叔在家么?"

何涛连忙起立喊道:"在家在家!"跟着便见两个捕役押着一个瘦长汉子,他被反剪着手,走了进来。

在前的一个捕役便道:"大叔,今天我们碰得真巧,在城外测字摊旁捉到了这人。查问之下,方知他是个盗匪,而且尖嘴鹰也有了着落了。"

何涛大喜道:"辛苦你们了,且请小坐,待我再来问一问。"便走到房中,取出一根很粗的皮鞭,跳将过去,先将这汉子抽了几下。抽得他没处躲避,连声呼痛。何涛接着将皮鞭扬在手中说道:"你姓什么?快快实说,你们的盗党现在避在何处?"

那汉子答道:"我姓石名五官,抢劫倪家时,我不过帮他们搬运物件,并未杀人。可怜我也只分到十九两银子,一些也没有用过。闻得风声很紧,要想逃到别的地方去,所以到测字先生那边去测个字，看哪一处是安全之地。却不料被你们捉来。真是倒霉，可怜我家中尚有七旬老母，二十多岁年轻妻子，还有正待哺乳的小儿。倘然他们知道我犯法，捉拿到官，不知要急得怎样，请你们放我回去吧！"

何涛哼了一声道："你既然有了老母妻子，谁教你做强盗？废话少说，快快说出尖嘴鹰褚混混在什么地方。"说罢，将手中皮鞭一抖。

石五官只得说道："他们带了财物，先到小柳树村，后来听说小青龙被捕，恐怕被他出卖，所以褚混混避到方城去了。"

何涛道："那么你可知道他住在方城什么地方，又和什么人相识？若能把他捉到，你的罪名也可减轻。"

石五官道："他的住处十分秘密，我实在不知。不过听同党说他在方城有个溺爱的私娼，唤做小白兰花的，褚混混常要到那边去寻欢作乐。你们不妨到那边去侦察一下，或能撞见，也未可知。"

剑秋过来问道："你可知此番劫倪家，究竟是不是陈景欧主使的？"

石五官道："这事我不明白，我只知道是褚混混领我们去的，不知怎样会连累了陈孝子，我心里也很奇怪呢！"

剑秋道："很好，以后县太爷审问你时，也须这样说。"何涛仍托那两个捕役把石五官带到衙里去。

不多时，见周守道回来了。跑得满头大汗，坐定后对众人说道："老朽已和小婿见过面了，幸喜尚无大碍，只是不能多讲话。他说此事连自己也不明白，大概是有人要故意陷害他。但他平日并无仇人，至于和小青龙是有些小隙，可是相隔很久，不至于将他攀陷为盗。只有他的表弟毛皆，以前自己待他十分亲密；后来因为毛皆调戏他的妻子，所以将他逐去。现在他正是蔡师霸手下的一名红人，不免有些可疑。我女婿托我把这事告诉出来，又教我好好安慰芷香，可怜他还不知道小女已死了呢！我也不敢对他明说，使他伤心。"说到这里，老泪又簌簌下落。

何涛道:"毛师爷工于心计,这人是不好惹的。原来其中有这样一件事来,这样的话,就难说了。且待我们捕到褚混混,自可水落石出。"

剑秋道:"不错,我们速捕巨盗为要!"

何涛道:"听说褚混混能飞檐走壁,有很高的本领,我们众捕役自知不是他的对手。现在与岳爷同去,我们可以得个大大的臂助。"

剑秋道:"别人怕褚混混厉害,我却不放在心上。只要能够让我和他碰见了面,不怕他逃到哪里!"

何涛便向周守道诉说他方才捉到石五官后,所招出的口供,并说道:"您老人家是世居方城地方的人,可知道私娼小白兰花的香巢筑在何处?"

周守道答道:"原来那贼眷恋上小白兰花,那我知道。小白兰花年纪很轻,姿色很佳,确有媚人的魔力,住在城中陈仓街。她的假母老白兰花,以前也是方城地方很著名的土娼,只因后来年华老大,容貌衰旧,门前冷落,车马稀少,所以她领了一个女儿,亲自教她唱歌。到了十三四岁时,出落得十分风骚,遂实行卖淫了,取名小白兰花。在方城是很红的,难怪那贼盗要爱她了。但愿他被色所迷,正在那边,就不难发现他的踪迹了。老朽是方城人,你们去捕他时,老朽可以奉陪,不知你们何日动身?"

何涛道:"我们大概明早前去。我想你老人家虽肯奉陪,但恐耳目众多,容易坏事,不如分做两起走的好。您老人家请先回去,我们随后到您家中,见机行事。"

周守道答道:"老朽住在三星桥下,你们到那里一问便知。现在我且检点行囊,明日一早先赶回去。老朽在舍间等候了,但愿你们马到成功。"说毕,便向众人拱拱手,告别而去。

这时天色已晚,何涛早已吩咐他的妻子,预备酒菜;所以后面厨房里杀鸡做黍,十分闹忙。何涛去掌着灯来,请剑秋等在此晚餐，且留他们住宿。因为何涛家本有两间客房，可以下榻留客。况且剑秋等初到此间，还没有投宿旅店，理该何涛做东道主的。剑秋等见何涛诚意款留，也就老实不客气地留在这里了。

稍后何涛的妻子搬上晚餐，他们便在中间一张大方桌上坐定吃饭。何涛几次探问他们的来历，剑秋等只是含糊答应。何涛只得讲些宜阳的风景和风俗。晚餐后，何涛便领着他们去客房。云三娘和玉琴合住一室；剑秋、薛焕及滕固三人合居一室，一宿无语。

次日天明，大家起身，洗面漱口，用过早餐。何涛便对剑秋说道："今天我同岳爷到方城去，却不知诸位还有哪一位愿意去？"

玉琴第一个说道："我去我去！"

剑秋道："此次我们去捉拿褚混混，说不定要到娼妓人家去。那边都是龌龊地方，琴妹去不得！"

玉琴将头一扭说道："你说去不得，我偏要去！"

何涛道："方姑娘若一定要去，必须改装男子，方能同行。"

玉琴道："改装也好，只要去得成功，记得我在枣庄鹿角沟去访问年小鸾时，也曾假扮成一老妪，别人也看不出破绽，此时我就改装男子试试也好。只是没有男子的衣服，如何是好？"

何涛道："隔壁间王少爷衣服很多，待我去向他告借一件给姑娘穿如何？"说罢，便走出门去。不多时，便带了一件月白纺绸长衫和一顶黑纱瓜皮小帽，一双镶云头的缎鞋。玉琴接过，便脱去外面的裙，穿上长袍，换了鞋，将云发重新梳理过，戴上小帽。何涛再借她一柄折扇。

玉琴摇摇摆摆，踱踱方步。笑对众人说道："你们看我像不像？"大家只见她换了男装，果然如玉树临风，翩翩浊世佳公子。谁会知道她是女儿身呢？何涛的妻子在后边看了，也不由得呆了。

薛焕大嚷道:"真像真像,活是一个风流斯文的大少爷!哈哈!姑娘,我见了你自惭形秽了。"

玉琴笑道:"我已改扮成男子了,你们再称呼我什么姑娘,不是露出破绽来了么?"又对剑秋说道:"剑秋兄,你须格外谨慎,不许再唤我妹妹了!"

剑秋笑道:"不唤妹妹,唤你弟弟如何?"说得大家都笑了。

何涛道:"我们闲话少谈,预备动身吧!"

滕固道:"我可随同你们一同去走走!"剑秋道:"好的。"

薛焕说道:"我这种形状自知不够到院子去逛逛,我就陪伴云师,在这里等候你们的佳音吧!"

云三娘笑道:"你们出去办事,我这里也有一件小事要去干哩!"

于是何涛、剑秋、玉琴、滕固四人,辞别了云三娘、薛焕,离开了宜阳,赶向方城而去。宜阳距离方城不远,所以第二天的下午,他们已到方城。寻到周家,周守道正前一脚赶到,盼候他们来临。与众人相见,十分欢喜。且见玉琴已改换了男装,很觉诧异。以为她是个女子,怎么要来捕盗,却不敢询问。

何涛对剑秋说道:"我们吃公事饭的人,每到一处,容易被人注意。三位都是生客,前去游院,一定不会露出破绽。我趁你们前去的时候,先到此地县衙里下了公文,然后再来相机帮助。今晚还不知道那巨盗要不要到小白兰花家去。我们切莫走漏风声,打草惊蛇。"

剑秋道:"这却理会得。"于是大家坐了一会儿,挨到傍晚的时候,剑秋道:"我们可以去了,却不知小白兰花的家在哪里?"

周守道说道:"你们出了大门,向西一直走,过了一座小桥,左手转弯,那边沿街道沿河走,便是陈仓街。小白兰花住在陈仓街第六家。门前河中停着一只画舫,很容易认得。那画舫也是小白兰花的,如有客人呼唤,可以坐着船吃酒。船上点着灯,在河中荡漾,很是有趣。"

剑秋记好了周守道的话。他们将宝剑留在周家,不带走,以防给人看出行迹。只有滕固把他的软鞭围在腰里,一齐走出周家,慢慢踱到陈仓街。

果然到了陈仓街,第六家的门前有一只舫舟,在门前泊着,四面点起红红绿绿的灯,有两个娘姨走上走下的。剑秋便对玉琴说道:"照此情景,说不定今晚褚混混要带小白兰花到船上去游河呢!"

玉琴点点头,三人便走到小白兰花的家里。见一很胖的妇人,年纪五十左右。面上还涂着脂粉,画上眉毛,穿着青纱的褂子,活像一个老妖怪。一见三人走进,便含笑相迎,说道:"客人来了,请楼上坐。"

剑秋等三人从来没有逛过妓院,都是门外汉;跟了妇人,走到楼上。见是一排三开间,那妇人一拉右边的门帘,三人便走进一间精致的房间,收拾得十分洁净。妇人便请三人坐下,娘姨早摆上四盘菜,献上香茗,绞上热毛巾。

妇人喊道:"金宝,你们快来伺候少爷们呀!"

外边娇声答应着,跟着便走进三个少女。粉红黛绿,姿态极妍,走到三人身边伺候。三人不欲露出破绽,只好虚言和他们敷衍。

剑秋拉着他身边穿着淡色褂子少女的纤手问道:"你年纪很轻,叫什么名字,可是小白兰花么?"

那少女答道:"不是。小白兰花是我的姊姊,我是小小白兰花。"

剑秋笑道:"有了小白兰花,却不知还有小小白兰花,你真是小而又小了。"又向那妇人问道:"小白兰花呢?怎么不出来接客?我们都是闻名而来的,必须要见她的芳容。你是谁,难道就是老白兰花么?"

妇人道:"少爷,我正是老白兰花。少爷要小白兰花来伺候,请等一刻就来的,少爷贵姓?"

剑秋答道:"我姓岳。"又指着玉琴和滕固道:"这位姓方,这位姓滕。"

老白兰花见他们都像富贵子弟，便对小小白兰花等说道："你们好好伺候三位少爷，我去去就来。"说罢，便走出房门去。

那个伺候玉琴的少女名唤银宝，身着淡红衫子，眉目娟秀，体态风骚。她瞧见玉琴明眸皓齿，是一个女性化的风流大少爷，便想施出她狐媚的手段去灌玉琴的迷汤。扭股糖儿似的坐在玉琴怀中，把粉颊贴在玉琴的香腮边，做出很亲密的样子。说道："方大爷，我看你大约还不到二十岁吧，家里可曾娶过娘子？"

玉琴摇摇头道："没有。"银宝接着问道："你爱不爱我？"说罢，携着玉琴的手，拖到床沿上，一同坐下。

玉琴道："你娇小玲珑，很是可爱。"

银宝道："你爱我么，那是我的福气，我有你这样美貌的方大少肯赏脸爱我，不知几生修到的啦！"说罢，又将粉颊凑过来说道："请你吻我。"

玉琴不得已，只好捧了她的粉颊，接了一个吻。银宝是个非常风骚而卖淫的女子，见玉琴这样俊俏，早已倾服得五体投地。又闻得玉琴的口脂微度，有一种甜蜜的芳香。不觉笑道："你真好，你真好！"反将玉琴的粉颈勾住，去亲她的樱唇，又把手在玉琴的胁下猛抓。

玉琴一则受不起奇痒，二则谁耐烦去和这娼妓多纠缠？便将手臂向银宝轻轻一推。银宝早已倒在床上，兀自咯咯地笑个不止。说道："想不到你这样温文风雅的人，嫩臂嫩骨，却生得好力气。"

玉琴道："我怕痒，不怕你的乱抓。"

银宝笑道："你怕痒么，那么将来要怕老婆了。"说罢，挣扎着要起身，却被玉琴一手按住，不放银宝起来。

剑秋和滕固各和小小白兰花、金宝等厮缠了好一歇，还不见小白兰花前来，心中都觉不耐。剑秋便将小小白兰花放在膝上，低声问道："你可知你的姊姊现在有什么事，为什么还不出来相见？可是那边已有客人？请你告诉我！"

小小白兰花说道："这几天我姊姊忙得很。因为有一个姓褚的客人，是她的老相好。现在天天到此，今天又要带着姊姊去坐灯船。恐怕我姊姊不能出来见客，岳大少爷还不如爱我吧！"一边说，一边低头拈弄着自己的辫梢。

剑秋又问道："那个姓褚的是什么样的人？"

小小白兰花说道："这个我却不知。姓褚的生得身长力大，腰阔膀粗，我见了他便有些害怕。因为他的须髯硬如刺猬，刺得我的颊上非常痛的，却不知我姊姊怎么大胆去和他一同睡去。"这句话说得剑秋笑起来了。

这时忽听得"曾登曾登"的楼梯响，走上两个人来。剑秋知道是褚混混来了，连忙将小小白兰花一推，跳到房门口。

这时忽听一个很粗暴的声音问道："你们已预备好了么？我们便到船上去了。"接着，听得老白兰花的声音回答道："好了好了，褚老爷您请略坐一歇，我女儿正在更衣妆点。"

剑秋在房帘背后一眼张望出去。只见打先的一个，年约四十开外，面色黎黑，嘴巴尖尖的。这张脸生得真像老鹰一般，身长臂粗，显见孔武有力。身着黑绸袍子，十分狰狞可怕。身后的一个也是健男子，手里托着一个鸟笼，一掀对门房门帘，大踏步走进去了。

剑秋想，机不可失，便对小小白兰花很严厉地说道："你快与我喊老白兰花前来，我有话同她讲。"小小白兰花不知就里，便走下楼。将老白兰花喊得前来，剑秋见了她，便将桌子一拍道："可恶的老鸨，你不要欺生！大爷一样有的是钱，为什么你不将小白兰花叫出来见客？现在她不是那边有了客人来了么？今晚非叫小白兰花出来见见不可。"

老白兰花面上露出尴尬的形色，低低说道："我们哪里敢欺生，实在小白兰花今晚已有了客人，早已定下她一同去坐灯船，所以不能奉陪。明天爷儿们再来时，就可以了。"

剑秋道："放你的狗屁！来不来要趁大爷的便。别的话少说,快去把小白兰花唤来,不然莫怪大爷要闹得你的院子翻身。"

滕固在旁说道:"我们也不必定要白相小白兰花,不过要见见她的面罢了。即使已有客人,也可到此一遭。"

老白兰花说道:"那么待我去和褚老爷商量商量看。"说罢,回身出房去了。

隔了良久,老白兰花领了一个年约十八九岁的少女,走进房来。那少女穿了淡绿袍褂,梳着时式的髻,插着一支颤巍巍的金凤。云发黑黑,鬓边戴上一排茉莉花。裙下金莲瘦小,穿着湖色的软缎绣花的鞋子。生得雪白粉嫩的瓜子面孔,加着明眸皓齿、琼鼻樱唇,真是个天生尤物,我见犹怜。毋怪艳帜高张,芳名鹊起,能使一般急色儿颠倒石榴裙下了。

小白兰花见了三人,便跟着老白兰花叫声:"岳爷、方爷、滕爷。"姗姗地走到玉琴身边,玉琴遂握着她的柔荑,和她细细谈话。小白兰花不得脱身,只得坐在玉琴身旁,银宝却退立一边待着。

老白兰花的意思不过叫小白兰花来和他们一见就要走的,这还是她向褚混混再三恳求得来的结果。现在见小白兰花被人家拖住,料想不能立刻就走。恐怕褚混混那边房里等得不耐烦,一定要吵了起来,便对小白兰花使个眼色。

小白兰花立起身来,对玉琴带笑说道:"方爷,今晚很对不起你们。因为那边已有了客人,要我坐灯船去,不得不失陪了,明天请爷们早此前来。"

玉琴将她身子按住,说道:"你再坐片刻。那边是客,我这里也是。我们也要同你去坐灯船。"

剑秋拍着手哈哈大笑道:"小白兰花,你看这位方爷,真是胜过那边老鹰面孔的客人十倍百倍。"

滕固也故意大声狂笑道:"何止十倍百倍?简直要千倍万倍哩!小白兰花,你好好伴着这位方爷。那个强盗面孔的客人生得这样可怕的面孔,却要来逛院子,真是他没有对着尿瓮照照自己的嘴脸。"说得众人都哈哈大笑起来。

　　笑声未止，忽听对面房里豁喇喇一声响亮。接着又听虎吼也似的声音大喊道："哪里来的王八羔子，胆敢捋你家爷爷的虎须！再要不识时务，仔细你们的头颅要被我拧了下来。小白兰花还不走过来么？"

　　小白兰花和老白兰花听了，一齐大惊失色，好像将有大祸降临到她们身上来的样子。

第四十一回

破疑案宵小反坐
赠图册机关得明

此时,小白兰花又想起身来要走。玉琴仍用手将她按住道:"那边敢情是疯狗叫?不妨事的,你且坐一刻儿!"小白兰花脱不得身,知道今天事要闹僵了。

老白兰花更向三人央告道:"你们算是照顾我,请快放小白兰花去吧!那姓褚的生就强盗般的脾气,不是好惹的。你们犯不着和他计较,且让他一步吧!"

剑秋将桌子一拍道:"不行不行,今晚一定不放小白兰花过去,看看这厮有什么手段对付我们。我们什么都见过,红眉毛、绿眼睛、三头六臂,什么都不怕,休说那厮!"

滕固也踏着楼板大声骂道:"哪里来的狗养的?大爷发怒时,管教那厮狗腿都折断。来来来,试试你家大爷的本领看。"说话未毕,就听对面房里"碰碰嘭嘭"地响起来。正在那摔椅凳、砸桌子呢!房门都快倒下来了。剑秋也飞起一脚,将桌子踢翻。桌上的茶壶茶杯豁喇喇地跌个粉碎!吓得老白兰花等只喊道:"天啊,天啊!"

这时,对面房里已跳出两只疯狂的老虎,正是褚混混和他的伙伴，直冲到这边房里来。见了三人，指着骂道："好小子，你们真是不知厉害，敢和你家爷爷争夺！吃我三拳头。"说罢，使个黑虎偷心势，一拳向剑秋胸前打来。

剑秋侧身让过，一蹲身飞起一脚，照准褚混混腰里踢去。褚混混打了个空，幸亏早已防备到这么一着，乘势向上一跃，直跳到剑秋背后的炕床上，躲过了这一脚。

玉琴早将小白兰花推开一边，使个飞隼扑羊势，凭空跳至褚混混炕边。展开右臂，要抓他的肩窝。褚混混把左脚使个旋风扫落叶势，扫向玉琴的头上，玉琴低头一钻，避了过去。

这时，褚混混识得他们都是好身手的人，不敢怠慢，急忙用出生平力气，跳下炕床，又向玉琴一掌打来。玉琴轻轻一跳，早跳到褚混混身后。褚混混收不住，一掌打去，正打在墙上，把墙头打成一个窟窿。回转身来，早见剑秋、玉琴一个左一个右向他夹攻上来。遂骂了一声："好小子，真厉害！"从身上拔出一柄明晃晃的匕首，向二人猛刺。

二人虽没有兵器，却不把褚混混放在心上，各使开空手入白刃的法儿来应战。褚混混的伙伴和滕固各执了一只桌子脚，两人打到楼中间去。

老白兰花跪在地上，哭喊道："爷爷们快住手，不要弄出了人命啊！"

小白兰花和银宝等，有的躲在床底下，有的逃到楼下去，吓得面呈土色，魂飞天外，直喊："救命救命……"

楼中间地方较房屋里宽敞。滕固使开那桌子脚，如旋风一般，上下左右，直向褚混混的伙伴打去。那人抵挡不住，得个间隙，跳到窗槛上，要想逃走，却被滕固一下横扫过去，正打中他的大腿。他从楼面窗上跌下去，恰巧下面正放着一个盛水的牛胎缸，那人跌入缸中，满身是水。滕固随后跳下，一把将他提起，找了一根绳子，将他紧紧缚住，丢在一边。

褚混混在楼上和琴、剑二人厮斗。玉琴一心想把褚混混活捉住，所以专伺他的间隙而进。

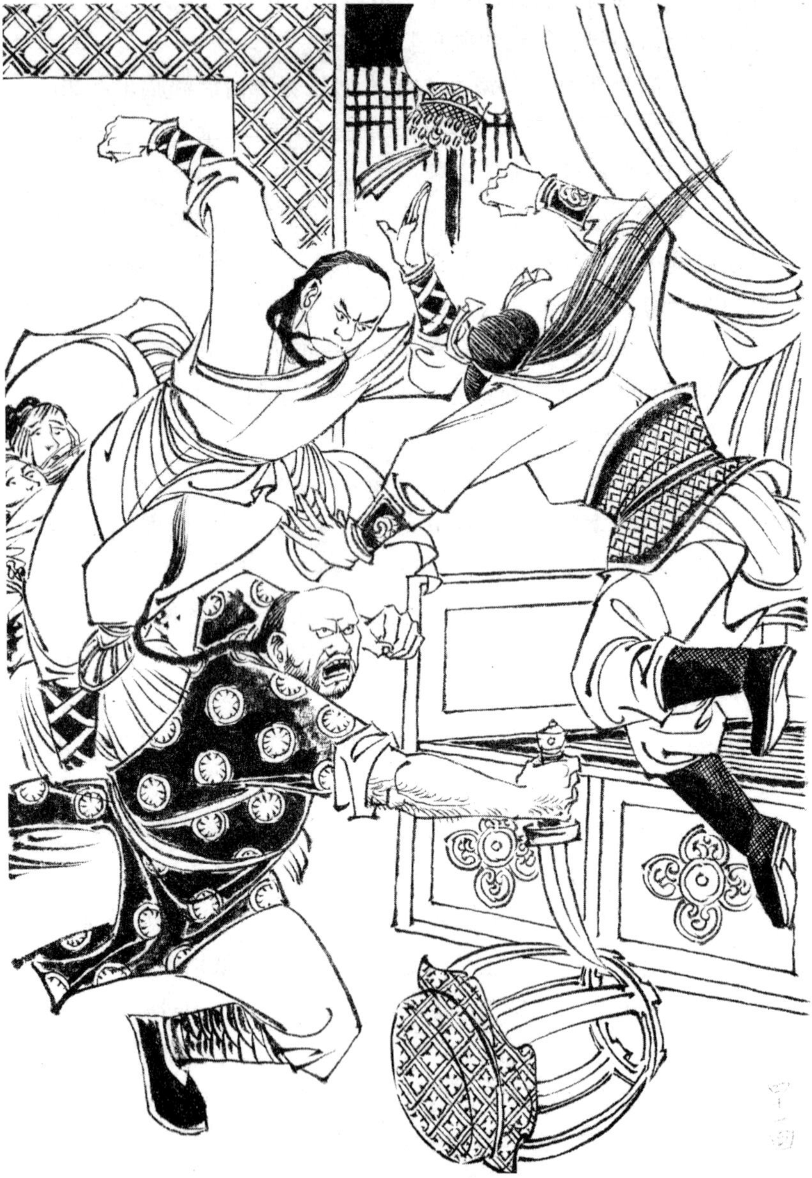

褚混混虽勇，究竟不是二人对手，知道今天要败了，但还料不到他们是为了宜阳的血案，特来捕捉自己的呢！剑秋一拳打到他腋下时，褚混混一缩身，让过那一拳，顺势把手中的匕首使个犀牛分水势，向剑秋当胸刺去。剑秋正撞进来，那匕首离剑秋胸前不到三四寸，剑秋急待躲让；玉琴在身旁看得清楚，早飞起一腿，正踢在褚混混的手腕上。一柄匕首飞出去，斜插在壁上，恰好正在老白兰花的身边。吓得老白兰花嘴里直喊："南无救命菩萨！"

褚混混手中失去了家伙，心中更觉惊慌，把两个拳头向琴、剑二人虚晃了一晃，飞身跳上窗沿，飘身而下至庭心。琴、剑二人也跟着跳到庭心，喝道："强盗哪里走？"

褚混混便穿出大门，刚想逃走；忽然门外早有一人扬起软鞭，拦住去路，正是滕固。褚混混见有人拦住，急使个猛虎出洞式，向滕固一撞。

滕固一侧身，手起一鞭，正打在褚混混的背上，打得他眼前金星乱迸，跟跄退回，险些儿跌倒。玉琴早如飞燕般自后掠至，疾飞一足，正扫中褚混混大腿。褚混混挡不住，"扑通"跌倒在地。滕固回转身又是一鞭，向他背上打下。打得褚混混口吐鲜血，嘴里只哼着，再也不能动弹了。剑秋提着一根绳子走来，把他紧紧缚住。

恰巧何涛会同本地衙门里的四名捕役一齐赶到。见剑秋等已将巨盗擒住，便向三人拱拱手道："恭喜岳爷等马到成功，狗盗等业已被缚。岳爷等本领高深，更使在下佩服。"

剑秋笑一笑道："幸不辱命。"于是把褚混混和他的同伴交给捕役看管，大家走上楼去。看见小白兰花等已从床下爬出，一个个都吓得呆若木鸡，不晓得是怎么一回事。

何涛便瞪着眼睛说道："你们的嫖客姓褚的是个巨盗，在宜阳犯了天大的血案。我们奉了县太爷之命，特来捉拿，你们胆敢窝藏盗匪么？"

老白兰花吓得向何涛等叩头道："我们实在不知，请爷们饶命。"

何涛道："那么，你可知道褚混混住在哪里？"

老白兰花答道："褚老爷……"说到爷字，连忙缩住，又道："那个姓褚的强盗，我们却不知晓，只知道他住在白马桥，家中并没有妇人。"何涛点点头。

剑秋便道："起来吧，不干你们的事，可以放心了。"

何涛道："现在岳爷等仍请回到周家去，我要把两个强盗送到这里县太爷面前去审查一番；然后再到白马桥去取出赃物，明日方押解两人回宜阳。"

滕固道："好，我们就此走吧，别在这个地方多留恋了。"

玉琴握着小白兰花的手说道："小白兰花，你果然可人。但是我们还有事，只得和你分手了。"小白兰花低着头不响，却把玉琴的手紧紧握住。玉琴将手稍微用力一摆，早已脱离了小白兰花的手腕。

大家回身走出房去。玉琴回转头去，秋波斜睨，对小白兰花笑一笑。只见小白兰花的樱唇咬着手指，痴立着目送他们出去，一副不胜惆怅的样子。

剑秋等离了妓院，回到周守道家里。周守道正在挑灯守候，一见三人回来，便问这事办得如何。剑秋一一告诉他。周守道听了，不胜欢喜，向三人致谢。他早已辟两间客房，这天夜里便请三人在他家下榻。玉琴独居一室，剑秋、滕固合住一室。

玉琴第一遭到青楼去逛逛，觉得非常有趣。暗想：无怪那一辈年轻的王孙公子都喜欢走马章台，问津桃源，向花丛中做那迷花的蝴蝶了。她喜孜孜地和剑秋谈了一番小白兰花的事情，方才各自安寝。

次日上午，只见何涛和四名捕役押着褚混混等两个强盗及五六只箱笼，便是起出的赃物了。何涛对着三人说道："昨夜县太爷已将他们审过，那一个姓卫名唤狗子，是褚混混的亲信，只是他们虽然承认倪家的强盗案是他们干的，却不肯招出同党。我们马上扑到他的家里,却是阒无一人。我们搜到里房里,发现了赃物,遂把它们一起取走。现在正要解回宜阳,就请你们三位一齐回去吧!"

剑秋道:"好的!"周守道说道:"老朽也和你们同去,小婿的冤屈今有昭雪之望了。"于是大家一起动身,带着褚混混等回转宜阳。到了宜阳,何涛便请剑秋等先到自己家中去坐,让他前去交代了公事,再作道理。于是剑秋等走至何涛家中。

云三娘和薛焕正对坐谈话,一见他们回来,不胜之喜。薛焕便问滕固道:"那巨盗可曾捕获?"

滕固道:"捉到了,捉到了。"遂把他们在方城的事约略告诉。玉琴却大讲他们逛妓院的事,又说道:"我做了几天男子,很觉爽快。无怪古时花木兰易钗而弁,代父从军,在外十多年,没有人识破她。可惜万里归来之后,脱我战时袍,着我旧时裳,终究是个女子啊!"

于是她走到何涛女儿的房里去更装,重新对着菱花镜妆饰一遍,回了她本来的面目。把脱下的衣裳给何涛的女儿,好去奉还人家。遂回身走出,见何涛业已回转。

何涛对众人说道:"那褚混混现已下在监中。小人已见过县太爷的面,怎么那毛师爷也被捕在狱中了?"

云三娘道:"此事还没同你们说明,无怪你们要大惑不解了。你们到方城去捕盗,立下了功劳,难道我们二人守在宜阳白吃饭么?因为我想陈景欧为盗之事,确是被人陷害,小青龙不过是傀儡,内幕必然有人。所以我和薛焕在夜间亲去潜至狱中,寻到了小青龙,逼他吐露真情;且责备他不该受人唆使,冤枉好人。小青龙被逼不过,方才说出是受毛皆的指使,我们却不知毛皆为何要指使盗匪陷害景欧。于是我们探得毛皆的住处,又乘夜到毛家中去查清楚此事的内容。

"那时毛皆已睡,被我们从床上拖起。他还以为我们是强盗光临他家呢!吓得他直喊大王饶命!我们便逼他将此案的真相说个明白,而且说小青龙已经告诉我们说是你的唆使,景欧为盗实在是为你所害。但是你和景欧有何怨恨,要存心害他,快快实说。我等是江湖侠客,专代人打抱不平;如有半句谎言,一剑两段!他方才说出自己因为想要景欧的妻子,曾遭驱逐,所以衔恨入骨,处心积虑,借这机会害他。却不料景欧的妻子业已自杀,自己的计划依然落了个空。于是我们逼他将口供写在纸上,再把他缚了起来,悬在梁间,然后退回。

"次日一早,我们二人马上去见蔡师霸,把这事详细告诉他,且把毛皆亲笔写下的口供给他观看。那时他不能再袒护毛皆了,叹了口气说道:'原来此案尚有这么一重的黑幕,我实在冤枉了陈孝子。毛皆的心术太险,人心鬼蜮,一至于此。'他遂立刻令捕役去把毛皆捉到,又将小青龙从狱中提出审问,我们二人在旁做见证。小青龙便实说道:'景欧并非盗党,都是毛师爷教我说的。至于赃物也就是我分得的,是毛师爷预先埋在陈家花园的。'

"蔡师霸便问毛皆,哪知毛皆当堂不肯承认,反说他受了我们威吓,要避免生命危险,才不得不如此说,并非出自本意。毛皆又说,至于小青龙的话,前后矛盾,显见得也有人逼迫他如此说话,要求县太爷明断。毛皆如此狡猾,倒弄得蔡师霸疑惑起来。他又要用严刑审问,我们遂劝住他,说现在何涛等已去捉拿盗首;毛皆既然不肯承认,不如把他暂行收监,以后一齐审问,好对个明白。蔡师霸听了我们的话,便把毛皆系狱。你们想毛皆狡猾不狡猾,可恶不可恶,这种人断难饶他。"

周守道听了说道:"哎呀!原来其中是这么一回事。我女婿待毛皆亲如兄弟,想不到恩将仇报,把我女儿也害死。真是天理不容,人神共愤!"

何涛道:"现在县太爷快要坐堂审问褚混混,我们不如一同去听听。"

剑秋道:"也好!"于是一行人齐走到县衙里来。只听得衙役正在呼喊,站班伺候蔡师霸坐堂。剑秋等都立在阶下旁听。

蔡师霸升堂坐定,即命差役先将褚混混、卫狗子带上。褚混混等戴上手铐,被衙役们推到堂前,见了蔡师霸,立而不跪。

蔡师霸勃然大怒,便将惊堂木一拍,喝问道:"你就是大盗褚混混么?身犯国法,见了本县还不跪下?"喝令左右将棍重打。于是有两个差役,握着笨重的木棍走过来,照着褚混混的后腿敲几下。褚混混不觉扑地跪倒,左右将他按住。

蔡师霸问道:"倪家的劫案是不是你领着党徒去做的?"

褚混混道:"正是!人也是我杀的,物也是我抢的。今日到此,不必图赖。"

蔡师霸又问道:"那么你的盗党里面,可有陈景欧这人,他是不是坐地分赃的,快快实说!"

褚混混道:"是不是宜阳有名的陈孝子?他哪里会做强盗?我也和他素不相识,岂有受他指使之理?但我也听得有人陷害他有份,这不是冤枉好人么?可笑你这狗官,枉自做了一县的父母,偏会听信人家的谣言,将他屈打成招,押入牢笼,真是昏聩之至。若被包龙图、海青天在地下听得了这个消息,岂不要笑得肚皮痛么?"

蔡师霸被褚混混这么一说,气得面色转变,便吩咐左右将石五官和小青龙等两个地痞,以及毛皆、陈景欧一齐提到,逐一审问口供!小青龙等和石五官都说此案和陈景欧无关。

蔡师霸向小青龙喝问道:"你今天说此案和陈景欧无关,那么你为什么以前苦苦攀陷他是强盗呢?"

小青龙指着毛皆说道:"是姓毛的唆使我说的,现在我们都已捉到,我也觉悟,不该冤枉好人。"

蔡师霸冷笑一声道:"今天你才觉悟么?"于是又问毛皆道:"陈景欧明明是无辜的人,你却指使盗党捏词陷害,究竟存的什么心思?你是懂刑法的人,怎么知法犯法,快些直招!"

毛皆依然不肯承认,却说道:"小青龙出尔反尔,或者他受了别的奸人唆使,要来害我,请县太爷明判,使小人不致无端受冤。"

蔡师霸刚要追问时，褚混混却在旁大声嚷道："我来说一句公道话，我们行劫倪家是小青龙勾结了我们做的，实在与姓陈的并无关系。不知为什么要牵连他吃官司？我褚混混是个好汉，大丈夫一身做事一身当，何必要去攀及不相干的人？现在既然不幸被擒，也不必图赖。好在我手中也杀了不知多少人，计算起来，倒也值得。此番砍了头，二十年后仍旧是一条好汉。小青龙，我们要死一同死，算是义气，何苦噜哩噜苏去牵连人家！"

小青龙听了褚混混的话便说道："褚大哥说得是，我们死在一起，倒也快活，我年纪也有三十岁了，死了也不算寿命短，怕什么呢？本来也没有要陷害人的念头，都是那姓毛的教我害姓陈的，我上了他的当哩！"

蔡师霸听得明白，对毛皆说道："你听了么？他们都说此事与陈景欧无关，你却无中生有，含血喷人，险些儿使本县误杀好人。你还不直招，不然也叫你尝尝那虎头夹棍的滋味！"于是吩咐左右夹棍伺候，把毛皆上了刑罚。

毛皆熬打不住，终于招了。陈景欧在旁听得毛皆招认，心中才明白，不胜悲愤。蔡师霸吩咐书吏一一取了口供，将各人定罪，分别送入牢中。

陈景欧无罪释放。于是此案真相大白。宜阳人民闻得这个消息，一齐称快。

蔡师霸因为剑秋等有协助捕盗之功，遂要邀请他们在县衙中留宿一日，设宴报谢。剑秋等岂会贪此口腹之惠？于是再三辞谢，一齐出得县衙。

陈景欧和周守道相见，他听得芷香身殉的噩耗，抱头大哭。痛骂毛皆无良，把自己害得如此田地。幸亏天网恢恢，疏而不漏，大盗受缚，冤屈得伸。周守道一边安慰他女婿，一边介绍他女婿和剑秋等相见。把剑秋急功好义，挺身出来代他申冤的事情一一告诉。

陈景欧便向五人下拜致谢，剑秋等把他扶起，也安慰他几句话。景欧要请剑秋等到他家里去坐坐,剑秋等一口答应,遂别了何涛,去到陈家。

路上看的人拥挤不堪,如观赛会。说什么侠士哩、孝子哩,纷纷传说。陈家的大门也同时启开,陈景欧请众人入内;临时雇用了几个仆人,打扫收拾。请众人在厅上宽坐,自己走到房中。景欧想起了芷香,触景伤情,放声痛哭了一回。遂命下人到饭馆中唤了一桌上等的酒席,买了两坛子酒来。到得晚上,便设宴请剑秋等,说了许多感谢的话。剑秋等对他十分敬重,无非用话安慰他。

酒酣时,玉琴对剑秋无意中带笑说道:"我们到这里已有好几天,都为了要寻访那黄鹤和尚,却救了一个好人,破了这盗案,总算不曾白走。但是黄鹤和尚却依然不见,教我们到哪里去找他呢?"

剑秋正要回答,忽然陈景欧向他们问道:"你们要访寻的那个黄鹤和尚,可是龙门山中那一个?"剑秋道:"正是。"又对景欧道:"我们已到过龙门山,未能见面。后来听得人说他时常到宜阳来饮酒的,所以我们赶到这里来了。敢是你知道一二?"

景欧道:"我与那黄鹤和尚是个方外之交,也曾到过他山中去。他也时常到这里'一壶天'酒馆喝酒,时时和我下一局围棋,消遣一日。但是他却不大出来,他已经好久没有来了。我正惦念他呢!"

剑秋道:"呀!他没有来么?那么到了哪里去了呢?"

景欧道:"黄鹤和尚脾气古怪,不愿和陌生人相见,且不喜多管闲事。他可能在寺中没有出去,对你们说不在,不过是推辞而已。"

玉琴道:"可不是嘛!那个小沙弥和我们说话时,面上笑嘻嘻的。恐怕黄鹤和尚真在里面,不肯出见,有意说谎,我们上了他的当了。我们明天不如马上回到龙门山去,再去看他。倘然他再推托时,我便不管好歹,闯将进去,把那和尚捉出来，看他到底见不见。"说得众人都笑了。

剑秋道："琴妹说得好爽快，不过，我们有事请教他，怎好这样无理呢？"景欧道："你们要见黄鹤和尚，不如待我伴你们去走一趟，总能够与他见面的。却不知你们有什么事请教他？"剑秋遂将邓家堡的事，告诉景欧。景欧便说道："那么此事不宜耽搁，明天我就奉陪诸位前往。"

剑秋道："很好，有陈先生同去，不愁再落空了。"

于是这天夜里散席后，剑秋等都于陈家住宿。景欧略尽东道之谊，也不能算什么报答。次日早上又请众人用早膳，景欧把家事托给了他的丈人周守道，立刻就要伴他们同走。剑秋等遂到何涛家中，取了行囊和坐骑，回到陈家。于是一行人同行，不多几天又回到龙门山了。

大家迤逦上山，走到龙门寺前。云三娘忽然教景欧匿到庙旁树后，并且说道："仍让我们去叩门，试试他见不见。"五人遂走过去上前叩门。

不多时，门开了，走出那个小沙弥。一见五人，不觉一呆！

剑秋便道："请问你们师父可曾回来，在不在此？我们要见见他！"

小沙弥摇摇头答道："这几天没有回来，只好对不住你们白走了。"

薛焕大声说道："你这话可是真的么？出家人不能说谎，我们特地前来见他，为何终是不见？"小沙弥听了，面上露出尴尬的样子说道："并非不见，实在没有回来。"

剑秋道："好！那么我请一个人来见他如何？"遂回头喊道："陈先生快来！"

景欧便从树后走出，很快地走过来说道："慧觉，你认识我么？师父究竟在寺中么？我们有事要见他，不是玩的，你老实说。"

那小沙弥突然见了景欧，不由面上微红，向景欧行礼道："原来是陈先生驾临，我不能再说谎言了。师父正在寺中，没有出去，请里面坐。"

剑秋等哈哈笑道："你这小沙弥好不狡猾，见了我们总说师父不在寺中；现在换了一个人，怎么你师父就已回来了呢？难道在一刹那间变出来的吗？"

小沙弥道："请你们不要见怪。我师父不喜欢见生客，教我如此说法。我也不得不说！"

玉琴道："我们上了你的当，真是不浅！你师父怎么如此搭架子？"

小沙弥道："他老人家就是这样的脾气，抱歉得很！"说罢，便上前代他们牵了坐骑，请众人进去。

景欧当先，一行人穿过大殿，绕过回廊，走到一处花木幽深的禅室前面，禅室中透出一缕清香，小沙弥早和景欧先走进禅室中去。五人立在庭中等待。一会儿景欧回身走出，对五人说道："黄鹤和尚有请。"于是五人跟着景欧，走进禅室。只见禅室中清雅高洁，宛如名人书房。

禅床前面立着一个老僧，相貌清奇，长髯过腹，穿着一件黄布衲，踏着云鞋。向五人合十说道："贫僧不知居士等驾临，有失远迎。罪过罪过！"

剑秋暗想：都是你不肯接生客，让我们到宜阳县兜了一个圈子。遇见陈景欧，二次到临，方才得见，你还要说什么客气话？便带笑道："我等此来有要事相求，望上人不吝教诲。"

黄鹤和尚道："居士等有何见教？且请坐了再说。"于是大家告谢坐下。小沙弥早献上香茗和果盒前来。

剑秋便把邓家堡邓氏兄弟在地方上为非作恶，以及他们自己的来历，约略奉告。

黄鹤和尚肃然起敬道："原来居士等都是昆仑派剑侠，失敬得很。贫僧也听得一明禅师的大名，亦侠亦仙，不可企及。邓氏兄弟做了土豪恶霸，为害不浅，有违了他们亡父的初衷。可惜！可惜！"

剑秋道："他们堡中机关甚多，名唤什么五花八门阵。我们去了两次，都受伤而退，未能将他们铲除，这是大大的遗憾。听说那五花八门阵以前是上人代他们摆设布置的。解铃还仗系铃人！所以我们专程拜访上人，想求上人指示破解方法。想上人断不致袒护恶人，而拒绝我们的请求吧？"

黄鹤和尚听了剑秋的话，拂着银髯，叹口气说道："不错，这是贫僧以前代他们计划的，约有数十年了。当初他们的亡父邓振洛和我相识，他因要防御冤家，所以和我商量。贫僧一时之兴，代他设下了那个五花八门阵，久已忘怀。不料邓氏兄弟借为护符，公然作恶。贫僧不啻为虎增翼，助纣为虐，岂是贫僧始料所及的呢？难得居士等仁心侠骨，前去除恶；还不惜远道驾临，要贫僧助一臂之力，贫僧岂敢辜负盛意呢？"说罢，立起身来，遂向书架上抽出一本小小图册，展开来给剑秋等看，说道："这就是五花八门阵的图解和说明书。你们看了这图册，便容易破了。"

大家立起身，凑在一起向那图上观看。只见上面方的圆的，绘着许多门户，旁边注着小字，还有三角式红色的记号，以及绿色的点线，黑色的直线，一时也看不明白。

黄鹤和尚道："待贫僧约略为居士等一讲大略。好在有说明书，诸位细细看毕，便能详悉。那邓家堡的外墙是四方的，分着东南西北四个大门，门里并无埋伏。里墙却是圆形的，第一道分着五个门户，唤做金、木、水、火、土，其中四个门内已有埋伏，只有土门是平安的。第二道门户是按着八卦形成的，乃是乾、坤、震、艮、离、坎、兑、巽八个门户，里面藏着不少机关。有的能致人死命，十分难走，非个中人不易知晓，只有巽门是平安的。

"那图上三角式红色的记号，便是表明机关所在之处；绿色的点线，是表明进去的途径；黑色的直线是表明出来的途径。你们走的时候，须得走了十步，向左一转弯；再走了十步，向右一转弯。这样可以不致误中机关，避免危险。出来的时候，却先向右转，也是这样十步一转弯的走法，要记好左右罢了。至于详细情形，请你们看了说明书，便可知道！

"不过中间还设有一司令楼，有人在上面瞭望。倘然敌人进了火门，他们就扯起红色的灯笼；若进了乾门，便鸣钟一下；进了坤门，鸣钟二下。以此类推，他们便很容易知道敌人的所在而向他包围了。贫僧现在把这图册赠予诸位，望诸位前去可获胜利。贫僧感谢不置，因为贫僧也在这里忏悔了。"

剑秋接过图册，向黄鹤和尚表示谢意！并说道："得了此图，破邓家堡易如反掌了，这都是上人之力。"

黄鹤和尚又问起他们怎会知道那五花八门阵是他所摆设的，剑秋为了遵守那老叟的叮嘱，不肯直说，只得含糊推托过去。黄鹤和尚又向景欧问起别后情形。景欧叹了一口气，便把自己被毛皆陷害的情形，一一奉告。黄鹤和尚也不胜叹息，便问景欧此后怎样。景欧道："家室已毁，功名无份，我对于这个尘世更有何求？却逢到昆仑剑侠，眼见他们飞剑弄丸，行侠仗义，不胜羡慕。我想和他们同上昆仑，拜见一明禅师，收我做个徒弟。情愿在山学艺，不知道我的愿望成不成功？"

剑秋道："陈先生有此决心，我们一定带你前去。"

景欧大喜道："既然如此，今后我也不再回宜阳，免伤我心，跟你们一起走吧！"

剑秋点点头，表示允意。于是景欧便借过笔墨，写了一封信给周守道。说明自己上昆仑山去，一切家事托他代理；自己厌弃尘世，不回来了。这封信便托黄鹤和尚差人代为送去，于是黄鹤和尚便留众人在寺中用素斋。饭后，剑秋等和景欧与黄鹤和尚道谢告别，黄鹤和尚也不坚留，送出门外。剑秋等牵了坐骑，拜别了黄鹤和尚。一共六人，走下龙门山，向洛阳进发。

这一天到了洛阳城，正要寻找旅店，以便歇脚。忽见大路上有一顶小轿，飞也似的过来。轿里隐约坐着一位糵者；轿后一头黄骠马上坐着一位蓝袍少年，气宇英俊，腰下佩着双剑。不是别人，正是大破天王寺的时候所遇见的那个奇人公孙龙。公孙龙也瞧见他们，大家不觉惊奇起来。

第四十二回

意马心猿绮障难除
顾前失后刺客成擒

奇人公孙龙以前在前文略露头角,天王寺中突如其来,飘然而去,好如神龙见首不见尾。现在忽地又和琴、剑等重逢了,少不得先把公孙龙的来历补述一下。

公孙龙世居河北邯郸,生身之母早已故世。他的父亲叫公孙清,娶了一位继室赵氏,又生了一个幼子。因此她在丈夫面前说公孙龙的坏话,并且常常虐待他。公孙龙少时又不爱读书,反喜刺枪弄棒,好勇斗狠,和邻间小儿成群结队,两边打架。赵氏别的事不教他做,却教他到山上去打柴。

有一天,公孙龙和一个小儿打架,一失手将那小儿打坏了。那小儿的家人哭哭啼啼的,只道那小儿已被打死了,遂抬到公孙龙家里来,要他抵命。公孙清恰好出外,弄得赵氏无法对付。幸亏邻人劝解,把那小儿抬到伤科医生那边去医治。

公孙龙知道自己闯出了大祸,后母对他本来就很厌恶,现在一定不肯饶恕他,没奈何,只得往山上一走。那时他不过十二三岁,单身出外,教他哪里去找容身之地?路上有一顿没一顿地逃到山东德州地方,却遇见一个老道,执着拂尘,长须飘拂，相貌清奇。一见公孙龙穷途末路，便问他到哪里去，公孙龙老实告诉。

老道便对他说道："可怜的孺子，茫茫大地，你走到哪里去呢？不如随我一起走吧！"

公孙龙本是胆大的人，即有人收留他，自然很愿意相随；便向老道拜倒，愿拜他为师。老道微微一笑，扶他起来，教他跟着走。行到登州海滨一个山上寺中去。

那山名唤小青山，那寺叫作清心寺，就是老道修道之处。那老道名唤黄一清，也唤清心道人。庙中人也不多，公孙龙便住在庙中，为道人执役。道人见他很勤恳，十分喜欢他。这样过了几个月，他在山上读读书，做做事，空闲时在山头赏玩风景，很觉无聊。

一天，清心道人自外边归来，饮酒之时，把公孙龙唤来，对他说道："我见你天资聪颖，是个可造之才。现在乱世之时，正要用武，不如待我教授你一番武艺，好使你有防身本领。"

公孙龙听了，正中下怀，遂拜求清心道人即日赐教。清心道人又喝了数杯酒，便领公孙龙到一间室中去。室中陈列着刀枪剑戟，许多兵器。清心道人便问公孙龙喜欢学习哪一种，公孙龙要学双剑。

清心道人道："这种兵器，马上步下都可使用，但是别的兵器也须学习。我今天教你双剑，其余的可以随时学习。"于是选了四把宝剑，与公孙龙各执一对，走至后园空地上，开始教公孙龙舞剑。

公孙龙尽心学习，一步步由浅入深。不到半年，公孙龙的剑术已有大大地进步了。

道人对他说道："你学的还只是第一步，进步得也算不慢，现在把第二步教给你。至于第三步却非寻常人所望及，到时再说吧！"于是便把双剑使开。

初起时，两道白光兔起鹘落，后来舞得紧凑，并成一团白光，滚开来如车轮大。道人的全身都隐蔽在白光中，不见影踪，剑光到处，似有风雨之声。舞了一回，白光渐渐收小，忽地又向东边飞起。

公孙龙抬头看时，见道人已跃登一株高可数丈余的老松上，双剑抱在怀中对公孙龙微笑道："此春秋时老人化猿法也。你可精心练习，不难登峰造极。"

清心道人又把别的武艺教给他，先教授他几路破敌人的剑法，公孙龙更加用心练习。三年之后，公孙龙已学得浑身本领，非常人可及。但是公孙龙以前听了道人的话，始终念念不忘于第三步剑术，想要一起学会。但是他向道人屡次固请，道人总是微笑不答，且也没有教他。公孙龙等得好不心焦。

一天早上，他又走到道人静室中，要求他教授第三步剑术。只见道人双目下垂，坐在榻上，似睡非睡，不知在那里做什么。于是喊了声："师父！"道人不答，公孙龙又唤了二三声，声浪稍大。

道人睁开双目，见了公孙龙，却道："我正在练气，你有何要事来此搅扰了？"

公孙龙拜倒道："弟子想求我师把第三步剑术赐教。"

道人叹了一口气道："你的志向固然很好，可惜你非其人。并非我不肯教你，实在这第三步剑术，断非一般红尘中人能够苦心练成的。现在我老实告诉你吧！在唐朝贞元中的时候，魏博部下大将聂锋，有一个女儿，名唤聂隐娘，十岁的时候，被一老尼诱到山中，把剑术、隐身等秘法教授给她。后来聂隐娘学成回家。聂锋本来对于这个女儿不是十分喜悦的，所以任她去。这时隐娘忽然认识了一个磨镜的少年，要求她的父亲允许和这人结为夫妇，她的父亲也答应了。

"不多时候，她的父亲也故世了，后来魏帅和许州的节度使刘昌裔不睦，魏帅使聂隐娘去取刘昌裔的头颅。隐娘和磨镜少年，共骑黑白二驴而去。但是刘昌裔有神算，预先知道隐娘要来，途中厚礼迎之。隐娘夫妇感他的情意，遂留在许州，不回去了。

"隔了月余，魏帅知隐娘不回，便使部下一个剑客，名唤精精儿，去杀隐娘和刘昌裔。这天晚上，刘昌裔安居无事，忽见红白二幡，在他的卧床四隅，飘飘然相击。不多一会儿，闻铿然之声，一人从空中落下，身首异处。隐娘也露出倩影，说刺客精精儿已被击毙。遂把死尸拖出堂下，洒上一些药粉，尸首瞬间化为一堆水了。

"魏帅见精精儿没有成功，又叫妙手空空儿去。妙手空空儿的神术，神鬼都不能蹑其踪。隐娘事先知觉，遂请刘昌裔颈环于阗之玉，拥衾而卧；她自己化为小虫，躲在刘昌裔腹中。将近三更时分，刘昌裔闭了眼睛，却尚未睡熟，忽闻项上铿然有声。于是隐娘由他口中跃出，恭贺他已脱离危险；并说妙手空空儿犹如俊鹘，一击不中，翩然远逝，决不会再来了，所以尽管放心。刘昌裔仔细看那块于阗之玉，历历可见匕首裂痕，从此更加厚待隐娘。隐娘不愿多留，夫妇二人便告辞而去。"

清心道人把聂隐娘的故事说完了，又对公孙龙说道："那聂隐娘便是学了第三步剑术的女剑仙。不过这功夫是可望而不可及的，并非我不肯教你。"

公孙龙听了聂隐娘的故事，津津有味，愈加要学了。遂又恳求他师父道："聂隐娘既能学到，那么弟子也可以学到。弟子情愿苦心熬练，誓要将这第三步剑术学会，才无憾恨，望师父成全。"

清心道人道："唉！你怎么向我纠缠不清呢？我生平不肯多收弟子，教授武术也是适可而止。以前我教你师兄雷殷，他也是正学第三步剑术，但是半途中废，不能成功，现在他早已下山了。照你的剑术也可下山自己去做一番事业的，为何偏偏要学剑仙？也罢，我就给你一次尝试。学剑术必先练气，你在今天晚上，从戌时起，照我这样跏趺静坐，直到子时过后方止。

"在静坐当儿，须得闭目凝神，一志绝虑，不可生妄念。那时如有各种外魔引诱你，你须要志向坚定，不受引诱；否则学道未成，邪魔已入，岂不是非但无益而又害之么？照这样静坐三月，方能起始学习。不过，我有一句话须向你说明。倘然你果然能够不为外魔所诱，坐过三月，我自然会教你。但是一旦为外魔所诱，你就失败；到那个时候，你也不必再来见我，请你自己下山去吧！"

公孙龙暗想：只要我志向立定，怕什么外魔？便满口答应，心中喜不自胜，再拜而出。到了晚上戌时，他关了房门，坐在椅上，起始静道。起初时，心里有许多思虑，盘旋不已；摒弃了这个，那个又来。觉得方寸之间，总是不能澄清。听得庙中一二声钟声，渐渐地把散漫的精神归结拢来。直坐到将近子时，忽听窗外一声响，两扇窗门开了。一个硕大无比的头颅钻了进来，青面獠牙，两只眼睛大如铜铃，伸出了血红的舌头，好像要来吃他的样子。

他起初心里一吓，想要起来抵抗。继而思起山中何来鬼怪，莫不是师父说的外魔？我却只要不动心，不去管他，不去瞧他。遂依然将双目一闭，只当不见。忽然，觉得一阵阵冷气吹到他的脸上，那血红的舌头也舐到他颊上，他总是忍受。一刹那间，那硕大的头颅果然不见了。

接着梁上一声巨响，他不觉抬头一看。黑暗中瞧见有一条白花蛇，全身如碗口般粗，长有二丈余，由梁上垂将下来。他料想这也是外魔，仍旧不动心。看看那蛇已到他的头上，先向他颈里一绕，然后全身盘将下来，好似一条巨索，把他紧紧缚住，不能挣扎。那蛇首又凑到他面上来，腥膻之气难以忍受。但他一心一意要学剑术，把他的一颗心镇住不动。隔了一刻，那蛇渐渐的脱离了他身体，向窗外蜿蜒而去。

他吐了一口气，自言自语道："这不是外魔么？侥幸侥幸，总算我能够不动心，不致失败，再没有别的可怕的东西吓我了吧？"

又静坐一回，忽然隐隐听得庙门外车马喧闹，人声嘈杂。有五公差走向他室里来，手中托着一盘一盘的金银彩帛，放在桌上，一齐向他跪下道："我们是山东巡抚特遣到此，迎接公孙龙大爷前去的。因为巡抚老爷久慕公孙大爷的才能，要请大爷去做将军；督领三军，征剿登、莱一带的海盗。将来立得功劳，巡抚老爷当保奏于皇上任用。现在送上一些礼物，请公孙大爷哂收，也请公孙大爷即日动身，门外已有车马伺候。"

公孙龙听了，暗想：哪会有这种事？明明是外魔来缠扰了。便眼观鼻、鼻观心的不动声色，依旧静坐。隔了一刻，那些人却不见了。

公孙龙心地澄清，坐到将近子时，心中暗想：只要坐过这个时刻，便不怕外魔了。忽听窗外环珮之声，室门轻轻自开了。有两个古装的仙女，姗姗步入，年约十六七，服青绫之袿，明眸流盼，神姿清发，正是绝世美人。齐向他敛衽道："上元夫人有请！"公孙龙自思：邪魔又来了，上元夫人请我去做什么呢？依旧把一颗心镇静着。仙女又说道："上元夫人闻先生学习剑术，欲将秘传告之先生，行宫不远，敬请先生驾临！"

公孙龙依然不响，见那二仙女一笑而去。去后香风满室，熏得他心旌摇摇。暗想：以前我在师父那儿，曾经看过一本《汉武内传》。汉武帝好求神仙，西王母遂在七月七日到汉武帝宫中，大张盛宴；王母更遣侍女郭密香去请上元夫人。上元夫人授帝六甲灵飞十二事的秘传。那时酒觞数遍，仙乐齐奏：王子登弹八琅之璈，董双成吹云和之笙，石公子击昆庭之金，许飞琼鼓震灵之簧，婉凌华拊五灵之石，范成君击湘阴之磬，段安香作九天之钧，法婴歌玄灵之曲。仙界的欢会，旷世难逢。那上元夫人是个著名的女仙，如果她也懂剑术，那么我千万不要错过了机会了。"

一想至此，忽觉已身在庙门之前。明月当顶，人影在地，风吹落叶，簌簌有声。遥望左边峰上有一盏明灯，隐隐有仙乐之声，从风里传来。

他遂向峰上信步走去。到了峰巅，见旁边有一座琳宫贝阙，凌空而起，乐声就由那里传出。他走了过去，又见方才那两个仙女，手里提着红纱灯，对公孙龙带笑说道："夫人知道先生驾临，待命我等迎候。"

公孙龙身不由主地跟她走去，走到宫阙之中，里面是说不尽的画栋珠帘，绣闼雕梁，琪花瑶草，明灯宝镜，真是仙界之地，与众不同。

花园中许多仙女，正在一间殿上，合奏仙乐。一见公孙龙来到，乐声戛然而止，殿上卷起珠帘。只见正中珊瑚宝座中，坐着一位仙女，凤鬟云鬓，仪态万千，说不出的妍秀静雅。

她微欠玉躯，对公孙龙说道："先生立志学剑术，我有秘传，愿奉告先生。"

公孙龙不觉对夫人长揖。夫人便请他上殿同坐，款待亲密，又命设宴飨客。咄嗟之间，酒席业已摆上。云芝瑶笋，火枣文梨，正是穷极珍异。上元夫人和公孙龙相对而坐，殷勤献酒。

席间众仙女竞奏仙乐，靡靡然，飘飘然；公孙龙好像处身别一境界，完全忘掉了他的本来了。畅饮数杯，不觉颓倒。上元夫人便命左右二仙女过去扶他，一齐向深宫中去。又有数名侍女，熏香掌灯，在前引路。曲曲折折，走到一间密室。

室中陈设非常华丽，而且满室有一种兰麝的香气，迷人欲醉。上元夫人挽着公孙龙，同坐沉香榻上。侍女们微笑退出。

上元夫人对他微笑道："我与你是有一重姻缘，今日到此，事非偶然，当将秘传教你。"

公孙龙见夫人年纪还不满二十岁，遍体甜香，偎傍之间，足够让人销魂荡魄。情不自禁，方拥抱着夫人，忽觉全身好似瘫痪一般，倒了下来。睁开双眼，哪有什么仙宫？哪里有什么密室？更哪里有什么上元夫人？自己仍坐在黑漆的室中，身上出了一身大汗。

忽听窗外有人冷笑道："孺子，凡事不可勉强，魔心已动，无缘证果，你息了这个念头吧！"正是他师父的声音。连忙跳出去一看，不见道人踪影。回到房中，把灯点燃，心里非常懊丧。自思：我的操守不坚，敌不住外魔的引诱，又是失败了。那么我师父已很明白地对我说过，如若失败，不必再去见他，教我径自下山。我今更有何面目拜见师父，不如下山去吧！想定主意，把几件衣服打好了一个小包袱，背在背上，轻轻跃出庙门。

明月当头，人影在地，和适才的情景无异，但是回顾左边峰上，哪里有什么灯光呢？便向庙门拜倒，算是拜别师父。立起身来，举步若飞，走下小青山去了。

到得山下，天已大明。公孙龙心想：我是个无家可归的人，现在教我哪里去投身呢？忽然想起离开京师不远，在清风店地方，有一家亲戚，乃是他亡母的妹妹，嫁给那边一位姓沈的，开设一家米行，很是富有。虽然他自亡母死后，没有通过音讯，若然我去投奔，想姨母必能顾念旧时的戚谊，不至于拒绝的。心中盘定了，乃取道往河北而行。

这天赶到天晚，在一家小旅店住下。晚餐后，自思：我身无分文，怎好付出房饭钱呢？路极无君子，不如将近天明时我悄悄一走，便算了事。不过白吃了人家的饭，心中有些过不去，却也只好如此了。明天我总要想个法儿才是。盗窃非我所愿，不如一路乞食前去，还不失光明态度。想古人沿门托砵、吴市吹箫，英雄落魄，不得已而为之，也是常有的事呢！想了一刻，因为昨夜未曾睡眠，今日又赶了一天的路，有些疲倦，遂吹灭了灯，脱下衣服，到床上去睡。忽然觉得背后似乎有人影一闪，回头看时，却不见什么，以为自己眼花，就躺下安睡。

次日天明起身，忽见桌上有一封书信，不觉大奇。见信封上写着龙徒收阅，拆开一看，信中写着：

　　汝在山上数年,虽学道未臻绝顶,而所得技艺,已足万人敌。

　　此去务宜洁身自爱,好自为之,毋堕魔道。他日如有机会,当可重见。

兹赠汝雌雄剑，雄名紫电，雌名青霜，皆古代传下之物，汝当善用之。

　　又白银二十两，在汝枕边，可作盘费。前途方长，勉之勉之！

清心手笔

　　公孙龙读完这封信，回头见枕边墙上悬有一对雌雄宝剑，长有三尺，绿鲨鱼皮鞘，还见枕边果然放着一个纸包。知道昨夜临睡时所见的影子，便是师父来的，怎么自己不觉得呢？又感激他师父待他的恩谊，遂向空拜谢。走过去由墙上取下那一对宝剑，拔出来一看，寒光森森，十分犀利，果然不同凡物。便把它佩在腰间，又把银子藏在衣袋里，把信也藏过。

　　他开了房门，喊店小二进来，打洗脸水，又用过早餐后，遂携了包袱出去。到柜台边付了房饭钱，然后动身。朝行夜宿的，走了二十多天，方才到得清风店。他从来没到过姨母家中，便向人询问，姓沈的开的米行在哪里？谁知却没人知道。后来好不容易问着一家豆腐店里的老头儿，方知他的姨父前数年早已故世，那米行也已关闭。

　　现在沈家住在三官弄那里第二家。他遂走到那地方，叩门而入。见了他的姨母，几乎不认识了。谈了好多时，彼此方才明白。于是他姨母便叫女儿艳芳出见。

　　那艳芳年纪不过十五六岁，生得端庄秀丽；公孙龙还是在九岁时候和她见过面。那时青梅竹马，两小无猜。此刻回想当时情景，未免有情。从此公孙龙暂且住在他姨母家中，艳芳待他很亲切，如自己兄长一般。

　　公孙龙心中非常感激，因为他孤苦伶仃，自幼在后母手中过生活，没有人照顾过他。可是他的姨母见公孙龙年纪轻轻，却喜欢驰马试剑，不务正业，心中有些看不起他，常常冷言讥讽。公孙龙虽然觉得，但也无法可想，气闷得很；若没有艳芳时，他别无所恋，早已走了。

这样过了一个年头，正是腊斋月。恰巧天津有一商船，许多客人载了货物，要到南洋去做买卖，需人帮忙。他遂托人说项，推荐到那边去，情愿到外边走走，多少挣几个钱。于是他别了姨母和表妹艳芳，坐这船到南洋去了。两年后，果然获利而回，并且在一个岛上，练成了一种武功，行走如飞，使他本领更高。

他自南洋归后，带了许多闽、粤间的著名土货，送给他的姨母和表妹，且又积蓄得六七百两金子。所以他的姨母态度也变了，大有赘他为婿之意。凑巧他的姨母有个亲戚，姓谭名永清，新任孟津县，有信前来。他的姨母遂教公孙龙前去碰碰机会。

公孙龙检装而去，见了谭永清，是一个四十多岁的儒吏；生得白净面皮，微有短髭，待人接物，于严肃中带有温和。他见了公孙龙年少英俊，十分合意，便留他在那裏助一切，倚若左右手。

过了一年，公孙龙想念艳芳，便向谭永清请了两个月的假，回去探望。谁知到了清风店，恰巧前夜他姨母家中出个岔子，乃是他表妹在夜里被人劫去了。他的姨母正没法可想，见了公孙龙回来，心中稍慰，遂把事情告诉他，细寻线索。在失踪的日里，只有两个僧人登门化缘，被艳芳斥退了出去。一个肥白的和尚，贼忒嘻嘻瞧着艳芳说道："小姑娘不要这么无礼，我当接你去快活。"说罢，又在门外相了一遍，扬长而去。仔细想来，也许是那两个化缘和尚做的。

公孙龙点点头，遂到市上探问那两个和尚的踪迹。问到一家小旅店，知道那两个和尚是打从张家口天王寺来的，内中一个肥而白的便是天王寺的住持四空上人。到此募化三日，便在艳芳被劫去的夜里走的。

公孙龙想事有可疑，莫不是那两个是采花的贼秃？表妹落在他们之手，凶多吉少，不如待我至天王寺一探，再作打算。遂回家和他姨母说了，即日登程，赶至张家口。在夜间去天王寺窥探，恰巧五剑侠大破天王寺。他协助云三娘等，除去四空上人，找得表妹艳芳，不胜之喜，遂背着她回家。到了家中，母女重逢，恍如隔世。且喜艳芳虽然被陷淫窟，白璧之体尚未玷污。母女二人，更是感激公孙龙救助之恩。

他姨母遂和公孙龙提起婚事，公孙龙和艳芳早已发生爱情，况又经过了这一巨变，自然愿意早圆好梦。于是他姨母择了一个吉日，代他们正式完婚。婚后夫妇间的爱好，自不必说，约莫过了一个月，谭永清那边忽差急足持书前来，要请公孙龙即日前去。

原来谭永清已得了上峰的委任，升任了洛阳府吏。因为前任的洛阳府府吏把官印失窃了，事后虽知自己得罪了邓氏七怪，必然是他们盗去的。可是七怪势力浩大，又不敢去那边搜查，因此撤职而去。谭永清得知前情，自己也闻邓氏七怪的厉害，此次升任，便请公孙龙必要同他前去，好使他有保护的人。然后再可相机察探，为地方去除害。

公孙龙接到信后，便和姨母商量，要带艳芳同去，问她去不去？他姨母不肯离乡，但答应他准携艳芳同去。艳芳见母亲不去，心中有些不乐，只得随着公孙龙走。

隔了一天，两人把行装理好，遂拜别艳芳的母亲，动身赶到孟津县。谭永清见了公孙龙，便把这事讲了一遍。公孙龙愿意保护，遂一同坐了一口大船，驶至洛阳城外泊着。地方官早来迎候。谭永清携了家眷，先行离船上岸进府衙去，然后再打发一顶小轿和一头坐骑来迎公孙龙夫妇。

公孙龙要艳芳坐上小轿，自己跨着马，跟随轿子而行。

不想在路上恰好遇见琴、剑一行人，立谈之间，未能细说，于是公孙龙邀请他们同到府衙去一叙。琴、剑等十分爽快，遂随公孙龙一齐前往。到得府衙，公孙龙下马，邀着众人一同进去，先将艳芳送入内里，和谭永清的眷属一起，自己便陪众人在一间厅上坐着谈说。

大家以前在天王寺邂逅的时候，仓促间没有多谈；此时遂各把生平来历彼此告知，觉得都是同志，意气相投。大家又讲起邓氏七怪、剑秋、薛焕把他们到邓家堡窥探，以及如何受伤，如何访黄鹤和尚的事，详细奉告。公孙龙也将自己保护谭永清上任，以及前任知府失官印的事告诉他们。且言谭永清一向是个廉吏，不畏强梁，为民兴利除害；此番前来，颇有意要来翦灭邓氏七怪。难得遇见众剑侠，那么可以倚仗大力，破去这个邓家堡。

剑秋道："我们也要公孙兄相助呢！"谈了一回，不觉天晚。这时谭永清见客已毕，坐在书房中休息。公孙龙便引剑秋等六人去和他相见。谭永清一听，说道："你们都是昆仑门下的剑客，十分敬佩。"遂教人摆上酒筵，和公孙龙坐着陪饮。

谭永清对众人微笑道："闻得此地新任官吏必须要去拜望那邓家堡一遭，孝敬他们一些礼物，以求相安无事。但是不才素性耿直，不畏强暴，此番偏不去投谒，看他们想什么花样来对付我？我也要想法把他们除灭。一则代前任太守复仇，因为是他们盗了官印的；二则为地方除害。难得众侠到此，可以助不才一臂之力。"

剑秋答道："我等此来，正是也要除灭他们，可谓不谋而合。太守如有所命，愿随鞭镫。"

公孙龙遂将他们两次探察邓家堡的经过告诉谭永清。谭永清方知，他们来此和自己的目的相同，真是巧极，不觉大喜，遂请众人住在衙中稍待，明后日想定办法，一齐动手。

大家答应了，开怀畅饮，喝到二更过后，方才散席。谭永清另辟两间上等的客室，请琴、剑等六人下榻。至于公孙龙，却在里面另有精美的卧室。谭永清因为自己新上任，有许多公事要他亲阅，不肯偷懒，所以仍在书房中灯下披阅。夜深人寂，内外人等都已入睡，公孙龙却走了进来。

谭永清见了，便对他说道："贤弟车马劳顿，何不早睡？"

公孙龙道："小弟一些也不觉疲倦，情愿在此保护，以防万一。"

谭永清听他如此说，也就一笑无言，依旧在灯上检阅公文。听得外面已打三更，庭中忽然有一阵微风，对面的两扇窗忽然轻轻自开，一柄晶莹的匕首，赫然横在他的书桌上，心中不由大吃一惊。回顾公孙龙时已不见他的影踪，却听外面庭中有金铁相击之声。

原来公孙龙早已察觉，一个箭步，从房门外跳到庭心。见庭中正立一个黑影，手臂一扬，光闪闪的一柄宝剑已到了他的顶上。公孙龙赶忙使个大鹏翻身，转身一跳，已至那人身后，从腰间拔出那一对雌雄宝剑。

那人非常灵活，早已回转身，又是一剑，向公孙龙下三路扫来。公孙龙便把左手剑往下一挡，当的一声，把那人的剑格在一边；右手剑使个白蛇吐信，照准那人心窝戳去。那人已收转剑，使个苍龙掉尾，恰好把公孙龙的剑挡住。二人各显本领，将剑使开，在庭中酣战起来，搅成一团白光，杀在一块儿。

谭永清早已走出书房，唤起下人，报信出去，教众人来捉刺客。

此时衙中人都已惊醒。琴、剑等人在梦中惊醒，听得窗外有人喊捉刺客。玉琴穿衣起来，提起真刚宝剑，门也来不及开了，由窗中跃出。见剑秋恰也从那边客房里开了门跑出来，大家互问刺客在哪里。

小尉迟滕固也提着软鞭跑出，接着说道："刺客在里面，我们快到后边去。"

玉琴道："不错！"于是三人很快地往里边跑。听得庭中兵刃声，跑到那里一看。见公孙龙正和一人大战，月黑夜也瞧不出是什么人。

剑秋舞动惊鲵剑，跳过去喝问道："哪里来的小子，胆敢到此行刺！正是飞蛾投火，自来送死。"说罢，一剑向那人劈下。那人回剑迎住，玉琴、滕固也上前助战。

四个人把那人围住，奋勇厮杀，饶是那人怎样厉害，也敌不过这四只猛虎。那人知道自己遇了劲敌，今天不但行刺不成，恐怕自己反有危险。三十六计，走为上策！遂咬紧牙关，把手中剑使个银龙搅水式，向外一扫，把四人的兵器掠开，飞身一跃，已至屋面。四人哪肯放他逃生？也扑扑的如四头飞鸟，一齐跳上。

那人正要往前走，忽然前面飞来两个银丸，捷如流星。那人说声："不好！"一边将手中剑舞开，护住头顶，一边回转身向屋后奔逃。走至后墙，一跃而下。正想往林中躲避，忽见前面有一个黑影把他拦住，哈哈笑道："好小子，往哪里逃，俺老薛等你多时了。"

那人十分心慌，同时银丸也已飞至，再也没有勇气迎敌，掉转身往斜刺里要走。忽觉一件东西向他面门飞奔而来，不及闪躲，正中鼻子，打得他满脸是血，眼前一阵昏花。跟着一腿飞至，把他踢倒在地。

剑秋、玉琴等也已赶到，见薛焕已把那刺客按在地上缚住。玉琴不由大奇道："你怎么会在此间等候他呢？"

薛焕很得意地笑道："当你们闻讯跑出时，我料想来的刺客总不止一个。他们逃走时，总往后边来的，所以独自跑到这里等候。果然这小子跑来了，被我用小铁弹打得他发昏，然后将他踢倒的，可有别的刺客么？"

公孙龙道："没有，只见这一个人。"

薛焕遂把刺客提起，夺了他手中宝剑，和众人一起回到里面。

灯光之下，向那刺客一瞧。原来那刺客不是别人，正是"火眼猴"邓骐。

第四十三回

除七怪大破邓家堡
谒禅师重上昆仑山

当下剑秋便指着他,冷笑一声道:"邓骐,你自以为习了一身武艺,竟敢为非作恶,大胆胡闹。把前任知府的官印盗了去,还不算数,今夜又要前来行刺。恰巧遇见我等,还不是作恶自毙么?"

邓骐双目瞪着,一声也不响。众人把他推到谭永清那里,向他审问。

邓骐招认行刺不讳,且说道:"我兄弟义气为重。我虽不幸被擒,他们必要代我复仇,你们的头颅早晚不能保留在颈上。"

谭永清听他说话强硬,便把他钉镣收监,吩咐狱吏严密看守,等待七怪一齐捉来,再行发落。且严禁衙中众人,对于今夜的事不得泄露风声。又向剑秋等道谢,方才各自安寝。

次日下午,谭永清命公孙龙特请琴、剑等众人到花厅上,大家围坐,商议破除邓家堡的计策。

剑秋献计道:"现在有两个办法,不使贼子漏网。昨夜邓骐前来行刺,我们将他捉住;他们明知有失,必不放心。今晚一定再有人前来衙中探察的,所以衙中今夜不可不防。"

公孙龙听了说道:"是的,今日上午听说已有几个邓家堡的人到此探听消息,今夜他们必然有人前来搭救邓骐了。"

剑秋道:"所以我想拜托薛、滕二兄在此等候,以逸待劳,且可保护太守,其余的人可一齐前去动手。不过此番破灭邓家堡,有太守的命令,当然是堂堂正正的事情,理该给大家知晓,不比我们私人前去。所以请太守还须一边商请本城的军队,在夜间一同出发,把邓家堡根本除灭,方才名正言顺,不知太守意下如何?"

谭永清听了,连连点头说道:"壮士之言,精密之至!仰仗大力,在此行事。现在我可请本地的黄守备前来见面,一同商量。"

剑秋道:"很好。"谭永清立刻命令下人把自己的名刺,邀请黄守备即来府衙,商讨秘密事宜。

不多时,黄守备已跨马而至,飞速入衙。来到花厅上,先和谭永清行过礼后,谭永清便代他介绍和剑秋等相见,且告诉他昨夜擒获刺客邓骐。今夜这里预备要去剿灭邓家堡,故请守备在今夜带领官兵一同前去捉拿邓氏兄弟。

黄守备素知邓氏七怪的厉害,自己不是他们的对手,起初有些畏缩的样子。云三娘、玉琴等不免在旁窃笑。经谭永清说明一切,方才答应,今夜黄昏时候,率领二百官兵在城外钟家花园会合。

谭永清说道:"就是这样办,再好也没有了。不过,发动时务须严守秘密,好把他们一网打尽。"黄守备连说:"是是。"坐了一歇,告辞而去。

到得晚上,谭永清特地预备一桌上等的丰盛酒菜,款请众人。好在座中没有余观海、闻天声那辈酒徒,所以喝了一回,大家要办正经事,遂就散席。玉琴等装束妥当,各挟宝剑,马上就要动身。滕固和薛焕留在衙中保护谭永清,以防刺客再来。陈景欧是个文弱书生,自然也留在衙中。谭永清十分器重他，便和他挑灯夜话，以解寂寞。薛焕和滕固二人伏在书房两旁的暗隅，静心等候。

玉琴、剑秋、云三娘、公孙龙四人别了谭永清，悄悄地从后衙走出；出了城关，跑到钟家花园。只见黄守备已带领官兵在园中等候。剑秋等和他见面后，叮嘱了几句话。又说道："我们先去，你稍待再来，可把邓家堡前后围住，不要放人逃走。"

黄守备连声答应。剑秋等便施展飞行术，赶奔邓家堡。到了堡前，剑秋当先，仍由原处跃入。他在日里的时候，早已把黄鹤和尚所赠的图册看了数遍，仔细记得。所以他们便从土门进去，按着图中的记处，十步一转弯；走准方向，以免误中机关。进得土门，果然神不知鬼不觉的平安无事。

转到巽门，剑秋又对公孙龙说道："我们就要进这门去动手了，虽然得了黄鹤和尚的指示，不致误蹈机关，可是他们一定有提防，将有一番恶战。堡中心有个司令楼，上面有人看守，专司号令，指示敌人所在。譬如我们进巽门当儿，被他们发现了，便要鸣钟八下，使他们集中拢来，容易对付。公孙兄有极好轻功，要请你前去把这司令楼抢下，好使他们失了指挥的机枢。"

公孙龙答道："小弟就去。"说罢，将身一翻，好似一头白鹤，一点足跳上里面去了。

剑秋等走进巽门，果然便听见司令楼上鸣起钟来。但是不到一会儿时，就停止不响了，大概公孙龙已在那里动手了。玉琴、剑秋个个拔出宝剑，准备厮杀。

一会儿，便听门里喊声大起。"青面虎"邓骥、"穿山甲"邓骧、"出云龙"邓骏三兄弟，率领堡丁们，亮着兵刃、火把，杀奔前来。"青面虎"伤口已好，仇人相见，分外眼红，舞动手中刀，扑奔玉琴。

玉琴笑道："狗贼，前次被你占了便宜，今番却不能饶你了。"挥开手中宝剑和他战住。

邓骏、邓骥见剑秋中了毒箭却没有死，好不奇怪，一个儿舞开双戟，一个儿舞动双刀，把剑秋拦住厮杀。云三娘依旧立在旁边观战。众堡丁识得她的厉害，不敢上前，只远远地围着呐喊。

邓骒把他一二两路追魂夺命八卦刀法使开来，向玉琴上下左右砍去。玉琴有心要破他刀法，把她的真刚宝剑使得神出鬼没。一道白光，迎住邓骒的刀光，打在一起，如飞电穿梭般来来往往，奋勇酣战。正在这个时候，忽听背后豁喇喇三声巨响，三道白光如箭一般奔出。乃是朗月和尚同着赤发头陀、法藏在内闻得讯息，前来相助。

此时云三娘不敢怠慢，飞起两颗银丸，抵住三道白光，斗在一起。众堡丁觉得寒光森森，剑光逼人，有的削去头发，有的落下眉毛，再也立不住脚，一齐退去。

玉琴和邓骒战得难分难解之际，见邓骒第二路刀法已使完，得个间隙，故意卖个破绽，让邓骒一刀劈入，将身子微倾；乘势一个旋转，已撞到邓骒肩旁。宝剑一挥，使个枯树盘顶，向邓骒头上扫去。只听邓骒狂叫一声，半个头颅早已随着剑光倏的飞去一边，尸首向后直倒。

邓骏见了，心中不免惊慌，知道难以取胜，不如智取。他跳出圈子，往后便走，要想引诱剑秋。谁知剑秋并不追赶，却紧紧战住邓骥，不放他逃走。

玉琴杀了邓骒，余勇可贾，十分高兴，把剑使开，来助云三娘战赤发头陀和朗月和尚。他二人虽出尽全力，却不能取胜，心中未免惊慌。

忽然飞来一个白衣人，正是公孙龙。他听了剑秋的话，飞到里面，听得钟声；早已瞧见那座高的司令楼，扯着黄色的灯。他便飞到楼边，见一个黑衣少年，怀中抱着朴刀，手里执着千里镜，正在眺望，乃是"九尾龟"邓驰。

邓驰方在用心远望，不防公孙龙已凭空飞至，不知是否神仙，把他吓了一跳。

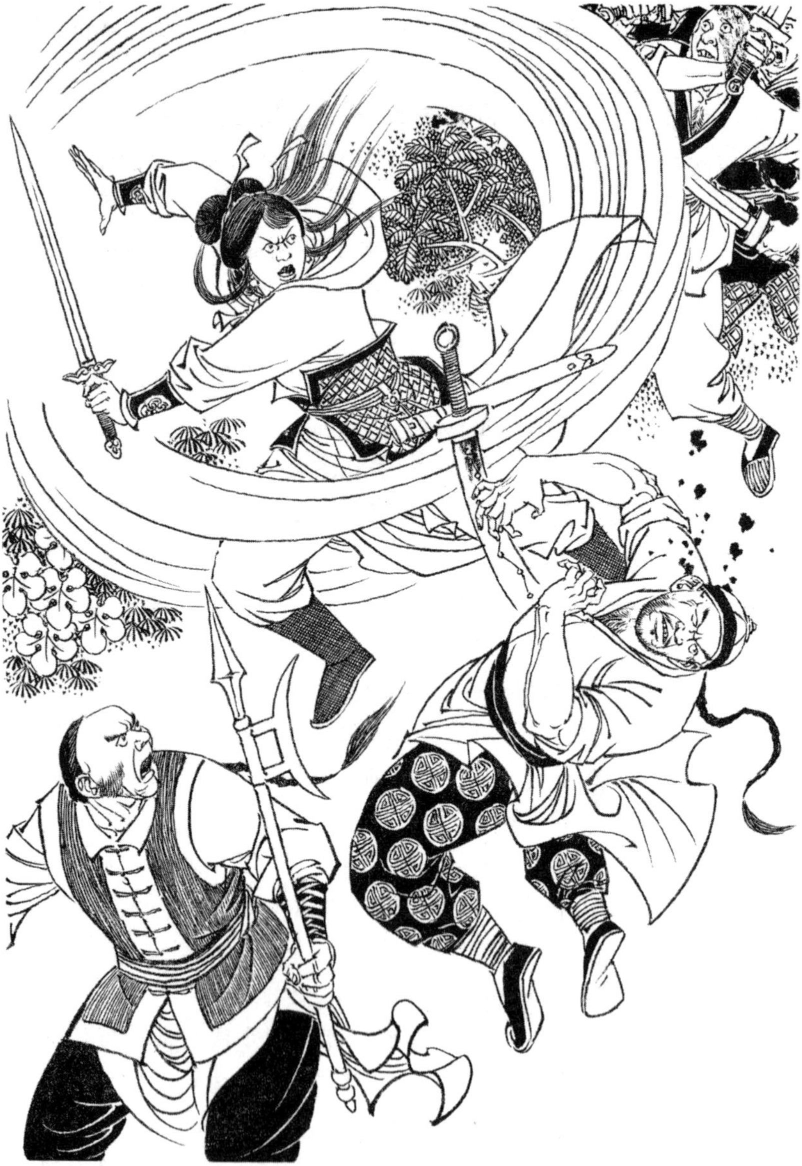

公孙龙右手剑起，把他刺倒，又一剑结束了性命。楼中还有四个堡丁，一个本在敲钟，见了这个情形，惊得他钟也不敲了，往楼下一溜烟地逃去。其余三个也想逃生，却被公孙龙把他们一个个结束了性命。

公孙龙又把那扯上的灯笼灭了，且把楼梯拆落，不让他人可以重新登楼。偶抬头，见有一颗方方的印信悬在梁间，知道是以前知府失去的那一颗官印了。便伸手摘下，缚在自己背后，然后施展轻功，跳出窗外，到剑秋那儿助战。他舞起双剑，直奔法藏顶上。

法藏从来没有见过这种奇人，便迎住他厮杀。公孙龙的双剑何等厉害，似两条蛟龙，把他自脸至踵紧紧围住。法藏的剑光一个松懈，被公孙龙一剑劈倒在地，砍去了一条肩膀，且被公孙龙将他身上的缚带解下，缚住了丢在一边。

朗月和尚一见形势不佳，便收转剑光向右边飞跑，云三娘的两颗银丸已跟着追去。此时赤发头陀也心惊欲走，却被玉琴奋起神勇，一剑刺去，正中他的心窝，仰后而倒，到地下去和茅山道士见面了。

公孙龙擒住了法藏，来助剑秋。邓骥眼见众人死的死逃的逃，心里格外恐慌，要想逃遁时，却又被剑秋的剑光逼住，不能脱身。现在加了一位公孙龙，教他如何抵挡得住？被剑秋一剑扫去，把他劈为二段。众堡丁纷纷向后门逃走。

这时外边喊声大起，火把齐起。黄守备骑着劣马，手横大刀，督令部下赶至，把邓家堡围起来。众堡丁逃出去时，却被官兵生擒活捉。

剑秋、玉琴等人见自己这边已经胜利，再向里面搜索；却见一个妇女穿着青色的外褂，手里拿着一枝梨花枪，同着几个女子，手里都握着兵器从内杀出，正是邓驹妻子夏月珍。

剑秋一摆手中惊鲵宝剑，跳过去。夏月珍早将梨花枪一抖，枪花如碗口大，照准剑秋面门刺来。剑秋把头一低，从枪尖底下钻过去，一剑刺向夏月珍的腰眼。夏月珍急忙收转梨花枪，把枪杆在手边一横，想拦住剑秋的剑。

谁知剑秋的惊鲵剑，削铁如泥，犀利无比，只听"当"的一响，夏月珍的梨花枪已被削断。夏月珍的玉容失色，回身要逃。但被玉琴拦住，喝声不要走！手起一剑，把她刺倒在地。

杀了夏月珍后，三人跑向内室搜查，见尽是些老弱妇女，不忍多杀，便由公孙龙把他们看管在一起。琴、剑二人回到外边，已有数十名官兵不顾高低，闯了进来。有五七个人已误中了机关，各得死伤。琴、剑二人连忙告诉他们堡内机关的厉害，休得任意乱走，自己送命。众兵遂都不敢向里边走，守在外边了。

黄守备挺着大刀，左右两个官兵持着大绷灯，照着他大踏步地走来。一见二人，便把大刀交与一个官兵接去。向二人作揖道："恭喜恭喜，仰仗诸位大刀，破得这个邓家堡。"

剑秋、玉琴笑一笑，便引导黄守备，以及十数名官兵，走进里面，把生擒的头陀法藏交与黄守备。黄守备又和公孙龙相见，遂吩咐几个官兵将妇女监押在一起，不许漏网。

这时云三娘已从屋上跃下，琴、剑二人迎上前问道："我师可曾将那贼秃结果性命么？"

云三娘摇摇头道："没有，便宜了那贼秃，他大概懂得水性，竟往河中跳。我没有水里功夫，只得便宜他逃生去了。"

琴、剑二人听了，不觉顿足可惜。于是四个人检点邓氏七怪：邓骐是昨夜在衙中早被擒住，邓骒被玉琴所杀，邓骥被剑秋所杀，邓驰被公孙龙所杀，赤发头陀被玉琴所杀，法藏被公孙龙生擒，朗月和尚已被兔脱。还有邓骏曾和剑秋交手，后来不知去向，大概也已兔脱了。不过还有邓驹、邓骋以及史振蒙，这三人今晚厮杀时，未曾见过，不知在什么地方？

玉琴说道："我猜着了，大概这三个贼子到府衙中去了。待会儿我们回去，终可明白。"

剑秋等都说道："不错。"于是四人和黄守备一齐商量，即日请公孙龙和黄守备带着官兵，在此看守；剑秋等三人先回去报告邓家堡的经过。那五花八门阵,明日由剑秋陪着谭永清到这里察看一番,然后雇请工匠,按着图册的指示,一齐把机关除掉,毁其巢穴。

公孙龙和黄守备都很同意。于是云三娘等三人别了二人,先离了邓家堡,赶回城中,来到府衙,已是四更过后。他们都由墙外越入,不去惊动他人,到得谭永清的书房中。见谭永清正和景欧、薛焕、滕固等坐着谈话。他们一见三人回来,大家起立相迎。

谭永清便问道:"邓家堡的事怎样了,诸位武艺高强,必然得利。"

剑秋遂把他们如何破邓家堡的情形详细奉告。谭永清等人听了,都不胜欢喜。玉琴便问:"这里可有邓氏兄弟来过?"

薛焕哈哈笑道:"你们跑去那里厮杀,我们却是以逸待劳,等候他们送来。可惜来了三个逃走了两个,惭愧得很。"

剑秋便问经过情形如何,薛焕道:"我和滕固兄在书房外边的暗隅中,等候到将近三更时分,忽见书房屋上,东西窜来两条黑影,我们依旧静伏着不动,看他们如何动手?那两条黑影在屋上蹲了一刻,好似静听里面动静。此时太守正与陈先生谈论经史;那两条黑影倏地奔到檐边,各使个蜘蛛倒坠式,挂在檐边,向里面探望。

"这时太守谈话忽止,好像也察觉到外边有人了。我们依旧不动。只听东边的一个,翻身一跳,到得庭中,从他腰中抽出一对鸳鸯锤来就要动手。那时我跳出去,把他截住,两下厮杀起来。那西边的一个,也跳来相助,白光一道,飞舞而至,是个深谙剑术的人。我就丢了那个使双锤的,和他迎战,原来是一个贼秃。滕固兄挥动软鞭,便接住那个使双锤的狠斗。此时屋上又有一个黑影,跳下来助战,手持杆棒,十分厉害。

"我恐怕我们人少,未免有失,如何是好?所以我用全力和他们酣战了一刻,便卖个破绽,跳出圈子,向后便走,假装逃走的样子。那个贼秃便奋勇追来,我就回身一连发出三颗小铁弹；有一颗正中那贼秃的眼睛，痛得他乱跳，要想逃走；被我一剑扫去，把他杀死。这时滕固兄也已用出杀手鞭法，一鞭将那使双锤的打倒。正要捆缚，不料那个使杆棒的奔过去，一连几棒，把滕固兄打了个跟斗。他们二人遂趁此间隙，逃上屋去。我就一人在后面追赶，滕固兄却不敢离开太守的书房。我追赶了一会儿，被他们两个在小巷东绕一个圈子，西绕一个圈子，一个失措，让他们逃走了。"

剑秋笑道："这是不明地理的苦处。"

滕固道："那个使杆棒的便是'赤炼蛇'邓骋，我以前也吃过他的亏。以后我总要格外小心，破去他那根讨饭的杆棒，便不怕他了。"

云三娘道："本来杆棒这东西，十分难用，也是十分难御的。"

剑秋道："薛焕兄杀死的那个贼秃，便是天王寺漏网的史振蒙，今天他的末日也到了。那么那个使双锤的必是'闹海蛟'邓驹了。邓氏七怪捉到一个邓骐，杀死了邓骒、邓骥、邓驰；还有邓骏、邓骋、邓驹那三兄弟，却被他们逃去了，余孽末靖，是一件缺憾的事。"

云三娘道："我们已破了他的巢穴，那三人虽然逃去，早晚也不得好结果的。"

薛焕道："不错，我希望他日我们再有时候遇见那三个贼子，总不肯放过他们了。"

玉琴笑道："我今夜杀得甚是爽快。那个青面虎和赤发头陀都死在我的手里，够了够了！只可惜逃走了朗月和尚。"

云三娘道："朗月和尚大概也是峨嵋派中的人，此后怨仇愈深，结果必有一场大开杀戒哩。"

玉琴道："最好爽爽快快杀他一场，见个高低，好使那些妖魔一齐消灭，称了我的心。"说得众人都笑了。

剑秋又对谭永清说道："现在那边有公孙兄和黄守备等一同监守，明天要请太守亲自去察看一下，雇工匠把机关拆掉，然后可以发落了。"

谭永清道："还要仰仗大力哩！"剑秋道："理当效劳。"于是众人也不想睡眠，谈谈邓家堡的事。

转瞬东方已白，谭永清便陪着众人用早餐。吩咐下人去唤八名工匠，自己便端正动身前往。带着捕役，坐着轿子，出得府衙。剑秋挟了图册，跨着龙驹，还有滕固、薛焕二人，也要瞧瞧邓家堡的情形，所以也跨着马，随在后面。八名工匠也跟在马后，一齐出发到邓家堡去。惟有玉琴和云三娘没事做，到客房里去休息。

谭永清等到了邓家堡，早有黄守备和公孙龙在堡外迎接。谭永清出了轿，和黄守备说了二三句客气话，大家便走进去。由剑秋导引，到一处处去察勘。

大家见邓家堡占地果然十分深广，那个五花八门阵，机关奇险，布置奥妙。若没有黄鹤和尚的图册，恐怕剑秋等也难以破去的。剑秋遂按照着图中三角式样指点之处，很郑重的督率工匠，将机关拆卸。有许多木狗、木羊以及铁铸的巨人等各种机关，一一除掉；有许多陷坑也一齐填没。直做到傍晚，方才竣事。

谭永清早已和公孙龙、黄守备等，抄了一遍邓家堡的财务。吩咐地方保甲好好看守，带同人犯回去衙中发落。等到剑秋由衙中回来，大家都已做完事了。谭永清因为破了邓家堡，心中十分快活，便在这夜大摆筵席，邀请琴、剑等一干人，又请黄守备一同相陪。席间举杯庆贺，感谢琴、剑等相助之功，宾主尽欢而散。

次日谭永清又陪着众人去游玩洛阳城内外的名胜之地。洛阳人民已知道邓家堡已被破，七怪的毒焰平灭，莫不弹冠相庆，拱手称快。剑秋等留了一日，便要告辞。谭永清再三苦留，说邓骐等尚羁禁狱中，须等候省中文书回来，然后可以明正典刑。此时恐防三怪要来劫狱，所以最好琴、剑等众人在此，多留数天。但是琴、剑急欲上昆仑山去谒见禅师，无心耽搁。剑秋便问薛、滕二人暂留此间如何？薛、滕本不一定要上昆仑，遂勉强答应，且说以后要到蒙古去游览一番。

玉琴忽然对薛、滕二人说道："你们若到塞外，可否到龙骧寨走一遭？我自从离开那里，心中也时常想起。前次我们在山东道上，曾与李天豪夫妇相逢一面，但是两边匆匆过去，没有多谈。还有那个胡子宇文亮，多么豪爽！他们都是草莽奇人、革命志士，你们可以和他们相聚，说我们将来可能再去。又有螺蛳谷中的袁彪夫妇，以及欧阳兄弟、法空、法明两个和尚，他们是江湖豪侠，你们不到龙骧寨，可往螺蛳谷。"

薛、滕二人听玉琴说了许多话，什么李天豪、宇文亮、袁彪的，都不知是何许人物！

薛焕便说道："承蒙指示，我们也很想去走走。但不知姑娘所说的龙骧寨和螺蛳谷各在什么地方，我们都不认得，如何去相见？"

玉琴笑道："不错，待我来告诉你们吧！那龙骧寨是在张家口外分水岭后。那地方山岭重叠，森林丛杂，非常幽险，你们外头人恐怕不得其门而入。到了那里，如逢寨中人，只要说起我们二人的名字，他们便会领你们进去的。至于那螺蛳谷是在山海关外，赫赫有名，容易寻找的。"

薛焕道："好的，将来那两处我们总要去玩玩。"

于是剑秋、玉琴及云三娘带了陈景欧，一同向谭永清、公孙龙、薛焕及滕固等告别。谭永清赠三百两程仪，剑秋受了一半。谭永清又见陈景欧没有坐骑，便送他一匹白马。四人遂辞别而去。

薛、滕二人便留在衙中，和公孙龙一起盘桓。夜间依然严防，可是并无人敢来下手。谭永清把以前知府丢失的印信留着，禀报与上峰知晓。等到文书回转，便将邓骐等绑赴十字路口，斩首示众；法藏远戍青海；其他众人大多是妇女老弱，一齐从宽发落。地方上都称道贤吏不置。从此洛阳四郊盗匪敛迹，市井安静，匕鬯不惊了。

且说琴、剑等离了洛阳，向昆仑进发。景欧是个书生，不惯骑乘，如何追随得上？在琴、剑等已跑得慢了，他还是够不到；稍一加快，便要坠马。走了一天，赶得路程很少，琴、剑等觉得十分累赘。

到得客栈，玉琴便嚷道："陈先生是不会骑马的，昆仑山又是距离很远；照这样骑着老爷马赶路，不知何时方能跑到昆仑？不要把我气闷死了么？"

云三娘也笑将起来，说道："可惜我没有你师父的本领，学得缩地之术，好使你们早些上山，免得赶路。"陈景欧听了，十分惭愧。

剑秋道："琴妹不要发急，我有一个办法。明天赶路时，陈先生可以坐在我的马上，我可防护着他。一马双驮，便好加鞭疾驰了。"

玉琴点点头道："你这个办法倒也很好。"

于是次日他们动身时，剑秋便让景欧坐在他的马上，自己坐在后面，把行李系在那头空马上，牵着同跑，这样便快多了。赶了两个多月，已到昆仑山。景欧一向在书上闻得昆仑之名，现在自身到了这地方，果然山势雄壮巍峨，连峰际天，草木蔽道，杳不知其所穷。四人一路上山，指点风景。

琴、剑等离别此地已很久了，旧地重回，觉得青山如含笑相迎。穿过一个林子，忽见那边石壁之下的草中正蹲着一头狮子，毛发蓬松，听得马蹄人语声，把它惊起，吼了一声，山谷震动，便张牙舞爪地向他们扑来。座下的花驴、龙驹等都吓得乱跳。

玉琴等知道这就是山中的镇山神狮，恐怕不认得他们了，不得不按剑防备。云三娘娇喝一声，那狮似乎有些懂得，当下缩住身躯，敛戢神威，立在一旁，目光炯炯，对着他们瞧看。

云三娘又对它说道："神狮，你可认得我们？休得无礼。"狮子听了她的话，回身便走。云三娘笑了一笑，也就照常上山。那狮子在前边隔开十数步走着，不时回头向他们看。

这时山上忽走下两个年轻的和尚，见了他们，带笑答道：

"师父听得神狮的吼声,知有客来,教我们出来迎接。果然是云师和师兄、师妹等到了。"

玉琴看时,正是乐山、乐水二沙弥,十分喜悦。乐山、乐水走上前,向云三娘等行过礼。

剑秋道:"我等现在一起上山,谒见禅师。山色依然,天风拂襟。从红尘千丈中到此,觉得襟怀一开。你们在山上跟着师父,真好福气。"

乐山笑道:"我们在山已久,倒也惯了。你们恐怕过不惯这冷清的生活吧!"

于是二人领着他们前行,那神狮已走开去了。

乐山瞧着他们的坐骑道:"此去山径狭窄,且有几处险要,骑马不能过的。"

云三娘道:"我也这样想。不过没有安排处,如何是好?"

乐山道:"不要紧的,这里相近有个药师庵,庵中的住持慧通和尚,和我们彼此都是相熟的。你们的坐骑可以寄养在他处,以备他日之用。"

剑秋道:"好的。"

于是乐山、乐水便向右边走去。四人下了马,牵着坐骑,跟着同行。转过一个山壁,见前面一道小山坡,松林并列,都是参天老树,枝叶苍翠可爱。

剑秋等来到山坡上,俯视山下已有些白云,如棉絮一般浮在山腰。远远的有个圆镜平铺林表,大约便是山下的大池了。西望雪山,崔嵬峻峭,数十个峰头,好像烂银的兵器矗立着,绵绵杳渺,不知其几何里。有一二只苍鹰,盘旋作势,飞上山坡来,横掠他们的顶上而过。琴、剑二人看了,不禁想起那头已死的金眼雕,很是悲悼。

行行重行行,走上山坡,见迎面有个六角小亭,亭上有一块小小匾额,上写着"清心澄虑"四个金字。

那亭子已有些圮坏,还可供人休息。转过亭子,见前面山壁之下,绿荫丛中,有一道小小黄墙。墙上有"南无阿弥陀佛"六个斗大的字。乐山指着说道："药师庵到了。"

玉琴见那药师庵背山而筑，庵后峻壁摩天。那凌空的山石，怒者如虎斗，高者如鸟厉，突者如虬龙之攫人，倾欹者如牛羊之卧地，其状不一，不由喝声彩道："好个地方！"

众人走到庵前，见一个老和尚正在庵门前，代一头美丽的鹿洗刷上下身的毛。乐山便喊道："慧通老和尚，可好？"

慧通见了他们，也走过来说道："禅师好久不到这里来了，这些人打从哪里来的？"

乐山道："他们也是同道，上山去谒见家师。只是有四头坐骑阻碍着，不能同去。意欲寄存在贵庵中，不知可能允许？"

慧通和尚便道："可以可以，出家人与人方便，便是自己方便！"

众人都向他致谢，乐山、乐水便将花驴等交与慧通，离了药师庵，回身向原路走转，曲折盘旋而上。走了几十步路，听得水声潺潺，前面乃是那条又阔又深的山涧，横阻去路。乐山、乐水轻轻一跃，早已过去。云三娘、玉琴也跟着越过涧去。惟有景欧，眼瞧着急湍奔流，无法飞渡。剑秋笑着对他说道："不要慌，我带你过去。"遂将景欧一把提起，夹在胁下，纵身一跃，早跳过那山涧，又穿过山洞，从峻险的石磴走上去，方才到得碧云崖，天风吹人欲倒。

景欧到此，便觉天地的伟大，宇宙的神秘！一切俗念早已消尽。剑秋指着前面的黄墙头，对景欧说道："到了到了，这便是碧云寺，一明禅师驻锡之处。你能到得此间，煞非容易，可谓有缘。"此时景欧只觉十分兴奋，由乐山、乐水前引，一齐步入山门。玉琴瞧着两旁四大金刚神像和弥勒佛，和以前一般无异。又走到大雄宝殿，忽然廊下走出一头巨獒，要咬景欧，幸亏乐山喝住。

此时，有几个火工见了云三娘、剑秋和玉琴，都走上前叫应说："禅师正在后边忘机轩等候了。"乐山、乐水把行李放过一边，同着众人，走到里面的轩中。一明禅师正焚香默坐，一见众人到来，掀髯大笑，起身相迎。剑秋、玉琴见了禅师，先拜倒在地。禅师一边将他们扶起，一边和云三娘相见，便问景欧是谁？景欧便向一明禅师拜倒，告诉自己到山上来的意思。云三娘在旁也代他介绍。

一明禅师笑道："我自收得玉琴为弟子后，好久不收弟子了。现在你既然如此诚恳，我就破格收取，大概你的天性纯孝，必能造就。"景欧听了，又向禅师拜谢。

禅师请大家坐下，对玉琴说道："自从在山东与你别后，已有好多时候了。你也较前成长得许多，难得不忘记我，回到这里。且闻你大仇已复，可喜可贺！剑秋帮着你做了不少侠义之事，可谓良伴！"说到良伴时，拂着银髯，向玉琴微笑。

玉琴低头不响。云三娘把大破天王寺的情形，以及自己伴他们到此的经过，一一告诉。禅师只是点头，又向琴、剑二人询问一二。琴、剑二人小心翼翼对答。

谈了一刻，云三娘又问起虬云长老。一明禅师道："他很好，深居简出，一心修道，比起我们进步得快了。"于是又带他们去见虬云长老。虬云长老不喜多谈，见了他们，好生淡漠，没有几句话说，众人也就退出。

到晚上，一明禅师端整一桌素筵，为云三娘洗尘；剑秋、玉琴、景欧、乐山、乐水五人在旁侍宴。席间，云三娘谈起峨嵋派怎样作恶多端，且和自己的昆仑一派有仇视之心，仇怨渐结渐深，说不定将来要有一番很大的冲突。

一明禅师叹息道："金光和尚为人尚好，剑术也很高妙；可惜他收的徒弟都非善类，反而有累于他。并且他又容易听信人言，所以坏了名声。不知自省，而怨恨人家，有何益处呢？"

云三娘又将琴、剑二人订婚的经过告诉一明禅师，问他赞不赞成。

禅师哈哈笑道："好将秋水昆仑剑，长伴瑶台碧玉琴！我也早有此心。如今师妹做了大媒，做主代他们订了婚，那是再好也没有的事了，我当然十分同意。玉琴这一次下山，所作所为，全凭着她的天性，发挥十分得当，使我很是快慰！"

玉琴听了她师父说的话，既感且愧，心中甚是感激。一明禅师也讲些云游所见的奇闻异迹，众人听得津津有味。散席后，云三娘等自有他室供给他们居留，大家各自道了晚安，回房安寝。

玉琴在山上住了数天，便请一明禅师教导更深的剑术。一明禅师又指教了好些。玉琴早晚练剑，颇有心得。剑秋也跟着云三娘求教。至于景欧，先由乐山、乐水教授他练习普通的武功。景欧虽然是个怯书生，倒也很能耐心苦练。

这样约莫在山上住了二十多天。一日，玉琴、剑秋正侍着一明禅师闲话，忽然乐山、乐水引着一位年轻女子走来，说道："徒弟方才奉了师命，有事下山去，却遇见这位姊姊，正在寻问碧云寺。我们问讯之下，方知是由云师家里来的，要见云师，所以将她领到这里。"

此时剑秋对那女子仔细一看，便喊道："你不是桂枝么？何事到此？"

桂枝见了剑秋，也道："你不是剑秋先生么？别离多年，几乎不认识了。云师可在这里？我有要事找她。"

剑秋道："你来得不虚，她正在这里，且先拜了一明禅师再说。"便引她向禅师参见，方才拜罢，立起身来。

云三娘已闻声而至，便问桂枝道："千里迢迢，何事到此？家中可好？"

桂枝一见云三娘，便拜倒在地，放声大哭。众人见此情景，非常惊讶。连云三娘自己一时也摸不着头脑，不知是怎样一回事。

第四十四回

情海生奇波真欤伪欤
新房演悲剧是耶非耶

云三娘见桂枝对她哭泣，知道事情不妙。便道："桂枝，你不要哭，究竟为了何事，快快实说吧！"

桂枝含泪说道："老太太已被人杀死，家中也被人占去。"

云三娘听了，大吃一惊道："怎么我的婶母平白地被人家所害么？究竟是哪一个吃了熊心豹子胆，来和我家作对？桂枝，你也有些本领，为何如此不济事，快快告诉我！"

桂枝瞧着两旁的剑秋、玉琴、乐山、乐水，却涨红了脸，吞吞吐吐，说不出什么。

云三娘便将她一把拖起道："你跟我到那边房里去细说。"桂枝便跟着云三娘走去，隔了好一刻时候，还不出来。

剑秋、玉琴等便走到外边去散步，谈谈剑术。等到他们回转进来时，见云三娘和禅师一同坐着，桂枝立在旁边。云三娘面有泪痕，很是不悦的样子。见了琴、剑二人便道："你们好好在此，我明天便要和你们离别了。"

剑秋说道："弟子冒昧，要问我师，府上出了怎样大的祸事？敢是有什么仇人寻衅？弟子愿随我师同去效犬马之劳。"

玉琴也道："弟子也愿跟随云师前往。"

云三娘摇摇头道："岭南路途遥远，你们何必多此一番跋涉？况且此事我相信一人足以了之，那时候倘然我在家中，决不容那贼子猖狂如此，可怜我的婶母竟死于非命。"说罢，叹了一口气。一明禅师也叹道："这也是一种冤孽，师妹不必过于忧闷。"

琴、剑二人见云三娘不肯说出这事情，又不要他们同去，也不敢多问。剑秋虽是云三娘的徒弟，却也茫茫不知，只料想必有什么宿仇相报而已。

次日云三娘带了桂枝，先到虬云长老那里去告辞。禅师送至寺门外，剑秋等人却送下碧云崖，又到药师庵那里去取了云三娘所坐的枣骝马，又因桂枝没有坐骑，便取景欧的白马坐了。

剑秋等再要相送。云三娘止住道："送君千里，终须一别，他日当有机会重见，愿你们前途佳美。"说罢，便和桂枝跨马下山而去。

玉琴、剑秋和云三娘追随时候甚多。以前宝林寺、韩家庄等诸役，尤得云三娘的臂助；而云三娘待他们情意深厚，绝不以师礼自居。所以此次别离，未免黯然魂销。他们直望到云三娘的影踪不见，方才惆怅地回山上去。

依玉琴的意思，很想在山上多住几年，修炼一番。但是一明禅师曾对二人说过："你们非出家人，还须出去走走。将来要择一个相当佳期，代你们成婚，借此使同道一叙。以后你们自有去处，此时且不必急动什么栖隐什么岩谷之思。"

琴、剑二人听了，只是惟惟称是。又隔了旬余，忽然"飞云神龙"余观海上山来了。琴、剑二人见过礼后，十分快活。

余观海道："我到关外去走了一遭，很觉无聊。想起你们在此山上，所以也赶来看看；且和师兄暌违已久，也十分挂念。"

一明禅师笑道："余师弟，你已数年不到这里来了。一向在外，东奔西走，好不疏散！近来酒量可好？"

余观海笑道:"不可一日无此君!哪一天我不喝酒呢?不过我在张家口,见了一个对手,便是那矮冬瓜闻天声了。"便将大闹太白楼的一回事告诉禅师。

一明禅师听了,也觉得好笑。余观海问起云三娘,一明禅师说云三娘为了仇人寻衅,所以赶回岭南去了。剑秋、玉琴又将他们如何访宋彩凤却不遇,以及诛邓氏七怪的事,约略告诉他听。

余观海忽然说道:"你们要寻找的宋彩凤,可是母女二人,她母亲名唤双钩窦氏的么?"

玉琴说道:"正是,师叔怎么会知道?"

余观海道:"此番我从关外回来,曾在打虎山的地方遇见她们。大家说起来历,方才知道她们母女俩就是你们要找寻的;谁知她们也在找你们,曾到荒江去白跑一遭。我遂把你们的行踪告知她们,现在她们到京津一带游玩去了。"

一明禅师听了余观海的话,便道:"你们也可以下山去走走,以后我们当再重会。"

余观海也道:"不错,我此来想偕师兄同往大同走一遭。我们一走,你们在此便无聊,不如也去吧!"谈了一刻话,余观海又去问候虬云长老。

这天晚上,虬云长老有兴,便一同到轩里来陪余观海喝酒。玉琴从来没有见过虬云长老走路,因为他两足已废,只有一支独臂;比较薛焕,更要残废得多。但是虬云长老移步时,也不用他人搀扶;只将独臂用一根绝细的紫竹,一点一点地,走得和常人无异,可见他功夫之深了。这夜大家喝了许多酒,余观海喝得独多,早已醉倒,一明禅师便教乐山、乐水扶着他去安寝。

次日早上,琴、剑二人因为余观海和禅师即日便要动身,所以他们将行李端整好,以便好动身下山。一明禅师便对二人说道:"今天我要陪你们的余师叔同走,你们也跟我们同行吧!"二人答应,便去辞别虬云长老。带了行箧,跟随一明禅师和余观海一齐动身。乐山、乐水和景欧送出寺门，不胜依依之情。

玉琴、剑秋下得碧云崖，想起了他们的坐骑。他们禀明禅师，又到药师庵去取了坐骑。但是因禅师等没坐骑，所以他们也不敢骑坐。下了昆仑山，一明禅师回头对二人说道："你们既有代步，不妨乘坐，我们是走惯的。待我用缩地之术，早些送你们到潼关如何？"

玉琴喜谢道："师父既用缩地之术，这是再好没有的事，我们也不必骑坐了。"于是一明禅师用起缩地术来，两旁山林都倒退过去，四人跑得非常迅速，一些也不觉费力。

在夕阳衔山的时候，那峻险的岩山已在近前。原来潼关已到了！一明禅师等便向一家旅店借宿一宵。次日起身，禅师便对他二人说道："我已送你们至此，要和你们分手了。愿你们好好去吧！你们二人的婚姻我也放在心中，到时必代你们做主，好使你们早享琴瑟之乐。"说罢，微微一笑。

余观海也说道："不错，我早晚也要来道贺的，这一杯喜酒不可不喝！那时候你们别的不忙，只要代我预备一百斤好酒，够我老余畅饮就好了。"

说得玉琴有些不好意思，低垂粉颈，默默无语。一明禅师便付上房饭钱和余观海先去了。玉琴、剑秋也就坐上花驴、龙驹，动身向京津启行。赶了几天路，已到洛阳。

二人很想念公孙龙，便进府城衙里探望。公孙龙、谭永清见琴、剑二人到来，十分喜悦。大家见面后，各问别离后情况。琴、剑二人始知薛焕、滕固二人在此住了一个半月，业已动身北上。公孙龙被谭永清保荐，任了本地游击之职。

二人在衙中耽搁一宵。谭永清设筵款接，宾主之间，十分融洽。谭永清的意思要留他们多住数天，但是玉琴急于赶路，所以二人别了谭永清等人，即就上道。渡过了黄河，早晚赶路。这一天来到汤阴县，天已垂暮，二人便找了一个旅店住下。

黄昏后，老天忽然下起雨来。二人坐着闲谈，玉琴带笑对剑秋说道："我们本来要找宋家母女，却到洛阳去破邓家堡，生出不少岔来。现在却又赶回原路，真个是为谁辛苦为谁忙？"

剑秋瞧了玉琴一眼道："为谁呢？这却要问琴妹自己了。"

玉琴笑道："当然为的是曾毓麟和宋彩凤二人的一项姻缘。我已向毓麟说过，以塞修自任。那么无论如何，必要把宋彩凤找到，使我的许愿可以实践，而我的心事也可以放下了。"

剑秋道："琴妹正是多情人，恐怕人家的心理却不是，那么琴妹又将如何？"

玉琴听了剑秋的话，面上不由微微一红。她本是侧着身子坐的，现在把身子旋转来。又向剑秋说道："你又要来讥笑我了，前次在曾家庄的时候，都是你发生了误会，鲁莽行事，累我也急得没有办法，竟为了你不告而别。如今追想起来，也觉得难为情。只因我素性喜欢说什么就做什么，所以不惜奔走，要去寻觅宋彩凤，难道你不知我的心么？人家的心理你又怎样会知道的呢？"说时，面上带着三分薄嗔。

剑秋笑道："琴妹的心，我哪有不知之理。我说人家的心理不是这样，是指宋彩凤而言。假使宋彩凤和琴妹一样，别有所契，不用妹妹做媒，那么，毓麟先生的婚事，岂非又是镜花水月？而琴妹的一番美意不是白白的泡汤了吗？"

玉琴道："各尽其力，成与不成，这却未可预料。不过我总要和宋彩凤谈过，方才也可以交代过去。"

剑秋道："我也希望宋彩凤能够答应这件事，可使曾毓麟稍得慰情。你想，我们在家中，都是不别而行的，使他多失望！以后见面时，教我们怎样说法，怎样表明呢？"

玉琴托着香腮，听剑秋说话，望着灯光，沉思了一会儿，不由咭的一声笑了起来道："曾毓麟为人，虽然恳挚，未免太近于愚了。他对于我的希望，以前在遇雨借宿的时候，已怀有这种的痴心，然而我已向曾母很坚决地回绝过。不料二次重逢的时候，他依然对着我痴心不舍，把他的情意不绝地灌注到我身上，无怪要使你生疑心了。但是我总怪你万事总该向我说明，问个究竟。怎么可以拗起气来，悄然一走！并且你留给我的书信，其中大半是负气的话。教人看了，当有何种感想？所以我要说你不知我的心哩。"

剑秋笑道："我也只怪自己鲁莽，为血气所驱使，险些对不起琴妹。至于琴妹的心，我怎会不知道呢？"

玉琴笑道："恐怕在那个时候，实在有些不知道，不然，又如何发生误会？现在我的心迹既已对你表白清楚，然而对于曾毓麟却没有交代。所以说想找觅宋彩凤，把这事成全。你此时还要说什么为谁辛苦为谁忙！"说至此，不觉微微叹一口气。

剑秋道："哎呀！我是不会说话的，你不要错怪我啊！"

玉琴把一只手徐徐放下，说道："我为什么要怪你呢？只要你明白我的心便了。"

剑秋笑道："明白明白，前言戏之耳，幸勿介怀。"于是玉琴也就不再分辩。

听窗外雨声渐沥，那雨下得越大了，二人面对面的静坐了一刻。玉琴说道："若然明天雨点不止，我们只好在这里多耽搁一天了。"

剑秋道："恐怕这雨不是一天二天的吧？"

玉琴道："那么如何是好呢？"说罢，立起身来，打了个呵欠道："今晚我有些疲倦，要早睡了。"

剑秋道："左右没事，不妨早些安眠。"

室中有东、西二榻。于是琴、剑二人解下宝剑，脱去外衣，各据一榻而眠。

剑秋睡在榻上。忽听窗外一阵足声，店小二走来叩门。剑秋连忙起来开门，喝问："何事惊人睡梦？"店小二答道："外面有客求见，故敢惊动。"

剑秋道："咦？此时此地有什么客人，快请进来。"

店小二回头说声："先生来吧！"便见庭中走来一人，踏进房中，向剑秋深深一揖道："剑秋兄，别离多时，思念无已。今日重逢，幸何如之。"

剑秋向他细细一瞧，灯光下见那人丰姿清秀，翩翩少年，衣服华丽，态度斯文，正是曾家村的曾毓麟。心中不由一呆，便道："原来是毓麟先生。打从哪里来？怎的在此相遇？巧极巧极。"遂请曾毓麟坐，又去将玉琴唤起。

玉琴瞧着曾毓麟，彼此相见，却露出娇羞的样子。剑秋见玉琴霞飞双颊，暗想：你和曾毓麟又不是第一次见面，一向是很豪爽的，怎么今夜却有女儿态度呢？

曾毓麟便带笑对琴、剑二人说道："我自从二位不别而去之后，无时无刻不在思念；尤其对于玉琴妹妹，更甚他人之思。知道你们到昆仑山去的，所以我也不辞跋涉，取道西行，要上昆仑山与二位重逢。不想半途到此，也寄宿在这个旅店中。方才瞧见木牌上有剑秋兄的大名，知道二位也在这里，喜不自胜，所以虽在半夜时候，不顾惊人好梦，特来拜揖。"

剑秋道："前番的事情，我们俩对于曾先生，实在抱歉之至，尚祈海涵勿责。琴妹此来，也因要力践前言，找寻宋彩凤，要代先生玉成美满姻缘。"

曾毓麟不待剑秋说完，却叹口气说道："曾经沧海难为水，除却巫山不是云！这事我已无心于此，还说什么美满姻缘？只好辜负美意了。像剑秋兄和玉琴妹妹一对儿，真是所谓美满姻缘，艳福不浅，令人羡煞！我是个癞蛤蟆，哪有吃天鹅肉的希望呢？唉！落花有意，流水无情，天长地久，此恨绵绵！"说罢，又叹了一口气。

此时玉琴却低着头，不出一声。剑秋听曾毓麟的话，一语双关。明明是向玉琴诉怨道苦，未免带有轻薄之意，和以前的曾毓麟宛若两人了，心中不觉有些不悦。

曾毓麟见剑秋神情淡漠，玉琴又不说什么话，便立起身来，微微一笑道："我不该扰人好梦。自悔孟浪，我们有话明天再谈吧！"说罢，便告辞出去。剑秋也不多留，说道："好，我们明天再谈。"玉琴却扶着桌子，目送毓麟出房，说道："毓麟哥哥走好，我们明天会吧！"

剑秋听玉琴对于毓麟这样称呼，未免过于亲近。暗想：你和我关系如此亲密，订婚以前，你称呼我剑秋兄；订婚以后也是一个剑秋兄，我以为你性情豪爽，不比寻常妇女，所以也不在意。今番你见了曾毓麟，至多也不过称呼一声毓麟兄，却偏生唤起哥哥来，这是什么意思？我真不明白了。心中不觉有些愤怒，对玉琴看了一眼。见她也很不高兴似的，回到她自己的榻上去睡了。

剑秋暗想：真是奇怪！没有人得罪你，为什么一句话也不说？唉！我闻女子的心，好似轻薄桃花逐水流，很容易变动的。玉琴，玉琴！你如果心中仍恋曾毓麟，那么索性对我实说，何必假惺惺作态？天涯海角，我岳剑秋都可去得，何必在此惹人讨厌？本来以前我早已一走了事，让他们二人可以成一项姻缘，偏偏玉琴又要追来，以致又有今天的事。正是早知如此，何必当初？想至此，十分懊丧，也就回到榻上去睡。不知怎样的翻来覆去，总是睡不着。听到玉琴鼻息微微，已入睡乡；自己睡了许多时候，虽然合上了眼皮，却是梦也不曾做得一个。又听窗外雨声渐小，檐滴声却依旧滴个不止。

深巷寒犬，吠声若豹。他想起了曾毓麟，又想起以前在曾家村一幕事情，脑海中盘旋着不释。隔了良久，好容易摒去思念，蒙眬睡去。

一觉醒来，天已大明，起身下榻。忽见那边榻上空空如也，玉琴不知到哪里去了，不觉大吃一惊，连忙出去询问店主。一个店小二迎着说："那位方姑娘在天色方晓的时候，已同昨夜前来拜访你的那位先生出去了。"

剑秋听了，好似头上浇了一勺冷水。又跑到外面廊中一看，玉琴的花驴和自己的龙驹早已不见踪影，明明是他二人骑着去了。心中又是悲伤，又是气恼。心想：玉琴和自己相处几年，也有很深的感情；又蒙云三娘做主为媒，订下婚约，有碧玉琴和翡翠剑二物交换为证。千不该，万不该，她现在对我一句话也不说，竟效红拂夜奔的故事，和人家一同出走了。如此翻覆无情,哪里像我昆仑派的剑侠?我倒要追到她问个究竟,看她拿什么话来回答我?遂摸出身边藏着的玉琴,把它一折为二,抛于地上。跑到里面,取了惊鲵剑,不管三七二十一地跑出店门,往那前边大路上飞也似的追赶。

瞧见前面有个乡人推着小车前来。剑秋便问道:"请问你可曾瞧见有两个年轻男女,骑着驴马经过这里?"

那乡人答道:"不错,正有一对美貌的男女,像是新夫妇一般,打从前边桥上过去,大约是回娘家去的。"

剑秋听了,又好气又好笑,遂加紧脚步向前赶去。过了小桥,遥见前面玉琴和曾毓麟正跨着一驴一马,并肩向前赶路。

第四十五回

深林追草寇误中阴谋
黑夜登乌龙甘蹈虎穴

剑秋连纵带跳地追上前喊道："琴妹琴妹，你有话好说，怎么今天又是不别而行？我岳剑秋并没有对不起你的地方啊！"

玉琴头也不回，向毓麟骑着的龙驹的后股打它二鞭，二人飞也似的向前跑去。剑秋一时追赶不上，总见他们二人在前，相隔百数十步。前面的路渐渐狭小，且有许多树木遮蔽，所以拐了一个弯，不见二人踪影。

他气得肚子快炸破了，跑了数十步路，见左边树林中有个小小庙宇。跑到庙前，见自己的龙驹和玉琴的花驴正空着鞍辔，在地下吃草，庙门却是虚掩着。剑秋暗想：原来你们却躲在这里面，看你们再能逃到哪里去！便一脚踢开庙门，跑到里面。见大雄宝殿上，蒲团之上，玉琴和毓麟正一块儿相偎相依的坐着，两颗头贴在一起，正在喁喁情话。

剑秋跑过去，唤一声："琴妹！"玉琴依然不睬。剑秋便将她的衣襟拉住说道："你怎么不理我，难道你不认识我么？"

玉琴把身子一缩过去道："现在我和你脱离关系了。"

曾毓麟也在旁说道："姓岳的，休要来缠扰，谁和你相识？"

剑秋心里本怀着一片妒心，满腔怒气，没处发泄，此时见曾毓麟说话，怒不可遏！伸手将曾毓麟一把提起，向庭中掷去。曾毓麟的头正撞在一块尖角大石上，脑浆迸流，鲜血四溅，已一命呜呼了。

玉琴见曾毓麟被剑秋掷死，也勃然大怒，遂对剑秋说道："你不该用这种残忍的手段，把毓麟害死，我要代他报仇。"遂把真刚宝剑拔出，向剑秋当胸刺来。

剑秋把手中剑拦住说道："琴妹，你不要动手，忘记我师云三娘说的么？曾毓麟的死，是自取之咎！这种轻薄的人，何必恋恋于他？不如仍同我一起走吧！"

玉琴不答，又是一剑刺来，剑秋只好和她交战，但只有招架，并没有回手，他一步一步退出庙外，玉琴却狠狠追来。剑秋直退到树林边，脚下突然踏着一个陷坑，扑通一声跌了下去。吓了一跳，说声："不好！"睁开眼一看，哪里有什么庙？哪里有什么曾毓麟？却见玉琴坐在他的榻畔，把手推撼着他说道："剑秋兄你怎样了，有什么不好？"

剑秋一想，原来是南柯一梦！梦中的情景，却不好意思和玉琴实说，只得说道："我梦见了一个鬼怪追我不舍，所以梦迷了。"

玉琴笑道："你一向不怕鬼怪的。以前我们在东海别墅捉鬼的时候，你也是非常勇敢，怎么梦中倒怕鬼来？"

剑秋又不觉笑道："这个就因是梦啊！"又谈了一刻话，各自安睡。

明日起身，剑秋想起昨夜的梦境，有些惊怕。背地里摸索身边的碧玉琴，幸尚无恙。那天仍是下雨，二人不好动身赶路，只得仍在旅店耽搁了一天。午后雨点渐小，听得街坊上人十分热闹，大家走向东边去，都说看审奇案。琴、剑二人不知是甚么一回事，因为天雨，也懒得去问讯。

到傍晚时，只听店主在外边和众人大讲奇案。二人听得明白，动了好奇之心，便将店主请了来，要他详细地告诉。那店主是个五十余岁的老者，微有短须，手里拿着一根旱烟管，很是健谈。一边坐着吃烟，一边把这案情详告。

原来在这汤阴城中，有一家姓彭的富翁，膝下只有一个独子，名唤怀瑾，生得皮肤白皙，有子都之美，年方十七，自幼早已聘下本城张家的女儿，名唤瑞芝。那瑞芝生得美丽非常，且善吟诗，夙有"扫眉才女"的雅号。一乡之中，无不艳羡，却被彭家配得。虽然是天生佳偶，可是外面妒忌的人也不少。

彭家翁抱孙心切，便择了吉期，为他儿子成婚，十分热闹。贺客到的不计其数，当晚还有演剧。一对新郎新妇，都是年轻貌美，好似神仙眷属，谁见了不啧啧称美。

到了次日，依然设宴请客，余兴未尽。直到酒阑灯寂、宾客四散，彭翁顾怜他的儿子，叫他早些回房安寝。怀瑾走到洞房中，香气扑鼻，红灯高张。新娘端坐在杨妃榻上，含羞低鬟，微窥姣容，恍如仙子。怀瑾坐了一歇，喜娘知趣，轻轻走开去。

怀瑾正要闭户安寝，忽然听得外面有人唤他，便匆匆出去。新娘瑞芝方才尽管低着头，没有勇气去瞧夫婿的面庞。隔了一刻时候，见新郎回进房中，闭上房门，对她微微一笑；吹灭华烛，拥抱着新娘到床上去，同谐鱼水之欢。

绸缪之间，瑞芝觉得夫婿非常有力，似乎是个健者，心中也未免有些奇怪。但是她早已不胜疲惫，酣然睡去。及至醒来，东方已白，回顾枕边夫婿，早已不知去向，心中又觉疑讶。刚才披衣下床，忽听外边哭声大作，跟着许多的脚步声，跑到新房外面。新房却虚掩着，没有关闭，众人一拥而入。当先便是彭翁，泪流满面，背后随着几个亲戚和男女仆人，瑞芝不知何事，心中正在估测。

彭翁带着颤声，对她说道："昨夜究竟是怎样的事？怎么我的儿子却赤条条被人勒死，抛在后面黑暗的暗弄里呢？你总该知道的，快快实说！可怜我这块心头肉，死于非命，岂不凄惨！"说至此，顿足大哭起来。

瑞芝听说，又是惊吓，又是悲伤，也不觉掩面而啼。众人都催她快说，瑞芝没奈何，便把昨夜的事详细告诉。

这时有两个仆人，见床后的箱笼都已打开，里面的细软都不见了。

彭翁听了媳妇的话，不觉惊奇道："如此说来，那个再来的新郎，一定是那杀人的凶手冒充的。他杀了人，劫了财物，又淫了人家妻子。我儿子究竟和他有什么深仇大恨，而下此毒手？"遂连忙报官相验，要赶紧缉捕凶手。

汤阴县令亲自至彭家察看，带过新娘，细细讯问，疑心此案有什么奸情。但知瑞芝素来是个守礼教的大家千金，不致有什么暧昧的事。于是细问后来和瑞芝同睡的那人，有什么特别不同之处？

瑞芝说道："她对夫婿的容貌也没有认识清楚，只记得那人身材似乎是瘦长的，和夫婿仿佛无异，况且又是熄烛而睡，不太记得。惟有一处地方与众人不同，可说是特别的。即无意之中，触着他的手，大拇指上多了一个细小的骈指。"

大家都知道彭翁的儿子并没有骈指，那凶手必然是有骈指的人。彭翁才想起他自己的远房侄儿彭基，和他的儿子年纪相同，右手生着六指；昨夜他也在这里吃酒闹房，晚上睡在书房，却一早悄然离去，事有可疑。况闻他以前也羡慕瑞芝的美丽，曾央求父母请人到张家去求婚。张家嫌他家没有产业，不肯允诺。彭基引为憾事，咄咄书空，几成狂癫之疾。现在一定是他心怀妒恨，把我儿子杀死；乘此机会，达到他的目的。且说新郎生有骈指，身材也仿佛，彭基身躯瘦长，若不是他还有谁呢？遂禀知汤阴县令，立刻勒令差役，赶至彭基家中，捉拿凶手。

那时彭基正在伏案苦思，拟一篇文稿，毫不费力的拘捕到案。汤阴县令遂叫他实招，彭基矢口否认，连称冤枉。但是新娘瑞芝又羞又恨，又悲又气，见彭基是骈指，遂一口咬定是他。彭基虽然不肯承认，却也无法辩白。

彭翁要求汤阴县令将彭基严刑拷打,以便招出口供,可以定罪,偿他儿子一命。瑞芝泣求汤阴县令把这案查明白。但是汤阴县令十分谨慎,详察彭基的面貌,不像行凶之徒;况且从旁人问得彭基一向是个循规蹈矩的书生。虽然以前曾爱慕过瑞芝,有求婚不遂的事情,然而也不致犯出这种杀人的命案。恐怕其中尚有冤情,不可不加意审慎。遂吩咐将彭基带回县衙,暂行监押,待以后再加详审。一边命彭翁好好看守瑞芝,免得她要轻生自杀。

彭基的父亲赶来营救儿子,无如有骈指为证,总逃不了这个重大嫌疑。一般人也以为新郎必是被彭基所害,这个奇案传遍全城。这天汤阴县令又传众人犯,详加审讯。彭基总不肯招,而彭家翁媳又一口指证彭基是杀人凶手。审了一堂,仍无结果;看的人却不计其数,那店主就是其中之一了。他把这案情告知琴、剑二人,猛地吸着旱烟。

琴、剑二人沉思良久,说道:"以普通情理而论,当然彭基是凶手了。因为他的嫌疑很是重大,况且一时又寻不着其他有骈指的人,天下也没这种巧事。但从另一方面观察起来,则即使彭基妒恨新郎,害死了他,乘机和新娘求欢;那么他的目的已经达到,何必要劫取新娘的财物?二则他犯了杀人的罪,应该远走高飞,岂有心绪握管作文呢?所以,他也可能是冤枉的。汤阴县令一时不肯判断,倒是个良吏。希望这案的真相早日破露,连我们过路之人也觉得早欲得知真情了。"

店主微微笑道:"此案真是奇怪。据你们二人说来,那彭基是冤枉的。那么又有什么第二个生着骈指的人是杀人的凶手呢?"

玉琴又问道:"近来这城里可曾闹过盗案?"

店主道:"半个月前,万花街王姓家中,曾被盗去不少珍贵之物,至今还没有破案。听说是个飞贼来盗去的,因为门不开,窗不启,一些影踪也没有,那个飞贼的本领可算大了。但是一则为财,一则为色,二案之间是不相关系的。"

玉琴听了，对剑秋笑笑，店主也告退出去。到得晚上，琴、剑二人正用晚餐，忽听外面有人和店主等人纷纷议论。说汤阴县令此刻已另外捉到此案的真正凶手，是个生骈指的少年；不但手上生着骈指，而且足上也有。奇怪不奇怪？听说明日当众审问，不可不去一观。琴、剑二人听了这个消息，又惊又喜。天下竟有这种巧事，真是无奇不有！但是那汤阴县令一时到哪里去捉到那个凶手呢？明天倘然不走，倒也要去看看。

次日早上，仍有些濛濛小雨。玉琴对剑秋说道："我们今天不走了，好去看汤阴县令怎样审这奇案？"剑秋笑道："好的。"

将近午时，雨已停止，阳光从云中放射出来，像是好天气的样子。琴、剑二人吃罢午膳，只听街坊上走过去的人渐渐热闹起来，嘴里都在谈论那奇案。

店主过来对他们说道："你们可要随我一起去看审奇案？闻得县太爷今天特地在衙后广场上审问，使大众都来旁听，看看这个杀人凶手。你们想想，一个人生了六个手指，又生了六只足指，岂非奇怪？不可不看了。"

玉琴道："好，我们就跟你同去。"

于是琴、剑二人跟了店主，走出店门，还有店主的妻子和长子一起同行，走到县衙后边来。但见人山人海，拥挤不堪，大家都从一狭小的门里走进去。门口站着地方官和许多差役，手里虽然握着皮鞭，但却很和气的让人进去。

琴、剑二人好在两臂有力，排开众人，从门里挤进去；回顾却不见了店主等一干人，也就不去管他，大踏步进去。见好大一个广场！四边都栽着柳树，场中已立着五六百个观众；中间有一个高高的台，台上放着公案，大概是审问犯人的所在了。

有几个年轻人，都爬到柳树上，或立或登高临下，十分得势。所以许多柳树的上面都探出一个个的人头，只有一株最高的柳树，没有人能够攀缘而上。琴、剑二人便轻轻几跳，已到了柳树的上面，坐在粗大的树枝上静候。见门外的人们似流水般的挤进，店主夫妇也挤在人丛中进来了；满头是汗，东张西望，好像寻琴、剑二人的样子。他二人不觉好笑。

不消一刻，这广场上已挤满了人，大概有一千四五百人左右。差役们便把小门关上，下了锁，不许他人进来。但是过了好久，不见汤阴县令出来审案，大家都有些不耐烦了。

忽然有一差役跑到台上，向观众大声说道："今天对不起了！因为县太爷忽染微恙，不能坐堂，要明天再审这案件了。你们可以回家去吧！不过县太爷有个命令，不论何人走出去的时候，须得伸直双手，经过守门的验视一下，然后才可以通过，违者便不许走。"

众人听了这个话，哗然而散，都要从这个门里走出去。此时门边站了十多名捕役，各执着铁尺、短刀和绳索，声势严厉。众人因为验视双手，并非难事，所以乐得听令，都伸出双手来，被捕役们看了一遍，然后一个个放出去。

这时已走了五六百人，忽然有一个身长的少年，身着一件紫酱色宁绸的袍子，相貌英武，不肯伸出手来，却硬要闯出去。捕役们拦住他，一定不肯放他出去。

那人倒退数步，瞧瞧旁边的垣墙，都是风火山墙，十分高峻。但是墙边的柳树相隔不远，便冷笑一声，对捕役们说道："你们不许我从门里出去，难道我就没有别处可以走吗？"便耸身一跃，如飞一般跃到柳树上，又从那里跳上黄墙，十分迅速。众捕役不觉呆了，有几个早喊道："不要放走了那人！"

那人正要跃出去的时候，忽然那边柳树上跃出两条人影，如飞鸟般已到了墙上。这两条人影正是琴、剑二人。原来二人听了差役的传令，心中十分惊讶。知道这事并非偶然，另有什么蹊跷，所以端坐在柳树上不动，瞧着下面观众一个个走出去，经捕役们察验手指。暗想：这不是相面，倒是相手了，有些好笑。忽见那个身长的少年不肯给捕役们看手，却施展本领，逃上高墙，要想逃走。二人哪肯袖手旁观，所以也跃上高墙，去捉拿那少年。

那少年见有人追至,并不跳下,因为一则下面并无接足之处,二则挤满了许多人。有几个捕役已高举铁尺,在那里等候他跳下。所以他回身从墙上逃去,琴、剑二人在后紧追。那人行走如飞,已转过那一道风火山墙。旁边有一带民房,那少年飘身而下,跳至民房上,急急逃遁。琴、剑二人也追至民房。许多捕役见有人相助,大家在下面跟着追奔,高声呐喊,以壮声势。

琴、剑二人追了十几家屋面,已赶到那少年的身后。少年知道逃不脱,便回身相迎,拔出腰间短刀,对二人喝道:"你们是谁,敢来和我作对?先吃我一刀。"说罢,飞起一刀,向玉琴头上砍下。玉琴拔出宝剑相迎,剑秋也把惊鲵剑挥动,一同向少年刺击。

那少年不慌不忙,一柄短刀上下翻飞,和二人战了数十合。渐觉不敌,被二人的剑光围住,不能脱身。剑秋得个间隙,让少年一刀劈进来,把剑向上一拦;乘势使个飞鱼掠水式,一剑削去。只听那少年喊了一声"啊呀"!那一只握刀的右臂竟被剑秋的宝剑砍了下来,几乎脱离身体。少年忍不住疼痛,身子一晃,从屋面上骨碌碌地滚下地来,给捕役们擒住。琴、剑二人也就收剑入鞘,很得意的笑一笑,一齐轻轻跃下。

大家都赶来围住瞧那少年,见那少年右臂早被剑秋砍落!鲜血淋漓,滴了不少血。那捕头将他左手拉出来一看,见大拇指下多着一个小小的骈指,想不到天下竟有这种巧事!那人心虚图逃,又敢拒捕,一定和此案有关。

捕头不知琴、剑二人是何等样人,遂向二人感谢协助之力,且问姓名,要请他们同到衙中去坐坐。二人不欲多生麻烦,便说道:"我们是路过这里的。一时有兴,前来看奇案;见那人不服命令,上屋逃遁,所以相助你们将他捉拿。现在你们可以带他到衙中细细审问,也许他就是个杀人的真正凶手,此案或可水落石出了。"说罢,二人便离开众人,走回旅店去。那些捕役遂把少年带回衙门。街坊上看的人十分惊奇,大家又沸沸扬扬的讲起这件事来。

琴、剑二人回到店中，坐着休息。玉琴对剑秋说道："那少年本领固然不错，但是他无故拒捕，已猜疑到他不是好人；现在发现了骈指，此人倒有十分之九是此案的凶手了。"

剑秋道："是的，那汤阴县令今天所以扬言在广场上审案，到后来又称病不审，及令观众出去时要验手指。这明明是他用的计策，借此引诱凶手；使凶手生了好奇心，到场中观看，自投罗网，果然那鱼儿上了钩。不过，若没有我们在场，恐怕那些酒囊饭袋似的捕役，仍旧会让他逃去呢！"

玉琴道："凶手已获，那么那个姓彭的书生可以无罪了。听说这件事是十分万难的，幸亏汤阴县令持重多虑，换了那个蔡师霸，说不定那个姓彭的早已做了刀下之鬼。"

二人正说着话，店主等已回转。店主听了二人的声音，忙走进来对二人连连作揖道："二位真是英雄豪杰，在屋上行走如飞。今天若没有二位相助，恐怕那个凶手也是捉不到的。佩服佩服！不知二位从哪里来？到哪里去？"二人也直爽，约略告诉了几句。店主在晚上特地端整了酒菜，宴请二人。店中伙计也纷纷传说出去，格外把二人说得光怪离奇了。

次日，琴、剑二人见天色仍有些不好，一刻儿晴，一会儿雨。遇到这种天气，出外人殊觉不便，于是又多留一日。这天下午，汤阴县令真的坐堂审案了。店主等又要去看个究竟，问琴、剑二人去不去。二人道："我们不去了，稍待等你回来告诉我们吧！"

傍晚店主回来，果然跑到二人这里来报告，说道："那少年果然是此案的凶手，而且是个江湖上的飞行大盗。以前万花街王姓的窃案也是他做的，一切直认不讳。他姓胜名万清，别号'粉蝴蝶'，一向在河南、河北做那些勾当。此番到汤阴县盗了王姓财物，见本地捕役毫无能力，所以胆子愈大，不肯就走。恰逢彭翁娶媳，铺张扬厉，远近皆知，所以他生了觊觎之心，在那天也赶到彭家瞧热闹，见新娘姿色艳丽，动了淫心；

而且又闻得新娘的妆奁甚丰,因此他决计下手了。但是当天耳目众多,通宵热闹,无隙可乘。

"次日黄昏,他就悄悄地伏在新屋的屋面上等候。后来见宾客都散了,新郎也闭门安睡,遂轻轻跃下。故意在门外唤了一声,诱新郎出来,动手勒毙。剥了他的衣服,换上自身;便跑到新房,假充新郎,向瑞芝求欢。可怜的瑞芝哪有防到这一遭?竟发生了天大的祸事。他乘瑞芝睡着之时,便去开了箱子,把值钱的珍贵首饰一股脑儿带了去。却不知因为骈指的关系,害了无辜的彭基。

"他得意洋洋,以为有人替死,再也不愁被捕,所以逗留着没有他去。不料那捉到第二个骈指凶手的消息传出去后,使他生了好奇心。一想自己是个生骈指的人,不信替死鬼竟有如此之多,于是他也来看审案情形。却没想到这是汤阴县令用的计策,好让凶手也来。他果然上当了,被人捉住,也不想抵赖,于是老实认罪。此案的真相也就大白,彭基得以释放,胜万清定了死罪,打入死狱,人心大快。"

琴、剑二人听了,也觉爽快,但也很代那新娘可怜。一夜新欢,竟闹出如此奇案!新郎业已惨死,教她一个人凄凄凉凉,哀吟黄鹄,苦守柏舟,未亡人的岁月怎样度过呢?店主又说:"听人传言,那新娘自怨红颜命薄,将要带发修行了。"二人听了,又叹了一口气。

到得次日,天已好转。二人急于赶路,遂付清了旅资,别了店主,一齐上道;离了汤阴县,向卫辉府进发。跑了两天,远远见山峰高峙,地方甚是荒野。忽然后面尘土飞起,有二骑疾驰而来。二人疑心有盗,便勒住坐骑等待。

顷刻之间,已到面前。瞧见两匹马上坐着两个蓝袍少年,腰间佩着宝剑,满面风尘,收住坐马,向琴、剑二人拱拱手道:"二位可是到卫辉府去的?"剑秋答道:"正是。"

一个面圆的带笑道:"好了,我们有同伴了。"

剑秋便道:"你们上哪里?"

面圆的人答道:"我们兄弟二人,姓蒋,我名猛。"又指着那个少年说道:"他是我兄弟,名刚。我们是南阳人,有事北上,要经过卫辉府。听人传说前面有个乌龙山,山势险恶,山上有一伙强盗,甚是了得,时常拦劫行客。我们正恐万一遇见,抵挡不住,现在遇见了二位,有了同伴,胆气稍壮了。"便向琴、剑二人叩问姓名。剑秋诡言姓许,是兄妹二人,往天津去的。二少年对他们甚是恭敬,一路上谈些江湖中的事。

将近天暮时,前面有一小村落,有一家小逆旅,早有店小二出来接客。

蒋猛对剑秋说道:"我们不如在这里歇宿一宵。再向前去就是乌龙山,夜间更是走不得;出门应该小心为妙。"玉琴听了,暗暗好笑。大家遂跳下坐骑,交给店小二牵去。

四人走进店来,柜台里坐着一胖大的男子,戴着一顶皮帽;额上有个刀疤,相貌是很凶恶,正和一个二十多岁的姑娘谈笑。那姑娘略有几分姿色,鬓边插着一枝野花,脸上涂着脂粉,一块红一块白,身上穿着黑色外褂,手里拿着一柄明晃晃的切菜刀,正站在柜台东边的大肉砧边切肉。

那男子一见有客人来,连忙立起身招待,引他们到里边去。房间都空着,没有什么旅客。剑秋和玉琴择定了靠左一个上房,蒋氏兄弟指定了对面的一个上房,各自坐定。店主招待的甚是殷勤。

晚上四人共食,蒋刚点了一大盆肉馒头,弟兄二人把那热腾腾的馒头一个一个吃下去,且请琴、剑二人也吃。玉琴摇摇头说:"吃不下。"剑秋取了一个,劈开来,看看里面的肉馅,又肥又美,心中有些疑惑,也就放下不吃。晚餐后,大家回房安寝,四下里早已寂静无声。

剑秋对玉琴说道:"可记得佟家店的事么?今晚不是我多疑,总觉有些不放心,我们一个睡上半夜,一个睡下半夜,轮流戒备着,可好?"

玉琴点点头笑道:"很好,但你未免太小心了。"

剑秋道："宁可小心些，你没看见方才店里的一对儿，实令人可疑。况且那同行的蒋氏弟兄，也不知道他们俩究竟是何许人？"

于是剑秋先让玉琴到炕上去睡，自己把灯吹熄了，静坐一歇；又想起前次的梦境，未免暗自好笑。假使真有那么一回事，那么我将如何呢？他正在出神遐想时，忽听上面屋瓦蹭的一声响，知道有人来了。玉琴刚才一觉醒转，揉摸睡眼，正要开口；剑秋跳过去，把她玉臂一推，指着屋上低低说道："琴妹你听。"

玉琴凝神听时，只听又是"蹭"的两响。剑秋道："他们在屋上窥伺，我们不如开了后窗出去，抄他们的背后可好？"玉琴点点头。

二人方欲举动，但见屋上屋瓦乱翻，大响而特响，接着发出微弱的声音。二人不觉相视而笑，原来是两只猫在屋上追逐。玉琴便立起身来，打个呵欠笑道："剑秋兄，你竟这样胆小，连猫的履声也听不出来了。"

剑秋无话可解，也笑了一笑，对玉琴说道："时候还早，琴妹去睡吧！"

玉琴道："我不睡了，你去睡吧！若有人来时，好让我杀几个酣畅。"于是剑秋便去睡了。玉琴坐至四更过后，依然不见动静；知道自己太易生疑心了，也就拥衾而睡。果然一宵无事，转瞬已是天明。二人一齐起来，剑秋很觉惭愧，对着玉琴连说："对不起……"

玉琴道："外面的事情本来也难以忖度的，也不能怪你。"开了房门，蒋氏兄弟走过来和二人相见。

大家用了早餐，蒋刚抢着去付饭钱，一起动身。那肥胖的男子送出店门，伺候上马；又向他们一揖到地，送他们动身。

四人上路后，玉琴和剑秋心中都想：以貌取人，失之子羽！我们猜疑那店是个黑店，谁知却是好人，可见一个人胸中不能有成见的了。于是对蒋氏兄弟引为良伴，并不生疑。

他们向前走去，前面又是山路，看看那个对面的乌龙山，山峰渐渐相近，路上并没有饭店。跑过一处沿河的地方，有二三户人家，临流而居。一个中年妇人立在门前，喊一个小儿子进去吃午饭。四人遂向妇人开口，要向她买一顿午饭充饥。

妇人便说："有有。"请他们四人下了马走到屋里，在一张桌子旁坐定，妇人便去煮饭。因为他们的饭不够供客一饱，那孩子却先到厨下去吃了。

四人坐了一刻，妇人已将饭和菜肴搬上来，带笑说道："这里是荒野之地，并无佳肴，请客人将就些用吧！"

剑秋说道："很好，我们在这地方竟有饭吃，也非容易了。"

玉琴瞧着桌上放着的两样菜，一样是萝卜烧小鱼，一样是辣椒豆腐，肚子饿了，不管好歹就吃了。四人狼吞虎咽地吃个饱。剑秋取出三两银子，交给妇人。那妇人见了银子，眉开眼笑地谢了，接过去。四人走出门来，跨上坐骑，又向前赶路。

约莫走到红日衔山的时候，已到乌龙山下。前面山路曲折，树木众多。四人正向前跑去，忽铮的一声响，有一物从他们头上飞过。玉琴便道："这是响马的响箭，前面稳有强寇蓠径了。"

四人不管，仍往前去，只听林中一阵锣响，跳出七八个强盗。为首的一个身躯高大，身穿黑色短靠，手握长枪。把枪对四人一指，喝道："你们快快留下行囊和坐骑，才放你们过去；否则一刀一个土中埋，休得怪怨咱们。"

蒋刚和蒋猛拔出宝剑，回头对琴、剑二人说道："待我们先去抵挡一阵；若没得胜，再请二位相助。"

玉琴点点头微笑，蒋氏弟兄遂使动宝剑，把马一抬，冲上前去，和这七八个强盗交手。战了十多回合，众盗抵挡不住，为首的丢了长枪，往后便退，众盗跟着一齐逃向树林里去。

蒋氏兄弟回头对琴、剑二人说道："这些草寇真是不济事！我们何不就此杀上乌龙山，直捣巢穴；把那些狗盗扑灭，也可为地方除害。"

剑秋说声："是！"蒋氏兄弟个个催动坐骑，向树林里追进去。剑秋也将龙驹一拍，跟着追进去。

玉琴也拍动花驴，和剑秋同追。不料那花驴忽掉转身子，向后飞跑。玉琴出于不防，正想把缰绳收住，谁知那花驴今天竟不能羁勒，如发狂一般，向原路飞奔回去。玉琴十分恼怒，把两足向花驴腹下乱踢，但是也不中用；两臂虽然用力紧收，一时却也收不住。这一趟直跑六七里，方才觉得那花驴的力气渐渐松懈。玉琴用力一收，花驴便停住不走了。

玉琴骂道："可恶畜生，这样不是和我捣乱吗？耽搁我的事。"心中牵挂着剑秋等三个人，遂又想把驴子掉转头来，追赶三人，可是那花驴死也不肯回头。任你鞭打、踢它，它总是倔强着不肯回头。

玉琴暗想：这事有些奇怪了，此驴随我以来，十分灵通，以前在张家口曾救过我的性命。此番它忽然强着不肯回头和他们一样追赶敌人，把我驮了回来，莫不是那边有什么不测的祸患么？愈想愈觉可疑，遂用手在花驴头上轻轻拍了数下，说道："如若前有灾凶，你着意不走，可对我叫一声。"

玉琴说罢这话，那花驴果然狂叫一声。玉琴点点头道："是了，那么剑秋兄一定要遇着危险。我不救它，谁去援助？即使有什么祸患，我也顾不得一切，与他同死同生。但是我也不可鲁莽行事，必须要想个法儿救他出来，方是上策。"一边想，一边跳下花驴。见那西边的夕阳已经坠向山坡后，寒风吹着衰草深林，凄凄切切，暮色苍茫，归鸦噪空。

玉琴心中正在犹豫，忽见前头尘土扑起，隐隐有数骑追来。她便丢了花驴，躲到林子中伏着窥伺。那花驴失了主人，又向后边跑去，但是只是打个圈子般转来转去，好似不肯远离的样子。玉琴伏在一株大树背后；她在林里，可以瞧得到林外路上的人，外面却瞧不清楚林中的人了。

转瞬之间，见三四匹坐骑跑至林前。一个人大声对同伴说道："你们看前边的花驴，为什么空着无人，那姓方的女子不知逃到哪里去了。"

玉琴听出那人的声音，正是蒋猛。心中一呆，接着又听一个人说道："我们已把男的捉住，那女的也断乎不能放她逃去。"又听蒋猛停住马说道："我们安排的计划可算精密而周到。不知怎么的那女子十分精灵，偏偏不上我们的钩。如何好到母夜叉面前去交代呢？"

又一个说道："那花驴跑在前面，料想那女子决没有远走，说不定便匿在那个林中。我们不如进去搜一搜。"又听蒋猛应声道："是。"接着听众人下马声，脚步乱奔，跑入林中来。

玉琴瞧着亲切，见为首的正是蒋猛；手横宝剑，一步一步地走入。玉琴早已暗暗掣出真刚宝剑，等蒋猛走近的时候，突然从树后一跳而出，娇喝道："贼子，你家姑娘等候多时！"一剑向他头上劈去。

蒋猛大吃一惊，仓促抵御，哪里是玉琴的对手？不消几个回合，蒋猛已死在真刚宝剑之下。其余的三个同伴，不识厉害，一齐举起刀枪，向玉琴夹攻。玉琴挥动宝剑，早打倒二人；剩下一人，要回身逃走，早被玉琴追上去，飞起一足，把他踢倒在地。将他擒住，在他当胸一脚踏住，扬着真刚剑喝问道："你们是不是乌龙山的强寇？那蒋刚、蒋猛二人是不是你们的同党？为什么设计来欺骗我们？与我同行岳姓男子现在哪里？你们可曾加害？快快实说！"

那人说道："我们都是乌龙山上的，那蒋刚、蒋猛预先扮着客人，引诱你们前来。我们早在林子里设下绊马索和陷坑，有意假败，好使蒋刚等二人怂恿你们同追，坠入计中。不料只捉到那个姓岳的，被你逃脱而去。蒋刚先押解姓岳的到山上去，蒋猛便引着我们追来。想不到他却死在你的手里，请你饶了我的性命吧！"

玉琴又问道："你们山上的盗首姓甚名，为什么蒋氏兄弟要来诱我们中计？"

那人又说道："我们的盗首姓穆名雄，别号金刀穆雄。卫辉一带地方哪个不知，谁人不晓！他的妻子母夜叉胜氏和他一起占据着这个山顶，官兵也奈何他不得。只因母夜叉有个弟兄，就是那个粉蝴蝶胜万清，被你们相助着官府把他捉住的.他到汤阴县去做买卖，干得二个案件，偏偏被你们擒住。手下人便逃回山来报告，依着母夜叉的意思，便要前去劫牢。

"穆雄却以为劫牢难，劫法场容易，于是决定稍后再劫法场。但是母夜叉探得她的兄弟是被两个过路客人动手捉住的，否则决不失利，所以急欲复仇。遂由蒋氏兄弟献上这条计策，有意假装着客人，引你们到此入彀的。"

玉琴听了，方才恍然大悟："都是自己好管闲事，结下这个冤家。且喜剑秋虽然被擒，尚未丧失性命。那乌龙山左右也不过和白牛山一样，究竟不是龙潭虎穴。我必须前去冒险救他出来，即使真是龙潭虎穴，我也顾不得了。"想定主意，便把宝剑一挥，那人早已身首异处。遂将剑入鞘中，走出林子。见他们骑来的马早已四散走去，又见自己的花驴却立在前面，没有远离。天色又将黑下来，自思：在此旷野，一时到哪里去存身？

她忽然想起方才借用午膳的那个人家，在后面不远，何不到那里去歇息一下，再作计较？遂跨上花驴，向后面飞跑而去，不多时早到了那个人家的门前。却见双扉紧闭，杳无声息。她便跳下花驴，上前叩门。只听里面有个男子的声音问道："外面是哪一个，夜间到此敲门？"玉琴道："是我。"

只听男子又问道："你是谁？"接着又听他自言自语道："在这个地方哪里来的女子，真吃了豹子胆！"

玉琴道："我是方才向你家借用午饭的过路客人，请你开一开门。"

听那男子答应一声，果然就来开门；手中执着一个烛台，向玉琴照了一照，便道："姑娘请进！"又代她牵了花驴，一同走入。那男子把花驴牵到后面天井中去，口里却喊道："阿元娘快出来，有一位客人在此。"

那妇人正在右边一间小小的房里伴她的小儿同睡，听得声音,便起来见了玉琴;便道:"呀!原来就是姑娘,何故回来?那三位先生呢?莫非……"

玉琴把头摇摇道:"我们真是不幸,遇见了盗匪。他们都被捉去,只有我一人脱险。"

那男子从后边跑出来说道:"姑娘,你们遇见强盗么?前面乌龙山上的强盗,厉害非凡。方才我从田中回来的时候,听得阿元娘说起有四位客人,三位是先生,一位是姑娘,在此借用午饭,一同向前去的;且蒙客人十分慷慨,赏赐银子。我怪她为什么不告诉客人前面有盗匪呢?她说瞧见你们都带武器,不像无能之辈,所以没有和你们说起。"

玉琴笑道:"不错,这也不能怪她!"男子便请玉琴坐下,又教他妻子到厨下去煮粥。玉琴便问男子姓名。

男子道:"我姓裘,名唤天福,一向在此耕田过活,以前也时常到乌龙山去打柴,后来山上有了强人,我就不敢去了。那山上的盗魁便是金刀穆雄,本是卫辉府二龙口的土豪,后来得罪了上司,闹翻了脸,便到这山上落草为寇了。穆雄还不算厉害,惟有他的妻子母夜叉胜氏,善使一根十三节的连环钢鞭,非常了得,连穆雄也不是她的对手,可想她的本领之大了。你们遇见了他们,自然失利了。"

玉琴微微笑道:"虽然失利,我却要去救他们出来的。"

男子脸上露出惊异的神色,说道:"不是我看轻你,谅你小小弱女子,怎能到山上去冒这个重大的危险呢?不如报官再说吧!"

玉琴笑道:"报官有什么效力?官厅若有剿匪能力,何至坐视盗匪猖獗如此?"

天福点点头道:"姑娘说得不错!现在的官府畏盗如虎,尽向上司蒙蔽了。多一事不如少一事,哪里顾得行旅不便,地方上的为害呢?"说到这里,那妇人已端了一大碗小米粥和一碟咸雪里红前来,请玉琴吃粥。

玉琴谢了,吃过粥后,对他们说道:"你们大概早要睡了。

夜间的事你们不要管,我自会处理的。"

天福又说道:"姑娘若是一定要去时,须记得上山正面的路走不得的;非但山路险峻,而且有三重关隘,夜间都有埋伏。你一人前去蹈险,倘有不测,如何是好?我想不如从侧面石盘岭越过去,取道既近,危险反少。那边只有一座碉楼,比较容易走些。"

玉琴道:"承蒙指教,可惜我不识路途。"

天福又道:"姑娘向前走到乌龙山上时,不要向正面上去,可向右边一条斜的山径走去。那边有一条小小溪涧,只要沿着溪涧行去,不到三四里,下得石盘岭,地方平坦;再向左边山路走上去,就到乌龙山的中心了。"

玉琴把天福的话一一记好,便道:"你们去安睡吧,不敢再惊动你们了。"

天福倒也爽快,便和妇人回到房里去。玉琴一个人盘膝坐着,闭目养神。约近二更时分,不敢耽搁,便飞身从屋上越出,施展飞行术,一口气跑到乌龙山下。记得天福的话,看清方向,向右边一条斜上的山径走去。听得脚边淙淙的声音,如鸣琴筑,正有一条小涧,她便沿着小涧而上。不多时便到了石盘岭,月光清朗。运用夜眼,瞧见林子那边正有一座高峨的碉楼,再窜过林子,已到了碉楼之下。抬头见碉楼上插着许多刀枪旗帜,壁垒森严,隐隐有击柝之声。

那碉楼筑在两个石壁中间,正当要道,没有别的路可以飞越。方玉琴毅然决然地不顾什么危险,飞身一跃已到了碉楼上面。见距离十数步的地方,有两个小喽啰,正背对背的蹲在地上打瞌睡。玉琴也不去惊动他们,俯视里边也不见什么动静,她就连蹿带跳的越过那座碉楼,可笑强寇们一点也没有觉得。山上的小鸟却在明月之夜,在谷中引吭而鸣,如老人欷笑一般,令人毛发悚然。

玉琴壮着胆,跑下石盘岭,从左边山路飞跑而上,已到了乌龙山巅。停住脚步,向四下一瞧,见里面有一带高大的房屋，料想必是盗窟。走到屋边，跳上墙垣，屋里面各处都有灯火。想盗寇还未睡眠，不知剑秋拘禁在哪里？教她如何援救？越过了一重屋脊，听得里面一进的屋中欢笑之声，沸腾入耳，灯火明亮。

她轻轻走到那屋子侧边，伏在屋上暗处，向下观看。见正中是一间大殿，殿中摆着酒席，有四个人向外坐着。中间一男一女都是老年；男的鬓发已斑，想是金刀穆雄；女的年纪比较穆雄稍轻，面貌丑陋，露出一口不整齐的黄牙。方才作鸱鹨笑的，大约就是母夜叉胜氏了。左边坐着的一个少年，正是那个蒋刚。再向右面一看，见坐着一个女子，不是别人，原来就是飞天蜈蚣邓百霸的妻子穆玄英，以前在白牛山上被她漏网兔脱，不料现在此地。大概她就是金刀穆雄的女儿了。那么仇人相见，新仇宿怨，一齐发作，不知剑秋吉凶如何？心中却有些惶惑。

只见蒋刚开口对穆雄说道："我们弟兄二人，将这条计策去引诱他们，果然不知不觉地将他们引入彀中。可惜被那个女子逃走了！我虽然教我弟弟去追赶，但是却不知道此时还未回来，不知追到哪里去了。"

穆玄英接着说道："那女子就是所说荒江女侠，有十分了不得的本领，不要蒋猛反吃了她的亏，也未可知。她是我的仇人，被她脱逃了，真是可惜。"

穆雄喝了一杯酒，拂髯说道："谅她小小女子，有什么天大的本领？我总不信。"

母夜叉胜氏说道："她杀我女婿，正是可恶；若给我见面，必请她吃一钢鞭。"

穆雄又道："我们虽然没有将她捉住，但已捉到她的同伴，现且监禁着。等到捉到荒江女侠时，一起发落。"

穆玄英道："那个姓岳的，名唤剑秋，就是她的师兄。我们既已把他擒住，不如马上结束他的性命，免生后患。因为荒江女侠倘然没有被我们追到，说不定她会冒险到山上来援救她的同伴。"

穆雄道："既然如此，依你之言，便把这岳剑秋砍了吧！"便命左右将那姓岳的推来，两个喽啰答应一声而去。

玉琴在屋上瞧得分明，听得清楚。不多时，早见两个喽啰，握着鬼头刀押着剑秋前来。剑秋虽已被缚，神色自若，推到穆雄面前。

穆雄便向他喝问道："岳剑秋，你帮助了姓方的女子，把我女婿杀害，结下血海大仇。你们在汤阴县的时候，又将我的妻弟粉蝴蝶胜万清擒获，到官府请功。这正是仇上加仇，怨上结怨！今日被我们捉住，这就是报应！"

剑秋朗声骂道："呸！老贼，这有什么报应不报应。你的女婿、你的妻弟和你一样，都是民物之害。杀了他们，也是死有余辜！可惜你们这些草寇还未授首，早晚末日必要到临。我今不幸，中了你们的诡计。大丈夫一死而已，何必多言？不过我的同伴一定还在附近，没有上你们的当。她必要代我报仇，恐怕你们釜底游魂，不久也要同赴黄泉了。"

玉琴在屋上听剑秋说得这样痛快，不觉暗暗点头，徐徐擎出真刚宝剑，准备动手。

只听穆玄英对她的父亲说道："爹爹不必同他讲理，待女儿把他先行开膛破肚，挖出他的心来，好祭一祭亡夫。"

穆雄点点头，吩咐将剑秋绑在庭中一株树上。穆玄英便取出惊鲵宝剑，说道："此剑是姓岳所用之物，我今天就用它来取他的性命。"说罢，便将外面的褂子脱下，露出里面的绿色紧身小棉袄。手横宝剑，走至庭中，对剑秋猛喝一声道："看剑！"一剑向剑秋的胸中刺下去。

正在这千钧一发的时候，忽听"当啷啷"数声，几片屋瓦飞了下来，正中穆玄英的手腕。她忍不住疼痛，那柄惊鲵宝剑也坠在地上。只见一条黑影，如飞鸟般跳落庭中，白光一道径奔穆玄英的头上。穆玄英不防，猛吃一惊，手中没有兵器，只好向后逃避。

玉琴身手敏捷，早将剑秋身上绳索割断，说道："剑秋兄，我来了！快些努力杀贼。"

金刀穆雄在堂上看得清楚，气得他胡须倒竖，"啊呀呀"一声大叫。从左右手中取过一柄金背大刀，一个箭步跳至庭中；使一个独劈五岳式，向玉琴头上一刀劈下。

玉琴把剑迎上，当的一声，把金刀搁开；觉得其势沉重，不可轻忽，便把剑术使出。一刀一剑，寒光霍霍，在庭中酣战起来。剑秋已将身上绳索挣脱，很快地从地上拾起自己的惊鲵剑，正要相助；母夜叉胜氏早挥动十三连环钢鞭，宛如一只雌老虎，打一个旋风，向他扑来。

剑秋舞起宝剑，迎住胜氏，一剑向她腰里扫去。母夜叉喝声："来得好！"将钢鞭往下一压，当的一声，剑秋的剑直压到下面去。若非剑秋手中握得紧，早已压落了。母夜叉跟着将钢鞭翻起，一鞭向剑秋打来。剑秋说声："不好！"自己的宝剑来不及抵挡，急使一个鹞子翻身，只一跳，跳出六七尺以外，避过这一鞭。

母夜叉见一鞭不中，怒吼一声，跳过来又是一鞭，使个玉带围腰，向剑秋腰里打来。剑秋把剑挡住，心中暗想：这母夜叉果然利害，比得韩家庄的韩妈妈。我倒不可忽视，免得失败。遂施展出生平本领，把惊鲵剑舞成一道青光，向母夜叉刺去。母夜叉也将钢鞭使紧了，有呼呼之声，尽向青光上下打去，一黑一青，搅作一团。

此时山上锣声大鸣，蒋刚早去聚集着四五十名喽啰，各持棍棒，赶来助战。穆玄英也摆动一对鸳鸯锤，跳过来协助她的父亲，同战玉琴。

琴、剑二人身陷重围，自知绝无他人前来援助，所以各出全力，拼命狠斗。幸亏他们的剑术日有进步，又在昆仑山上重得一明禅师的指点，更见高深，因此足够应付。

玉琴和穆玄英父女斗了五六十回合，不能取胜。暗想：不能不用巧了，遂假作渐渐无力的样子，向东边墙角退走。穆雄挥动金背大刀，紧紧逼过去。玉琴退到分际，假做脚下一滑，说声："不好！"跌倒在地上。

穆雄大喜，连忙踏进一步，一刀砍去。不料玉琴使个鲤鱼打挺，疾跃而起，一剑向穆雄腰里刺来。穆雄不防，不及闪避，被玉琴一剑刺进右腰，大叫一声，撒手丢刀，向后倒下。

玉琴大喜，挥动宝剑，便向穆玄英进攻。穆玄英见老父惨死，心中惊怒交并，咬紧牙关和玉琴力战。玉琴杀了穆雄，勇气大增，一柄剑使得神出鬼没，白光飞绕穆玄英头顶上。穆玄英抵敌不住，锤法散乱。被玉琴觑个隙间，一剑扫去，把穆玄英劈倒在地。又一剑割下她的头颅，提在手中。

此时蒋刚等见寨主已死，琴、剑二人剑术高强，都纷纷逃走了。只剩母夜叉一人，兀自舞动着钢鞭和剑秋苦战。眼见自己丈夫和女儿都死在人家手里，十分悲愤。玉琴在旁见母夜叉的钢鞭夭矫飞舞，绝无松懈，久战下去恐怕剑秋要抵御不住；便将手中握的头颅，照准母夜叉脸上用力掷去，说声道："看法宝！"滴溜溜地打向母夜叉头上。

母夜叉还不知是什么，吓了一跳！把手中钢鞭迎着一击，把那颗头颅直打出去。骨碌碌滚落在地上，被钢鞭一击，已脑浆迸裂，血肉模糊了。母夜叉定神一看，方知是自己女儿的头颅；心中一痛，不觉张口喷出几口鲜血。大吼一声，将钢鞭向剑秋下三路扫去。

剑秋急向后一跳，避过钢鞭，正要回手时，母夜叉早已跳出圈子，一跃上屋。玉琴也已飞身追上，剑秋也赶紧跳上屋面，一同追赶。早见母夜叉奔走如飞，已从旁边屋上跳下。月光中见母夜叉奔向左边一条狭窄的山径中去。二人追至那里，恰巧前面有一丛松林，风卷松涛，其声如雷，母夜叉窜到林子中去了。

二人追到林外，已不见母夜叉影踪，玉琴想要追进去，剑秋却道："遇林莫追，饶她逃生去吧！我也因自己不小心，方才上那两个贼子的当，追进林中；逢着他们设下绊马索，我遂不幸被擒。幸亏琴妹前来救了我的性命。现在倘然林中有什么陷坑，况且在深夜，更是瞧不清楚，可不要再中她的诡计了。"

玉琴点点头，二人遂并肩走转。玉琴便将花驴通灵，硬回转跑回去；又如何将蒋猛杀死，到乡人屋中去暂歇，以及得到裘天福的指示途径；然后独自冒险上山来相救的情形，一一告诉剑秋。剑秋对她不但表示十二万分的感谢，而且很佩服她这种勇往直前的精神。

二人回到寨里，此时喽啰已四散；只有几个老弱之辈以及妇女们，一时没有去处。二人也不去伤害他们，教他们去将穆雄父女的尸首埋葬在山后。

二人坐着，守到天明。剑秋去找自己的龙驹，遂牵着一同和玉琴从正面山路走下。果然见有三座关隘，形势十分雄壮。二人徘徊片刻，走下乌龙山；回到裘天福家中，见裘天福正立在门外痴望。一见二人到来，十分欢喜，便走上前问玉琴道："姑娘去了一夜，竟救得这位爷回来，真不容易。可曾见强盗么？"

玉琴道："当然遇见了，都被我杀死了。"

裘天福听了，吐吐舌头，又向玉琴面上相了一下，说道："姑娘真好本领。"

说时，那妇人也闻声走出，对玉琴恭喜，且问道："还有二位爷在哪里呢？"

玉琴笑了一笑道："他们却被强寇所害了。"

妇人听了说道："可惜可惜，那二位爷都是年轻的公子，却送在强盗手里。他们家中若然知道了，岂不要伤心死了。"琴、剑二人听了，暗暗好笑。

玉琴又对裘天福说道："我的花驴呢？请你快快牵出来，我们不能耽搁，就要动身了。"

那妇人说道："二位吃了早饭再走吧！"玉琴把手摇摇。

裘天福便去牵出花驴，说道："我已喂上一顿草料了。"又回身到屋中，送上两个包裹。

玉琴把它拴在驴上，取出四五两银子，给那妇人道："昨晚辛苦你们了，这一些送给你家小孩买东西吃了。"

妇人千谢万谢地收了。琴、剑二人便向他们点点头，说道："再会吧！"一个跨上龙驹，一个坐上花驴，鞭影一挥，蹄声嘚嘚，向前飞跑去了。

二人在路上朝行夜宿，无事耽搁；走了许多日子，已近天津。其时已隆冬时候，北方天气更冷，朔风凛冽，天空彤云密布，大有下雪之意。

玉琴忽然对剑秋说道："此处和曾家村相隔不过十数里，我们何不先到曾家去看看他们，表明一切，以后找到宋彩凤，再好论婚。那么我们的态度也不失光明，并且可把我们订婚的事告知他们，你想好不好？"

剑秋也觉自己有向曾家声明之必要。遂道："也好，我们先到那里去走走，至于宋彩凤母女，不知何时可找到哩！"

于是二人取道向曾家村而来。行至村口，却见一座高高的碉楼，正筑在村口，一直连绵过去，工程很是浩大。这样竟将曾家村围在里面，一边靠山，一边靠水，没有外人可以飞渡进去。

玉琴对剑秋说道："剑秋兄，你看他们费了如此大的工程，筑得这座楼，明明是用以防盗，大概是曾氏兄弟所发起的吧！"

剑秋道："有了这座碉楼，不怕盗匪光临了。"

二人说着说着，早到了碉楼门前。门口有四个团丁模样的男子，手里握着长枪，雄赳赳地站在那里，见有两个生客到来，便拦住问道："你们是谁？到哪里去的？"

剑秋笑道："我们二人和你们村中曾家庄的二位公子相识，现在特来拜访他们。"

于是便有一个团丁伴着他们，一同走进碉楼，来到曾家庄。琴、剑二人跳下坐骑，恰见曾福从门里走出。曾福一见二人便带笑说道："原来是岳爷和方家小姐到了。我们二位少爷和老爷、太太等天天在那里惦念着你们，难得前来，快请进去吧！"

那团丁见他们十分熟络，便对曾福笑了一笑走回去。二人将坐骑交给曾福，一路走进去。早有下人通报，见曾毓麟扶着曾翁，一同走出相迎。大家堆着笑容，二人连忙上前拜见，一同来到内厅上。

曾翁笑问二人道："这许多时候你们都到哪里去了？我们时常怀念你们，今日难得到此，使我老人不胜快活。"

剑秋说道："我们别后也是时常怀念。今日特来请安，且表示我们前次匆匆别离的歉忱。"

曾毓麟带笑说道："前番是剑秋兄先走，然后玉琴贤妹跟着也走。我看了你们二位留下的书信，真使我大惑不解，现在想二位早释前嫌了吧？"说罢，又对玉琴脸上瞧了一眼。

玉琴不觉两颊微红，低下头去。剑秋也带笑对曾毓麟说道："便是为了这个缘故，我们特地前来向你们谢罪。"

曾翁连说："不敢当，不敢当。"剑秋又道："我们此番是从昆仑山前来，只因前番我们二人曾到虎牢关去找寻宋彩凤母女，可惜没有找到，遂往昆仑山上住了一个多月。听得宋彩凤母女已到京津，所以特地赶来找寻她们，好完成琴妹的使命。路过这里，顺便来拜访，我们还要到京津里去呢！"

毓麟听了，微微笑道："二位难得前来，且请留在这里吧，不必到京津里去了。我且介绍两个人和你们相见可好？"玉琴忙问道："是谁？"

毓麟道："稍停见了自会明白。"于是便向厅后走去。不多时，听得厅后笑声喧哗，曾毓麟走出来，便见梦熊的妻子宋氏扶着曾老太太，慢慢儿地走来，背后跟着两个妇人。琴、剑二人定眼看去时，只见那一个年轻女子，正是他们东找西访不得的宋彩凤，在她身边的一个老妇便是双钩窦氏。

真所谓：踏破铁鞋无觅处，得来全不费工夫！几使二人疑心此身尚在梦中呢！

第四十六回

卖解女密室锄奸
钓鱼郎桑林惊艳

窦氏母女本在虎牢安居家中。窦氏觉得自己年纪渐老,女儿正在待字之年,急欲代她选择一个如意郎君,使她终身有托,自己也了却一桩心愿。无如一时物色不到相当的乘龙快婿。薛焕虽然屡次前来,大有乞婚之意;可是薛焕的本领虽然不弱,但是形容丑陋,又是缺一足,宋彩凤怎肯匹配与他呢?

后来忽然被洛阳邓家堡的"火眼猴"邓骐看上了宋彩凤,七星店一回事,惹得引狼入室。邓氏兄弟竟赶上门来,缠扰不清。那天夜里,母女二人和邓氏兄弟在屋上狠斗一阵,邓氏弟兄未能得利而去。宋彩凤手腕上也受了刀伤,知道邓氏弟兄众多,必不肯干休。自己势单力薄,不如暂避其锋,免得吃他们大亏。

宋彩凤便想起荒江女侠和岳剑秋二人,不知女侠是否已复得父仇?此时或已返荒江,横竖自己总要出门,何不径自前往荒江拜访二人?倘能遇到,好约他们同来对付那邓氏七怪,不容他们这样猖狂,遂将她的意思告诉她母亲双钩窦氏。窦氏听了,也很赞成。于是母女二人收拾收拾,把家门锁上,离了故乡，出关而去。在路上依然乔装卖解女子，多少得几个钱，贴补些盘缠。

她们出了山海关，一路无事，来到海龙城。她们出关以后，懒得露面，所以没有卖解过，行囊中的金钱渐渐告乏。见海龙地方也还繁盛，于是母女二人先投下了一家客店，然后到一片广场上来显身手，顿时有许多人围拢来观看着。宋彩凤打了一套拳，大家喝彩不已，有些人就将青蚨向宋彩凤身上打来。愈打愈多，密如雨点，宋彩凤施展着双手，接个不止。

正在这个时候，忽然有两个大汉，怒目扬眉，挺胸凸肚，从人丛中走进来，对她们大声喝道："喂！你们是哪里来的？不先到我家'双枪将'门上来请个安，打个招呼，擅敢在此卖艺，还当了得！快快给我滚开去，免得我们动手。"

窦氏正帮女儿向地上拾钱，不防有这两个莽男子前来，口出狂言，不许她们在此卖艺。明明是仗势凌人，心里有些气愤。便回头对二人说道："动手是怎样？不动手又怎样？我们路过这里，缺乏一些旅费，所以将自己的本领来换两个钱，并不曾踏你们的尾巴，要你们来此狂吠做什么？"

一个大汉听了窦氏的话，卷起袖子，走上前来，对窦氏骂道："老乞妇，你敢骂人？不给你厉害，你是不肯走的。"说罢，伸开五指，照准窦氏脸上一掌打来。

窦氏一闪身避过那一掌，顺势搭住那个大汉的手臂，向里一拖，那大汉立脚不住，跌了一个狗吃屎。背后的一个大汉，见了自己人吃亏，跳将过来，一拳对准窦氏，当胸打去。窦氏并不避让，等那大汉拳头到时，将手臂向上一抬，说声："去吧！"那大汉早又跌出丈外，跌了个仰面朝天。

窦氏哈哈笑道："原来都是不中用的脓包，现在知道你老娘的厉害了吧！"

那两个大汉先后由地上爬起，气愤愤地对窦氏说道："老乞婆，有本事就不要走，稍待你就知道'双枪将'的厉害，管教你小姑娘没有回家的日子。"说罢，匆匆走出人丛去了。

此时大家议论纷纷,有的称快不止,有的却代窦氏母女捏一把汗。有几个好事的人走近前来,对窦氏母女说道:"你们得罪了'双枪将'的家人,他们此去必然去报信;等一下'双枪将'跑来,你们便要吃亏了。不如乘这个间隙快些逃避吧!"

又有一个说道:"不错,你们还是逃走的好。那个'双枪将'是个好色之徒,到来时必定要把你家这位小姑娘抢去的,那么你不是白白将女儿送给他做小老婆吗?"

窦氏问道:"你们所说的那'双枪将',究竟是怎样的人,他有什么权力可以抢人家的人?"

一个就说道:"你们是外边人,不知道'双枪将'的厉害。这也怪你们不得,待我来告诉吧!那个'双枪将'是个满州小贝子,名唤莫里布。他的老子曾做过将军,得过巴图鲁的名号,有财有势。现在虽然故世,那莫里布倚仗着老子的余荫,在这海龙地方,擅作威福,鱼肉良民,专抢人家有姿色的女子,供他取乐。过了些时候,却又喜新厌旧,又去看别一个妇女。

"记得前年本城有一姓秦的男子,名唤允中。他有一个妻子陆氏,生得千娇百媚,国色天香。伉俪之间,甚为爱好。却不料平地罡风,吹折连理之枝,祸变之来,出人意外。因为有一天陆氏同她的亲戚一同到观音庙去还愿,中途忽遇莫里布。正是不是冤家不聚头!莫里布色胆包天,竟把陆氏强抢到他家中去了,硬说是他的逃妾。那秦允中得了消息,跑到莫里布门上去,要求放回他妻子,却被莫里布指他讹诈,把他用乱棒打出,不放他的妻子回家。秦允中不敌,只得跑到衙门里去控告。

"哪知那县官平日也要畏忌莫里布的,哪敢得罪,竟不受理。秦允中冤气冲天,回家自缢而死。陆氏被莫里布抢去后,誓死不肯失节,恼怒了莫里布,把她毒打了一顿。可怜那绝世佳人,便香消玉殒,埋骨黄土了。这件事海龙地方有哪个不知道?可是秦家夫妇虽然害死在莫里布的手里,哪有人敢出来代他们申冤呢?你们想想,'双枪将'的威势好不厉害!你这老婆子若是情愿把你的女儿送给他,那么你不用惊慌,好好地讨他欢喜,否则不如快走。"

宋彩凤忍不住在旁说道:"那'双枪将'敢如此猖狂,有什么本领?"

一个人答道:"莫里布曾考得武秀才,懂得些武艺,好使一条花枪。不过他又喜欢抽大烟,一管烟枪常不离手,因此大家代他取了个别号,唤做'双枪将'。"

宋彩凤不觉笑道:"我道是什么'双枪将',原来是一支烟枪。"便把嘴在窦氏耳边,低低说了几句,窦氏点点头微笑。这时早听旁人说道:"你们不要多谈,招惹是非。快看,'双枪将'来了!"

窦氏母女向前一看时,只见一群家将,持着棍棒,簇拥着一个瘦少年,蜂拥而来,好像要大打出手一般,气势汹汹。那瘦少年双颧高耸,面上没有血色;戴着一顶獭皮帽,穿一件枣红缎子的灰鼠袍子,扎着一条淡灰色湖绉的腰带,手里挺着一枝花枪。见了窦氏母女,便把花枪一指,问他的手下道:"是不是这两个?"

一个家将说道:"正是。"莫里布又对宋彩凤看了一眼,口里啧啧赞美道:"好一个卖解女!果然生得娇小玲珑,煞是可爱。"又指挥着众家将说道:"你们快上前把她抢回家去,你大爷要乐她一乐呢!"

众家将答应一声,一拥而上。宋彩凤略略挣扎,早被他们擒住,横拖倒曳地夺去。莫里布瞧着,十分得意,狂笑数声,跟在后面,一起走回。

窦氏见女儿被人家抢去,掩面痛哭,众人又对她说道:"本来早已和你们说明'双枪将'的厉害,教你们走;你们却不识时务,逗留在此。现在人已被抢去了,你就是哭死,也没有用的啊!"

窦氏道:"我年纪已老,专靠我女儿为生,现在被那个天杀的抢了去,我这条老命也不要了。你们可知道'双枪将'家住哪里?我去向他讨人。"

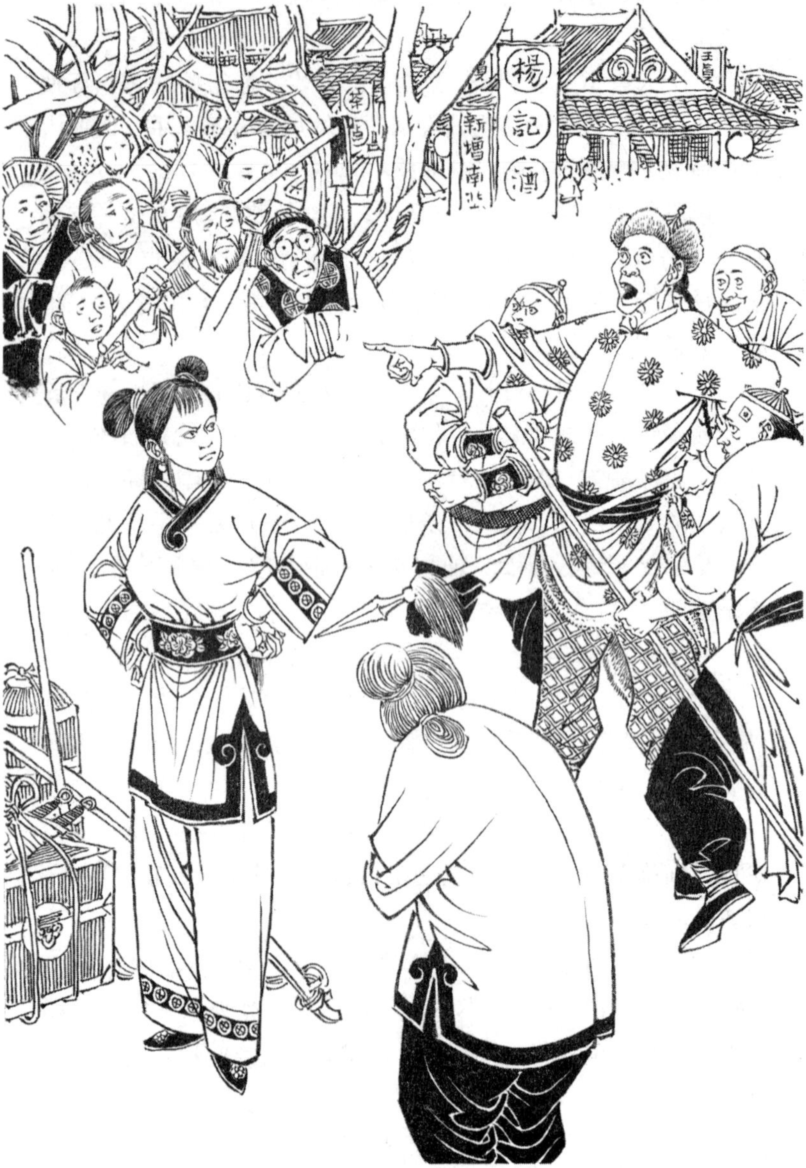
楊記酒
新增南北

有一个快嘴的早抢着说道:"'双枪将'便住在大石子街第一家,离此不远。你朝南去,依着右手转两个弯,有一条很阔的街道就是了。不过你去也是白去的!人已抢去了,休想讨回来了。"

众人议论纷纷,有几个很代窦氏叫冤,说她可怜。有几个说道:"这老婆子还是识相的好,把她的女儿就送给了莫里布,多少可以得几个钱。"又有人说道:"要想莫里布出钱,这不是易事。他倚强欺人,不怕你不从,何必出什么钱呢?"那窦氏不理众人闲话,便收拾起家伙,走到大石子街去。有几个好事的人一齐跟着去看热闹。

窦氏来到大石子街"双枪将"的门前,见阶沿上立着四个家将,手中挺着棍子,威风凛凛,杀气腾腾。众人不敢上前,都立在远处观望。窦氏却独自走上前,向四个家将说道:"我的女儿呢?快教你们大爷放她出来,青天白日,怎么可以强抢人家女儿?"

一个家将不待她说完,便圆瞪着双眼,大声喝道:"老乞婆!你要你的女儿,只好问自己去要,关人家何事?快快滚开一边,休得在此啰唆!"一边说,一边把棍子打来。

窦氏退后几步说道:"你们如此强横,难道没有王法吗?你们不肯放出我的女儿,我可到官厅去控告。"

一个家将听了窦氏的话,哈哈大笑,又说道:"老乞婆,你要到官厅去控告,赶快去吧!纵使你告到巡抚衙门,也是没有用的。你家小姑娘,无论如何今夜要被我们大爷乐定了。"

窦氏向莫里布大门四周相视仔细,便回身走转客寓中去了。

且说莫里布把宋彩凤抢到家中,便命人将她送到自己新造的几间精致屋子里去。家将们把宋彩凤放在一张杨妃榻上,大家一齐退出去,立在外边侍候。莫里布放了花枪,走进房去,笑嘻嘻地对宋彩凤说道:"现在你还敢倔强吗?好好侍奉我,才平安无事。"

宋彩凤斜坐在榻上,假做惊恐的样子,低声向莫里布说道:"你把我抢到此间做甚？还不放我出去，我的母亲呢？"

莫里布走过去，把手拍拍她的香肩道:"既来之，则安之。小姑娘你已被我抢到家中，还肯放你出去么？你不要痴想，还是好好的陪伴你家大爷快乐一回，我决不亏待你的。至于你的母亲，我亦可以去把她找来，使她也可以住在这里。你们母女俩仍可在一起，不是很好的吗？只要你一心一意地对我便了。

"还有一句话要对你说明白，你大爷有一种脾气，不愿意人家违背我的半句话。打死个人是很平常的事，所以你要对我驯服如羔羊一般，方使你大爷快活。你大爷快活了，有钱给你用，有衣给你穿，什么都依你的，你就福气无穷了。"

宋彩凤问道:"大爷的话是真的么，只要你把我母亲唤来，我就什么事都依你了。"

莫里布听她说出这几句很柔软的话，又听她称他大爷，不觉心花怒放，知道她已屈服了。便握着她的手道:"小姑娘，我就依你的话，去把你母亲唤来，你在晚间也要一切依我。你的芳名唤作什么？我不可不知。"

宋彩凤笑道:"我姓宋，名唤彩凤。我母亲窦氏，便寄宿在本城悦来客店中，请你快快差人去把她唤来吧，不要失散了。"

莫里布带笑说道:"阿凤，你千万放心。"说罢，便走出房去。见几个家将兀自握着棍棒，立在门口戒备，莫里布便把他们叱退道:"你们在此做甚，现在没有你们的事了。"

众家将只得说一声:"是！"大家倒拖棍棒，退了下去。莫里布又唤过一个家将，吩咐他快到悦来客店里去把窦氏找来，家将得令便去。

莫里布回到房中，又对宋彩凤上下看了一遍，说道:"我的乖乖！你真是生得好模样。待你家大爷抽几口大烟，再和你细谈。"说罢，便走到对面炕床边横下去，嘴里喊声:"阿翠快来！"即见一艳装小婢，从后房走出，唤了一声:"大爷！"便坐在一边，代莫里布装烟。烟云氤氲，莫里布吸了一个畅快。

那小婢回头对宋彩凤笑了一笑,悄悄地走去了。

莫里布打了一个哈欠,立起身来,斜着眼睛,对着宋彩凤微笑。宋彩凤坐在椅子上,把头低垂似乎害羞的样子。这时他差去的家将回来禀告道:"小的赶到悦来客店,已将那窦氏唤来,现在外边伺候。"

莫里布道:"很好,快些唤她进来。"家将答应一声出房去,将窦氏领到房中。

宋彩凤见了窦氏,便立起身叫道:"娘,您来了么?我在此很好,您快上前拜见这位大爷吧!"窦氏就向莫里布行了一个礼。

莫里布说道:"老婆子!你的女儿已情愿跟我,包管她一辈子享福不浅,所以把你唤来。从今以后,你亦可以住在这里,莫愁衣食,大爷自有钱给你。强过你们东飘西泊,抛头露面去卖解,是不是?"

窦氏便带笑说道:"难得大爷肯如此照顾,这是造化了我的女儿,我也可以享福了。"又对宋彩凤说道:"凤儿,你须得好好伺候这位大爷,莫辜负了人家的好意。"宋彩凤点点头,却不答话。

莫里布哈哈大笑,便唤阿翠前来,把窦氏领到外边客室中去安身。窦氏谢了,便告退出去。天色已晚,房中点起灯来,莫里布便吩咐下人摆上酒席,要和宋彩凤喝个合欢杯儿。

不多时,酒席已摆上了,阿翠立在身边伺候。莫里布朝外坐着,宋彩凤坐在旁边相陪,却把酒斟满着,一大杯一大杯地敬给莫里布喝。

莫里布尽管狂饮,还是阿翠在旁拉他的衣襟,低低说道:"喝醉了不好的,还是早些睡吧!"说罢,笑了一笑。莫里布听了这话,把阿翠拖到怀中,在她的脸上吻了几吻,说道:"今晚我要和新人欢乐了,你不会觉得寂寞么?"

阿翠挣脱了莫里布的手说道:"我有什么寂寞不寂寞呢?"

莫里布又笑道:"我总是要你的,你不要吃醋。"

阿翠听了，便往后房很快地走去了。莫里布便吩咐下人，将酒席撤去，又横在炕上要抽烟，问宋彩凤可会装烟？宋彩凤摇摇头。

莫里布笑道："这件事你以后总要学会，才能服侍你大爷，今天只好教阿翠代劳了。"便又高呼："阿翠！"

阿翠便由后房走出，穿了睡衣，带笑问道："大爷唤我何事？"

莫里布道："你再来装几筒烟吧！"

阿翠笑道："我早知道大爷过不去这个瘾的，所以睡在后房；听大爷呼唤，便来伺候。不过，这位新娘子不可不学会这个。"遂一边给莫里布装烟，一边教宋彩凤看她如何装法。且说道："是很容易的事，明天就可学会了。"

宋彩凤假意在旁瞧着。莫里布有几分醉意，抽烟的时候，伸手向阿翠身边乱摸乱抓，弄得阿翠咯咯地笑个不止，做出狐媚的淫态。宋彩凤却别转过了脸，不去瞧他们。

莫里布抽了十几口烟，说道："够了，我要早些睡了。"

阿翠把烟枪放下，立起身来，带笑说道："不错，莫辜负了佳期，你们也可早些寻乐了。"说罢，便走向后房去。

莫里布笑了一笑，立起身来，走至宋彩凤的身边，握住她的柔荑，说道："我与你可算有缘，早些睡吧！"

宋彩凤道："大爷先睡。"莫里布道："这是要两个人同睡的，怎么教我先睡，你不要害羞吧！"

这时莫里布好像馋猫一般，两只眼睛，盱盱地向宋彩凤注视着；若是宋彩凤不动时，他就要拥抱了。宋彩凤回转身来，听得屋瓦"咯噔"一声响，心中早已明白。

莫里布已把外衣脱下，笑搭着宋彩凤的香肩，说道："阿凤，你扶我到床上去吧！稍待包你快活。"

此时宋彩凤忽然柳眉倒竖，凤目圆瞪，喝一声："淫贼，休要妄想！"乘势把手向后一按，左脚在莫里布小腿上一钩。莫里布不防，早已跌翻在地。宋彩凤掉转身后，一脚踩在莫里布的当胸,先向他打了二下耳光,莫里布挣扎不起。宋彩凤撕下他衣襟塞在莫里布的口中,使他不能声张,又将莫里布的束腰带将他缚住。忽听窗外掌声二下,宋彩凤也把手掌拍了二下。便见窗开处,她的母亲窦氏,挺着一对虎头钩,扑地跳进来,问道:"这事办得怎样了?"

宋彩凤指着地上的莫里布说道:"这家伙真不济事,早已被缚。"

窦氏正要说话,忽又听后房喊了"啊呀"二字,接着"咕咚"一声,好像有人跌下去的样子。宋彩凤连忙跑到后房一看,黑暗中见地板上坐着一个人,口里哼哼的。便把她提起,回到外房一看,不是阿翠还有谁呢?

原来阿翠有心要偷瞧他们云雨巫山的光景,所以没有睡,搬了两张椅子接着脚,爬在壁上,向房中窥视。因为那板壁上面都是一横一竖的花格子,所以看得到。不料瞧见了这么一回事,心中一吃惊,脚下一软,才跌了下来。

窦氏便问:"这是谁?"宋彩凤道:"是个淫婢,她竟敢在后房偷窥,也不能轻恕。"阿翠早已跌昏了,又被宋彩凤缚住,口里也塞了布。

宋彩凤便向窦氏道:"我们怎样处置这两个?"

窦氏道:"你把这淫婢剥去衣服,将她吊在梁上,明天好使她出一个丑,至于那个'双枪将',让我来摆布他。"

宋彩凤便把阿翠脱个精光,找了一根绳子,将她高高悬起。窦氏即将莫里布的裤子一拉,将虎头钩照准他的下身一钩;莫里布要喊也喊不出,早已痛得死过去了。窦氏骂道:"狗贼,看你以后再能去寻快活么?"

宋彩凤见她母亲这样爽快地摆布他,不觉好笑,又有些羞愧,也不去回头细看。便对窦氏说道:"我们走吧!明天他们发觉了,便又多惹麻烦。他们一定知道我们下的手。"窦氏点点头,两人遂轻轻跳上屋顶走了。

窦氏母女回到客寓,时已不早。两人恐怕天明时不好离开，所以把二两银子留在桌上，携了包裹，悄悄出得客寓，来至城边。城墙很低，所以他们就跃城而出，向前赶路。谈起"双枪将"的事，窦氏说道："那厮吃了我一钩，大概尚没有性命之忧。不过虽然医治好了，他也再不能和妇女同睡了。"

二人在路上赶了许多日子，早到荒江。问了几个人方才问到玉琴的家里，见了长工陈四，便问："方姑娘可在家里？"

陈四摇摇头说道："你们来找我家姑娘的吗？她自从前一次和岳爷回家后，曾被宾州地方鲍提督邀请过去，助着他将青龙岗盗匪剿灭。可是他们二人又很匆匆地离开这里去了，以后却一直没有回来过，不知道我家姑娘和岳爷到哪里去了。你们长途跋涉，十分辛劳，只是白跑了一遭了。"

窦氏母女闻言，十分懊丧，也觉得自己太孟浪了。果然白跑了一趟，再到何处去找寻女侠呢？于是陈四便留她们在家中歇宿，二人也觉得很疲乏，所以就在玉琴家里住了数天。陈四又提起鲍提督来探访过数次，却不知我家姑娘现在何方？最好她能回来住。又问窦氏母女的来历，窦氏约略告诉了他几句。

到第四天晚上，窦氏母女正要离开，忽然有不少饮马寨人前来探望，由团长崔强领着，跑到方家门前，十分热闹。原来窦氏母女来后，有人望见宋彩凤的背影，疑心女侠回来了。传说出去，说得真像有这回事一般，所以饮马寨人大家都要来探望女侠了。陈四和崔强见了面，方知误会。大家乘兴而来，败兴而归。窦氏母女从这点就可见得女侠声名赫赫。

窦氏母女不欲多留，就别了陈四，离开荒江，向原路走转，一路仍是卖解，并不耽搁。这一天回到打虎山附近一个村落，正是午后光景。见前面有一座荒落的古庙，庙外有许多乡人。有的手里握着斧头和短刀，有的手里持着棍棒，有的手里抱着铁锄，气势汹涌地环伺在那里。

有的人口里却嚷着道："可要来了么？早些把这一对无耻的狗男女结果了性命，我们便要出村去厮拼了。"

窦氏母女不知众人为了何事，都立在一边观看，又见庙前掘着一个大坑，许多人立在坑边，带着笑说道："这倒是鸳鸯坑了。"又有人指着远处喊道："来了来了。"

大家掉转身子去看，窦氏母女也跟着来人看去时，见有六七个乡人，押着一对青年男女走来。到得庙前，一齐停住。背后一个年近六旬的老者，怀中抱着一柄雁翎刀，摸着额下的胡须道："诸位，我的女儿虽是我钟爱之人，但是因为她犯了本村的规条，失去了贞洁，玷污我的家声。我大义灭亲，和她断绝父女关系。今日情愿把她和打虎集姓潘的小子一起活埋了，实行本村的规条，好使你们知道老朽不是徇私的了。请你们快些出去和打虎集中的人，决死狠斗一下，显扬我村的威风。"

大家齐声答应。窦氏母女见那一对青年男女，生得非常清秀，足称乡中之翘楚。那女的一双美目中，隐隐含有泪痕，低垂粉颈，玉容也十分惨淡；但是那男子却是绝无恐惧之色。不知他们究竟犯了乡中什么规条，要把他们活埋，岂不可惜？只见那老翁喝一声："快些动手！"那些乡人发一声呐喊，便把二人推下坑去。

正在危急当儿，窦氏母女一齐从人丛中走出，跳到坑边，把手拦住道："且慢！他们都是好好的人，你们怎么可以把他们活埋？究竟犯了什么规条，须得讲明。"

众乡人见窦氏母女突然上前拦阻，大家不由喊道："岂有此理！我们执行我们的村规，处置这一对狗男女，是得着全村人的同意，你们过路之人，何得拦阻？"便有几个乡人要来拖开窦氏母女。宋彩凤略略把两臂摆动，早打倒三四个乡人。

大众又是一声喊，各举刀棒，正要上前动手，那老翁却跳过来道："你们不要动手。这两个妇人，大概还不知道这事的内容，待我来告诉你们，你们自然会明白这一对男女应该如此活埋了。"

宋彩凤听了便道："很好，请你老人家讲明一下吧！"

原来这村唤做张家村，村中住得三四百人家，和打虎山下的打虎集，只隔一条河。本来两处乡民常通来往，不知在哪一年因事起冲突，两边纠集村民，发生了一次械斗，各死伤了许多人，于是结下了不解之仇。每隔二三年必要械斗一次，大家拼着老命，上前殴打，如临大敌，打死人也不偿命。

官厅虽然知道了，也没有力量来禁止他们。乡人无智无识，勇于私斗，却怯于公战；我国各处乡间常有此等事的，张家村和打虎集也亦难逃此中恶风了。所以两村的人在平常时候，不但不相来往，且见了面，怒目相视，往往容易厮打起来。两村人也绝对禁止儿女通婚，如有违犯的，非但不齿人类，而且要被活埋，可知村规的严厉了。

那张家村里的人家大都姓张，村中的乡董是张锡朋。年纪虽老，却会些武艺，乡中人对他无不佩服。张锡朋膝下有一子一女，子名文彬，已到城中去经营商业，自立门户了。女名雪珍，生得秀外慧中，不像乡人家的女儿，所以张锡朋要给她配一门好亲事。虽然她仍很年轻，尚在待字之身，美名却传播远近，大家都知道张家村有这一个美人儿了。

那打虎集中有一家富户，姓潘，也是远近闻名的。潘翁仅生一子，名唤洁民，潘翁夫妇爱若珍宝。自幼请了先生，在家教读，极希望他成个文人，舍不得教他去做田中的生活。等到洁民弱冠的时候，丰姿美好，倘然给他穿上锦衣华服，怕不是一位王孙公子么？不过乡间风气朴实，所以他也不过分修饰，但是在众乡人中已好似鹤立鸡群，迥然不侔了。

洁民闲暇的时候，喜欢到水边去钓鱼。常常整天垂钓，须得他兴尽才返，他的水性也练习得很好。有一天，正是暮春三月，群莺乱飞。乡间景物，宛如大地锦绣，足使人心怡神悦。洁民早上在书房里读了半日书，午食以后，见天气很好，便想出去钓鱼，所以就不到书房里去了。好在他在家中很自由的，父母不去管束他，也就带了钓竿、竹篮等物，徐徐走出村去，到河边去钓鱼。

钓了好一会儿，只有些小鱼，并无大鱼可得；他就向西边走去，拣水草深处，再去垂钓。果然被他钓得一条很大的鱼。

可是再钓时,群鱼好似通得灵性,早已各自警戒,不来吞他的香饵了。他一边钓的时候,一边瞧着对岸的风景,很是引人入胜。那边有许多桃花林,芳草鲜美,落英缤纷。有几只小绵羊,在那里地上吃草;鸟声绵密,好似唱着甜蜜的情歌。他不觉放下钓竿,立起身子,沿河岸走去。

前面有一座小小木桥,他不假思索地从这条小桥上走到彼岸去。那边已是张家村的土地了。照例他本来不想过去的,只因为他已被自然界诱上了,不知不觉地信步向前行去。且喜四下人声寂静,并没有一个张家村中的人。他往那桃花林走去,树上的桃花鲜艳夺目,灼灼地映得他面上都有些红。

穿过桃花林,乃是一条很长的田岸,正有两个张家村的农民在田中工作;一见洁民,认得他是打虎集中的人,便一齐奔过来,问他到此做甚?

潘洁民坦然回答道:"我到此间,不过来看看风景,并没有什么事。"

一个农人听了他的话,怒目喝道:"你还要撒谎,你们集中的人素来不到此地。你这厮独自跑到这里张望,明明是来做奸细的,还要说没事么?记得去年我们村中有一人走到你们集中却不见回来,后来探听,方知道被你们活活打死的。现在你来得正好,我们可以报仇了。"说罢,要伸手捉他,洁民便回手和二人格斗。

但是他哪里敌得过这两个蛮力的农人?所以交手不数下,背上已吃着一拳头,打得他几乎跌倒,回身便逃。两个农人喊道:"逃到哪里去?"跟着紧紧追赶。洁民要穿过桃花林,打从小桥上逃回去。却不料林中忽又走出一个乡人,把他拦住去路。他无路可走,不得已掉转身躯,往南边田岸飞跑。

三个乡人合并一齐追来,洁民心中十分惊慌,因为归路已断,前面跑去正向村中,倘然再遇见那边的村人,如何脱身?今天看来自己这条性命已有十分之八九要保不住了。但是他不顾利害,拼命狂奔,只见前面有一带茂盛的桑树林。

他跑到相近时，就向桑林中一钻，跑到里面，急欲觅个藏身之处。四顾不得，却见那边桑树下有一只盛叶的大筐，筐中堆着桑叶。他想出一个急智，便分开桑叶，跳入筐中，蹲了下去。把身子缩成一团，上面仍用桑叶没头没脑地堆盖着，使外面人瞧不出破绽。

果然他蹲在筐中，不过一会儿，便听得足声杂沓，都由树边跑过，没有疑心筐中东西。他暗暗说一声道："天可怜的，也许我不至送命吧！"隔了良久，觉得外面没有动静，刚要走出筐来，忽又听得细碎的足声从背后传来，到得筐边，吓得他只是伏着不敢动。

又听有清脆的声音，送入他耳中道："咦？好不奇怪！方才我走去的时候，那筐中桑叶未满，现在怎么已堆满了？并且地下还落着不少，有谁代我采的呢？"于是一只柔软的手伸到筐中来捞摸，正摸着他的头。外面一声惊呼，洁民连忙由桑叶堆中站起来，却见筐边立着一个很美丽的女子，几乎使他怀疑这仙子姑娘从天而来。

第四十七回

蜜意浓情爱人为戎首
解纷排难侠客作鲁连

那女子见了洁民,十分惊骇,张着双臂,退后几步。洁民跨出筐子,便对那女子长揖道:"姑娘,千万请你不要声张,救我一命。"

那女子便回问道:"你是谁?为什么藏在我的桑叶筐中?"

洁民说道:"我姓潘,名洁民,是打虎集中的人。今天出来钓鱼,见这边风景大佳,无意中闯到这里来。却被贵处村人瞧见,他们必要将我打死,我便逃到这里,暂借筐中躲避一下,却又惊了姑娘。得罪之处,还请姑娘大发慈悲之心,不要呼唤,救我出去。今生如不能报答,来世当为犬马图报。"

那女子听洁民说出这些话,惊容乍定,不由对洁民微微一笑,露出雪白贝齿,颊上有一个小小酒窝。这一笑足使人销魂荡魄,几使洁民忘记他处身危险之境,立定身子,静候她的回答。

只听那女子又说道:"原来如此。怪不得方才我在那边听得高喊捉人,一齐往南边追去,大概他们已追到吉祥桥去了。我瞧你可怜,不忍去唤人捉你,但是我也没法救你出去。"

洁民见那女子吐语温和，并无恶意，遂向她谢道："多谢姑娘的美意，使我非常感激。不知姑娘芳名为何，可否见告？"

那女子低声说道："我姓张，名唤雪珍。我父亲张锡朋，是村中乡董。今天我恰巧在此采桑叶，遇见了你。"

洁民又向雪珍做了一个长揖道："原来是张姑娘，我一定不忘你的大恩，现在我要告辞回去了。"说罢，回身拔步要走，忽听雪珍娇声唤他道："且慢！潘先生你不要跑出这个林子。此刻村中人早已惊动，你走出去，总要给人瞧见，你也是跑不掉的，不如等夜里再走吧！"

洁民停住脚步说道："姑娘说得对！不过在此桑林中说不定被人瞧见，依旧不能逃脱，而且会连累姑娘，也非上计。"

雪珍低头想了一想，对洁民说道："潘先生，你在此稍待，我去去就来。"

洁民点点头，雪珍遂走出去了。洁民在林中等了一歇，不见她回来。暗想：莫非她用计骗我，去唤人来捉我？继念雪珍态度诚恳，决无恶意；我已到此地步，何必多疑！

不多时，雪珍由西边树林悄悄地走过来，把手向洁民招招道："潘先生，请你跟我来。"洁民毫不犹豫，跟着她轻轻走去。走了数十步，穿出这个桑林。前面是个土阜，四下无人。雪珍领着他，从土阜背后绕过去。绿树丛中一带黄墙，乃是一个冷落的古庙，庙后有一扇小门。

雪珍向两边望了一望，不见有人走过，便推开小门，同洁民闪身而入，又把小门关上。里面乃是一个小园，榛莽芜秽，不堪容身。雪珍打前，洁民随后，披荆拂棘地走过小园，从一个回廊中，曲曲折折穿到一个殿上。

洁民见殿上塑着王灵官神像，高举金鞭，十分威严，可是蛛网尘封，像是冷落已久的样子。神龛前有一个大木垫，雪珍指着木垫，请洁民坐下。洁民把一块手帕拍一拍垫上的灰尘，对雪珍说道："姑娘请坐，我们在此略谈如何？"雪珍点点头，先请洁民坐；洁民也一定要雪珍先坐。旁边也没有别的可坐之物，于是二人便坐在拜垫上。

雪珍说道："潘先生，你来此避匿到天晚，可以偷逃出我们的村去。这个荒庙是个灵官庙，本来很有香火，有几个道士在此主持；后来因为出了命案，所以被官中封闭，渐渐变成了荒庙。方才我见有几个村人追你，曾到庙中来搜寻一遍；不见你的踪影，才向别处追去。现我领你来到这里，他们决防不到的；这里又无他人，请潘先生放心吧！"

洁民面上露出感谢的神情，对雪珍说道："我很感谢姑娘庇护的大德，终身不忘。我想两地的人都是一国的同胞，有何深仇大恨，竟永远仇敌相视？倘使都像姑娘这般仁慈友好，两地冤仇便可涣然冰释了。"

雪珍两手搓着一块粉红色的手帕，徐徐说道："这都是老祖宗传下来的恶风。听说以前为了争田起冲突，但是后来已解决，两边村中人却依旧时时要流血恶斗。这许多年来，已不知白白地送掉多少性命。这是为了什么？我虽是一个女子，却很不赞成的。无奈能力薄弱，不能劝化村人。"说毕，叹了一口气。

洁民道："我的意思也不主张自相残杀。最好把这可恶风俗改革去，方是两村人民的幸福。我想从前周文王的时候，有像虞、芮二国，也是为着争田起冲突，两边相持不下。虞、芮二国的诸侯跑到西歧来，请文王代他们判决；但是他们两国国君行至文王国境中，见耕者让畔，行者让道，许多人民都有温和谦让的态度。他们俩一见之后，自觉惭愧，所以立刻回去。大家和平了事，不再仇视，不再争夺很小的土地了。可惜我们村中的领袖没有像虞、芮二国之君的人，所以常常要拼着死命，起那无目的的闲斗。"

雪珍微笑道："不错，可惜当今之世周文王也是没有的啊！"

洁民觉得她谈吐很是隽妙，不由抬起头来，向她看了一看。雪珍被他看得有些不好意思，便低下头去。两人这样静默了好久，只听庭中小鸟啄食的声音，一角残阳，斜照着西边屋脊上。

雪珍立起身来，对洁民说道："我要回去了。恐怕时间长久了，他们要来找我的。潘先生在此等候机会走吧，但愿你平安回家。"

洁民也立起身来说道："多谢姑娘的恩德。"

雪珍又笑了一笑，走出殿来，仍打从回廊走去。洁民随后一路送出去。穿过小园，到那个小门口，雪珍回身说道："潘先生，请你不要送了；恐怕给路人撞见，这事情倒尴尬哩！"

洁民闻言，立即止住脚步，又向她深深一揖，表示感谢。看雪珍姗姗走出去了，他又把小门关上，回到殿中。坐在拜垫上等候，很觉无聊。瞑目细思雪珍的声音容貌，觉得无处不可人意，且又温文多情，在乡村女性中算得凤毛麟角，不可多得了。我今天遇见她，真是天幸，否则我的性命恐怕难保的了。

他的脑海中这样回环地思想着，便不觉暮色笼罩，天已渐渐黑暗。他的思潮一止，就急于要想脱险。好容易待到二更相近，但听村犬四吠，村中人此刻大多已梦入华胥。他遂走至后园小门口，轻轻开了庙门，走了出来。见天上满天星斗，四下里却黑沉沉的没有声音；只闻远处一二狗吠，其声如豹，不觉微有些颤栗。只好鼓着勇气，向前边田岸上走去。且喜一路没有撞见人，也没有遇见村犬，他便仍从小木桥上走到自己村中。他的心便安静许多，走了数十步，见前面有灯笼火把，一群人很快地赶来。两下相遇，他认得这些人中有几个是自己家中的长工，其他大半是邻人。

当先跑着的乃是长工潘阿富，一见洁民，便喊道："好了，小主人回来了！你到哪里去的？怎么到此时才回来？险些儿把老太爷急死了。他在天晚时候，不见小主人回家，十分焦急，便命我们分头寻找。我们走了许多路，这里已跑过一次了。因为在河边发现小主人的钓竿和竹篮，篮里还有一条大鱼，估料小主人必是钓鱼时候走开的。小主人水性又是顶好，决无落水之事；除非走到张家村里去，那么便危险了。小主人你究竟到哪里去的？"后面的长工和邻人们都这样向他询问。

洁民暗想：猜是被你们猜着了，可惜我不能把这事老实告诉，不得不说几句谎话了。便答道："方才我钓罢了鱼，曾走到打虎山上去游玩，因为走失了路，所以到此刻才回来。"

潘阿富道："险啊，山里野兽很多，倘然遇见了，如何是好？"

大家遂簇拥着洁民回到家中。潘翁迎着，又惊又喜，便问他到什么地方去，洁民照样回答。潘翁因洁民幸已安然回来，不忍责备他的儿子，问他肚中饥不饥饿，教下人开饭出来，给洁民吃。一家人欢天喜地的没有别的话说了。可是从此以后，洁民的心版上已刻着雪珍的影痕，时常想起她来，便放不开，恍恍如有所失。

一天，他读书的时候，恰巧他先生把《诗经》的"秦风·蒹葭"三章，细细地讲解给他听。他读着："蒹葭苍苍，白露为霜。所谓伊人，在水一方。溯洄从之，道阻且长。溯游从之，宛在水中央。"觉得这三章诗，好像代他作的。他心中的伊人自然是张家村的雪珍了。

与张家村虽只相隔一河，可是因为两边成了仇敌，虽近实远；大有可望而不可及的情况，岂非道阻且长吗？然而临流默想伊人的面目，如在眼前，岂非宛在水中央么？所以他读了这诗之后，益发思念不已了。连他自己也不知道和雪珍还是第一次邂逅，为什么这样爱慕不能自拔呢？然而两边村庄早已结下冤仇，有此一重阻碍，使他没有勇气再跑到张家村去和雪珍相见，一诉别后渴望之忱。

他时常到昔日垂钓之处，怅望对岸，咫尺天涯。对着那清漪的河水，咏着那《蒹葭》三章之诗，有了很多感叹。他很想如何能够把两村的宿冤消释，化干戈为玉帛。可是他自觉没有这种能力，因为乡人大都愚蠢无智，对他们有理也解不清的。改革风俗确乎不易，此念也只好当作是一种幻想罢了。

这样光阴很快的流逝,转瞬由春而夏。有一天,洁民无事,走到河边去,听着树上蝉声絮絮不住。天气很热,他对着清澈的河水,不觉兴起游泳的兴致。于是脱了上身衣服,只剩一条短裤,跃入河中,拍水为乐。

离开这里不远,有一个小小荷花荡,荷花很是繁茂,他遂鼓足勇气,一直浮水而去。到了荷花荡畔,鼻子里便嗅得一种清香之气,沁人肺腑。见莲叶田田,好像环绕着许多翠盖,荷花高出水面,红白相映,很是清艳脱俗。

他在荡里游泳了一个圈子,觉得有些乏力,遂浮在水面休憩,却见后面有一小舟驶来。舟中坐着一个白衣姑娘,恍如凌波仙子,一尘不染。细细一看,正是他寤寐求之,求之不得的张雪珍,不觉喜出望外,几乎疑心身处梦境了。

雪珍也瞧见洁民,便划船过来,带笑说道:"潘先生,你怎么到此?"

洁民见左右无人,遂攀着船舷,跳入舟中。老实不客气的坐在张雪珍的对面,双手叉着,对雪珍说道:"姑娘,你前番的恩德,实有造化于我,使我总不能忘怀,一直思念姑娘,却恨不能过来探望。不料今天在此巧遇,这是何等快活的事!"

雪珍也说道:"潘先生,自从你逃回去后,我也时常惦念你。今天饭后无事,我忽想起要到这荷花荡来看荷花,所以独自荡桨前来。恰逢潘先生,使人意想不到,恐怕这正是天缘了。"说到"缘"字,似乎觉得自己尚是一个闺女,如何对着人家说什么缘不缘?不觉玉颜微红,别转了脸,把兰桨用力划着,那小舟便转向东边芦苇深处。

因为那边有一带很高的芦苇,过去便是些小小港湾,没有人到临的。不多时,小舟已隐向芦苇背后,来到一个小港中停住。那边正有一对白鹭在水边瞰鱼,此时一齐惊起,泼喇喇地飞到芦苇中去了。二人遂在这里喁喁谈话。大家起先问些家世,后来讲讲彼此的抱负和村中的情形,不觉转瞬已天晚。

二人虽然相逢不久,可是十分投机,彼此都有了情愫,恨不得常常相聚在一起。可是形格势禁，不能如愿以偿。那灰黑的暮色好似有绝大的权力，可以使这一对青年男女，不得不从沉醉的当儿，被硬生生的分开。于是洁民不顾冒昧，一握雪珍的纤手，说了几句珍重的话，和她告别。雪珍偷偷地把船摇到对岸，送洁民上岸，且喜无人瞧见，彼此说了声再会。

洁民立在岸上，看着雪珍把船划回去，一直望到人和船不见影踪，他方才废然而返。他觉得这种机会是可一不可再的，自己虽然爱雪珍，但总是一种虚空的妄想。因为他也知道，按着村规，两村世世不得通婚；凡有违犯的死无赦，他如何能够去爱雪珍呢？不过自投罗网罢了。

然而天地间最大的魔力便是爱情，明知其不可为而却为之，这正是难解之处了。此后洁民被爱神的链索紧紧地缠着，不能摆脱；所以他对于一切事情都觉得没心绪，缺少兴味，只是懒懒的似乎要生病的样子。

潘翁疑心他身子不好，便请了大夫来替他诊治。但是那大夫把了脉后，细细询问一遍，觉得洁民并没有什么疾病，遂开了一些和胃通气的药而去。临走时，背地里对潘翁说道："令郎并无疾病，可能是有什么心事，所以抑郁不乐，请你老人家一问便知了。"

潘翁听了大夫的话，隔了一天，便唤来洁民询问。洁民哪肯说实话，所以潘翁也问不出什么，只好作罢。

这样又过了几个月，已是隆冬天气。他在一天下午，带了钓竿到老地方钓鱼，但是醉翁之意不在酒；钓得到也好，钓不着也好。他只是坐着，痴痴地在他脑海中温着旧梦。过了好久时候，忽然无意中对面溪水中倒现着一个倩影。抬头一看，却见张雪珍正立在对岸，对他一笑。

原来雪珍也和洁民一样坠入情网，不能自主，时常要到这地方来徘徊。因为她听得洁民说过，他时常喜欢到这里来钓鱼；所以她今天信步走来，果然遇见了洁民。

此时洁民好似飞蛾瞧见了灯火，被那红的火光诱引着，不能自主。他遂立起身来，丢了钓竿，对雪珍说道："请你等一刻儿，我就来了。"便很快地跑过去，仍从小桥上走到对岸。

雪珍早已趋前迎着，对他低低说一声："跟我来吧！"于是洁民跟着雪珍，只向无人的地方和树林深处走去。曲曲折折，一路无人撞见，早已到了以前桑林之处。悄悄地走到灵官庙的后门，一齐推门走入。园中的乱草已是枯黄了，那边大树上正有一群喜鹊，吵个不止，和几只乌鸦正在夺巢。

洁民不觉微吟："维鹊有巢，维鸠居之。之子于归，百两御之。"

雪珍听得他吟着"之子于归"，不觉脸上一红，把门关上说道："潘先生，你真是书呆子，快快进去吧！"

洁民不由笑了一笑，二人踏着衰草走进去；来到殿上，依旧并坐在那个拜垫上。大家谈着别离后的苦思，都苦有无限的思情，良久良久。

洁民对雪珍说道："我们两次相见，虽然相逢得巧，可是极不容易，而且距离的时候很长，以后又不知何日再能见面。若要想和姑娘常常相聚，恐怕难之又难。诗人所谓的'一日不见，如隔三秋'，我思念姑娘的心，就是这个样子。"

雪珍听了洁民的话，微微叹口气，默然无言。

洁民道："我们这两个村子早已结下仇隙，要设法使其消释。今年虽然尚没有争斗过，但恐不久总要一番恶斗。我有一句话很冒昧想要对姑娘说，因为今日若然不说，错过了机会，不知以后有没有日子可以向姑娘说了。"

雪珍一手拈弄衣襟，低低问道："你要对我说什么话？"

洁民停了一歇，然后对雪珍说道："我直说出来，姑娘不要嫌我唐突好吗？因为我的心里非常爱慕姑娘，最好永远和姑娘厮守在一起。不过若在此间是绝对不可能的事，非得离开这个图圄式的家乡，否则没有自由相爱的希望。所以姑娘倘是爱我的，能不能和我一同离去，谋求永久的幸福？万一姑娘不能够答应我的要求，我也不怪姑娘，只该打自己的嘴巴。"说罢，对雪珍注视着，静候她的回答。

雪珍问道："到哪里去好呢？"

洁民听雪珍的话，知道她已有数分允意，便说道："我已决定想到新民去。因为在那边有我的至戚，可以相助，姑娘能不能答应我同走？"

雪珍只是不答，看看天色将晚。洁民以为雪珍无此勇气，或者并无深情，大约此事不能成功了。心中焦急不已，额角上已出了汗，不得已再问道："不知姑娘是否爱我？若是爱我的，请你答应我的请求，不然就作罢。姑娘也休笑我的痴想，现在我等你确实的回答。"

雪珍此时方才点头，表示允意。洁民大喜，握着她的手说道："事不宜迟，我们明天走可好？"雪珍又点点头，洁民遂和她约定明日垂暮时，仍到这里和她会合，然后一同离去。今晚各自回家，预备一切。二人约定了，雪珍送洁民出了灵官庙，又在桑林中立谈了一刻，方才握手告别。

洁民心中甚喜，好似一件极重大的事情已经解决了，自然非常愉快，独自穿出桑林，刚要悄悄地走回家去。不料他们在桑林中谈话的时候，桑林外边忽来一个颀长的男子，立定了窥听二人的私语。等到洁民走出来时，他就飞步上前，喝一声道："打虎集中的人来此做甚么，今天休想逃去了。"

洁民见有人追赶，便拔步飞奔；壮男子随后追赶不舍，并高声疾呼。洁民想从原路奔去，但是那边又有两个乡人迎上前来，而且那壮男子又渐渐赶近，他只得向河边狂奔。

对面的两人见了，也抄拢过来喝道："不要放走了这贼。"

洁民逼得无路可走，人急智生，遂向河中耸身一跳。那壮男子追到河边，见洁民已没入水中，遂俯身掇起一块三角式的大黄石，用力向河中掷去，噗通一声，水花四溅。幸亏洁民早已泅到那一边去，没有被他击中。洁民在水中不敢出头，一口气游了半里路的光景，方才钻出水面。爬到自己的河边，走上岸去，身上早已尽湿，天气又十分寒冷，难以忍受。急忙奔回家中，诡言失足坠河；换了衣服，惊魂初定。

他一个人独自坐着，思量明天的约。觉得自己到张家村去是非常冒险的事，今晚又被他们撞见，险些儿遭他们毒手；倘若明天再去，他们必有防备，更是危险，照例还是不去的好。但是雪珍还没有知道这个事情，她在明天必到那里去守候我的，我怎能失约不去呢？并且难得雪珍多情，答应了我的请求，情愿随我私奔，足与古时红拂夜奔李靖先后媲美，我岂可辜负她的情意呢？我亦顾不得什么危险了！不入虎穴，焉得虎子？明天我还是决计要去。

他决定了主意，倍增勇气，心中也稍安宁，收拾些金钱，又到父亲私藏的所在，窃取得五百两银子，和衣服等一齐藏在囊中。预备妥当，然后安寐。但是一夜没有睡得着，黎明即起；悄悄地写好了一封书信，放在枕边，留给他的父母。大意是说为了自己和张家村姓张女子发生恋情，格于村规，不能通婚姻之好，所以不得已一齐出走，望双亲勿念等语。但是潘翁此时还没有知道呢！

洁民在这天便觉得坐立不安。好容易捱到天晚，捉了一个空儿，提了行囊，悄悄地由后门出去。天色已黑，无人知觉，便一直走向张家村而来。他对于这条冷僻的路是已走惯的了，所以一路摸索，到了灵官庙，仍从那小门里走进去了。见有一个影子立在回廊边，微微一声咳嗽，正是雪珍。洁民把行囊放下，和她握手相见。

雪珍道："怎么此时才来？我等得好苦。天色黑了，我一个人冷清清的藏在这个地方，心里实在非常害怕。况且若再迟了，我家中人一定要寻找我的。"

洁民道："请你原谅。因为我须等到天晚方可前来，以免意外的危险，现在我们快快走吧！"雪珍点点头道："好的。"她遂回身走到殿中去，取出一个包裹，背在背上。洁民提了行囊，二人一先一后，打从小门里走出来，要想早早脱离这囹圄式的家乡。

不料两旁一声呐喊，冲出十多个乡人来，都拿着木棍铁器。为首一个身颀的壮男子，大喝："不要放走这一对狗男女！"早将二人团团围住，不由分说，一齐动手。于是二人束手被缚，夺下行囊和包裹，洁民的背上已吃了几下老拳。那壮男子便对众人说道："我们快把他们押好送到乡董那里去，这女子阿珍便是他的女儿。看他如何发落，然后我们再讲话。"

　　众人都道："很好。"有几个人叽咕着说道："阿珍本是个好女儿，怎么会和打虎集中人私奔呢？好不奇怪！那人想是吃了豹子胆，敢到这里来引诱良家妇女，我们一定不能饶他。"众人一边说一边走，将二人押到一个很大的庄院前面，便是雪珍的家了。

　　原来这壮汉子姓罗，大家都唤他罗阿大，是村中游荡少年。他对于雪珍，平日未尝没有垂涎之意，因为张锡朋很看不起他，所以得不到手。昨日恰巧他在桑林外闻得二人的密约，本想背地里把洁民弄死了，然后自己向雪珍讲，不料被洁民逃去。他遂一不做二不休，暗地里约好了十多个乡人，伏在灵官庙等待，遂把他们擒住，这样也好使张锡朋出丑。

　　张锡朋闻得这个消息，又惊又怒，吩咐将二人推到面前，细细审问。二人已拼一死，据情实告。雪珍的母亲抱着女儿大哭，要求张锡朋饶恕她。雪珍也是很伤心，觉得自己很对不起父母，无话可说。张锡朋知道村中的规例，是断乎不能轻恕的；遂吩咐将二人分别监禁，到打虎集去问了罪，再行发落，罗阿大等只得退去。

　　到了天明，张锡朋聚集村人讨论这事情，忽报打虎集人有一大队杀到这里村中来了。原来潘翁在昨天晚上，见儿子失踪，十分惊疑。发现了洁民的留书，虽知他迷恋人家闺女，有犯村例，罪无可恕；然而舐犊情深，心上哪里放得下？急叫人四面去追赶。闹到半夜，不见洁民踪影。到明天早上，方才探听得洁民已被张家村人擒住。

　　潘翁遂聚集乡人，把这事告诉明白，以为洁民受了人家的引诱,以致出此下策。即使有应死之罪,张家村亦当将人速还,以便自己处置。倘然任张家村人随意杀害,那就是打虎集中奇耻大辱了。大家皆以为是。于是由团总屠云带领百数十个乡人,各执刀枪棍棒,杀到对岸来,要索回潘洁民。

张锡朋闻得这消息,怒不可遏,立即下令村人,集合队伍。四下里鸣起锣来,一齐出门去厮斗,不使打虎集人独逞威风。

于是两村人重又械斗,乱杀一阵。张锡朋舞着双刀,督领村人奋勇而战。打虎集人敌不过,一齐败退而去。张家村人得了胜,不肯干休,大呼追杀,直追到打虎集中去。那个罗阿大尤其起劲,挺着一枝红缨枪,当先追赶。

打虎集中村人死伤不少。正在危急时候,忽然从那边河岸上跑来一个丑汉,又瘦又长,身穿破褐,托着一个铁钵,满脸肮脏,好似走江湖的乞丐。见了打虎集中人惨败,遂跳过来拦住张家村追杀的人,说道:"且慢!你们都是乡人,为什么要这样恶斗?杀死了人难道不偿命的吗?快住手吧!"

罗阿大杀得起性,喝道:"哪里来的乞丐,还不滚开!你不去讨饭,却来这里劝架。再不滚开,须要吃我一枪。"

那乞丐却笑嘻嘻道:"你这小子出口伤人,我要来劝架,你又怎样?"

罗阿大便手起一枪,照准那乞丐当胸刺去,喝声:"着!"乞丐不慌不忙,伸手只一接,就把这枝红缨枪接住。轻轻一拽,已到乞丐手中;一折两段,抛在地上。罗阿大还是不识时务,冲上前去对准那乞丐飞起一脚,要想踢他的肾囊。那乞丐只将手一撩,早把罗阿大的脚捉住,提了起来,向外一抛,罗阿大早已跌出丈外。恰巧屠云赶过来,趁手一刀,把罗阿大的头由颈上切了下来。

许多张家村人见罗阿大被杀,大家一窝蜂地去杀那乞丐。那乞丐将手轻轻向两边摆动时,乡民们早已四边倾跌。打虎集人见了,一齐反攻,张家村人遂反胜为败。大家争先恐后地退回自己村中。有许多人因着被挤，纷纷跌落河中。张锡朋在后镇压不住，只得退去。

幸亏打虎集人得了胜，并不穷追，但是张家村已是大败了。父哭其子的，妻丧其夫的，夜间一片哭声。到了天明，众乡人要报此仇，大家来向张锡朋请命，且要先把雪珍和洁民处死，以平大家的怒气。

张锡朋被众人所逼，遂也痛斥自己女儿不贞，吩咐人在灵官庙前掘了一个大坑，要把二人活埋；借此激励众乡民，好再去厮杀。凑巧被窦氏母女看见了，上前干涉。张锡朋便把这事向窦氏母女讲了一个明白，教他们不必管闲事；自己村人必须要和那边决个胜负，断不能失这颜面。

窦氏母女闻言，不觉哈哈笑起来，张锡朋不由一愣，问道："你们笑什么？"

窦氏道："我笑你们真是愚不可及。本来两村都是友好的村民，即使有什么龃龉，也可以讲个明白。何必这样世世相杀，常常械斗，牢结着冤仇而不能消释呢？他们二人彼此相爱，却被村规束缚着，不能达到他们的愿望，所以不得已而约会了一同私奔。虽然行为不慎，失于检点，但是若没有这恶劣的村规存在着，不是一个很好的姻缘吗？

"你们彼此不妨请了媒妁出来，玉成其事；何至于要出此下策，而遭遇这羞辱？你们发现了这事，不能因此觉悟，从事改革；反而两边大动干戈，自相残杀，枉送了许多人命。我岂不笑你们？现在你们快把这一对男女放了，然后再细细思考一番，我的话对不对？"

张锡朋听了窦氏的话，觉得很有理，顿了一顿说道："只是我们村规是这样的，他们犯了规例，都是自取其咎。我虽和她有父女关系，也不能袒护自家人。至于两村的仇隙，早已结得很深了。谁可设法将其化解？只有打个明白，谁输了谁倒霉，这是没有办法的。你们过路之人，休要管这事。"

有几个乡人也高声喊道："闲话少讲，我们快收拾了这一对，好去厮杀。"

窦氏刚又要开口说话，忽见一个村人慌慌张张地跑来，向张锡朋报告道："打虎集中的团总屠云和昨天那个助战的乞丐，一齐走过河来了。"

大家听得这话，一迭连声的喊道："打打打，我们快快预备。"

张锡朋问那个乡人道："你可曾瞧见他们几个人来？"

那人答道："只有屠云和乞丐，背后跟着乡人，不过四人光景。"

张锡朋道："那么他们不是来打的，我们不要鲁莽，待我问明白了再说。"

于是他便教乡人两边排开，等候他们到临。不多时大家指着对面岸上几个渐走渐近的人说道："来了来了。"窦氏母女不知是怎么一回事，且立在一边瞧看。

那四个人早已走近，屠云背着双刀和乞丐当先走到。一见张锡朋，大家打个招呼。张锡朋先问道："你们到此何干？今日我们再要决个胜负。"

那乞丐早抢着说道："好大口气！昨天败了，今天再要决胜，敢是恐怕你们村中死得不够？"说罢，哈哈大笑。

众乡人一齐大怒，大家骂道："乞丐乞丐，都是你这东西来帮助他们。可恶得很！今天到来，不要放你走了。"

乞丐睁着炯炯双眸，对众人说道："不放走我么？很好！只要你们多备几坛子好酒，给我痛饮就是了。"

二三个乡民早举着棒子，扑过去说道："你要喝酒么？先请你吃棍子。"

那乞丐把手向两边一拦，众人的棍棒早已脱落了手，一齐跌倒。

乞丐大声说道："你们这些乡民，真是可鄙又可怜。自己没有本领却喜欢和人家厮斗，不是白送性命么？老实对你们讲，你们不要看轻我是个乞丐，休说你们这些东西，便是放着千军万马,凭我一人,也能杀出杀进。畏者不来,来者不惧!你们不要螳臂挡车,自讨苦吃。"

张锡朋端详那个乞丐似乎像个异人,本领高强,自己村人断非敌手,遂把乡人喝住。

大家见了这个情景,也不敢胡乱下手,于是屠云便对张锡朋说道:"我们今天到你们村中来,有一个要求。请你们把潘洁民释放,然后两边不妨讲和;若是不肯依从,免不了再厮杀。"一边说,一边指着那坑边缚着的洁民和雪珍,又说道:"你们莫不是要把他们处死,这却不行了。"

乞丐又走前几步说道:"姓张的,你也是一村之主,此事应该做个主张,我昨天路过这里,瞧见你们械斗。我本来也没有什么偏袒,只因眼瞧着打虎集人被你们追杀甚急,所以帮着他们抵挡一阵。以后我向他们细细询问,明白了这事的前因后果,觉得你们这种恶风,应该早早改革,以免枉送性命。而且这一对青年男女也没有死罪,不忍他们为了这个恶风而牺牲性命;所以昨天晚上和今天早晨,我和打虎集人讲了几次,方才把他们劝醒。

"这位团总屠云和潘翁,都能谅解,情愿早日弭战言和。我遂和屠云团总赶到你们这里来,要想和你们讲明白,并把这恶风趁此时改革去了,也不负我这一番的多事。"

张锡朋本来听了窦氏母女的说话,也有些动心,现在又给两人一说,早已回心转意;只是碍着众人的面前,还不敢毅然地有所主张。那乞丐早已瞧科了几分,遂掉转身向众乡人大声讲话。劝他们不要同室操戈,早把这恶风改革,使两村言归于好;又主张把洁民和雪珍立即释放,宣告无罪。

众乡人听着默然无语。宋彩凤听了,忍不住拍手说道:"是啊是啊!这话说得好爽快,我们也是这样劝他们,谁反对的便不是人。"说罢,一个箭步跳到洁民和雪珍二人的身边,拔出宝剑,割去二人的绳索,又说道:"就此放了吧!"窦氏也摆着一对双钩跳过来,护卫着二人。

众乡人见了这种武力的调停，哪有人敢出来反对？大家只是面面相觑。乞丐与窦氏母女相视了一下，又对张锡朋说道："请你快快定夺吧！"

张锡朋见事已如此，遂对众人说道："这几位的话实在说得有理，使我不得不赞成，你们意下如何？"

大家见张锡朋已软化，虽有几个倔强的，也不敢公然反对，大家都附和称是。此时洁民已走至屠云面前讲话。

乞丐对张锡朋说道："现在这事总算和平解决。我且将潘洁民带回打虎集，交给他的父亲，然后再来拜访你。你这位小姐可好好领回家中，至于婚姻的事，以后再妥谈。恭喜你们能言和，把这几十年的恶风俗一旦除去，就是你们两村莫大的幸福了。"说毕，便带着洁民走。洁民指着窦氏母女说道："这二位也是我的恩人，要请她们到我们村中去做客。"

乞丐点点头，表示同意，洁民遂走过去邀请窦氏母女，窦氏母女含笑应允。洁民虽想和雪珍讲几句话，可是无此勇气，只有以目示意。

众人遂和张锡朋告别。张锡朋要求他们明天再来，乞丐一口答应。于是张锡朋亲自送他们出村，众乡人各自散去，议论纷纷。有的赞成，也有不赞成的。但这事已和平解决，且放下不提。

却说洁民和屠云伴着乞丐和窦氏母女回到打虎集，潘翁和集中几个父老出来迎接着，见洁民安然归来，不胜之喜。大家一齐到潘翁家中，洁民和父母相见后，即把自己的事告诉一遍，且向潘翁请罪。潘翁因事已过去，正在欢喜，遂不加苛责。于是大摆筵席，款待那位乞丐和窦氏母女，且邀屠云和几个父老相伴。

大家感谢乞丐相助之力，乞丐托着大觞，畅饮了数杯，便向窦氏母女请教姓名，窦氏母女以实相告。那乞丐不觉说道："吓，原来我们是相知。玉琴常常提起你们的大名，没想到今日遇见了。"

窦氏母女闻言，估料乞丐一定也是昆仑派的人，遂也向他叩问来历。潘翁在旁也说道："昨晚我们屡次请教义士的大名，义士只是不答，今番请义士直说了吧！"

乞丐哈哈笑道："因为我不是什么达官贵人，何必多留姓名？现在我也不妨直说，省得你们疑心我居奇。我姓余，名观海，是女侠玉琴的师叔，一向隐于乞丐，游荡江湖。此番由白山黑水间倦游而回，路过此间，巧和你们相逢，你们要笑我多管闲事吗？"

洁民父子说道："原来是一位大侠！灵光侠气，早知与众不同。我等识荆，非常光荣。且仰赖义士之力，这一次竟把两村的恶风改去，正是我们两个村子的人有福了。"

窦氏母女也向余观海致敬意，且叩问女侠行踪在何处？

余观海道："女侠曾在京师中和我们聚过一次，大破天王寺之后，她和剑秋、云三娘到你们那地方去拜访了。但是你们怎么到这里来？他们一定会碰不到你们了。"

窦氏母女遂把她们被邓氏七怪逼迫，不得已而离开家乡；为了暂避风头，因此赶到关外，要找寻女侠。哪知到了荒江，室迩人远，扑了一个空，只得赶回原路了。

余观海笑道："玉琴去找你们，你们却来找玉琴；彼此相左，天下竟有这种不巧的事。现在不知他们到昆仑山去呢？还是上别地方游览，这就不知道了。"

窦氏母女闻言，不胜惆怅，余观海却尽管狂饮。席间又讨论洁民和雪珍间的问题。

屠云说道："这事起先，洁民兄也有些性情直率，不顾利害，险些闹出大祸。现在却幸亏发生了这事情，释嫌修好，永戢干戈，转祸为福，未始非不幸中之大幸。我们索性把这件事玉成了，成就一段美满姻缘。从此好使两村通秦晋之好，也是一件好事，而且可以为将来留下一重佳话。明日张锡朋本要请义士等前去，不才情愿同往，乘此代洁民兄一作蹇修可好？"

潘翁道："这是求之不得了，明天准要有劳清神。"

余观海道："我当一同说项，包管张老头答应。况且他家女儿早已愿意，更不成问题。"

洁民听了，正中下怀，暗暗欢喜。大家与杯畅饮，直至夜阑灯暗，方才散席。余观海早喝得醉醺醺地，东倒西歪。洁民吩咐两个下人扶着他到客房里去安寝，窦氏母女却由潘翁的妻子引着到内室睡眠。

到第二天早上，张锡朋已派人持着请帖来请。屠云遂伴着余观海和窦氏母女一同来到张家村，和张锡朋等人相聚。张锡朋向余观海及窦氏母女感谢调停之力，也摆上丰美的酒席，宴请众人。

席间，屠云便代洁民和雪珍作伐，张锡朋惟惟答应，即请屠云转言潘翁，择日文定。

余观海笑道："好爽快！"举起杯来一饮而尽。这一次余观海又喝得烂醉如泥。

散席后，由屠云送回打虎集，窦氏母女却被雪珍留着，不肯放走。母女俩便住在那里，彩凤和雪珍谈得十分融洽。潘翁得了这个喜信，因为后天是个大吉大利的日子，所以潘家拣定那天，代洁民送盘，便请屠云为媒。

到得那天，张家和潘家悬灯结彩，十分热闹。村人都来道贺，一团祥气。余观海两边喝酒，又是喝得大醉，正是壶中日月不嫌其长了。

至于洁民、雪珍二人心中的欢喜，是更不待言。他们在起初时候，因为恋爱情深，所以不顾成败利钝，和恶劣环境奋斗；经过了恶风险浪，做梦也想不到有这样美满的结果。使他们不由得深深感激余观海和窦氏母女的功德了。

余观海在打虎集中又过了一天，再也留不住了，向潘家父子告别欲行，又到张家村去向张锡朋拜别。窦氏母女本来亦欲动身，却被雪珍再三挽留，所以要再住几天，便对余观海说道："我们俩一时不欲重返故乡，将在京津一带作长期的畅游。托您如遇女侠，就代我们向她致意。"余观海答应了，遂扬长而去。闲云野鹤，来去无定，此去却又不知到哪一处了。教潘、张两家如何留得住他呢！

窦氏母女在张家村住了好多天，听说雪珍和洁民将在明春结婚，这杯喜酒却无论如何也等不及喝了，遂向张家村父老告别。雪珍苦留不得，送了许多礼物。窦氏母女也不客气，受了一大半。宋彩凤和雪珍握手，恋恋不舍，硬着头皮别去。

窦氏母女离了打虎集，一路进关，到得京师，寄寓在旅店中，盘桓数天。有一天，她们母女正在游什刹海，忽然背后有一人走上前来，叫唤她们。

窦氏母女回头一看，见是李鹏。大家问别后状况，始知李鹏年来经营商业，获利很多。新近在京中和人家合开设一家杂粮行，所以他时常到京中来的。窦氏母女也把自己找寻女侠的经过，约略告诉一遍。李鹏便请窦氏母女到一家酒楼去用晚餐。

宋彩凤向李鹏探问女侠行踪，李鹏告诉说道："在天津相近的曾家村，女侠有一个义亲。姓曾的弟兄二人，兄名梦熊，弟名毓麟，女侠曾搭救过他们的性命，常到那里去居住。你们若一定要找女侠，可到那里去探听，或有端倪。"

窦氏母女把李鹏的话记好，很想到那里去跑一趟。所以这一天和李鹏别后，次日母女便离了京师，向天津去。到得天津，向人问讯曾家村，方知尚在西南面。他们在天津住了一天，遂取道向曾家村走去。

这时地方渐渐荒僻，有山有水，风景很好。二人走在路上，见道旁一带枫林，红得如美人颊上的胭脂一般，秋风吹动了树叶，沙沙作响。远远有个山头，映着斜日，白云如絮，环绕着山腰。宋彩凤正看得出神，忽听马蹄响，从枫林中跑出一头马来。马上背着一个俊秀的少年，形色慌张，一手抱着头，伏在马背上，好似逃命的样子。

他背后跟着窜出一头胭脂马，马上骑着一个黑衣女子，手中握着一柄明晃晃的单刀，飞也似的追向前面的少年去。这少年的马正跑向窦氏母女这边来,嘴里喊一声:"救命啊!"

黑衣女子在后面也喝道:"你这厮忘情负义,逃向哪里去?"遂由怀中掏出一团锦索,向少年抛去。少年闪避不及,早被锦索套住。黑衣女子趁势往里一拖,那少年从马鞍上翻身跌了下去。

原来这少年正是曾家村的曾毓麟。自从前次玉琴、剑秋二人先后不别而行,他把玉琴留下的书信读了又读,心中不胜惆怅。知道玉琴已上昆仑,想不到她竟是这样坚决;倘然她和剑秋早有情愫,那么她不妨对我说明白,杜绝了我的痴想。但是为何处处流露着爱我之情?譬如她单身冒着危险到龙王庙来救我脱离虎口,力歼巨盗,似乎非有情的人不能够如此。所以我的一缕痴情,又袅袅而起。哪知结果如此,怎不令人意冷心灰?

大概这些精通武术的女子,断不肯嫁给我这文弱的书生。落花有意,流水无情!我又何必这样痴心,惹人讪笑呢?现在她已去了,我也好息了妄念吧!只是她在信上又说什么此去便道至虎牢关,当为玉成一段美满姻缘云云,想是她以前和我说过的姓宋的女子了。然而那姓宋的女子也是个有本领的女侠,不知可有玉琴那样温柔?唉!玉琴玉琴,我和你相交甚深,你尚且不能接受我的爱,何况宋彩凤是陌生的女子呢?你虽然很热心的要代我做媒,可是这事情太迂远了。

所以他闷闷不乐,十分无聊。他的父母知道他的心病,没奈何,只得用言安慰,想代他另觅佳偶。毓麟很坚决的拒绝,自言此生宁作鳏夫了。

曾翁因为近来乡间盗氛甚炽,自己的儿子前番被强盗劫去,险遭不测,幸亏有女侠前来救援。现在女侠已去,不啻失了护身符。恐防再有盗匪到此骚扰,不可不未雨绸缪,早做防备。遂和村中父老们商量了数次,决定大家捐出一笔巨款来,在村的前面,筑一道碉楼,可使这曾家村有了保障。于是雇了许多工人,赶紧构筑。

完工后，果然坚固得很。梦熊又组织保护团，教庄中年轻力壮的少年加入操练，以防盗寇。好在他本来设立过一个拳术团，所以拳术团中的少年先自踊跃加入。聚集得一百人左右，势力倒也雄厚。梦熊做了保护团长，骑着马出出进进，甚是威风，村中人都格外敬重他。

这样过了许多时日，相安无事。忽然有一天，那个朱小五有事出村去，到晚没有回来。曾翁知道朱小五是很诚实的，断不会无故跑去，心中正在狐疑。到得第二天天明时，有人发现朱小五的死尸在村外树林之中。喉间被砍一刀，身上亦有刀伤。明明被人杀毙，一时侦查不出。那边早有地保相验，曾翁办了一具棺木去把朱小五收殓。

大家很是奇怪，朱小五身边并无钱财，怎会遇见盗匪？独有曾毓麟暗暗思量，朱小五这次被人杀害，决非无因。想想朱小五以前曾载玉琴，夜入小洪湖，杀死焦大官，救我出来；我遂留他住在这里的，说不定以前或有余党漏网，今番来报仇。小五已死，我倒不可不谨慎了。于是他深居简出，在家中吟咏自娱。过了十多天，不见征兆，朱小五的案件也没有破。

距离曾家村的东北面五六十里，有个村庄，名唤柳庄，那边村民和曾家村是很亲近的。庄主柳士良，以前曾到过曾家村，拜访过曾氏父子，相见甚欢。

这一天，曾毓麟正在家中侍奉双亲闲谈，忽见曾福领着一个下人，拿着大红名刺，说柳庄有人来请二公子前去。毓麟接过名刺，见了"柳士良"三字，便问那人道："可是你家主人特来请我，不知有什么事情？"

那下人说道："小的奉了主人之命，特来邀请二公子到我们那边去一叙。近来我们村中为了防御盗匪，正在赶筑碉楼。昨天听得主人说起要筑得和这里一样完好，不知是不是为了这事要请二公子前去讨论。"

曾翁听了，点点头说道："是了，毓麟你就到那里去走一遭。倘然我们两个村子实行联络，未始无益，那个柳士良也是很谈得来的。"

毓麟又问那下人道:"你唤什么?"

下人恭恭敬敬的答道:"小的名柳贵。现在外面有骡车伺候,请二公子就动身吧,到我们那边去用午饭。"毓麟遂去换了一件衣服,辞别曾翁。曾翁还不放心,便请四名团丁跨着马,跟随同去,以便在路上保护。毓麟坐上骡车,柳贵却和骡车夫同坐。鞭影一挥,径向村外跑去;四个团丁在后跟着,手中各执大刀,据鞍顾盼,意态自豪。出了曾家村,一路向柳庄赶来。

从曾家村到柳庄,路途虽非遥远,可是相近柳庄那里,有一个野猪山,那边地方荒僻,时常发生盗案的。一行人加紧赶路,渐渐跑到野猪山下。骡夫忽然赶着骡子,不向大路上走,却往小径奔跑。

曾毓麟见了,心中有些奇讶。背后四个团丁也在马上问道:"你们不走大路走小路做什么,难道赶到野猪山去吗?那边是有强人的,去不得。"

骡车夫说道:"你们不要发急,我们正在抄近路走呀!"又赶了数百步路,前面树林丛杂,和柳庄的方向更走得不对了。

毓麟在车厢中发了急,便喊停止。团丁也向骡夫喝道:"你这厮故意跑到这里来,居心颇险,快些退回去,不然我们要动手了。"

骡车夫不答,但是已把骡车停下。毓麟刚要喊柳贵来查问,柳贵已跳至地上,从身边取下一爆竹;燃着了,轰的一声,山谷响动。

毓麟大惊,口中方说不好时,只见对面林子里跑出七八个强盗。为首的一个,身长一丈有余,面目丑陋,双手持着板斧,好似七煞凶神。当先托地跳了过来,向柳贵喝问道:"来了么?"

听到柳贵答道:"来了,正坐在骡车中。"此时四个团丁见情势不好,拍动坐骑,赶到前面,要来保护毓麟,抵御盗寇。

那为首的盗魁瞧着，舞动双斧，直滚过来。斧到处，两个团丁早从马上跌下。一个团丁和他交手，不及三回合，也被他一斧砍倒。只剩一个团丁回马要逃，早被其余的盗匪拦住去路，刀枪齐加，斩成肉酱。可怜四个团丁一个也没有生还。

那大汉跑到车旁，伸出巨掌，将毓麟从车厢捉小鸡般一把抓了起来，夹在胁下，喝道："小子休得声张。"

他把板斧在毓麟面上磨了一磨，毓麟觉得冰冷冷的，鼻子里同时闻到一种血腥气，吓得闭着眼睛，魂灵飞去半天，动也不敢动。就这样被那大汉挟着前去，一行人立时赶向野猪山去。

在那野猪山的背后，有个山谷，那里有个古庙，便是盗匪的巢穴了。庙门口有几个穿着青衣长衫的大汉，往来逡巡着，便是盗匪的斥候。见他们得手回来，一齐欢呼，迎接入庙。

那盗魁走到殿上，放下毓麟，睁圆双眼，对毓麟说道："小子，你也有上当的一天么？现在被我劫到这里，我必代死者报仇。"

毓麟一时摸不着头脑，不知盗魁要复什么仇，自己到了这个地步，早晚总要一死。又闻盗魁吩咐左右道："把这小子暂且监禁在里面，等到明天娄大哥前来，再行发落。也教他知道我老牛并不是有勇无谋的。"

左右答应一声，把毓麟推出大殿，转到里面去。那里有一间细小的屋子，开了门，把毓麟向里一推，说道："好小子，你且在此等一下，明天再送你到西方去。"说罢，砰的一声将门关上走去了。

毓麟定一定神，瞧瞧屋里别无他物，墙角边有一堆禾草，大概这就算卧床了。向南有两扇小窗，外面都加着铁条，十分严密；还有两扇门是很厚的，虽非铜墙铁壁，但是像曾毓麟这种文弱书生，是没有法儿逃生了。门边墙上挖一个小洞，可以瞧得着外面。

曾毓麟呆呆立着，不由叹了一口气，自思：那盗匪和自己并无仇怨，何以存心要害我？

他想起前天朱小五的被杀，也很奇怪，莫非这就是龙王庙焦大官的余党前来报复么？听他的口气，将要等一个强盗回来，明天就把我结果性命了。那么我活在世上，只有一昼夜的光阴了。前番身陷盗窟，幸有玉琴前来援救出险。现在女侠不知身在何处，望美人兮天一方，她哪里会再来救我呢？想至此，心中一阵悲伤，难过得很，不由落下泪来，遂低头坐在禾草上，好似要被宰的羔羊。

斜阳一角，映到窗上来。他知道时候已是日落，没有吃午饭，肚子里饥饿得很，也只得忍受。捱到傍晚时，室中更是黑暗。忽听脚步声，外边有人走到室外，从那个小洞里抛进三四个馒头。毓麟接过一摸，冷而且硬，换了平常的时候，他哪里要吃这种东西？但在此时也只得将就吃了两个，暂充饥肠。

这天夜里，室中也无灯烛，黑暗如漆，他只得横在禾草上睡了。但是心中充满着惊恐和忧虑，精神受着异常的刺激，睡得又不适意，所以一夜没有安然入睡。

到了明天早上，他立起身来在屋子中团团地走着，两手时常搓揉着。暗想：今天便是自己的末日，性命就在片刻之际，不知他们怎样把我处死。一刀两断倒也爽快，倘然要用毒刑，我将格外吃苦了。愈想愈害怕，好像热锅上的蚂蚁一般，恐怖到极点。向四周望望，又没有逃走的出路。正在恐怖的时候，听得外面足声，知道有人来提他去处死了。两扇门已开。只见有两个盗匪走了进来，拖着他出去。毓麟强着不肯走，但被两人用力推他，来到一间方厅上。

沿窗一张椅子上，坐着一个少妇，身穿淡蓝色的外裰，脚下金莲瘦小，踏着红绣鞋，倒也生得有几分姿色。她一见毓麟进来，便对那两个押送的盗匪说道："你们去吧，姓曾的交给我是了。"

两盗匪齐声答应，退了出去，那少妇便指着旁边一张座椅，向毓麟说道："你坐吧！我把这事详详细细地讲给你听！"

毓麟本来已拟一死，现在不见盗魁之面，却遇见这个少妇向他和颜悦色地讲话，不像杀他的形景。心中怙惚着，不知这少妇是何许人？自己的性命又将怎样？为什么没看见那可怕的盗魁？他心中充满着疑问，只得谢了一声，遵着她的吩咐，在旁边椅子上坐下。

那少妇见毓麟坐了，微微一笑，露出雪白牙齿，将她的一对金莲缩起，盘膝而坐。又对曾毓麟说道："我姓秦，名桂香。我的丈夫便是捉你来的那个黑面大汉，姓牛名海青，别号'赛咬金'。我们都是江湖上的大盗，不过我们一向在鲁北的。还有我丈夫的一个朋友，姓娄名一枪，和我们在一起干生涯。但是我们怎样到此地来的呢？其中也有一个缘故。

"只因以前在此附近小洪洲龙王庙中的焦大官，和我丈夫以及娄一枪是结义兄弟；虽非同年同月同日生，却愿同年同月同日死的八拜之交。焦大官是被你们村上害死的，而你是罪魁祸首。我们得到李进报告，遂知此中情形，我丈夫一心要代亡友报仇。

"所以我们一同赶到这里，把这古庙作为暂时的大本营，想法动手。但打听得你们村里筑碉楼，组织着保卫团，防备严密，未敢造次下手。前天李进和两个弟兄在你们村窥视着，恰巧遇见朱小五。李进恨他不该串通外人，设计用酒灌醉他，使他不能报信，以致失利，心中十分怀恨，便将朱小五先行打死。然后再探听得你们和柳庄十分接近，我们设法取了柳士良的名刺，使手下人假扮了柳庄的仆人和骡车夫，方才将你不知不觉的诱到这里，而将你活活擒住。本要把你即行处死，只因娄一枪前天到北京去，没有回来，所以把你暂且监禁，苟延残喘。今天我丈夫赶到北京去找他回来，等他回来时，你的性命就不能再保了。"